ullstein

2021. Neun Monate vor der Bundestagwahl tritt der strahlende Popstar Götz Wolf mit seiner Bewegung *Die Morgenröte* in den Wahlkampf ein. Doch was als Verheißung einer neuen, besseren Zeit beginnt, entwickelt sich zu einem Schreckgespenst. Götz Wolf schart große Teile der Bevölkerung um sich, eine Welle der Gewalt zieht durchs Land mit dem Ziel, eine Diktatur zu errichten:

Georg Herzfeld ist 27, Influencer und mit seinen neun Millionen Followern der Star auf YouTube. Als sein Vater einen Selbstmordversuch unternimmt, seine Freundin schwanger wird, und er wegen eines Videos auf Schadensersatz in Millionenhöhe verklagt wird, gerät Georg in eine tiefe Lebenskrise. Bis Götz Wolf ihm Hilfe und Rettung verspricht. Getragen von der Idee, dem Land eine Vision der Zukunft zu geben, stürzt Georg sich in die Arbeit und merkt nicht, dass er einem dunklen Messias in den Abgrund folgt …

NOAH RICHTER ist das Pseudonym eines erfolgreichen Autors von Drehbüchern, Theaterstücken und Spannungsliteratur. Das Thema Wählermanipulation treibt ihn schon länger um, sein neuer Thriller ist das Ergebnis monatelanger Recherche. Noah Richter lebt mit seiner Familie in Berlin.

Von Noah Richter ist bei Ullstein bereits erschienen:
2,5 Grad – Morgen stirbt die Welt

NOAH RICHTER

DIE MORGEN-RÖTE

SIE NEHMEN DIR DEIN LEBEN

ROMAN

Ullstein

Besuchen Sie uns im Internet:
www.ullstein.de

Wir verpflichten uns zu Nachhaltigkeit

- Klimaneutrales Produkt
- Papiere aus nachhaltiger Waldwirtschaft
- ullstein.de/nachhaltigkeit

Sämtliche Handlungen und Personen in diesem Buch sind frei erfunden.

MIX
Papier
FSC FSC® C083411

Originalausgabe im Ullstein Taschenbuch
1. Auflage Juli 2021

Umschlaggestaltung: zero-media.net, München
Titelabbildung: Composing-Elemente: © FinePic®, München / Auge: GettyImages / EyeEm / © Rene Nortje / EyeEm
Satz: LVD GmbH, Berlin
Gesetzt aus der ITC Slimbach und Proxima Nova
Druck und Bindearbeiten: CPI books GmbH, Leck
ISBN 978-3-548-06319-5

Für Max

»Die Menschheit will betrogen werden, heißt es. Aber das stimmt nicht. Die Menschheit will verführt werden. Und um jemanden zu verführen, ist es wichtig, die Bedürfnisse, Wünsche und geheimen Sehnsüchte zu kennen. Was das angeht, ist die Morgenröte ein allmächtiger Gott, schlimmer noch als Facebook.«

Nellie Freitag, 10. Juni 2021

AUFBRUCH

1

Denkt ihr nicht auch manchmal, es wäre besser, wir hätten wieder einen König? Jemand mit Verstand, Erfahrung, Ausstrahlung, Geld, Stil. Jemand, der einfach cool ist. Ich stelle mir da so eine Mischung aus Wonder Woman, Albert Einstein und dem Alten Fritz vor. Vielleicht auch noch Götz Wolf. Jemand, der entscheidet, was richtig und was falsch ist, der die klaren Ansagen macht und uns sagt, wo es langgeht. Nicht so wie jetzt, wo jedes Problem endlos diskutiert wird, jeder geschlagener Trottel seinen unterkomplexen Senf dazugeben darf, endlos Experten angehört, Konferenzen abgehalten, Task Forces gebildet werden, damit am Ende WAS passiert? Nichts. Und wenn doch, ist es entweder falsch, oder es passiert so langsam, als würdest du Farbe beim Trocknen zuschauen.

Wenn du dir die politische Prinzengarde hier im Land ansiehst, fragst du dich doch, ob die echt sind oder ob jemand die von Madame Tussauds ausgeliehen hat und bei welchem Exemplar der IQ höher ist. Falls jemand einen Beweis braucht, dass die Menschheit von schleimigen Einzellern abstammt, hier ist er. Oder?

Und jetzt stellt euch für einen Moment vor, jemand wie der Alte Fritz wäre unser König. Ich habe gestern auf Amazon eine Doku über den Mann gesehen. Der Philosoph auf dem Königsthron. Mit Mark Aurel als Vorbild fordert er sich selbst zu einem tugendhaften Leben auf, geleitet von Klugheit, Vernunft und Gerechtigkeit, sodass sich die Untertanen ein Beispiel nehmen können, hieß es da. Klingt das nicht verdammt cool? Kann da einer von denen, die im Bundestag sitzen, auch nur ansatzweise mithalten? Ich weiß, Fritze hat ein paar Kriege geführt, aber nur, weil die Franzosen, die Österreicher und die Russen ihm Sachsen wegnehmen wollten. Und da ich nun mal in Leipzig geboren bin und in Dresden wohne, hätte ich in dem Fall auch einen Krieg angefangen.

Es könnte von mir aus auch ein Diktator sein. Natürlich kein Kim Jong-un oder Assad oder der Papst. Der Papst hätte ja auch gar keine Zeit zum Regieren, der müsste sich ja den ganzen Tag mit all den Priestern rumärgern, die ihre Finger nicht von kleinen Jungs lassen können. Auch nicht so ein Schwachkopf wie Donald »grab them by the pussy« Trump. Vielleicht jemand wie Putin. Nur sollte der nicht so verbissen darum bemüht sein, sein Coming-out zu verhindern. Was ist mit dem Chinesen, dessen Namen ich mir nicht merken kann? Der Mann sagt jeden Tag seinen 1,4 Milliarden Landsleuten, was sie machen sollen. Und was machen die? Sie machen exakt das, was er sagt. Wenn nicht, kriegen sie einen Tritt in die Weichteile. Aber sehen die deswegen unglücklich aus? Habt ihr schon mal einen unglücklichen Chinesen gesehen? Rufen die: Wir wollen wählen dürfen? Wir wollen Netflix haben? Wir wollen, dass nichts vorangeht? Ich jedenfalls höre nichts aus dieser Richtung. Aber was weiß ich denn schon?

Das Allerbeste, also gewissermaßen der Goldstandard und die ultimative Lösung des Problems, ist natürlich, wenn moi *euer König wäre. Ich weiß, das klingt für einige von euch Nörgelheinis ein bisschen größenwahnsinnig, aber im Gegensatz zu euch habe ich mir gestern einfach mal anstelle eines Abendessens ein paar Gedanken gemacht. Und jetzt weiß ich genau, was in diesem Land passieren muss. Als Erstes würde ich den Klimawandel abschaffen, sämtliche Kriege beenden und jeden Deutschen verpflichten, zweimal pro Tag meine Show auf YouTube anzuschauen und mich zu liken. Damit das möglich ist, würde ich das bedingungslose Grundeinkommen für jeden einführen. Vor allem für meine Gegner. Danach müssten sämtliche Waffenhändler ihre Waffen an sich selbst testen, und ich würde*

Päderasten und Vergewaltiger zwingen, sich selbst zu ficken. Oder?

Sich selbst zu ficken. War das zu hart? Sogar für eine YouTube-Show? Sollte ich den Satz streichen? Vielleicht später. Der Rest klang aber doch schon mal nicht schlecht. Nur war es noch zu wenig. Der Opener meiner Show *Herzfelds Herzschlag* war normalerweise fünf Minuten lang. Drei hatte ich. Zwei fehlten noch. Zwei klingt nach nicht viel, allerdings sah es nicht so aus, als würde mir in diesem Leben noch was Besseres einfallen. Seit dem frühen Morgen saß ich im Wohnzimmer auf dem Sofa und zermarterte mir das Gehirn. Ich hatte noch vier Stunden Zeit, dann sollte der Text an Manuela gehen. Sie würde ihn lesen, mit ein paar Anmerkungen zurückschicken, die normalerweise darauf hinausliefen, dass ich den Mittelteil verbessern sollte. Und vielleicht den Schluss. Aber auf jeden Fall den Anfang. Noch drei Stunden fünfundvierzig. Langsam wurde ich nervös.

2

Zwei Stunden später saß ich immer noch da wie zuvor. Das Handy mit der Diktier-App in meinem Schoß, das Tablet mit den Notizen rechts neben mir. Um mich zu inspirieren, hatte ich im Zeitungsladen um die Ecke die *FAZ*, die *Süddeutsche*, *BILD*, *Spiegel*, *Super Illu*, *Sächsische Allgemeine*, *DROBS*, *Playboy* und *Bäckerblume* gekauft und auf unserem neuen gestylten Wohnzimmertisch aus recycelten Europaletten ausgebreitet. Im Fernseher lief ein Vorbericht zum Götz-Wolf-Konzert im Rudolf-Harbig-Stadion, die Dresdner Sensation des Jahres, auf meinem Notebook eine Reportage, in der langweilig über die Wahl im kommenden September berichtet wurde und langweilige Kandidaten einen noch langweiligeren Sermon ablieferten. Was für ein hirnloses Rumgeeiere. Das Ganze unter dem alten Karl-Kraus-Motto: Es genügt nicht, keine Gedanken zu haben, man muss auch unfähig sein, sie auszudrücken.

Vielleicht sollte ich den Müll runterbringen und den Taubendreck vom Fensterbrett abkratzen. Ich hatte bereits meine Plattensammlung neu nach Titeln sortiert und dann die Aktion wieder rückgängig gemacht, weil ich mich besser an Interpreten als an Titel erinnern konnte. Was man eben so macht, wenn es mit der Arbeit nicht vorangeht und man auf der Suche nach Ersatzbefriedigung ist. Selbst Masturbation half nicht weiter, und das war wirklich niederschmetternd. Ich wollte diesmal unbedingt etwas Geistreiches über das Unglück sagen, in das uns die Regierung seit der Pandemie mit all den Pleiten, den Arbeitslosen und den vielen Toten gestürzt hatte. Ich wollte meinen Fans eine ermunternde Botschaft mit auf den Weg geben. Etwas, das sie aufrichten könnte, das ihnen Mut machte. Aber weit und breit ließ sich nichts davon blicken.

Entnervt stand ich auf, schleppte mich zum Kühlschrank,

starrte hinein. Vielleicht versteckten sich ja hier die genialen Ideen. Nein. Nur drei Himbeerjoghurts, ein Stück Käse, das mir langsam wie ein feindliches Wesen aus dem Weltall entgegenkroch, die Pizza von voriger Woche mit einem feinen grünen Flaum, Marmelade, Bier. Zwei Flaschen Weißwein boten sich an, ich lehnte dankend ab. Auf der Straße heulte ein Krankenwagen vorbei. In der Hoffnung, dass unser Viertel endlich mal etwas Interessantes zustande brachte, öffnete ich das Küchenfenster. Aber der Wagen bog in Richtung Elbe ab, und die Sirene verstummte. Eine fette Wolke schob sich vor die Sonne, die aufgeschreckten Tauben hockten sich wieder auf die Straßenlaternen und ließen mich einsam in meiner mentalen Wüste Gobi zurück. Seit zwei Wochen war ich allein in der Wohnung. Sophie besuchte ihre Eltern in Boston. Sie fehlte mir. Ihr endloses Reservoir an guter Laune. Die Geräusche, die sie machte, wenn sie mit zwei Fingern in ihr Notebook hackte, ihr Geruch, wenn ich die Nase in ihre Haare versenkte, die Berührungen ihrer warmen Hände. Ich stellte mir vor, wie ich ihr T-Shirt … und da riss mich das Telefonklingeln aus meinem erotisierten Tiefflug.

Mein Vater. Auf der Mailbox. Die Nachricht war vier Stunden alt. *Ruf mich an.* Drei Worte. Das war alles. *Ruf mich an.* Kein *Hallo,* kein *Wie geht es dir?,* kein *Tschüss*, nur *Ruf mich an.* Obwohl ich es nicht anders von ihm kannte, nervte es mich jedes Mal endlos, wenn er mit diesem Befehlston um die Ecke kam. Ein Herzfeld bittet nicht, alte Bundeswehrschule. Als ob das eine Entschuldigung wäre. Allerdings klang er diesmal seltsam kraftlos, als hätte er sich die Kante gegeben und die Nacht durchgemacht. Sollte ich zu ihm fahren? Und mir dann wieder anhören, dass ich mich nicht um ihn kümmerte, dass ich selbstsüchtig war, nur darauf wartete, dass er ins Grab steigt?

Mein alter Herr und ich hatten von Anfang an ein schwieriges Verhältnis gehabt. Er war nicht der Vater, den ich mir gewünscht hatte, und ich nicht der Sohn, den er erwartet hatte. Man muss es sich so vorstellen: Als ich im Kreißsaal aus meiner Mutter herausgeschlüpft war und ihn sah, wollte ich sofort wieder zurück. So ungefähr jedenfalls. Wir haben vom ersten Tag an miteinander gefremdelt, wie Stiefvater und Stiefsohn. Möglicherweise war es ja auch so. Obwohl meine Mutter es immer bestritten hatte. Aber mein Vater war blond, ich hatte braune Haare, er hatte grüne Augen, ich braune, er war dick, ich nicht. Er hatte ein klares Weltbild, dessen Paradies darin bestand, sich zu Tode zu schuften, ich gehörte zu der Generation, die über alles jammert und an den Weltuntergang glaubt. Er war ein Arschloch, ich nicht. Zumindest dachte ich das. Um damit halbwegs klarzukommen, hatte ich mir seine Strenge, die keine Herzlichkeit duldete, mit den asozialen Anforderungen eines Berufes erklärt. *Gehe früh ins Bett, stehe früh auf, hasse alle, die das nicht machen müssen, kriege eine Staublunge, mache wiederum alle dafür verantwortlich außer dich selbst und sterbe mit fünfzig an Lungenkrebs.* Den Lungenkrebs hat er nicht hingekriegt, den Rest schon.

Ich rief ihn dann doch zurück. Wie immer. Er ging nicht ans Telefon. Auch wie immer. Umso besser. Trotzdem wuchs in mir eine komische Unruhe. Sollte ich mal nach ihm schauen? Bis nach Neustadt waren es sechs Kilometer.

3

Es war bereits dunkel, als ich vor dem Haus ankam. Die Straßenlaternen warfen ein mattes Licht, das kaum bis zum Boden reichte. Die Mülltonnen standen wie Soldaten in Reih und Glied auf der Straße, damit sie am nächsten Morgen geleert werden konnten. Im Gegensatz zu der Gegend, in der ich wohnte, war hier alles sauber und gepflegt. Als würde jemand statt seines Hundes einen Staubsauger spazieren führen. Ich stellte das Fahrrad in dem Ständer vor der Bäckerei ab und schloss die Haustür auf.

»Hallo? Ich bin's«, rief ich.

Auf dem Tisch im Wohnzimmer standen Weinflaschen, Bierflaschen, Cognac und Korn. Billiges Zeug von Aldi. Papiertüten von Lieferando neben Hosen, Hemden und Socken, Zeitungen und Papiertaschentüchern. *Mein Vater hat ein Sexleben gehabt*, dachte ich und wunderte mich, dass ich mich darüber wunderte. Auf dem Sofa lag eine Bettdecke, die Ränder waren grau. Ich stieg die knarzende Treppe hinauf, um im Schlafzimmer nachzusehen. An der Garderobe im Flur hing sein alter Wintermantel. Schuhe lagen kreuz und quer verteilt. Verfaulte Blätter und Schmutz von Spaziergängen bedeckten den Fußboden. Im Schlafzimmer roch es muffig nach altem Mann und schimmligen Wänden. Als hätte er seit Wochen weder geduscht noch gelüftet.

»Papa?«

Wenn er nicht in der Wohnung war, blieb noch die Backstube. Um diese Uhrzeit? Ich eilte die Treppe wieder runter, rutschte auf der vorletzten Stufe aus und konnte mich gerade noch am Geländer festhalten, bevor ich lang hinschlug. Die Tür zum Verkaufsraum stand offen, was ungewöhnlich war, weil er eigentlich darauf bestand, alle Türen zu schließen, damit die Wärme nicht entweichen konnte. Licht musste gelöscht werden, sobald man einen Raum verlassen hatte. Atmen war nur in Ausnahmefällen erlaubt, und dann auch nur ein Mal pro Minute. Ich blieb kurz stehen. Es roch unangenehm, als wäre ein Abfluss verstopft. Ein kalter Hauch wehte über meinen Nacken.

»Hallo?«

Immer noch keine Antwort. Ich durchquerte den Verkaufsraum und ging nach hinten in die Backstube. Dunkel. Lediglich das Deckenlicht warf einen kümmerlichen Schein in seine heilige Hölle. Und dann sah ich ihn. Er trug die übliche grau karierte Bäckerhose, die an ihm festgewachsen zu sein schien, und ein weißes T-Shirt. Er stand auf Zehenspitzen. Grinste er mich an?

»Papa?«, sagte ich. »Was machst du da?«

Noch während die letzten Buchstaben über meine Lippen stolperten, sah ich, was er machte. Er stand nicht auf Zehenspitzen, er hatte sich einen Strick um den Hals gelegt. Ein Seil, so dünn, dass ich es im ersten Moment übersehen hatte. Hinter ihm lag ein Stuhl auf die Seite umgekippt. Sein Körper war wie in einem Krampf erstarrt. Die Arme waren zur Seite gestreckt, die Finger gespreizt, die Zunge schaute blau zwischen den Lippen hervor wie ein Tier, das aus ihm herauskriechen will. Die Augen, als wollten sie ihre Höhlen verlassen. Schaum auf den Lippen. *Er hat sich das Leben genommen. Er hat sich erhängt. Und ich stehe hier, halte die Luft an, bin unfähig, auch nur einen Schritt zu machen. Der Boden unter mir bewegt sich, die Wände neigen sich gegeneinander. Es ist nicht wirklich. Es kann nicht wirklich sein,* dachte ich. Denn irgendetwas stimmte hier nicht. Irgendetwas in diesem Bild war falsch. Aber was? Zuerst sah ich es nicht. Doch dann. Blinzelte er? Ja, er blinzelte tatsächlich! Das hieß, er lebte! Ich stürzte auf ihn zu, umfasste ihn an der Hüfte, hob ihn hoch, damit der Druck des Seils auf seinen Hals nachließ.

»Was machst du?«, schrie ich. »Bist du verrückt geworden?«

Er sah mich an, ein eigenartiger Aufruhr in den Augen. Dann hob er die Arme, legte die Hände auf meine Schultern, als wollte er sich abstützen. Aber im nächsten Moment merkte ich, dass er sich nicht abstützte, sondern mich von sich wegschob. Die Füße traten nach mir. Die Knie stemmten sich gegen meine Brust. Er schlug nach mir, traf mich im Gesicht.

»Hör auf!«, schrie ich ihn an.

Ich drehte den Kopf weg. Trotzdem trafen mich seine Fäuste immer wieder. Die Nase, die Wangen, den Hals. Um seinen Schlägen zu entgehen, musste ich ihn drehen und von hinten hochhalten. Dabei merkte ich, dass seine Hose feucht war. Er hatte sich vollgepinkelt und dem Geruch nach auch eingeschissen. Die Feuchtigkeit drang durch meinen Pullover, ich spürte die warme Nässe. Und die ganze Zeit zappelte er hin und her, griff nach hinten, fasste meine Haare und zog daran. Er wollte nicht gerettet werden. Er wollte sterben.

Meine Arme wurden schwer. Lange würde ich ihn so nicht mehr halten können. Irgendwie musste ich versuchen, das Seil zu lösen. Ich zog mit dem rechten Fuß den Stuhl herbei, kletterte darauf. Mit der linken Hand hielt ich ihn am Gürtel hoch. Aber es gelang mir nicht, den Knoten am Wasserrohr mit einer Hand zu lösen. Was jetzt?

Neben dem Ofen lag ein Messer. Damit ritzte er normalerweise die Oberseite der Brötchen ein. Ich ließ ihn los. Ein krächzendes Röcheln entwich seinem Mund, weiße Blasen quollen zwischen den Lippen hervor, seine Augen traten wieder aus den Höhlen. *Beeil dich, Georg.* Vom Stuhl heruntersteigen. Das Messer greifen, zurück auf den Stuhl. Das Seil war zwar dünn, aber fest, und ich musste eine Weile sägen, bis ich es durchtrennt hatte. Dann endlich stürzte er zu Boden und ich mit ihm. Ich raffte mich schnell auf und konnte endlich seinen Hals aus der Schlinge befreien. Er riss den Mund auf, sog die Luft ein, hustete, zuckte krampfend.

»Warum hast du das gemacht?«, fragte ich.

Er packte mich an den Haaren, zog mich zu sich heran, sein Mund nahe an meinem rechten Ohr. Er krächzte irgendetwas, das ich nicht verstehen konnte.

»Was sagst du?«

Er hob den Kopf, seine Lippen berührten meine Ohrmuschel.

»Wieso … hast du … so lange … gebraucht?«

»Ich wusste doch nicht, dass du dich umbringen willst«, sagte ich.

Er ließ meinen Kopf los, sah mich an. Entsetzt, wütend, als würde er die Schuld von siebenundzwanzig Jahren auf mich türmen. Dann knallte sein Kopf auf den Boden, und er schloss die Augen.

»Papa!«

Ich rüttelte an seinen Schultern, schlug ihm auf die Wangen, schrie ihn an. Ich hatte keine Erfahrung mit Selbstmordversuchen. Ich wusste nicht, was der Entzug von Sauerstoff anrichtet, wie lange es dauert, bis das Gehirn irreparable Schäden erleidet, und wie ich in irgendeiner Weise Erste Hilfe leisten konnte. Aber ich erinnerte mich dunkel an den Kurs, den ich während der Führerscheinprüfung ablegen musste. Darin war uns gesagt worden, dass wir zuerst den Selbstschutz berücksichtigen sollten, was hier aber nicht nötig war, da er aufgehört hatte, nach mir zu schlagen. Danach musste überprüft werden, ob die betroffene Person bei Bewusstsein war. Gegebenenfalls sollte man laut um Hilfe rufen. War die Person nicht bei Bewusstsein, sollte man überprüfen, ob sie überhaupt noch lebte. Das konnte man feststellen, indem man die Atmung kontrollierte.

Ich ging das Prozedere so ruhig wie nur möglich an. Griff unter seine Schultern, hob meinen Vater leicht hoch, neigte seinen Kopf nach hinten und hielt das Kinn fest. Der Brustkorb bewegte sich. Das war schon mal gut. Ich hielt das rechte Ohr über seinen Mund und spürte seinen schwachen Atem. Er lebte noch. Ich wählte die 112.

Keine fünf Minuten später hielt der Notarztwagen des Roten Kreuzes vor der Bäckerei. Mein Vater wurde beatmet und in den Krankenwagen verladen. Ich durfte ihn auf der Fahrt in die Klinik begleiten. Saß neben der Liege, auf der er festgeschnallt war, und wagte nicht, seine Hand zu nehmen. Der Arzt sagte, er würde durchkommen. Ich nickte. Es war seltsam. Obwohl ich so oft wütend auf ihn gewesen war, ihm manchmal die Pest an den Hals gewünscht hatte, berührte mich der Satz. Und plötzlich schlich sich eine tiefe Angst an. Es war, als würde jemand nach meinem Herz greifen und es zusammendrücken. Ich senkte den Kopf, weil ich nicht wollte, dass der Arzt sah, wie mir die Tränen in die Augen schossen.

Auf dem Boden des Krankenwagens lag ein Brief von der Deutschen Bank. Er musste meinem Vater aus der Hosentasche gefallen sein.

4

Vor einer Stunde hätte das Konzert beginnen sollen, und die Polizeiführung überlegte immer noch, ob es nicht das Beste wäre, die Veranstaltung komplett abzusagen. Statt dreißigtausend zugelassenen Zuschauern befanden sich inzwischen mehr als fünfundvierzigtausend im Rudolf-Harbig-Stadion. Der Ort war zu einem Pulverfass geworden, und ein einziger Funke würde genügen, damit die Situation eskalierte. Viele Fans waren betrunken, auf den Rängen wurden die Sitze aus den Verankerungen gerissen, hie und da fingen Besucher an, sich zu prügeln. Die Alternative war kaum weniger riskant. Götz müsste rausgehen, sich ans Klavier setzen, seine Fans beruhigen und das Konzert halbwegs kontrolliert über die Bühne bringen. Es war ja nicht das erste Mal, dass sie gründlich durchdrehten. Das konnte er schaffen. Aber er fragte sich, ob er sie diesmal nicht einfach laufen lassen sollte. Sie nicht beruhigen, wie er es sonst immer tat. Er wollte es spontan entscheiden, sobald er auf der Bühne stand.

»Eine Bande unfähiger Idioten«, schimpfte er, als er von der Besprechung zurück in seine Garderobe ging, wo eine Reporterin von der *Sächsischen Allgemeinen* auf ihn wartete. Sie hatte es in dem Tohuwabohu geschafft, bis zu ihm vorzudringen. Dass sie erst fünfundzwanzig war, blond und durchaus hübsch zu nennen, hatte erheblich geholfen. Mit einem Zwinkern hielt sie ihren Kameramann an, immer auf den Superstar draufzuhalten. Das war nicht besonders schwer, weil der Raum nur etwa zwölf Quadratmeter groß war und Götz der Kamera kaum entwischen konnte.

»Ein Jahr haben die Zeit gehabt, das Konzert zu organisieren. Ein Jahr! Und trotzdem endet es im Chaos«, knurrte Götz. Er war außer sich, während er versuchte, in seine schwarzen

Cowboystiefel zu schlüpfen. Ausgelatschte Boots, die er schon so oft hatte reparieren lassen, dass fast nichts mehr daran original war.

»Aber da sind sie nicht die Einzigen«, schimpfte er. »Angefangen bei der Kanzlerin bis zu dem letzten unfähigen Volltrottel auf irgendeinem Bürgermeistersessel in irgendeinem Provinzkaff geben sie sich alle Mühe, das Land zu ruinieren. Und wie machen sie das?«

Er sah die Reporterin fragend an, woraufhin ihre Gesichtsfarbe von Blass zu Hellrot wechselte. Sie war noch neu in dem Geschäft, und das hier war ihre erste große Reportage. Und dann auch noch mit Götz Wolf. Sie legte eine blonde Strähne hinter das rechte Ohr, schob ihre Brille zurecht und wollte gerade zu einer Reihe von Ähs ansetzen, als Götz die Frage selbst beantwortete.

»Indem sie zuallererst sich selbst versorgen, dann ihren Freunden Posten zuschanzen und nach ihrer Amtszeit bei den Unternehmen anheuern, denen sie vorher die Kohle bis zum Anschlag hinten reingeschoben haben. Währenddessen verlieren Millionen ihre Jobs, gehen mit ihren kleinen Geschäften pleite, fliegen aus ihren Wohnungen. Wann wart ihr beiden zuletzt am Bahnhof?«

Er deutete abwechselnd auf die Reporterin und den Kameramann.

»Ich vor einer Woche. Da bin ich nach Paris gefahren«, sagte die Reporterin stolz.

Götz zog den Bauch ein, damit er den obersten Knopf seiner Jeans zumachen konnte.

»Das meine ich nicht. Hast du dir mal die Caritas am Bahnhof angesehen? Ich bin vorhin da vorbeigefahren. Da hängen jetzt nicht mehr nur die Penner rum. Da sind Frauen mit Kinderwagen, Schüler, Männer in Anzügen, Alte, Junge. Die stehen da mit gesenkten Köpfen und verschämten Blicken und warten auf einen Teller Suppe, ein Stück Brot und einen Becher Tee.«

Das Bild hatte ihn zuerst gerührt und dann wütend gemacht. Weil niemand sich um sie kümmerte, weil man sie alleinließ. Wer wollte den Leuten verübeln, dass sie stinksauer waren. Dass sie die Schnauze voll hatten und sich den Radikalen zuwandten, bei Demonstrationen anfingen zu plündern. Keine Klamotten, keine Elektronik, sondern Essen!

»Interessiert das jemanden?«

»Ja«, sagte die Reporterin, »dich … ich meine Sie. Sie haben so viele tolle Lieder, die den Menschen Mut und Hoffnung machen.«

»Blödsinn. Lieder, Musik, was ändert das denn? Ich mache das seit zwanzig Jahren. Und hat sich was gebessert?«

Wieder so eine rhetorische Frage, auf die die Reporterin keine Antwort wusste.

»Ich bin doch nur der Clown, der Pausenfüller zwischen den großen Nummern, bei denen wir alle in den Arsch gefickt werden. Ich singe vom Leben der einfachen Leute, und alle jubeln mir zu. Dabei bin ich nicht besser als das verdammte Fernsehen, die blinkenden Shoppingmalls und die öden Skandale in den Zeitungen.«

Das Gebrülle aus dem Stadion drang bis in die Garderobe herein. Götz hielt kurz inne, als er das Hemd zuknöpfte. Noch fünf Minuten.

»Ihr müsst jetzt gehen«, sagte er. »Vielleicht sehen wir uns noch nach dem Konzert.«

Er schickte die Reporterin und ihren Kameramann aus der Garderobe, konzentrierte sich, versank für ein paar Minuten in einer Instant-Meditation. Dann war er bereit. Ließ sich von der Tourmanagerin durch die endlosen Gänge führen. Der Lärm war die Navigation. Vorbei an den Mitarbeitern, die für die

Backstage zuständig waren. Ein Vorhang wurde beiseitegeschoben. Götz Wolf trat auf die dunkle Bühne hinaus, der Suchscheinwerfer erfasste ihn, und während er zum Klavier ging, rollte ein Sturm der Begeisterung wie ein Tsunami über die Bühne. Fünfundvierzigtausend, dicht gedrängt wie ein einziger Körper, schrien sich die Seele aus dem Leib. Die Absperrgitter, einen Meter von der Bühnenkante entfernt, ächzten und klapperten. Ordner hatten alle Hände voll zu tun, die Meute in Schach zu halten. Hoben die Ohnmächtigen aus der Menge und übergaben sie den Sanis.

Götz saß unterdessen unbeweglich auf dem Klavierhocker. Den Kopf leicht gesenkt, die Hände im Schoß gefaltet. Im Licht des goldgelben Scheinwerfers sah er aus wie der Held eines Superheldenfilms. Er war fast zwei Meter groß, leicht übergewichtig, blond wie ein Siegfried, Locken bis zu den Schultern. Blaue Augen, eine kleine, filigrane Nase und darunter volle, sinnliche Lippen. Er trug ein weißes Hemd, dessen Ärmel er bis über die Ellbogen hochgekrempelt hatte. So wartete er bei jedem Konzert, bis die Menge sich beruhigte. Das konnte schon mal ein paar Minuten dauern. Aber er fing nicht an, bevor es absolut still war. Dann legte er die Hände auf die Tasten.

Auf der Playlist standen fünfundzwanzig Songs. Zuerst der aktuelle Hit *Die Heldin*. D-Dur, einzelne Töne mit der rechten Hand wie Perlen an einer feinen Schnur. *Sie ist die Heldin aus den stolzen Träumen, das Fühlen, das Lachen und das Fliegen / Auf dem Weg in den Himmel auf Erden und das Lied vom Fallen und Liegen.* Es begann leise, fast schüchtern und steigerte sich zum Ende hin zu einem gewaltigen Crescendo, indem er die Akkorde beidhändig ins Klavier hämmerte. Als der letzte Ton verklungen war, hatte er seine Fans gebändigt, hielt sie in Händen. Die Ungeduld, weil sie so lange hatten warten müssen, entlud sich nun in Begeisterung und Freude. Rote Rosen flogen auf die Bühne. Plüschtiere, BHs und Slips. Schilder wurden hochgehalten. *Heirate mich. Ich liebe dich. Ich will ein Kind von dir.* Eben all das, womit die überquellenden Herzen sich Luft verschaffen konnten.

Götz drehte sich auf dem Klavierhocker langsam zum Publikum hin. Er öffnete den ersten Knopf an seinem Hemd, was zu weiteren Gefühlsentladungen führte. Dann nahm er das weiße Handtuch, das jeden seiner Auftritte begleitete, und wischte sich den Schweiß von der Stirn. Eigentlich sah der Ablaufplan vor, dass er die Songliste herunterspielte, in den Pausen dazwischen ein paar Anekdoten erzählte, traurige, lustige, schlüpfrige, und am Ende dem Publikum eine halbe Stunde Zugabe gewährte. So lief es immer ab. Nur nicht an diesem Abend. Er ging zu dem zweiten Mikrofon, das am Bühnenrand stand. Schaute seine Fans an, als würde er sie alle persönlich kennenlernen wollen, als würde er wissen wollen, wer das ist, zu dem er gleich sprechen will. Keine anonyme Masse, sondern eine Versammlung von Individuen und Schicksalen. Er schwieg. Fünf Sekunden, zehn Sekunden, zwanzig Sekunden, eine gefühlte Ewigkeit. Er senkte den Kopf, hielt das Mikro so nahe an den Mund, dass man hören konnte, wie er atmete.

»Es war der neunte Februar 1980. Ich erinnere mich noch genau, als wäre es gestern gewesen. Meine Mama war an dem Tag früher als sonst nach Hause gekommen. Meine Schwester Marie, mein kleiner Bruder Andreas und ich haben ihr die schweren Einkaufstaschen abgenommen. Sie hat nichts gesagt, hat sich nur an den Küchentisch gesetzt und geheult. Neckermann hatte ihr gekündigt, weil es zu viele Buchhalterinnen waren. Meine Schwester hat sie gefragt, warum sie nicht zum Arbeitsamt geht. Aber das wollte sie nicht. Sie war ein Sturkopf, wie ihr es noch nicht erlebt habt. Auf ihrem Schädel hätte man Holz hacken können. Sie hat dann drei Jobs angenommen, um uns Kinder durchzubringen. Frühmorgens hat sie Zeitungen ausgetragen, mittags im Rathaus geputzt und abends in einer Kneipe bedient. Fünf Jahre lang. Und dann ist sie eines Morgens nicht mehr aufgewacht. Ich hab *Die Heldin* für sie geschrieben.«

Er flüsterte die Strophe. *Sie ist für jeden da, nur nicht für sich, ist für jeden da, nur nicht für sich.* Hielt das Mikro mit beiden Händen, als brauchte er den Halt. Und alle sahen, dass die Erinnerung ihm Tränen in die Augen getrieben hatte. Jetzt hob er wieder den Kopf. Wischte die Tränen weg. Schaute ins Publikum, hielt die Hand wie einen Schirm an die Stirn, blinzelte, weil die Scheinwerfer ihn blendeten.

»Viele von euch haben in den vergangenen Monaten ihren Job verloren. Man hat euch gesagt, dass ihr und die, die euch entlassen haben oder euch in die Pleite getrieben haben, dass ihr alle im selben Boot sitzt. Aber das stimmt nicht. In diesem Boot gibt es den Maschinenraum. Ganz tief unten, wo die Krankenschwestern, die Müllkutscher, die Bauarbeiter, die Verkäuferinnen, die Kindergärtnerinnen, die Kraftfahrer, die Mütter hocken und den Laden am Laufen halten. Dann gibt es die Innenkabinen, wo die Ärzte und Angestellten und Beamten sitzen und sich den Arsch aufreißen. Dann die Außenkabinen mit den Leuten von den Zeitungen, die Schriftsteller, die schlaue Bücher über euch schreiben, ohne zu wissen, wie euer Leben wirklich aussieht. Und dann ganz oben die Brücke und das Sonnendeck für die Politiker, Unternehmer, Banken. Die ihr Luxusleben nur leben können, weil ihr wie die Blöden schuftet. Und was ist der Dank? Wenn sie euch nicht mehr brauchen, entlassen sie euch. Machen die sich Gedanken um euch?«

Er nahm das Mikro aus der Halterung, setzte sich an den Bühnenrand. Die Kameras übertrugen das Bild auf die riesigen

Leinwände, die rechts und links von der Bühne aufgebaut waren.

»Nein, das machen sie nicht. Für die seid ihr nicht mehr als ein Haufen Idioten. Ihr sollt nicht darüber nachdenken, was ihr braucht. Ihr sollt nicht sagen, dass ihr Angst um eure Zukunft und die eurer Kinder habt. Ihr sollt euer Leben als Schicksal ansehen, das ihr sowieso nicht ändern könnt. Wenn ihr unbefriedigt seid, sollt ihr shoppen gehen, wenn ihr frustriert seid, sollt ihr fernsehen und euch besaufen, und wenn ihr nicht mehr weiterwisst, sollt ihr euch die Kugel geben.«

Es war ein kalter Spiegel, den er seinen Fans vorhielt. Einer, der ihnen nicht schmeichelte. Sie hingen ungeduldig und gespannt an seinen Lippen. Worauf wollte er hinaus?

»Ihr seid selbst daran schuld, dass es euch so beschissen geht, sagen sie. Aber das stimmt nicht, ihr seid nicht schuld daran. Und trotzdem seid ihr die Einzigen, die es ändern können.«

Er deutete ins Publikum, sah denen in den vorderen Reihen in die Augen. Ohne es zu merken, hatte er sich entschieden, sie nicht zu beruhigen, ihnen nicht zu sagen, dass alles gut werden wird. Er zeigte auf ein Pärchen direkt vor ihm.

»Du und du. Ihr müsst den Politikern und den Firmenbossen sagen, dass ihr euch nicht mehr alles gefallen lasst, dass ihr keine Schafe seid, die man einfach so schlachten kann. Dass ihr lange genug verarscht worden seid. Dass ihr die Scheiße nicht mehr ertragt. Und dass jetzt die Zeit gekommen ist, in der ihr euch zu wehren beginnt.«

Die letzten Sätze hatte er so laut in das Mikrofon gebrüllt, dass es zu Übersteuerungen kam. Die Rückkopplungen jagten durch das Stadion, als würden Raubvögel angreifen. Das Publikum tobte, schrie. Das Pulverfass, von dem der Polizeichef gesprochen hatte, war bereit und wartete darauf, dass Götz

Feuer an die Lunte legte. Er sah es. Er stand auf, blieb am Bühnenrand stehen und ließ die Meute eine Weile toben. Er genoss mit einem Schaudern die Macht, die er in solchen Momenten hatte. Ein Wort genügte, und seine Fans würden aus dem Stadion stürmen und alles kurz und klein schlagen. Sie würden ihrer Wut, die er hochgekitzelt hatte, freien Lauf lassen. Aber das durfte nicht geschehen. Nicht heute. Er wusste um die Verantwortung, die jeder hat, der auf einer Bühne steht und dem Zehntausende zujubeln. Er musste sie steuern, ihre Erregung kanalisieren.

»Ich werde euch bei diesem Kampf unterstützen. Mit allem, was ich habe. Mit jeder Faser meines Körpers. Ich konnte nicht für meine Mama kämpfen, weil ich zu klein und dünn und ohnmächtig war. Und weil ich Angst hatte. Heute habe ich keine Angst mehr. Ich bin groß. Und ein bisschen dick. Ich gebe es zu. Aber das heißt auch, dass niemand an mir vorbeikommt.«

Die Leute lachten. Er machte wieder eine Pause. Und dann sagte er einen Satz, von dem er wusste, dass er sein Leben radikal verändern würde. Es war eine spontane Entscheidung, zu der er sich in den letzten Minuten selbst gedrängt hatte. Götz hob die Hände in die Höhe, er musste brüllen, um den Lärm zu übertönen.

»Ich will den ganzen Weg mit euch gehen … und deswegen gebe ich hiermit meine Kandidatur für die Bundestagswahl bekannt.«

Kaum hatte er den Satz ins Publikum geschleudert, brach ein Sturm los.

»Ich weiß auch noch nicht genau, wie das alles gehen soll. Aber ich werde für euch kämpfen. Und wir werden zusammen eine großartige Bewegung sein. Und diese Bewegung wird Morgenröte heißen.«

Er spielte das Konzert zu Ende. Dreieinhalb Stunden. Verausgabte sich und riss sich wie üblich auf dem Höhepunkt das Hemd vom Leib. Als das Konzert vorbei war, kam es rund um das Stadion zu schweren Ausschreitungen. Lorenz Ziffer rief ihn noch in derselben Nacht an, um ihm zu gratulieren. Er wollte sich so bald wie möglich mit Götz und Amalia zusammensetzen, um über die Morgenröte zu sprechen.

5

Er lag im Koma und musste künstlich beatmet werden. Die Ernährung erfolgte über einen dünnen Schlauch, der in seinem rechten Nasenloch verschwand. Unzählige weitere Schläuche führten zu Geräten, die seine Vitalfunktionen überwachten. Ich besuchte ihn einmal pro Tag, hielt mal seine linke Hand, dann wieder die rechte, sprach mit ihm, als wäre er bei Bewusstsein. Er antwortete nicht. Aber das war nichts Besonderes. Mein Vater hatte sein Leben lang nicht viel geredet. Übrigens auch nicht zugehört. Jetzt gönnte er mir noch nicht mal ein Blinzeln, keinen Händedruck, eigentlich überhaupt keine Reaktion.

Als Frau Dr. Raabe auftauchte und nach einer Patientenverfügung fragte, wusste ich nicht, was das ist. Sie erklärte mir, dass ohne das Papier nicht entschieden werden konnte, was mit meinem Vater passieren sollte. Es konnte ja sein, dass er noch Wochen oder Monate im Koma lag. Sie zeigte mir Aufnahmen, die sie mit einem MRT gemacht hatten.

»Teile seines Gehirns sind durch die Unterbrechung der Blutzufuhr und damit der Unterversorgung mit Sauerstoff geschädigt«, sagte sie. »Dadurch sterben im gesamten Gehirn Zellen ab. Man nennt es eine ›hypoxische Hirnschädigung‹, hervorgerufen durch Mangelversorgung mit Sauerstoff.«

Ich sah nur graues und weißes Gewebe.

»Es sieht so aus, als wären Sprachzentrum, Bewegungszentrum, Lesen und räumliches Denken irreparabel zerstört. Wenn Ihr Vater wieder aufwachen sollte, ist er nicht mehr der Mensch, den Sie gekannt haben«, sagte sie.

Ich sah meinen Vater an. Er lag still, aber nicht friedlich. Die Stirn in Falten gezogen, als würde er mir immer noch nicht verzeihen, dass ich ihn vor dem Tod bewahrt hatte, die Mundwinkel grimmig nach unten gezogen.

»Falls es eine Patientenverfügung gibt, in der Ihr Vater festgeschrieben hat, wie er behandelt werden will, bringen Sie die bitte beim nächsten Besuch mit«, sagte Frau Dr. Raabe.

Nachdem sie gegangen war, meinte der Krankenpfleger, er habe schon einige Patienten wie meinen Vater gesehen.

»Wenn die aufwachen, sind sie nur noch Gemüse«, sagte er.

Einen Moment lang spürte ich den starken Impuls, ihm die Fresse zu polieren.

Vom Krankenhaus aus fuhr ich in die Schießgasse. Ich hatte eine Vorladung von der Kripo erhalten, musste warten und durfte mir anschauen, wie ununterbrochen Leute mit Handschellen gefesselt in die Polizeistation gebracht wurden. Einige hatten Morgenröte-Sticker auf ihre Jacken genäht. Nach einer Stunde erschien ein Bulle mit Glatze, Sonnenbrille und schlechter Laune. Er sah aus wie ein Boxer, stellte sich als Hauptkommissar Fabich vor, während wir die Treppe hinauf in den zweiten Stock in sein Büro gingen. Ich war überrascht, wie klein das Zimmer war. Das Mobiliar alt, der Fußboden an den Rändern schmutzig, das Poster von Dynamo Dresden eingerissen. Postkarten, die seine Kollegen von Urlaubsreisen geschickt hatten, waren mit Nadeln an eine Schranktür geheftet. Ein weiteres Poster, diesmal von Götz Wolf, auf dem er auf dem Flügel steht und sich das Hemd vom Körper reißt. Das Poster beruhigte mich. Jemand, der Götz Wolf hörte, konnte kein schlechter Mensch sein. Ein paar Erbauungssprüche in Ikea-Rahmen. *Jeder Berg wird mit dem ersten Schritt erklommen. Wenn du an etwas zweifeln willst, zweifle an deinen Grenzen. Gefahr ist real, Furcht ist eine Wahl.* Nichts in dem Büro passte zueinander.

Ich musste auf einem Stuhl neben seinem Schreibtisch Platz nehmen und zum dritten Mal erzählen, wie ich meinen Vater vorgefunden hatte. Er tippte meine Aussage geduldig in ein

Notebook, das er vermutlich aus dem Naturhistorischen Museum ausgeliehen hatte.

»Wir haben das Handy Ihres Vaters ausgewertet«, sagte er.

Ich wusste nicht, was ich darauf antworten sollte. Aber vielleicht war es auch gar keine Frage. Jedenfalls hatte ich kein Fragezeichen gehört.

Er löste die Hände von dem Notebook und lehnte sich auf seinem Stuhl zurück. Die Rückenlehne ächzte, und ich wartete darauf, dass sie brach. Das wäre doch mal ein lustiger Moment und würde das Autoritätsgefälle ein wenig verrücken, dachte ich. Aber den Gefallen tat mir die Lehne nicht.

»Sie machen Videos auf YouTube.«

Ich nickte.

»Damit kann man Geld verdienen?«

Ich nickte.

»Und wie geht das vonstatten?«

»Durch Werbung. Ich habe neun Millionen Follower. Die sehen sich die Werbung auf meinem Kanal an.«

»Follower sind so was wie Abonnenten?«

Ich nickte erneut und fragte mich, warum er das wissen wollte. War es Polizeitaktik, wie man sie in jedem Fernsehkrimi vorgeführt bekam? *Rede über belangloses Zeug, wiege den Verbrecher in Sicherheit und führe ihn dazu, zuletzt unter Tränen und in Verzweiflung die Wahrheit zu gestehen.* Ich hatte meinen Vater nicht umgebracht, aber was wäre, wenn er mir nicht glauben sollte?

»Und was verdient man da?«, fragte er.

Ich sah ihn erstaunt an.

»Sie müssen das nicht sagen, das hat nichts mit dem Fall zu tun. Ich frage nur, weil meine Tochter auch Videos macht. Jetzt will sie nach der Schule nicht studieren, sondern als YouTuberin Geld verdienen. Vielleicht kennen Sie meine Kleine.«

»Wie heißt sie?«

»Daniela. Aber sie nennt sich Leela.«

»Und ihr Kanal?«

»Leela Q. Es ist ein Wortspiel mit lila Kuh. Das war früher eine Werbung für Milka-Schokolade.«

Er sagte das so stolz, als wäre es seine Idee gewesen.

»Ich weiß«, antwortete ich. »Zweineunzehn habe ich etwas über drei Millionen brutto durch Werbung, Abos und Merchandise gemacht.«

»Okay«, sagte er.

Er richtete sich abrupt auf und legte die Hände zurück auf die Tastatur seines Notebooks. Die Summe hatte ihn sichtlich beeindruckt. Vielleicht stellte er sich gerade vor, wie die lila Kuh Millionärin wurde, und er musste mit ein paar Tausend Euro pro Monat nach Hause gehen.

»Wie war das Verhältnis zu Ihrem Vater?«

»Schwierig.«

»Wegen Geld?«

»Es ist schon schwierig gewesen, als ich noch nicht wusste, was Geld überhaupt ist. Es hat angefangen, als meine Mutter von zu Hause weggelaufen war.«

Er warf einen Blick in die Papiere neben dem Notebook.

»Da waren Sie sieben. Muss für Ihren Vater schwer gewesen sein.«

»Ja klar«, antwortete ich. »Wie das so ist, wenn die Frau abhaut. Papa ist stinksauer, und der kleine Georg freut sich, weil seine Mama ihm die Playstation nicht mehr verbieten kann.«

Er sah mich irritiert an. Sarkasmus war nicht sein Spezialgebiet. Das war schon mal klar.

»Den Brief von der Deutschen Bank haben Sie im Krankenwagen gefunden?«

»Er muss ihm aus der Tasche gefallen sein.«

Eine Weile suchte er in der Akte, die er zu dem Fall angelegt hatte. Als er den Brief fand, las er ihn und schüttelte den Kopf. Vielleicht hatte er auch schon unangenehme Erfahrungen mit Banken gemacht.

»Und Sie glauben, dass Ihr Vater deswegen versucht hat, sich umzubringen?«

Mein Vater hatte sein Leben lang über Banken geschimpft. Sein Standardspruch ging so: »Wenn die Sonne scheint, wollen die Scheißkerle dir einen Regenschirm verkaufen, aber wehe, es fängt mal an zu regnen.« Ich hatte versucht, ihm zu erklären, dass Banken Geld verdienen wollen. Und dass die am meisten Geld verdienen, wenn jemand in Not ist. Machte er als Bäcker ja auch, nur in anderen finanziellen Dimensionen.

»Sie haben diesen …«

Er blätterte wieder in der Akte.

»Hermann Ritter«, half ich aus.

»Richtig, Hermann Ritter. Sie haben auf YouTube gesagt, Sie würden ›dem Schwanzlutscher sein Ding abschneiden und es ihm in den Arsch schieben‹.«

Er lehnte sich wieder zurück. Der Stuhl ächzte erneut unter seinem muskulösen Körper, hielt aber immer noch stand. Die beiden schienen ihre Grenzen zu kennen.

»Das mit dem Schwanzlutscher habe ich nur gesagt, weil ich wütend war«, versuchte ich eine zugegeben schwache Ausrede.

»Und Sie glauben, wenn Sie wütend sind, dürften Sie über jemanden so reden? Auf YouTube und Facebook und Twitter, und wie das Zeug alles heißt.«

»Ja. Wobei ich eigentlich nichts gegen Schwanzlutschen habe. Den Rest habe ich allerdings genau so gemeint.«

»Ich verstehe Leute wie Sie nicht. Ihr denkt, weil ein paar Millionen Leute sich das Zeug anschauen, was Sie und Ihre

Kollegen da jede Woche produzieren, gibt es für euch keine Grenzen?«

»Es ist interessant, dass Sie von Grenzen sprechen«, sagte ich. »Mein Vater hat sein Leben lang wie ein Ochse geschuftet. Er ist morgens um drei aufgestanden, damit ein Wichser wie Hermann Ritter Brötchen auf dem Tisch hat. Und dann kündigt die Bank, deren Chef dieser Hermann Ritter ist, von einem Tag auf den anderen alle Kredite, weil das Privatkundengeschäft umstrukturiert werden soll, oder wie diese Scheiße heißt. Und Sie reden von Grenzen?«

Ich hatte mich ein bisschen aufgeregt, aber das schien ihn nicht zu beeindrucken.

»Dieser Hermann Ritter hat den Brief mit Sicherheit nicht selbst geschrieben«, sagte er.

»Das weiß ich. Aber er ist dafür verantwortlich, dass solche Briefe geschrieben werden. Meinen Sie nicht? Sie machen ja auch nicht die Gesetze, nach denen Sie jemanden verhaften.«

»Wissen Sie eigentlich, warum Sie hier sind?«, fragte er.

»Nein.«

»Paragraf 241 Strafgesetzbuch. *Wer einen Menschen mit der Begehung eines gegen ihn oder eine ihm nahestehende Person gerichteten Verbrechens bedroht, wird mit Freiheitsstrafe bis zu einem Jahr oder mit Geldstrafe bestraft.*«

Er sagte das so, als würde er sich jetzt schon darauf freuen.

»Ich rate Ihnen, sich auf die Suche nach einem guten Strafverteidiger zu machen. Kennen Sie da jemanden?«

Ja klar, schließlich stehe ich ja einmal pro Woche wegen Mord und Totschlag vor Gericht, dachte ich, sagte ich aber nicht.

»Und da ist noch was. Ich sage Ihnen das unter uns. Ich werde von meiner Seite alles tun, damit die Staatsanwaltschaft Anklage erhebt. Und dann hoffe ich, dass Sie in den Knast kommen und da genug Zeit haben, darüber nachzudenken, was Sie in Ihren YouTube-Shows alles von sich geben.«

»Mit Sicherheit werde ich nach einem Jahr Knast noch berühmter sein.«

»Möglich. Aber auf alle Fälle ist ein hübscher Kerl wie Sie danach keine Jungfrau mehr.«

Als er meine Aussage ausdrucken wollte, hatte sein Notebook keine Verbindung zum Drucker. Ich hätte ihm helfen können, das Problem zu beheben. Er hätte lediglich das LAN-Kabel in seine Maschine stecken müssen. Aber ich hatte meinen Spaß daran zuzuschauen, wie er versagte. Er holte eine Kollegin, die ihn auf das Kabel hinwies. Danach unterschrieb ich meine Aussage, ohne sie noch mal durchzulesen. Die Vorladung war damit zu Ende. Ich nahm eine Autogrammkarte mit aufgedruckter Unterschrift aus der Jacke und schrieb noch etwas Persönliches darauf. *Für Leela von Georg, denk dran, immer ein Messer mitzunehmen.* Dann malte ich noch drei Herzchen dazu. Er las die Karte. Einen Moment lang dachte ich, er würde mir eine reinhauen. Aber er warf mich lediglich aus seinem Büro. Ich ging mit einem unguten Gefühl. Es wäre besser gewesen, ich hätte mich nicht so hinreißen lassen.

6

Es war vier Tage her, dass ich meinen Vater in der Backstube gefunden hatte. Und mit jedem Tag wurde meine Wut auf Ritter größer. Natürlich hatte er meinem Vater die Schlinge nicht persönlich um den Hals gelegt. Und er hatte auch nicht den Stuhl unter seinen Füßen weggetreten. Aber das musste er auch nicht. Man kann einen Menschen umbringen, ohne sich die Hände schmutzig zu machen. Alles, was man tun muss, ist, ihm die Zukunft zu rauben.

Ich saß in der Küche, las den Brief wieder und wieder. Die Unbekümmertheit und Kälte, mit der diese Leute vorgingen, war furchtbar. Dieser Kommissar, ich hatte seinen Namen schon wieder vergessen oder verdrängt, hatte die Ermittlungen eingestellt, weil die Beendigung eines Kreditverhältnisses nicht als Tötungsabsicht gewertet werden konnte. *Natürlich nicht, ihr verdammten Wichser*, dachte ich. Fabich hieß er. Jetzt fiel es mir wieder ein.

In der Hoffnung, etwas ruhiger zu werden, hatte ich mich vergangene Nacht den zwei Flaschen Weißwein hingegeben. Sie hatten nicht geholfen. Als ich heute Morgen aufwachte, war ich immer noch wütend. Ich hatte mit Sophie am Telefon darüber gesprochen, ihr aber noch nichts von dem Brief erzählt. Manuela hatte mir den Text wie erwartet zurückgeschickt, und ich hatte mich noch nicht wieder drangesetzt. Es gab Wichtigeres. Prompt rief Frau Dr. Raabe an und fragte schon wieder nach der Patientenverfügung.

Auf Wikipedia fand ich eine Beschreibung, die halbwegs verständlich war. *Eine Patientenverfügung ist eine Willenserklärung einer Person für den Fall, dass sie ihren Willen nicht (wirksam) gegenüber Ärzten, Pflegekräften oder Einrichtungsträgern erklären kann. Sie bezieht sich auf medizinische Maßnahmen wie ärztliche Heileingriffe und steht oft im Zusammenhang mit der Verweigerung lebensverlängernder Maßnahmen*. Nachdem ich die Beschreibung gelesen hatte, rief ich im Krankenhaus an. Ich musste eine Weile warten, bis Frau Dr. Raabe gefunden wurde. Als sie endlich ans Telefon kam, klang sie etwas außer Atem, und ich stellte mir vor, dass sie gerade lebensverlängernde Maßnahmen verweigert hatte und von Angehörigen durchs Krankenhaus gejagt worden war.

»Was passiert eigentlich, wenn es diese Willenserklärung nicht gibt?«, fragte ich.

»Sie haben sie noch nicht gefunden?«

Ich hatte noch nicht mal danach gesucht.

»Nein.«

»Dann ist der mutmaßliche Wille zu erforschen.«

Sie klang sehr sachlich, so, als sei die Organisation des Sterbens für sie ein alltäglicher Vorgang, der mit Sorgfalt abgearbeitet werden musste.

»War Ihr Vater religiös? Hat er Ihnen gegenüber geäußert, was in so einem Fall zu tun ist? Was hat er gesagt, wenn Sie über dieses Thema gesprochen haben?«

»Wir haben nie übers Sterben gesprochen.«

Wir hatten ja noch nicht mal übers Leben geredet.

»Wenn die Haltung Ihres Vaters nicht zu ermitteln ist, werden ich und meine Kollegen anhand der indizierten Maßnahmen entscheiden.«

Das war vielleicht auch besser so. Ich wollte auf keinen Fall die Verantwortung übernehmen. Ich stellte mir den Moment vor. *Ziehen Sie den Stecker*, würde ich sagen. Und genau in diesem Augenblick würde er aufwachen und missbilligend den Kopf schütteln und etwas sagen, das ich seit Jahren von ihm kannte: *Wusste ich es doch*. Ich fuhr dennoch los, um nach einer solchen Verfügung zu fahnden.

Vor dem Haus standen immer noch die Mülltonnen auf dem Bürgersteig. An der Haustür klebte ein polizeiliches Siegel. Ich rief Fabich an, der mir mitteilte, die Wohnung sei aus seiner Sicht freigegeben, ich könne mich umsehen, wenn ich wollte. Der Schlüssel hakte ein wenig, ich musste gegen die Tür drücken, bis sie nachgab.

Eine feuchte, modrige Kälte schlug mir entgegen. In der Küche saß eine Ratte zwischen Bergen von schmutzigem Geschirr auf dem Tisch und hielt den Rest einer Pizza zwischen den Pfoten. Wir waren beide überrascht, uns hier zu sehen. Sie offensichtlich weniger als ich, denn sie ließ sich nicht stören, hielt nur inne, als wartete sie darauf, dass ich endlich weiterging und sie nicht länger beim Fressen störte. Der Wasserhahn tropfte.

Ich verließ die Küche und ging durch den Flur ins Wohnzimmer. Die schweren Übergardinen waren zugezogen. Staub schwebte in den Lichtbalken, die durch einen schmalen Spalt ins Zimmer fielen. Auf dem Couchtisch lagen Dutzende ungeöffnete Briefe. Einer enthielt zwei Karten für die Morgenröte-Tour. War mein Vater ein Götz-Wolf-Fan? Davon hatte er mir nie etwas erzählt. Kontoauszüge, Rechnungen, Mahnungen. Seit vier Monaten hatte er den Festnetzanschluss nicht bezahlt. Zwei Schreiben von einer Firma mit dem Namen Geier-Inkasso. Eines wegen der Müllabfuhr und eines wegen einer Reiseversicherung. *Geier-Inkasso.* Fanden die das irgendwie komisch? Die Gesamtforderung betrug achthundertvierzig Euro. Wann hatte er aufgegeben, sich gegen den Niedergang zu stemmen? Schon bevor die Bank ihm die Kredite gekündigt hatte oder erst danach?

Geld war nie ein Thema zwischen meinem Vater und mir gewesen. Nicht, weil es im Überfluss vorhanden gewesen wäre, sondern weil er mich nicht für geeignet hielt, etwas Substanzielles zu der Frage beizusteuern. Bis ich zwölf war, erhielt ich Taschengeld, danach musste ich für drei Euro pro Stunde in der Backstube helfen. Morgens, bevor ich zur Schule ging. Meistens bin ich nach der Arbeit nicht mehr zur Schule gegangen, sondern habe mich in mein Zimmer verkrochen und noch ein paar Stunden geschlafen. Deswegen war nach dem Mittleren Schulabschluss vorbei gewesen. Was sollte ich machen? Ich gehörte nun mal nicht zur Spitzengruppe in meiner Klasse, sondern eher zu denen, die die Spitzengruppe überhaupt erst ermöglichten. Er hatte sich das Abschlusszeugnis angesehen und war enttäuscht gewesen. Danach war ich ausgezogen.

Im Schlafzimmer waren die Betten abgezogen, die Matratze auf der Seite, auf der er geschlafen hatte, von Flecken übersät. Die Schranktüren standen offen, Hemden, Anzüge, Unterwäsche, Hosen lagen auf dem Ehebett. Wie musste es ihm in den letzten Wochen und Monaten ergangen sein, wenn er sich so hatte gehen lassen? Je tiefer ich in sein Leben eindrang, umso mehr sah ich seine Not.

Und ehe ich mich noch abwenden und die Wohnung fluchtartig verlassen konnte, brachen all die Schuldgefühle hervor, die ich über Jahre von mir weggeschoben hatte. *Du hättest dich um ihn kümmern müssen. Er war dein Vater. Er hat dich nicht verlassen, deine Mutter ist gegangen.* Ich legte mich auf die saubere Seite des Bettes, rollte mich wie ein Wurm zusammen. Weinte und konnte nicht mehr aufhören. Sophie hatte es gewusst. *Du musst mit ihm reden, ihm sagen, wie es dir geht, dich mit ihm auseinandersetzen. Hör dir an, was er zu sagen hat. Es ist die einzige Möglichkeit, Frieden zu machen. Vielleicht kannst du ihm vergeben. Und es wäre gut, wenn du es tust, solange er noch am Leben ist.* Er war noch am Leben, aber er würde all das, was ich ihm zu sagen hatte, nicht mehr hören.

Es wurde bereits dunkel, als ich aufwachte. Ich suchte weiter nach der Patientenverfügung. Vielleicht lag sie in der Kammer direkt neben dem Bad. Die rote LED zeigte an, dass der alte Dell auf Stand-by lief. Ich setzte mich auf den Schreibtischstuhl, rüttelte an der Maus, der Bildschirm erwachte langsam wieder zum Leben. Das Mailprogramm war geöffnet. Er hatte begonnen, eine Nachricht an die Deutsche Bank zu schreiben. *Ihr Verbrecher könnt mich mal am Arsch lecken. Wenn einer von euch am Freitag bei mir auftaucht, landet er im Ofen. Das schwöre ich. Und dann mache ich euch fertig. Ich weiß genau …*

Hier brach der Satz ab. Was wusste er genau? Wieso schrieb er, dass jemand von der Bank bei ihm auftauchen würde? Seit wann gab es denn so was? Normalerweise reagierten die doch nach dem Prinzip: *Der Kunde stört.* Und war derjenige dann tatsächlich gekommen? Würde die Bank einen Kunden, dem sie zuvor die Kredite gekündigt hatten, wirklich umbringen? Nein, noch nicht mal die Deutsche Bank, die ja nicht gerade für moralische Integrität bekannt war. Wenn ich vor einer Stunde noch eine tiefe Verzweiflung gespürt hatte, wurde ich nun richtig wütend. Es musste irgendwas über die Bank oder Ritter zu finden sein, aus dem ich ihnen einen Strick drehen konnte.

Ich rief Manuela an. Sie war nicht nur meine kritische Text-Inquisitorin, sondern auch noch eine geniale Rechercheurin. Egal, um was es ging, sie hörte nicht auf zu graben, bis sie in den Abgründen der Promis auf Öl stieß.

»Du musst mir helfen«, sagte ich.

»Um was geht es?«

Ich erzählte ihr von dem Brief.

»Es muss irgendwas geben, womit wir dieses Dreckschwein fertigmachen können.«

»Ich hör mich mal um«, sagte sie.

»Okay, danke.«

»Klar. Wann kommt Sophie zurück?«

»Heute.«

»Okay, wir sehen uns dann im Bus.«

7

Der Flughafen-Express war entgegen den Erwartungen pünktlich. Ich sah auf die Anzeigetafel. Sophie flog nur Lufthansa, weil es da angeblich das beste On-Board-Programm gab. Ich hatte am Telefon gesagt, wenn die Lufthansa was hat, dann ist es Verspätung. Zwei Stunden laut Anzeige. Es wäre besser gewesen, es nicht zu beschwören. Jetzt fühlte es sich wie ein ganzer Tag an. *Ich habe eine Überraschung für dich*, hatte Sophie am Telefon gesagt. Ich wartete. Vertrieb mir die Zeit mit Götz Wolf, Bruce Springsteen und Bob Dylan auf iTunes. Las eine Nachricht von Nellie auf *Signal*. Sie war meine Tante, also die Schwester meiner Mutter, und arbeitete bei der *Neuen Zeitung*. *Wie geht's dir? Tut mir leid mit dem Alten. Wenn du jemanden zum Reden brauchst, ruf an. Heute ist leider schlecht. Vielleicht nächste Woche. Wow*, dachte ich. So viel Empathie und Feingefühl. Wir hatten in den letzten Jahren kaum Kontakt gehabt. Wieso sollte ich also ausgerechnet Nellie anrufen? *Alles okay*, schrieb ich zurück.

Und dann trat sie nach drei Stunden durch die Tür. Die schönste Frau der Welt. Als hätte Gott mit ihr einen Prototyp schaffen wollen, von dem alle anderen Frauen nur fehlerhafte Kopien sein konnten. Auch wenn sie Klamotten trug, die sie aus einem Altkleidercontainer gezogen haben musste. Aber das galt nun mal als die amtlich coole, *woke* Garderobe für junge Schauspielerinnen. Sie war fast einen Kopf größer als ich. Lange braune Haare, die sie meist zu etwas hochband, das wie ein Turban aussah. Grüne Augen, links ein Grübchen auf der Wange. Sie schob einen vollbepackten Trolley vor sich her. Wie sie die drei Koffer darauf wuchten konnte, war mir ein Rätsel. Wir umarmten uns, und sie heulte sofort los.

»Es tut mir so leid«, schluchzte sie.

Sophie mochte meinen Vater. Ab und an hatte sie mit ihm telefoniert, ihm begeistert zugehört, wenn er ihr das Geheimnis von Sauerteig und händischem Kneten und Liegezeiten erklärte. Ich glaube, für ihn war sie die ideale Schwiegertochter, die nur leider mit jemandem zusammen war, der nicht ihre Klasse hatte. Ich sagte, dass es besser wäre, wenn wir nach Hause fahren, bevor ich auch noch anfangen würde zu heulen.

In der Bahn tuschelten die Leute. *Das ist doch Georg Herzfeld. Nee, ist er nicht. Doch ist er.* Einige versuchten, Blickkontakt aufzunehmen, weil sie ein Autogramm haben wollten. Ich vermied es, sie anzuschauen. Sie sollten mich in Ruhe lassen. Ich hatte nicht die Kraft, so zu tun, als wäre alles in Ordnung. Sophie fragte, wie es passiert war. Ich erzählte von dem Anruf.

»Wenn ich sofort zu ihm gefahren wäre, würde er jetzt nicht im Koma liegen«, sagte ich.

»Du konntest ja nicht wissen, dass es um etwas Wichtiges geht. Es hätte auch sein können, dass er nur wieder jemanden braucht, den er für sein Leid verantwortlich machen kann.«

Das klang gut. Aber es war nicht die Wahrheit.

»Ich hab ihm angehört, dass er in Not ist. Und ich hab gedacht: *Du kannst mich mal, Alter*. Ich hab ihn absichtlich schmoren lassen. Ich wollte, dass er noch mal anruft, dann würde ich rangehen und ihm sagen, dass ich keine Zeit habe und er zusehen soll, wie er seinen Scheiß alleine auf die Reihe kriegt. Ich wollte es ihm heimzahlen.«

»Das stimmt alles, und du kriegst dafür auch kein Pfadfinderabzeichen. Aber du hast ihn nicht erhängt. Das hat er selbst getan.«

Ich war froh, dass sie das auch so sah. Wenn er wirklich so verzweifelt war, hätte er mit mir darüber reden sollen.

»Ja«, sagte ich. »Aber es ist trotzdem schwer zu akzeptieren.«

Ich zeigte ihr die Kopie des Briefes, den die Deutsche Bank ihm geschickt hatte. Sophie las langsam.

»Wieso haben die ihm sämtliche Kredite gekündigt?«

»Weil er mit den Raten im Rückstand war. Er hat sechs Monate lang nichts gezahlt.«

»Woher weißt du das?«

»Ich war in seinem Büro. Er hat der Bank geschrieben, dass sie ihm noch ein paar Monate geben sollen, weil er seinen Laden verkaufen will und dann alle Kredite zurückzahlen kann. Die Antwort war der Brief.«

Mein Handy klingelte. *Manuela* stand auf dem Display.

»Ja?«

Ich hörte ihr eine Weile zu. Sophie schrieb eine Nachricht an ihre Mutter, um ihr mitzuteilen, dass sie heil in Berlin angekommen war.

»Manuela hat etwas gefunden«, sagte ich, nachdem ich das Gespräch beendet hatte.

Ich erklärte Sophie, dass ich Manuela auf den Chef der Deutschen Bank angesetzt hatte.

»Vielleicht hat er Affären, von denen niemand was wissen darf, oder er geht zu Prostituierten, lässt sich auspeitschen, was weiß ich? Vielleicht steht er auf kleine Jungs. Leute in solchen Positionen haben Dreck am Stecken. Das liegt in der Natur des männlichen Sexualtriebs.«

Sophie lachte. Vermutlich wollte sie nicht glauben, dass ich das ernst meinte.

»In der Natur des männlichen Sexualtriebs?«

»So ist es. Hast du dich schon mal gefragt, wodurch Karrieren gestoppt werden?«, sagte ich. »Sex. Und Gier nach Geld. Und Gier nach Geld ist nur eine Erscheinungsform des Sexualtriebs. Also bleibt es beim Sex.«

»Georg, du willst dich nicht ernsthaft mit dem Chef der Deutschen Bank anlegen.«

Eine Zeit lang hatten wir in meiner Show eine Nummer, die hieß *Zum Abschuss freigegeben.* Wir luden Promis ein und konfrontierten sie mit peinlichen Fotos, die sie irgendwann mal gepostet hatten. Einige im Team, auch Sophie, fanden den Titel zu martialisch. Jetzt hieß es nicht mehr *Zum Abschuss freigegeben,* sondern *Die nackte Wahrheit*.

»Doch, genau das will ich. Ich will diesen Scheißkerl fertigmachen.«

»Weil du denkst, dass dann die Stimme verstummt, die dir zuflüstert, dass du schuld bist?«

Manchmal hasste ich ihr Talent, Dinge auf den Punkt zu bringen. Sie war ein verdammter Seismograf für all die tiefen Erschütterungen, die ich in logische Erklärungen verpackte. Ja, vielleicht war es so. Vielleicht wollte ich tatsächlich die Stimme zum Verstummen bringen. Aber es waren Ritter und die Bank gewesen, die meinem Vater die Schlinge um den Hals gelegt hatten. Und damit durften die nicht davonkommen. Um das Thema zu beenden, lenkte ich ab.

»Was für eine Überraschung hast *du* eigentlich für mich?«, fragte ich Sophie.

»Nicht jetzt«, antwortete sie. »Wenn wir zu Hause sind.«

»Was Gutes oder was Gutes?«

»Das kommt auf dich an.«

»Sag schon.«

Sie zögerte, als würde sie sich selbst vor der Überraschung fürchten.

»Meine Tage sind überfällig.«

»Wie lange?«

»Drei Wochen.«

»Oh! Okay«, sagte ich.

Sophie sah mich erstaunt an. *Okay* war nicht das, was sie hören wollte. Aber ich wusste in dem Moment tatsächlich nicht, was ich sonst sagen sollte. Ich wusste nicht, was ich überhaupt sagen sollte. *Ein Kind.* War ich dafür bereit? Wir hatten ein paarmal darüber geredet, dass wir eine Familie gründen wollten. Drei Kinder, hatte ich gesagt. Von jeder Sorte eins. Männlich, weiblich, divers. Sophie hatte den Witz nicht komisch gefunden.

»Wie sicher bist du?«, fragte ich.

Sie war sich sehr sicher. Ich konnte es sehen.

»Ich hab Angst, dass du nicht dafür bereit bist, dass du einen Rückzieher machst.«

»Warum soll ich einen Rückzieher machen? Ich freue mich.«

»Wirklich?«

»Wirklich.«

»Auch wenn du gesagt hast, dass du die Show noch ein Jahr lang machen willst und dann vielleicht in die Politik gehst? Ich will kein Klotz an deinem Bein sein. Und erst recht will ich nicht zu Hause sitzen und darauf warten, dass du am Wochenende mal eine Stunde Zeit für mich und das Baby hast. Wenn Eltern, dann mit gleichen Rechten und Pflichten.«

»Das wird nicht passieren. Ich versprech's dir.«

Sie lächelte, umarmte mich, küsste mich. Aber mit ihrer Angst hatte sie recht. Ich war nicht bereit.

8

Es sollte der Startschuss sein. Deswegen war Lorenz Ziffer zum Schloss derer von Bülow gefahren, wo er sich mit Götz Wolf treffen wollte. Vor einem Jahr hatte er dessen Frau Amalia von Bülow bei einem Jagdausflug kennengelernt. Sie hatte ihm von der Morgenröte erzählt, ein Wort, das sie bei Bertolt Brecht gefunden hatte. *Die* Morgenröte *einer neuen, besseren Zeit kommt aber nicht, wie das Morgenrot kommt, nach durchschlafener Nacht.* Sie wollte die Geschichte der Germanen wiedererwecken. Das Finstere, Okkulte, von dem sie überzeugt war, dass die Deutschen es fühlten, aber nicht wussten, dass sie es fühlten. *Ich will die Mächte des schwarzen Himmels wieder zum Leben erwecken,* hatte sie lachend gesagt. Ziffer war sich nicht sicher gewesen, ob und wie ernst sie das meinte. Da sie aber einer Familie angehörte, die über Jahrhunderte hinweg über andere geherrscht hatte, sah sie die Rolle der Auserwählten wohl als eine Art gottgegebenen Auftrag an. Nach dem Jagdausflug hatte er seine Werbeagentur für mehr als fünfundachtzig Millionen Euro verkauft und beschlossen, seinen prall gefüllten Erfahrungsschatz endlich für die eigene Sache einzusetzen.

Jetzt saß er in der kleinen überheizten Schlosskapelle, um mit Amalia den Plan zu besprechen, wie sie aus der Morgenröte, die seit zwei Jahren als eine vage Idee in Amalias Ideensammlung vor sich hin schlummerte, eine kraftvolle Bewegung machen könnten. Er kam sich in der überladenen Barockkapelle ein wenig verloren vor. Er war nicht sonderlich groß, keine eins siebzig, schlank, dunkelhaarig und für seine zweiundsechzig Jahre ziemlich fit. Er war schlank, trug eine Brille mit dickem schwarzem Rand, durch die er wie eine Eule in die Welt blickte. In dritter Ehe geschieden, lebte er alleine, hatte nur gelegentlichen Kontakt zu seinen Ex-Frauen.

Er wusste, dass Amalia sich nach dem Jagdausflug über ihn informiert hatte. Was hatte sie wohl über ihn erfahren? Dass er mehr als zwanzig Wahlkämpfe für die CDU geführt hatte, davon elf erfolgreich, dass er amerikanische Methoden in Deutschland eingeführt hatte und den Ruf genoss, ein ebenso intelligenter wie skrupelloser und elitärer Drahtzieher zu sein? Manche hielten ihn auch für einen elenden Scheißkerl. Das Urteil hing davon ab, ob ein Kandidat mit ihm gewonnen oder gegen ihn verloren hatte.

Amalia hatte in der ersten Reihe direkt vor dem Altar Platz genommen. Wie sie so aufrecht saß, die Beine übereinandergeschlagen, die Hände auf dem rechten Oberschenkel abgelegt, sprang aus ihrer Haltung die privilegierte Herkunft geradezu hervor. Hohe Stirn, graue Augen, die in krassem Gegensatz zu ihren roten Haaren und einer pergamentartigen Haut standen. Ihr Gesicht war glatt und faltenlos, als hätte sie nie im Leben Anlass zur Sorge gehabt. Lediglich der bei Frauen seltene Haarausfall störte die Perfektion ihrer Erscheinung. Zeichen gelegentlicher inzestuöser Verbindungen innerhalb des uralten Adelsgeschlechts, dessen Stammbaum bis zum Dreißigjährigen Krieg zurückreichte. Er hatte sich ebenso über sie informiert. Amalia von Bülow besaß eine berühmte Pferdezucht, große Wälder südlich von Neubrandenburg, eine Brauerei und eine Privatbank. Nachdem ihre Eltern bei einem Hubschrauberabsturz ums Leben gekommen waren, hatte sich die Partykönigin in eine Unternehmerin verwandelt. Sie war introvertiert, dezent, verschlossen, misstrauisch, streng katholisch und dem italienischen Faschismus eines Benito Mussolini zugeneigt, den sie wegen seiner rigorosen Männlichkeit bewunderte.

»Sollen wir auf ihn warten?«, fragte Ziffer.

»Nein.«

Götz hatte versprochen, um zwölf Uhr dazuzukommen, verspätete sich aber, weil er in Berlin im Waldorf Astoria nicht rechtzeitig aus den Federn gekommen war.

»Hast du das Konzert gesehen?«, fragte sie.

»Er war fantastisch. Unglaublich, wie er in die Herzen seiner Fans eindringt«, antwortete Ziffer.

»Ja, und bei einigen nicht nur in die Herzen.«

Es war ein offenes Geheimnis, dass Götz einer extensiven Polyamorie frönte, wie er es nannte. Es erstaunte Ziffer allerdings, wie gut Amalia zumindest nach außen hin damit klarkam, dass ihr Mann sie hemmungslos betrog. Nicht nur mit jungen Frauen, auch mit solchen in ihrem Alter. Ein kurzes, bitteres Lächeln, dann hatte sie sich wieder unter Kontrolle. Sie erhob sich und lief zwischen den Bänken hin und her. Zuletzt landete sie bei einer Statue der Mutter Maria. Ihre linke Hand glitt zärtlich über das Gewand, als wollte sie Verbindung zu ihr herstellen.

»Götz wird unser Aushängeschild?«, fragte sie.

»Er ist genial.«

»Ja, mein Mann ist genial. Und wie jedes Genie lässt er sich nicht an die Leine legen.«

»Umso besser. So, wie er ist, dient er der Sache am allerbesten. Er hat Charisma, und er ist ein begnadeter Entertainer, der weiß, was das Publikum will und wie er es ihm geben muss. So eine außergewöhnliche Begabung ist sehr selten. Ich habe ihn in Dresden beobachtet. In kürzester Zeit erahnt er die Hoffnungen und Tagträume seiner Fans. Wenn die sich nach dem Konzert T-Shirts und Poster und Schlüsselanhänger kaufen, haben sie das Gefühl, damit Kontakt zu einem Seelenverwandten aufzunehmen.«

»Wie gehen wir vor?«, fragte Amalia.

»Wir geben eine Pressekonferenz und verkünden, dass wir zur Bundestagswahl antreten.«

Er sagte das, als würde er zum gemeinsamen Frühstück einladen. Kein übertriebener Enthusiasmus, kein Eifer, sondern eine schlichte, klare Verkündung. Amalia mochte diese nüchterne Sachlichkeit. Sie entsprach ihrem eigenen Naturell, das Gefühlsausbrüche und fehlende Impulskontrolle für unentschuldbare Schwächen hielt. Im Gegensatz zu Götz, der noch nicht mal wusste, was Impulskontrolle war und wozu sie gut sein sollte.

Als die Tür aufgerissen wurde, fuhr Amalia erschreckt herum. Götz stürmte in die Kapelle, als habe er vor der Tür auf diesen Moment gewartet. Und dann war es wie immer, sobald er auf der Bildfläche erschien. Der Raum neigte sich dorthin, wo er stand.

»Es geht los, Leute. Wir gründen eine Partei«, rief er enthusiastisch in den Raum hinein.

Am Abend zuvor hatte er ein Konzert im Berghain in Berlin gegeben, das erst gegen acht Uhr morgens zu Ende gegangen war. Der Kuss, den er Amalia auf die Wange drückte, wurde von ihr nicht erwidert. Sie roch andere Frauen, egal, wie gründlich er duschte und in Eau de Toilette badete. Er setzte sich an das alte Harmonium, das rechts neben dem Altar stand. Die Füße auf die beiden Tretschemel gestellt, pumpte er Luft in das Gebläse.

»Ich habe zu Amalia gesagt, dass wir keine Partei brauchen«, sagte Ziffer.

Es war der bemühte Versuch, von dem Auftritt nicht an die Wand gedrängt zu werden. Götz Wolf erzeugte eine Bugwelle, der sich kaum jemand erwehren konnte.

»Ich habe zwanzig Jahre lang erlebt, wie Parteien zur idealen Brutstätte für Depression, Psychosen und Übergewicht werden«, fuhr Ziffer fort. »So etwas dürfte dir nicht gut bekommen, Götz.«

Aber Götz reagierte nicht, ignorierte ihn einfach, weil er mit etwas anderem beschäftigt war. Mit sich selbst. Eine leise krächzende Wut machte sich in Ziffer breit. In einer Tonhöhe, die kaum zu hören war.

»Was haltet ihr davon?«, fragte Götz.

Götz schlug d-Moll an, ein kräftiger, scharfer Akkord wie bei einem guten Akkordeon.

»*Ich seh die Wolken schwer am Himmel / Ich seh den wilden Schwarm im Licht / Ich seh die Hände und die Füße und wie die Kälte zerbricht.*«

Drei Strophen, Refrain und Bridge. Eine einfache romantische Melodie, die von Moll nach Dur wechselte, sich langsam hochschraubte, immer drängender wurde. Götz' kraftvolle Stimme brachte die Wände der kleinen Kapelle zum Schwingen. Als er geendet hatte, drehte er sich zu Amalia und Ziffer herum.

»Ich habe in Dresden ein Versprechen abgegeben. Dahinter kann ich nicht mehr zurück«, sagte er. »Ist euch das klar?«

»Ein bisschen ist es wie beim Kindermachen«, sagte Ziffer. »Zuerst hast du Spaß und dann zwanzig Jahre lang die Brut am Bein.«

»Nein, Lorenz, der Spaß geht erst richtig los.«

Götz erhob sich und ging in der kleinen Kapelle auf und ab.

»Jetzt wird es ernst. Wir legen los. Sofort. Wir brauchen Leute, die uns unterstützen, wir müssen eine Kampagne aufziehen, Logo, CI, Marke und so weiter. Und wir brauchen Geld. Viel Geld. Das ist dein Job.«

Er sah Amalia an und zwinkerte ihr zu. Dabei hatte er etwas von einem Feldherrn, wenn er seinen Offizieren sagt, was sie zu tun haben. Unverzüglich und ohne Widerspruch.

»Ruf deine reichen Freunde an, und sag ihnen, dass sie uns unterstützen sollen, sonst kriegen sie einen Tritt in den Hintern.«

Dann war Ziffer an der Reihe.

»Du musst dich um den Wahlkampf kümmern, Lorenz. Du kennst dich damit aus wie kein Zweiter. Wir brauchen einen genauen Plan. Was muss wann, wo und wie getan werden?«

Ziffer nickte knapp. Er verabscheute es, wenn ihm jemand Befehle erteilte. Vor allem jemand wie Götz Wolf, dem er intellektuell haushoch überlegen war. Er sah sich ja selbst als das Mastermind der Bewegung. Er wollte sie strategisch lenken und zum Erfolg führen.

»Ich kümmere mich um die Mobilisierung unserer Fans«, fuhr Götz fort. »Wir holen uns die Wütenden, die Ausgeschlossenen, die Verlierer. Die Frauen, weil wir gegen sexualisierte Gewalt kämpfen, die Bauern, weil wir ihnen eine Zukunft für ihre Höfe zeigen, die Umweltbewegung, weil wir die Konzerne angreifen, die Arbeitslosen, weil wir das bedingungslose Grundeinkommen einführen. Wir zeigen ihnen, dass die Regierung auf dem Weg ist, dieses Land zu versklaven.«

»Und das alles in neun Monaten?«, fragte Amalia.

»Maria hat auch nicht länger gebraucht, um den Heiland zur Welt zu bringen, und das mit einer übersinnlichen Befruchtung«, sagte Götz.

»Natürlich werden nicht alle auf unsere Seite wechseln«, ergänzte Ziffer. »Das ist aber auch nicht nötig. Alles, was wir brauchen, sind genug Stimmen, um die stärkste Kraft zu werden.«

Dabei dachte er vor allem an die, denen die etablierten Parteien den Rücken zugekehrt hatten. Die Alkis, die Fetten, die sich von Tiefkühlpizza ernährten, mit Söhnen, die schon mit sechs einen Rollator brauchten, und Töchtern, die mit fünfzehn ihr zweites Kind von Onkel Herbert erwarteten. Den Rand der Gesellschaft. Für ihn war die Morgenröte so etwas wie der politische Arm von RTL 2. Aber das sagte er nicht. *Es ist eine groteske Veranstaltung*, dachte Ziffer. *Wir stehen hier in dieser kleinen Kapelle und reden darüber, zu dritt eine Bewegung auf die Beine zu stellen, die Deutschland revolutionieren soll. Und bevor wir noch ein Büro angemietet haben, Schreibtische und Computer gekauft haben, misstrauen wir uns bereits gegenseitig.* Oder galt das nur für ihn? Er zündete sich eine Zigarette an, inhalierte tief und blies den Rauch in kurzen Stößen in die Luft.

»Dann machen wir uns mal gleich an die Arbeit«, sagte er.

Er hatte einen *Letter of Intent* mitgebracht, in dem sie erklärten, dass sie zu gleichen Teilen an der Morgenröte GmbH beteiligt sein sollten. Jede Entscheidung sollte einstimmig gefällt werden, keiner von ihnen sollte die alleinige Führerschaft übernehmen. Alles Weitere würden sie in den nächsten Tagen und Wochen klären. Sie unterschrieben das Dokument, anschließend ließ Amalia Champagner bringen. Sie stießen an.

»Wir werden dieses Land mit einer Revolution überziehen, bei der kein Stein auf dem anderen bleiben wird«, sagte Ziffer.

In seinen dunklen Augen schienen kleine Blitze aufzuleuchten.

9

Neun Millionen Abonnenten verfolgten Woche für Woche *Herzfelds Herzschlag* auf YouTube. Wie eine Meute hungriger Hyänen warteten sie jedes Mal darauf, dass ich innerhalb von dreißig Minuten irgendeinen Promi mit pikanten Fotos, unmöglichen Aussagen, Steuerschulden, Gewalt gegen Ehepartner und was das Leben sonst noch an Blamage bereithielt, ans Kreuz nagelte. Meine Show war in den letzten fünf Jahren so etwas wie das Hochamt der medialen Inquisition geworden. *Georg Herzfeld und sein Team sind respektlos, anarchistisch, unbestechlich und dabei auch noch ungeheuer schnell*, lautete die Kritik. Zumindest die wohlwollende. Es gab natürlich auch Journalisten, die uns hassten. *Digitale Selbstjustiz, selbstgerechte Moralapostel, widerliche Heckenschützen.* Wir wurden regelmäßig mit Unterlassungsklagen und einstweiligen Verfügungen bombardiert. Aber je mehr die Presse und die Anwälte der Promis auf uns einschlugen, umso mehr wurden wir von den Fans gefeiert. Wir waren eine Guerilla, die ihren Spaß daran hatte, Lügen und Heucheleien aufzudecken. Dafür brauchten wir nicht mehr als einen alten Berliner Doppeldeckerbus, den wir im Unterdeck zu einem Büro und im Oberdeck zu einem Studio umgebaut hatten. Und wie eine echte Guerilla tauchten wir überraschend auf, schlugen zu und verschwanden sofort wieder. In zwei Stunden wollten wir zur Filiale der Deutschen Bank fahren und von dort aus live die neue Show senden. Das Problem war nur, dass ich nicht sicher war, ob wir das Material, das Manuela über Hermann Ritter angeschleppt hatte, wirklich benutzen konnten.

Nachdem ich ihr vor zwei Wochen gesagt hatte, dass sie Schweinereien von Ritter finden sollte, war sie in Frankfurt, der Stadt, in der die Deutsche Bank ihre Zentrale hatte, in die einschlägigen Klubs gegangen und fündig geworden. *Wenn du was Ekelhaftes über jemanden rausfinden willst, musst du dem Geld oder dem Sperma folgen,* lautete ihr Credo.

Wir saßen im Unterdeck. Die Fenster hatten wir mit Folien blind gemacht, um bei den Besprechungen ungestört sein zu können. Manuela trug wie üblich einen ockerfarbenen Overall, der ihren Körper wie eine Sanduhr in zwei Hälften teilte. Sie hatte in ihrem Thailand-Urlaub sechs Kilo abgenommen und sich eine neue Frisur zugelegt, die ihr dunkles Gesicht wie eine Löwenmähne einrahmte. Sophie saß ihr gegenüber, ich lehnte am Fenster. Auf dem Tisch lagen vier Fotos. Auf dem ersten Foto war Hermann Ritter nackt in einem Kingsize-Bett zu sehen. Ein Junge saß auf ihm. Ebenfalls nackt. Auf dem zweiten kniete der Junge vor Ritter, das Gesicht in dessen Schoß versenkt. Auf dem dritten lag Ritters massiger Körper auf dem Jungen, von dem nur noch Arme und Beine zu sehen waren.

»Woher hast du die?«, fragte Sophie.

»Kann ich euch nicht sagen«, antwortete Manuela.

Sophie schob die Bilder von sich weg.

»Und wie alt ist der Junge?«

Manuela schaute sie konsterniert an.

»Wieso? Ist doch egal, Ritter vergewaltigt ein Kind«, antwortete sie.

»Er sieht aber nicht wie ein Kind aus«, sagte Sophie. »Eher wie sechzehn.«

»Er ist dreizehn«, sagte Manuela.

»Woher weißt du das?«

»Ich weiß es.«

Irgendwas schien Sophie skeptisch zu machen. Vielleicht war es die Angst, dass wir etwas lostreten würden, das für uns drei Nummern zu groß war.

»Und es sieht auch nicht nach einer Vergewaltigung aus.«

»Es sieht nicht nach einer Vergewaltigung aus? Woher weißt du denn, wie eine Vergewaltigung aussieht? Gibt es da amtliche Vorschriften?«, bellte Manuela.

»Du weißt, was ich meine.«

»Nein, weiß ich nicht. Ich weiß nur, dass auf dem Foto zu sehen ist, wie der Chef der Deutschen Bank in einer Suite im King David einen Jungen fickt. Wo ist da das Problem?«

»Das Problem ist, dass wir verdammt vorsichtig sein müssen. Wenn Georg dieses Foto in der Show zeigt und es stellt sich heraus, dass der Junge achtzehn ist ...«

»Eben war er noch sechzehn«, unterbrach Manuela.

» ... und wenn er dann auch noch sagt, dass der Sex einvernehmlich war«, fuhr Sophie fort, »dann weiß die ganze Welt, dass Ritter schwul ist. Und das ist dann auch schon alles. Außerdem ist es strafbar, jemanden gegen seinen Willen zu outen.«

Manuela sprang auf. Es sah aus, als wollte sie Sophie im nächsten Moment am Kragen packen und über den Tisch ziehen.

»Die Deutsche Bank macht Geschäfte mit der Mafia, mit Drogenhändlern, mit Typen, die Mädchen und Frauen verkaufen.«

»Was hat das denn damit zu tun?«, fragte Sophie.

»Es zeigt uns, dass die sich moralisch auf dem Niveau von Kakerlaken bewegen.«

»Und was ist daran neu?«

Sie brüllten sich an, und Manuela war außer sich. Sie hatte uns den Skandal des Jahrzehnts auf den Tisch gelegt, und Sophie wollte es nicht sehen. Es war an der Zeit, dass ich mich einschaltete.

»Die Fotos sind fantastisch, Manuela«, sagte ich, »abgesehen davon, dass das Dreckschwein Sex mit einem minderjährigen Jungen hat.«

»Paragraf 176, sexueller Missbrauch von Kindern, Absatz 1: Wer sexuelle Handlungen an einer Person unter vierzehn Jahren vornimmt oder an sich von dem Kind vornehmen lässt, wird mit Freiheitsstrafe von sechs Monaten bis zu zehn Jahren bestraft«, las Manuela von ihrem Handy ab. »Damit kannst du ihn fertigmachen, Georg. Die schmeißen ihn bei der Deutschen Bank raus. Der ist sozial geächtet. Wer will schon was mit einem Kinderficker zu tun haben?«

»Alles richtig«, sagte ich. »Es gibt nur zwei Fragen. Erstens: Hast du geprüft, ob irgendwas an den Fotos manipuliert worden ist?«

»Was meinst du? Photoshop? Hältst du mich für eine Anfängerin? Klar habe ich das geprüft. Die sind echt. Komplette Exif-Daten. Ort, Zeitpunkt, sogar die Belichtungszeit. Die sind mit einem Samsung Galaxy aufgenommen.«

»Okay. Zweitens, wer hat das Samsung Galaxy gehalten?«

Ich nahm das vierte Foto hoch, auf dem Ritter hinter dem Jungen kniete.

»Das sieht nicht nach einem Selfie aus.«

Sophie nahm mir das Foto aus der Hand.

»Stimmt«, sagte sie sichtlich überrascht.

»Wer ist so nahe an Ritter dran?«

Manuela setzte sich wieder, verschränkte die Arme über der Brust. So, wie sie meinem Blick auswich, wusste sie die Antwort.

»Das darf ich euch nicht sagen.«

»Wieso nicht?«, fragte ich.

»Weil ich es versprochen habe.«

»Ist es jemand aus der Szene? Hängt Ritter in solchen Klubs herum?«

»Natürlich nicht.«

»Aber der Fotograf.«

»Ja.«

»Okay, verstehe.«

Es war verlockend. Ritter war zwar nicht persönlich, aber in seiner Funktion als Vorstand der Bank für den Tod meines Vaters verantwortlich. Die Fotos zeigten ihn bei Handlungen, die ihn unter Umständen für Jahre ins Gefängnis bringen konnten. Es war genau die Art von Rache, die ich mir vorgestellt hatte. Aber damit das funktionierte, mussten die Fotos zu einhundert Prozent echt sein.

»Ich kann euch wirklich nicht sagen, von wem ich die Fotos habe. Aber mein Kontakt hat mir geschworen, dass sie echt sind. Er ist dabei, wenn Ritter irgendwo im Ausland unterwegs ist. Weltwirtschaftsforum in Davos, Konferenz der Weltbank in Washington, OECD-Treffen in Paris.«

»Das heißt, er ist Ritters Assistent? Ein Bodyguard?«, fragte ich.

Manuela wollte es nicht verraten.

Sophie sah mich argwöhnisch an.

»Ich glaub nicht, dass die echt sind«, sagte sie.

»Wieso?«, fragte Manuela. »Du denkst, das wären zivilisierte Leute, weil sie Brioni und Budapester tragen? Die haben sich skrupellos an die Spitze gearbeitet, sich aus der Gemeinschaft der Menschen verabschiedet. Das sind Raubtiere.«

Sie lehnte sich nach vorne, sah mich herausfordernd an.

»Georg, habe ich dich schon einmal enttäuscht? Alles, was ich dir bisher geliefert habe, hat gestimmt. Oder nicht?«

Alles, was sie bisher an Skandalen angeschleppt hatte, war echt gewesen. Wir hatten zwar immer wieder riesigen Ärger bekommen, waren verklagt worden, hatten aber jeden Prozess gewonnen. Trotzdem blieb ich vorsichtig.

»Ich muss darüber nachdenken«, sagte ich.

Die Besprechung war zu Ende. Ich stieg aus dem Bus aus,

drängte mich durch die Fans, die auf ein Autogramm warteten, und vertröstete sie auf später. Nicht weit entfernt lag das Elbufer. Ich dachte daran, Nellie anzurufen und sie zu fragen, was sie davon hielt. Aber dann würde sie sich die Nachricht wahrscheinlich sofort unter den Nagel reißen. Ich musste alleine eine Entscheidung treffen, die entweder der Skandal des Jahres war oder das Ende von Georg Herzfeld bedeutete.

10

Nellie hatte ein zwanzigseitiges Dossier zusammengestellt und Götz Wolf darin als substanzlosen Rattenfänger und Amalia von Bülow als blasierte Adelige beschrieben. Ihr Hauptaugenmerk hatte sie allerdings auf Lorenz Ziffer gerichtet. Seinen Werdegang von der Burschenschaft Berolina über seine Zeit als Wahlkampfmanager mitsamt Verurteilung wegen illegaler Spenden dargestellt. Dazu ein psychologisches Ferngutachten, das ihn als skrupellosen Soziopathen beschrieb. Laut einem Professor Hartmut Lange, Psychiater an der Charité, war er mitleidlos, grausam, abwertend, unmoralisch, primitiv, kaltschnäuzig, räuberisch, schikanierend, entmenschlichend.

Auf dem Weg zum Büro ihres Chefredakteurs machte sie noch einen Umweg über die Damentoilette. *Ich sehe beschissen aus,* dachte sie. Die blonden Haare wollten sich keiner Frisur beugen, obwohl sie sie erst vor einer Woche hatte schneiden lassen. Seit sie keine High Heels mehr trug, kam sie sich winzig vor. Was natürlich keine körperlichen, sondern vor allem seelische Ursachen hatte, das wusste sie. Jemand wie sie musste laut sein, um wahrgenommen zu werden. Sie zog die Lippen mit YSL Rouge No. 1 nach, zupfte sich ein paar Härchen von der Oberlippe und wunderte sich, dass sie so einen Aufstand machte, nur weil Cotta sie in sein Büro bestellt hatte. Was wollte er von ihr? Sie schon wieder anmachen? Über das Dossier reden? Hatte er es überhaupt gelesen?

Wenn jemand nicht die Wörter *Büro Chefredaktion* an die Tür geschrieben hätte, hätte man den Raum auch mit einer Altpapier-Sammelstelle verwechseln können.

»Setz dich«, sagte Cotta, als sie den Kopf durch die Tür steckte. »Such dir einen Stuhl.«

Nellie musste den besagten Stuhl zwischen den Umzugskisten freiräumen, bevor sie Platz nehmen konnte.

»Wie geht's?«, fragte er. »Schaust gut aus, vielleicht ein bisschen überarbeitet, aber das steht dir.«

Danke für das Kompliment, dachte sie.

Sie mochte vom ersten Moment an, als die Geschäftsführung ihn angeheuert hatte, seinen Wiener Schmäh leiden. Er hatte beim *Falter* Karriere gemacht und sich im Zusammenhang mit dem berühmt-berüchtigten Ibiza-Video für größere Aufgaben empfohlen. Er war Ende dreißig, hatte mittellange schwarze Haare, die er streng nach hinten zu einem Pferdeschwanz band, weshalb sie wie ein Helm aussahen. Aber er war nichts für sie.

Über seine randlose Brille hinweg schaute er Nellie nun amüsiert an, während er das Dossier hochhielt.

»Ist Ziffer auch irgendwas nicht?«, fragte er.

»Heilbar?«

»Den Mann hast du gefressen. Wie kommt's?«

»Ich war mit achtzehn in seinem Wahlkampfteam. Ich durfte erleben, wie er die Pressesprecherin so fertiggemacht hat, dass sie sich mit einer Überdosis Schlaftabletten verabschiedet hat.«

»Wahlkämpfe sind Krieg.«

»Und Ziffer macht Kaiser Nero Konkurrenz um den ersten Platz als irres Monster.«

Cotta blätterte in dem Dossier, nickte ab und zu.

»Hör zu, ich will eine Reihe von Reportagen über die Parteien machen, die zur Wahl antreten. Deine wird die erste. Also vergeig es nicht.«

Er reichte ihr die Einladung zur Pressekonferenz der Morgenröte. Nellie warf einen Blick darauf. Traditionell auf Papier gedruckt.

»Wann ist die?«, fragte Nellie.

»In einer Stunde.«

»Und wann ist die gekommen?«

»Vor drei Stunden.«

»Haben die sie noch alle?«, regte Nellie sich auf. »Was denken die sich? Dass ich keine anderen Termine habe? Dass ich nur darauf warte, endlich von dem neuen heiligen Trio der Morgenröte zu hören, wie sie Deutschland in eine Idiokratie verwandeln wollen? Schick jemand anderes.«

»Ich habe niemanden. Bitte, Nellie.«

Sie hatte sich eigentlich den Nachmittag freigenommen, um zur Frauenärztin zu gehen. Da war etwas Hartes in der linken Brust. Es war schon seit einem Jahr da, aber in den letzten zwei Wochen war es größer geworden. Sie hatte zwei Termine verstreichen lassen, weil zu viele und zu wichtige Pressekonferenzen und Interviewtermine in ihrem Kalender standen. Natürlich war ihr bewusst, dass es nicht die Arbeit war, die sie von den Untersuchungen abhielt. Es war die Angst, ihre Ärztin würde sie abtasten, einen Ultraschall machen, ein besorgtes Gesicht aufsetzen, sie zum MRT überweisen und dann das K-Wort sagen. Und dann die Angst, es könnte bereits für Bestrahlungen zu spät sein. Sie hatte auf der Website AMSOB die Fotos gesehen und war erschrocken. *Ich werde mir die Brüste amputieren lassen müssen*, dachte sie. *Zuerst die linke und dann die rechte. Ich werde aussehen wie ein Brett mit zwei Narben in Form von Stacheldraht.* Sie hatte sich innerlich bereits auf die Stunde der Wahrheit bei der Ärztin vorbereitet, und jetzt musste sie den Termin schon wieder absagen. Sie murrte, aber in einer dunklen Ecke ihres Unterbewussten war sie für den Auftrag durchaus dankbar. Sie konnte dadurch der möglichen Schreckensnachricht entgehen.

Nellie verließ das Redaktionsgebäude, zog die Lederjacke an, setzte den Helm auf und schwang sich auf ihre *R nineT Scrambler*. Dreiundzwanzig Grad, das ideale Wetter für eine

Motorradtour durch das herbstliche Brandenburg, über Landstraßen und durch kleine Dörfer, die alle mehr oder weniger gleich aussahen. Eingeschossige Häuser rechts und links von Straßen, die sich wie zwei Arme um die spätgotischen Kirchen in der Dorfmitte schmiegten. Die Bäume standen in der Farbenpracht des Herbstes, die ersten Blätter machten das Kopfsteinpflaster zu einer rutschigen Herausforderung. Sie schwor sich, diesen Lorenz Ziffer mit seiner Morgenröte ans Kreuz zu nageln. Allein schon wegen der Pressesprecherin damals. Ina, mit der sie eine kurze Affäre gehabt hatte.

11

Als sie am Schloss ankam, war der Hof vor dem Hauptgebäude bereits von Übertragungswagen der großen Fernsehsender zugeparkt. Dazwischen unzählige Autos mit Aufklebern der größeren und kleineren Zeitungsredaktionen. Sie alle fragten sich, welche Rolle Götz Wolf bei der Morgenröte spielen sollte. Er war der erfolgreichste deutsche Entertainer. 2020 hatte er einen neuen Rekord für die meisten verkauften Alben aufgestellt. Seine 2018-Tour *Sei du selbst* hatte ihn durch ganz Europa geführt, einhundertzwanzig Konzerte in einem Jahr. Er war ein Phänomen, das sich durchaus mit internationalen Top Acts vergleichen ließ. Nellie parkte das Motorrad in einem seitlichen Hof, ging um das Gebäude herum und stieg die imposante Treppe zum Haupteingang des Barockschlosses hinauf. Sie war offensichtlich die Letzte, die sich in die Anwesenheitsliste eintrug. Die beiden jungen Frauen vom Escort waren in Trachtenkostüme gekleidet. Sie händigten ihr einen Ausweis aus und schickten sie eine weitere Treppe hoch.

Der Schlosssaal war bis auf den letzten Platz besetzt. Auf einer improvisierten Bühne saßen Götz Wolf in der Mitte, rechts von ihm Lorenz Ziffer, links Amalia von Bülow. Hinter ihnen war eine Videowand aufgebaut, auf der in einer sehr modernen 3D-Animation die Ideen und Ziele der Morgenröte präsentiert wurden. Ziffer betonte gerade, dass es sich nicht um eine Partei handele, sondern um eine basisdemokratische Bewegung, die von allen, die gegen die herrschende Politik aufbegehrten, getragen würde. Er zeigte auf der Videowand die Morgenröte-Website, auf deren Startseite ein Konzert von Götz Wolf lief. Dazu gab es einen Blog, auf dem Götz über seine Musik, seine Shows und sein Publikum schrieb. Alles sehr stylish, dachte Nellie. Ein krasser Gegensatz zum Ambiente. Oder war es so geplant? Vermutlich. Ein alter Hase wie Lorenz Ziffer würde den Startschuss seiner neuen Bewegung nicht dem Zufall überlassen. Amalia von Bülow wandte sich in einem weiteren Blog an die Frauen und ermutigte sie, sich gegen gewalttätige Männer zu wehren.

»Auf dem Gut wird in drei Monaten ein Frauenhaus errichtet, das Platz für mehr als einhundert Frauen bietet«, sagte sie. »Die Frauen können dort mitsamt ihren Kindern in einem Wohnprojekt mit dem Namen *Die Morgenröte der Amazonen* wohnen.«

Dann gab es noch einen dritten Blog, in dem sich all die ausbreiten konnten, die mit der Morgenröte sympathisierten. Außerdem waren sie auf Lifebook, Facebook, Instagram, Twitter, YouTube, Telegram und TikTok unterwegs.

»Auch wenn die selbst ernannte Heilige Dreifaltigkeit sich noch in Ankündigungen ergeht, handelt es sich doch um die professionellste Vorstellung einer neuen Bewegung seit der NSDAP«, diktierte Nellie leise in ihr Handy. »Ob die Morgenröte es zu einer ähnlich erfolgreichen Karriere bringen wird, bleibt abzuwarten.«

Sie stand auf der linken Seite des Saals unter einer gerahmten Landkarte des *Heiligen Römischen Reiches Deutscher Nation*. Durch die großen Fenster ließ das nachmittägliche Sonnenlicht den Saal gelbgolden erstrahlen, als sei auch das Teil der Inszenierung. Unter den Fenstern war ein verschwenderisches Büfett aufgebaut, auf dem ausschließlich schlosseigene Bioprodukte aus der Region auf die hungrigen Journalisten warteten.

»Die Morgenröte ist keine Partei, und sie wird es auch niemals werden«, sagte Ziffer. »Was Amalia von Bülow, Götz Wolf und ich möchten, ist, eine Bewegung zu erschaffen, die den Menschen die Möglichkeit bietet, jederzeit Politik zu machen, ohne auf die Ochsentour gehen zu müssen.«

»Woher wissen Sie, dass die Menschen das wollen?«, fragte ein junger Reporter vom *Tagesspiegel.*

»Sie wollen es, weil sie genug davon haben, von Leuten wie Ihnen den Mund verboten zu bekommen«, sagte Götz.

»Mit dieser Aussage hat Götz Wolf auch gleich den Ton gesetzt, wie die PK ablaufen soll. Wenn Ziffer dabei ist, lautet die Parole Beinschuss, Bauchschuss, Kopfschuss«, diktierte Nellie leise. »Hier werden keine Gefangenen gemacht. Die Morgenröte zielt auf die tief liegenden Organe, die ihr verraten, was die Masse will.«

Eine Kollegin vom ZDF drehte sich zu Nellie herum und machte *Pst.* Sie trug ein erstaunlich tiefes Dekolleté, was Nellie sofort wieder an den verpassten Termin bei der Frauenärztin erinnerte.

»Politiker denken in Wahlzyklen«, sagte Ziffer. »Werde ich nach der nächsten Wahl noch im warmen Nest sitzen? Was mache ich, wenn nicht? Vielleicht sollte ich lieber keine unpopulären Entscheidungen treffen. Diese Leute denken nicht an die Zukunft der jungen Leute, der Kinder. Sie denken allein an ihre eigene Zukunft. Das macht sie zu Opportunisten, denen niemand mehr glaubt.«

»Wieso denken Sie, dass der Wähler Ihnen glaubt?« Es war die vom ZDF mit dem tiefen Dekolleté.

»Weil wir für die Morgenröte ein Lobbyregister eingeführt haben. Im Gegensatz zu den korrupten Parteien geben wir darüber Auskunft, von wem wir Spenden erhalten«, fuhr Ziffer fort.

»Wir werden die Lobbyisten aus dem Bundestag vertreiben, so wie Jesus die Händler aus dem Tempel«, ergänzte Amalia von Bülow.

»Da wäre ich an Ihrer Stelle vorsichtig. Sie wissen ja, wo es für Jesus endete«, rief Nellie.

»Nellie Freitag, richtig?«, mischte sich nun Götz Wolf ein.

»Ja.«

»Von der *NZ*.«

»Auch das.«

»Sie haben mich mal interviewt. Ihr Artikel danach war nicht sehr freundlich. Waren Sie enttäuscht, dass wir nicht im Bett gelandet sind?«

Nellies Kollegen drehten sich zu ihr um und lachten. Ein paar schauten sogar mit Genugtuung zu, wie sie rot anlief.

»Sie glauben, dass die Qualität eines Artikels vom Sex mit Ihnen abhängt?«, fragte Nellie.

»Wovon denn sonst?«, antwortete Götz Wolf.

Und wieder hatte er die Lacher auf seiner Seite.

Ziffer erhob sich.

»Um Ihnen deutlich zu sagen, wie wir in Zukunft mit Ihnen verfahren werden und was wir von Ihnen halten, meine Damen und Herren von der Presse, Sie versagen auf allen Ebenen. Warum kann ein Islamist in Berlin auf dem Weihnachtsmarkt elf Menschen umbringen und mehr als sechzig schwer verletzen? Warum werden radikale Islamisten nicht ausgewiesen? Wie kann ein Rechtsextremist eine Synagoge angreifen? Warum werden Umweltgesetze nicht verschärft? Warum dürfen die Daten von Kinderschändern nicht gespeichert und veröffentlicht werden? Lese ich davon in Ihren Zeitungen? Nein. Sie, meine Damen und Herren, sind zu willfährigen Dienern der Regierung geworden.«

Nellie staunte. Ziffer hatte ihren Kollegen, die sich gerade noch mit Götz Wolf gemeingemacht hatten, mit Anlauf zwischen die Beine getreten. Ein Sturm der Empörung brach los, zehn Minuten später war die Pressekonferenz beendet.

Was für ein Wahnsinn, dachte sie. *Kann es sein, dass ich gerade erlebe, wie ein Entertainer, ein Ex-Wahlkampfmanager und eine Adelige sich anschicken, die Parteienlandschaft aufzumischen und eine konservative Revolution zu starten?* Um dem Gedränge zu entgehen, verließ sie den Saal. Als sie auf den Hof hinaustrat und zu ihrem Motorrad ging, stürmte plötzlich ein Schäferhund bellend auf sie zu. Er setzte bereits zum Sprung auf sie an, wurde aber im letzten Augenblick von der Kette zurückgehalten und stürzte zu Boden. Nellie schrie auf.

»Verdammte Scheiße!«

Hunde waren nicht ihr Ding. Doch genauso plötzlich, wie das Tier auf sie zugestürmt war, hörte es augenblicklich auf zu bellen, legte den Kopf schief und jaulte leise. Zwei Ordner kamen herbeigeeilt.

»Was hat der denn?«, fragte der dicke Ordner.

»Keine Ahnung«, antwortete der Kleine. Er sah Nellie an.

Es war ein eigenartiges Bild. Der Hund, der sich eben noch auf Nellie stürzen wollte, zog den Schwanz ein und wich vor ihr zurück.

»Nicht gut«, sagte der Dicke.

»Was ist nicht gut?«

»Wenn der den Kopf so zur Seite legt und heult, dann …«

Er sah Nellie an.

»Nichts für ungut, aber an Ihrer Stelle würde ich mal zum Arzt gehen.«

Nellie schaute zuerst den Ordner und dann den Hund bestürzt an. Sie hatte schon davon gehört, dass Tiere Krankheiten riechen konnten.

12

Die Lichtorgel tauchte mein kleines Studio im Oberdeck unseres Busses in ein brodelndes Meer aus Rot, Blau und Gelb. Nebel waberte aus einem Rohr unter dem Schreibtisch hervor. Robbie Williams sang *Let me entertain you.* Ich hatte den Opener komplett umgeschrieben. Er zielte nun auf die Fotos von Ritter und dem Jungen. Kurz bevor der Song zu Ende war, kündigte Manuela mich an.

»Verehrtes Publikum, hier ist er, der Graf Dracula der billigen Pointen, der Caligula des schlechten Geschmacks und der Mann, dem ihr eure BHs zum Waschen geben könnt. Hier ist Georg Herzfeld.«

Von einem Band wurde tosender Applaus eingespielt, während ich unter dem Schreibtisch hervorkroch. Auf mein Fingerschnipsen hin brach der Applaus ab, die Musik verstummte, und ich setzte mich auf den Schreibtischstuhl.

»Habt ihr Götz Wolf in Dresden gesehen? War das nicht der Wahnsinn schlechthin?«, begann ich. »Die Frauen haben ihre Slips auf die Bühne geworfen. Ich kriege auch Slips von euch. Aber nur, weil ihr sie am nächsten Tag gewaschen zurückhaben wollt. Das heißt, ich sitze dann drei Stunden lang im Waschsalon. Götz Wolf liegt währenddessen mit seinen Verehrerinnen in irgendeinem Hotelbett. Und ich bezweifle, dass sie über Waschprogramme reden. Es ist einfach ungerecht. Der Mann kann alles von seinen Fans haben. Warum? Weil er attraktiv ist? Der Kerl wiegt hundertzwanzig Kilo. Der schwitzt, als würde er in einer Sauna sitzen. Oder ist es, weil er so tolle Texte schreibt? Seit wann gehen Frauen mit Lyrikern ins Bett? Fragt mal Rilke. Es ist absurd. Männer können noch so hässlich und dämlich sein, sie kriegen nahezu jede Frau, die sie haben wollen. Nehmt den Formel-1-Zwerg Bernie Ecclestone, so hässlich, dass du mit ihm im Schlachthof Kühe zu Tode erschrecken könntest. Donald Trump, ein sexistischer, rassistischer Vollidiot. Marilyn Manson, ein Monster. Und um sie herum schöne Frauen. Warum ist das so? Ganz einfach. Weil sie Geld haben! Manuela hat gestern für mich eine Annonce aufgegeben. *Suche reiche neunzigjährige Diabetikerin, der ich den Lebensabend versüßen kann.* Falls das nichts werden sollte, hat mir ein Freund noch einen Tipp gegeben. Partnerbörsen. Kein Tinder oder Parship. Asiatisch. Da kriegt er Frauen für zweitausend Euro. Aufs Gewicht umgerechnet, ist das günstiger als Rinderfilet.«

So ging es fünf Minuten lang. Nach jedem Gag spielten wir tosenden Applaus ein. Dafür nahmen wir kurze Clips aus Fußballstadien, Reichsparteitagen, Götz-Wolf-Konzerten. Und dann kam der Höhepunkt. Dafür hatten wir nachts noch einen Film in einem Hotelzimmer gedreht, das fast genauso aussah wie das Hotelzimmer auf den Fotos. Ich hatte mich als Bankchef verkleidet, mir eine Perücke aufgesetzt und einen Oberlippenbart angeklebt. Der Junge wurde von einem Schauspielschüler dargestellt. Wir tanzten sinnlos umher, tranken Champagner aus der Flasche und spritzten uns gegenseitig mit dem Zeug voll. Ich prahlte damit, wie ich das Finanzamt mit ein paar Steuertricks aufs Kreuz gelegt hatte. Dann landeten wir im Bett und lieferten eine derbe Show ab. Am Ende der Nummer hielten wir plötzlich inne, und die Fotos, die Ritter mit dem Jungen zeigten, wurden eins nach dem anderen überblendet. Vom Band lief eine schräge Version von *I did it my way* in der Version von Nina Hagen. *Die Welt ist so kaputt, ist alles Schutt, auf dieser Erde. Doch jetzt wird alles gut, an deiner Seite keine Pleite. Und dann, ja dann und wann, kommt dann der Mann, der Mann deiner Träume. Und dann hängst du dich ran, ein ganzes Leben.*

Fertig. Abspann. Danach stürzten wir sofort an die Notebooks, um zu schauen, wie lange es dauerte, bis die Leute kapierten, was sie da gerade gesehen hatten. Ungefähr die Hälfte kannte den Chef der Deutschen Bank nicht, und die andere Hälfte dachte wahrscheinlich, es handele sich um eine Fotomontage. Aber als wir in den Kommentaren den Namen und die Funktion von Ritter und dazu das Alter des Jungen einblendeten, explodierten Twitter, Facebook, Signal und Instagram. Die Kommentare auf YouTube überschlugen sich. Auf Facebook wollte jemand wissen, was für Partnerbörsen das wären, auf Instagram wurden Fotos von Kindern gepostet, auf Twitter wurde die Rassismuskeule ausgepackt. Alle regten sich fürchterlich über uns auf, dabei war ich doch nur der Bote. Nichts, was ich sagte, war erfunden.

Wir saßen noch bis Mitternacht an den Computern, um die Reaktionen, die wie ein Tsunami über uns hereinbrachen, zu verfolgen. Die *Bild-Zeitung* rückte mit einem Reporter samt Kameramann an, *Spiegel*, *WELT* und *Süddeutsche* versuchten es übers Telefon. Wer auch immer anrief, wurde auf die nächste Show vertröstet, in der wir weitere Details präsentieren wollten. Ich wusste zwar noch nicht, welche das sein sollten, aber allein die Ansage verschaffte uns sensationelle Klickraten. Um vier Uhr morgens lagen wir bei mehr als vier Millionen. Die Zahl unserer Abonnenten war auf knapp zehn Millionen geklettert. Es lief alles wie geplant. Wir hatten eine Atombombe gezündet.

Als Sophie und ich um sechs Uhr völlig erschöpft ins Bett fielen, fühlte ich eine tiefe Befriedigung. Ich hatte meinen Vater gerächt. Mit einem Auge blätterte ich noch durch die letzten News auf meinem Handy. Überall waren wir Titelseite. Die einen droschen auf uns ein, die anderen feierten uns als investigative Superstars. Als mir die Augen zufielen und ich das Handy weglegen wollte, trudelte auf WhatsApp eine Nachricht von Manuela ein.

Deutsche Bank hat gerade durch Anwalt mitgeteilt, dass Ritter an dem Tag, an dem das Video aufgenommen worden ist, schon wieder aus Israel abgereist war. Angeblich hat er online an einer Bilanz-Pressekonferenz teilgenommen. Das kann er auch von Jerusalem aus gemacht haben. Prüfe das nach. Melde mich morgen früh.

Was heißt das?, schrieb ich zurück.

Weiß ich noch nicht. Mach dir erst mal keine Sorgen.

Ich sollte mir erst mal keine Sorgen machen?

13

Um der Presse und den Fans zu entgehen, hatte ich den Bus am nächsten Morgen schon um fünf Uhr früh zu einem verlassenen Autofriedhof gefahren, auf dem Transporter aus DDR-Zeiten vor sich hin rosteten. Ich dachte, dass wir hier nicht auffallen würden. Sophie war gegen sieben mit dem Fahrrad dazugestoßen. Manuela hatte sich von ihren linksradikalen Nachbarinnen einen Motorroller geliehen.

Weil ich trotz Zopiclon nicht hatte einschlafen können, hatte ich nachts noch das King David in Jerusalem angerufen. Mein Puls war durch die Decke gegangen, als hätte ich die Nase in ein halbes Kilo Koks getaucht und anschließend mit Liquid Meth gespült. Wenn es stimmte, was die Bank behauptete, waren wir geliefert. Ich vor allem. Es hatte gefühlt ein Jahr gedauert, bis ich endlich jemanden an die Strippe bekam. Ich tat so, als wäre ich Ritters Assistent, und fragte, ob das Handy von meinem Boss im Hotelzimmer gefunden worden sei. Er habe es am 12. August verloren.

»I am sorry, we haven't found Mr Ritters cell phone. But according to our records, he did leave the hotel already on the 10th, didn't he?«

Ich sagte, dass wir uns dann wohl geirrt hätten, und beendete das Gespräch. Im allerletzten Moment schaffte ich es noch bis zur Toilette, bevor ich das Abendessen zurückgab.

Jetzt saßen wir im Unterdeck. Betrachteten die Fotos. Sie sahen immer noch echt aus. Aber da digitale Fotos nicht mehr sind als die Aneinanderreihung von Pixeln, konnte jemand, der sich auskannte, die Pixel ja auch beliebig verschieben. Wieso hatten wir nicht schon früher daran gedacht? Wie hatten wir das übersehen können? Die Stimmung als unterirdisch zu beschreiben wäre eine Beleidigung für alles Unterirdische gewesen. Wir surften im Netz, auf der Suche nach irgendjemandem, der uns sagen konnte, dass die Fotos doch echt waren. Manuela heulte, weil sie den Whistleblower nicht erreichen konnte. Sie hatte selbst auch noch mal im King David angerufen, und die hatten ihr mit einer Anzeige gedroht, weil ich bei meinem Anruf den Nachtportier, einen Studenten der Brauwirtschaft, mit falschen Angaben zur Herausgabe von vertraulichen Informationen gedrängt hätte. Das stimmte so nicht ganz, aber darauf kam es jetzt auch nicht mehr an.

»Deine Tante Nellie hat das Interview abgesagt«, sagte Sophie.

»Okay.«

Obwohl ich im ersten Moment erleichtert war, wunderte ich mich über die Absage.

»Meinst du, sie weiß was, das noch schlimmer ist als die Scheiße, die uns gerade um die Ohren fliegt?«, fragte sie.

»Hallo, Paranoia, schön, dass du dir ein bisschen Zeit für uns nimmst«, antwortete ich.

»Verdammt noch mal! Wieso waren wir so bescheuert, die Quelle nicht gegenzuchecken? Was jeder vernünftige Mensch macht, wenn es sich um derart brisantes Material handelt. Wieso waren wir so naiv?«, fragte Manuela.

»Ich bin auf deiner Seite, Manuela, das weißt du«, sagte Sophie, »aber *wir* stimmt nicht ganz. Ich habe euch gewarnt, und ihr habt die Warnung ignoriert. Ihr wolltet, dass es Ritter war. Ihr wolltet, dass er den Jungen vögelt. Und du hast gesagt, die Quelle wäre seriös.«

»Ich weiß, ich bin schuld«, sagte Manuela so kleinlaut, dass sie kaum zu verstehen war. »Ich hab gesagt, ich hätte die Quelle überprüft. Hab ich aber nicht wirklich. Ich bin allein schuld.«

»Das bist du«, sagte ich. »Aber das bringt uns jetzt auch nicht weiter.«

»Die Frage ist jetzt, wie Ritter und die Bank reagieren«, sagte Sophie.

Eigentlich hätte unser Anwalt per Zoom auch dabei sein sollen, aber Siegfried Streich hatte wichtige Termine und wollte erst mal lediglich ein paar Texte schicken. Was für Termine das sein konnten, die wichtiger waren als das hier, hatte ich seine Assistentin gefragt. Sie hatte es nicht gewusst, mir aber zwischen den Zeilen zu verstehen gegeben, wie schrecklich sie die Show fand. Die Texte wollte sie sofort schicken.

»Wahrscheinlich kommen sie mit Rufschädigung«, sagte Sophie.

»Was für eine Rufschädigung?«, regte ich mich auf. »Die waschen russisches Schwarzgeld, die mussten über drei Milliarden Strafe wegen Zinsmanipulationen zahlen.«

Sophie klappte ihr Notebook auf.

»Darum geht es jetzt aber nicht. Es geht um die Fotos, die du in der Show gezeigt hast. Ich lese euch mal vor, was Siggi geschrieben hat. *Hallo, Georg, es war heute Morgen unmöglich, dem Aufruhr zu entgehen. Also bin ich ins Netz gegangen und durfte sehen, wie du nichts unversucht lässt, um den Heldentod zu sterben. Ich habe dir schon ein paarmal die entscheidenden Stellen im Strafgesetzbuch ans Herz gelegt. Zur Erinnerung hier noch einmal. ›Bei der Rufschädigung handelt es sich um eine ehrenrührige und unwahre Tatsachenbehauptung. Durch eine Rufschädigung kann sowohl der Bereich des Strafrechts wie auch der des Zivilrechts berührt sein. Strafrechtlich kann die Rufschädigung eine Verleumdung oder üble Nachrede darstellen.‹«*

»Und was heißt das?«, fragte ich.

»Es geht noch weiter«, sagte Sophie.

»Schau dir Paragraf 186 StGB an. Überschrift ›Üble Nachrede‹. ›Wer in Beziehung auf einen anderen eine Tatsache behauptet oder verbreitet, welche denselben verächtlich zu machen oder in

der öffentlichen Meinung herabzuwürdigen geeignet ist, wird, wenn diese Tatsache nicht erweislich wahr ist, mit Freiheitsstrafe bis zu einem Jahr oder mit Geldstrafe und, wenn die Tat öffentlich oder durch Verbreiten von Schriften begangen ist, mit Freiheitsstrafe bis zu zwei Jahren oder mit Geldstrafe bestraft.‹«

»Zwei Jahre?«

»Es kommt noch besser«, sagte Sophie.

»Und zuletzt Paragraf 187. Verleumdung. ›Wer wider besseres Wissen in Beziehung auf einen anderen eine unwahre Tatsache behauptet oder verbreitet, welche denselben verächtlich zu machen oder in der öffentlichen Meinung herabzuwürdigen oder dessen Kredit zu gefährden geeignet ist, wird mit Freiheitsstrafe bis zu zwei Jahren oder mit Geldstrafe und, wenn die Tat öffentlich, in einer Versammlung oder durch Verbreiten von Schriften begangen ist, mit Freiheitsstrafe bis zu fünf Jahren oder mit Geldstrafe bestraft.‹ Ich würde vorschlagen, ihr kommt so schnell wie möglich in mein Büro, damit ich überlege, ob und wie ich den Scheiterhaufen noch löschen kann. Mit fassungslosen Grüßen, Siegfried. PS: Bin mal gespannt, wie lange sie brauchen bis zur einstweiligen Erschießung.«

Sophie klappte ihr Notebook zu und sah mich an. Ich wusste ihren Blick nicht zu deuten. Entsetzen, Angst, Mitleid? Wahrscheinlich ein bisschen von allem. Manuela starrte vor sich hin, ihre Hände zitterten, ich befürchtete, sie könnte im nächsten Augenblick einen Nervenzusammenbruch erleiden. Wir waren am Ende, ruiniert, für alle Zeit weg vom Fenster.

Ich starrte vor mich hin, dachte aus einem unerfindlichen Grund an meinen Vater, und in diesem Moment, woher auch immer der Impuls angeflogen kam, entschloss ich mich zu einer seltenen heroischen Tat. Sie war nicht das Produkt langen Nachdenkens, ich hatte auch nicht das Für und Wider überlegt. Sie ploppte einfach so in meinem Hirn auf.

»Es ist nicht das erste Mal, dass Siggi uns aus einem Schlamassel herausholen muss«, sagte ich. »Aber so schlimm wie diesmal war es noch nie. Das heißt, wir müssen jetzt Schadensbegrenzung betreiben.«

Meine Stimme war ein paar Töne nach unten gerutscht. Ich hörte mich irgendwie staatstragend an. Etwa wie Götz Wolf, wenn er sich am Ende einer Show von seinen Fans verabschiedete.

»Was soll das denn heißen?«, fragte Sophie.

»Die werden uns alle drei ins Visier nehmen wollen. Das darf auf keinen Fall passieren. Es ist meine Show, ich bin derjenige, der entschieden hat, die Fotos zu zeigen, also bin ich auch verantwortlich.«

Sophie schaute mich überrascht an. Manuela schwieg. Sie zeigte es nicht, aber sie war garantiert heilfroh, nicht ins Gefängnis gehen zu müssen, sollte es ernst werden.

»Bist du sicher?«, fragte sie.

War ich sicher? Natürlich nicht. Um ehrlich zu sein, wäre es großartig gewesen, wenn Manuela etwas gesagt hätte wie: *Ich bin allein verantwortlich, Georg.* Aber das konnte sie nicht sagen. Weil es nicht stimmte.

»Ja«, sagte ich, »hundertprozentig.«

Ich sagte es, ohne zu wissen, was genau es noch bedeuten konnte. Das gute Gefühl, von dem ich im ersten Moment überschwemmt wurde, Adrenalin und all das Zeug, löste sich langsam auf. Es war, als würde ich aufwachen, mich umschauen und feststellen, der Horrortraum war kein Traum. Und als ob das nicht genügte, rief jetzt auch noch das Krankenhaus an. Frau Dr. Raabe wollte wissen, ob ich die Patientenverfügung gefunden hätte. Der Zustand meines Vaters habe sich verschlechtert. Ich dachte, ich drehe durch. Es gibt Tage, da türmt sich die Scheiße meterhoch. Und das war so ein Tag. Ich versprach, später vorbeizukommen.

Als Ziffer in Hamburg das Westin Hotel betrat, musste er in der Lobby warten, bis der große Meister in der Lage war, ihn zu empfangen. Am Vorabend hatte Götz bis drei Uhr morgens geprobt, anschließend waren er, die Band und ein paar Freundinnen zur obligatorischen Runde durch St. Pauli aufgebrochen. Für den Abend stand ein Konzert in der Elphi an. Ziffer stöberte auf seinem Handy in den Tageszeitungen.

Die Pressekonferenz schlug immer noch hohe Wellen. Niemand in den Redaktionsräumen der großen Zeitungen wusste so recht, wie man mit der Morgenröte umgehen sollte. War hier eine neue AfD entstanden? So etwas wie Macrons *En Marche*? Oder gar eine Bewegung, wie die Grünen es einst gewesen waren? Bei den kleineren Zeitungen wartete man, bis die Meinungsführer sich eine Meinung bilden würden, und hielt sich deshalb mit klaren Aussagen zurück. Was Ziffer anging, waren sie sich schon etwas sicherer. Sie beschrieben ihn als einen skrupellosen Spindoktor, der zuletzt drei wichtige Wahlen verloren hatte und nun alles daransetzte, die Pressefreiheit in Deutschland abzuschaffen. Die Boulevardpresse stürzte sich auf Amalia von Bülow und beschrieb sie als anmaßende Adelige, die nicht wüsste, wohin mit ihrem Geld. Bei Götz Wolf waren sie vorsichtiger. Ließ er sich von Ziffer vor einen Karren spannen, ohne zu wissen, was er tat? Die Älteren erinnerte es an die Sozialdemokratische Wählerinitiative von ’68, als Dutzende Künstler und Sportler sich für Willy Brandt eingesetzt hatten. Aber wer sollte bei der Morgenröte der Willy Brandt sein? Und dann war da auch noch der Skandal, den dieser Georg Herzfeld losgetreten hatte. Fotos von Hermann Ritter mit einem Jungen beim Sex. Was für ein Coup! Und acht Stunden später hieß es, die Fotos wären nicht echt. Dieser Herzfeld war damit medial über die Klippe gesprungen. Am Morgen hatte Ziffer sich eigentlich entschieden, der Sache keine Aufmerksamkeit zu schenken, war sogar genervt gewesen, weil dieser kleine Mistkerl ihnen beinahe die Show gestohlen hätte. Aber dann war ihm eine Idee zugeflogen, wie ihnen dieser Skandal nutzen konnte. Darüber musste er mit Götz sprechen.

Es war halb vier, als Götz endlich wach genug war, um Ziffer zu empfangen. Er trug einen Bademantel, darunter war er nackt. In seinem Gesicht waren die Spuren eines selbst für seine Verhältnisse außerordentlichen Besäufnisses zu sehen. Champagnerflaschen und Reste von Hummer und Kaviar dekorierten den Fußboden. Leise drang Musik aus einem kleinen Lautsprecher, den Götz wie einen Herzschrittmacher immer mit sich herumtrug.

»Was hältst du davon?«, fragte Götz.

Er drehte so laut auf, dass Ziffers Antwort unterging.

Vor mir liegt der Weg im Dunkeln
Hinter mir ist nichts als Nacht
Ich such meinen Weg aus der Finsternis
Von Angst und Dämonen bewacht.
Wir haben so lange gewartet
In Hoffnung und Lügen erstarrt
Geschichten gehört, die uns lähmen
Haben uns jahrelang genarrt.
Von fern hör ich sie rufen
Glocken voll Sehnsucht und Lust
Ich nehm meine Fender und laufe
Das Herz so wild in der Brust.
Wir stehen auf und zusammen
Was uns antreibt ist die Wut
Hungrig auf Leben und Lachen

Getragen von Liebe und Mut.
Am Horizont die Morgenröte
In den Adern pulst heiß das Blut
Wir folgen dem Ruf und wir wissen
Zusammen sind wir die Flut.

Ein abgefahrenes Gitarrensolo beendete den Song.

»Nicht schlecht«, sagte Ziffer.

»Nicht schlecht? Du hast ja keine Ahnung, Lorenz. Das ist die Hymne. Das ist unser *Born In The USA*, das ist *Wind Of Change*. Das Stück bringt uns ins Ziel.«

»Hast du die Zeitungen gelesen?«

»Keine Zeit.«

»Sie hassen uns. Aber die *ZEIT* will ein Hintergrundgespräch führen und hat ein paar Fragen geschickt.«

»Was für Fragen?«

»Ob du religiös bist, wie du zum Umweltschutz stehst, zu Migranten, welchen Fußballverein du unterstützt.«

»BVB, wie seit hundert Jahren.«

»Es darf keiner aus der Bundesliga sein. Sonst hast du die Fans all der anderen Vereine gegen dich. Wieso ist überhaupt ein Dresdner Dortmund-Fan?«

»Wegen Matthias Sammer.«

Na klar, warum auch sonst?

»Wo hast du als Kind Fußball gespielt?«

»Dynamo.«

»Wo spielen die?«

»In Dresden.«

»Das ist mir klar. Welche Liga?«

»Dritte.«

»Dritte ist gut. Und dann gibt es noch ein paar Punkte mehr, die wir dringend besprechen müssen.«

Eine Stimme unterbrach Ziffer.

»Wolfi! Die Handtücher sind alle nass. Kannst du dem Roomservice Bescheid sagen?«

In der Badezimmertür stand eine junge Frau. Wie alt war sie? *Bitte lass sie achtzehn sein*, dachte Ziffer. Auf jeden Fall war sie nackt. Ziffer sah sie staunend an. Obwohl er eigentlich nicht interessiert war, kam er nicht umhin zu bemerken, wie schön sie war. Schmale Taille, zarte Brüste. Zähne wie aus Porzellan und eine dunkle Lockenmähne, die ihr nass auf den Schultern hing.

»Hallo!«, hauchte sie dem sichtlich verwunderten Ziffer entgegen. »Bist du der Roomservice?«

Götz lachte.

»Der Mann weiß noch nicht mal, wie man Wasser kocht. Mia, das ist Lorenz, Lorenz, Mia.«

Mia schwebte durch die Suite auf Ziffer zu, hielt ihm die rechte Hand entgegen, als erwarte sie einen Handkuss. Dabei spitzte sie verführerisch die feuchten Lippen.

»Gib dir keine Mühe, Schätzchen«, sagte Götz, »er ist schwul.«

»Aber das muss ja nicht für immer sein.«

Sie wandte sich von Ziffer ab, ging zu Götz und griff ihm zwischen die Beine.

»Badetücher und noch eine Flasche von dem Sprudel.«

Mit einer knappen Geste deutete sie auf eine Flasche Krug Rosé und verschwand wieder im Bad.

Ziffer war fassungslos. Im Showbusiness mochte so etwas an der Tagesordnung sein, obwohl die modernen Rockstars in dieser Hinsicht brav geworden waren und eher als Vegetarier und Umweltaktivisten von sich reden machten als mit Groupies in zertrümmerten Hotelzimmern. Aber hier ging es um ein politisches Geschäft. Das erforderte Seriosität, Disziplin und

Zuverlässigkeit. Alles Befähigungen, die Götz sich unbedingt aneignen musste, wenn sie erfolgreich sein wollten.

»Weiß Amalia von ihr?«, fragte Ziffer.

Das war noch ein weiteres Problem. Wie lange würde sie sich die Kapriolen ihres Mannes noch gefallen lassen? Und wie sehr würden die der Morgenröte schaden, wenn es um die konservativen Wählerschichten ging?

»Amalia hasst Sex mit mir. Sie sagt, ich würde wie ein Schwein schwitzen.«

Er lachte und schlug Ziffer so fest auf die Schulter, dass der einen Schritt nach vorne machen musste, um nicht hinzufallen.

»Du hast morgen eine Reihe von Interviews«, sagte Ziffer. »Ich habe dir ein paar Statements geschickt, die du in den Interviews erwähnen musst.«

»Okay.«

Götz goss Wodka in ein Wasserglas. Viel Wodka. Ziffer sah es mit Unbehagen. Wie konnte dieser Mann so viel Alkohol in sich hineinschütten und trotzdem Abend für Abend Höchstleistungen auf der Bühne bringen? Und würde er die auch abliefern können, wenn sie in den Wahlkampf einsteigen sollten? Als habe er die Frage gehört, tat Götz einen Schuss Bitter Lemon dazu.

»Kannst du es mir nicht einfach erzählen?«

»Aber du musst dir das alles merken.«

»Ich kann mir den Text eines Songs merken, wenn ich ihn nur einmal gehört habe.«

»Das ist hier kein Song.«

»Vielleicht ist genau das unser Problem. Wenn etwas nicht in einen Song passt, taugt es nichts.«

Er trank das Glas in einem Zug leer, ließ den Bademantel fallen und folgte Mia ins Badezimmer.

»Kannst du dem Roomservice wegen der Handtücher Bescheid sagen?«, rief er Ziffer noch zu, bevor er die Tür anlehnte.

Ziffer tat wie ihm geheißen. Aus dem Badezimmer war ein helles Kichern zu hören.

»Hörst du mir zu?«, fragte Ziffer.

»Jedes Wort.«

»Wir müssen deutlich machen, wie die Regierung unsere wirtschaftliche Lage verschweigt. Die Kanzlerin lügt die Bevölkerung an, weil sie keine Panik aufkommen lassen will. Dabei wissen sie genau, wie schnell die Globalisierung aus Deutschland einen *failed state* machen wird. Ökonomisch, sozial und kulturell. China und Amerika werden uns wirtschaftlich zerreiben. Die Russen werden uns destabilisieren …«

Ziffer hörte, wie die Dusche angestellt wurde. Es nervte ihn ungeheuer, wenn Götz die Ochsentour, die vor ihnen lag, auf die leichte Schulter nahm.

»Götz?«

»Die Russen werden uns destabilisieren. Ich hör dich, mach einfach weiter.«

Ziffer atmete tief durch. Er würde mit Amalia über Götz sprechen müssen. Die Nummer mit dem Popstar musste endgültig vorbei sein.

»Dann künstliche Intelligenz«, fuhr er fort. »Millionen Jobs gehen verloren, und die Leute werden nicht darauf vorbereitet. Wer zahlt das Arbeitslosengeld, wenn die GAFAM sich weigern, Steuern bei uns zu zahlen?«

»GAFAM?«, fragte Götz.

»Google, Apple, Facebook, Amazon, Microsoft, Dummerchen«, flötete Mia.

Ziffer geriet außer sich. Was erlaubte sich diese kleine Schlampe? Was dachte sie, wer sie ist? Und wie konnte Götz zulassen, dass sie sich in das Gespräch einmischte? Vögelte er sie, während er, Lorenz, versuchte, diesem Egomanen die politischen Themen zu erklären? Als er hörte, wie sie in der Dusche lachten, war er sich sicher, sie würden über ihn lachen. Er stürmte ins Badezimmer und sah, wie Götz die Kleine hochgehoben hatte, sie hatte die Beine um seine Hüfte geschlungen und bewegte das Becken rhythmisch. Es war ihr Stöhnen, das wie Lachen klang. Er starrte die beiden an, bis Mia zu ihm hinschaute und ihm zuzwinkerte. Es war unfassbar. Er stand in der Tür zum Badezimmer und wusste nicht, was er tun sollte. Er könnte das Wasser abstellen, er könnte Götz anbrüllen. Er könnte die ganze Sache auf der Stelle beerdigen. Er könnte …

Nein. Er musste sich beruhigen. Sich darüber klar werden, wie er Götz kontrollieren konnte. Ja, er brauchte ihn, das war nicht zu ändern. Wegen ihm hatte er sich ja an Amalia gewandt und die Morgenröte als die richtige Bewegung für seine Pläne ausgesucht. Allein wegen Götz Wolf. Dem Mann, mit dem er eine Revolution starten konnte, der die Ausstrahlungskraft besaß, mit der man Menschen verführen konnte. Wenn er Götz beobachtete, fragte er sich allerdings, wieso Gott dieses Talent ausgerechnet an einen versoffenen, herumhurenden Liedermacher verschenkt hatte. Bei dem Dresdner Konzert hatte Götz gesagt, er würde als Bundeskanzler kandidieren wollen. Lächerlich. Dafür war mehr nötig als ein paar Lieder und ein Hemd, das man sich vom Leib zerrte.

Ein leises Klopfen an der Zimmertür riss Ziffer aus den Gedanken. Wahrscheinlich der Roomservice. Als er die Tür öffnete und von einer jungen Hotelangestellten einen Stapel Badetücher entgegennahm, blieb sie stehen, als würde sie auf Trinkgeld warten. Sie trug einen dunklen Hosenanzug und gehörte mit Sicherheit nicht zum Housekeeping. Sie kam ihm irgendwie bekannt vor. Hatte er sie nicht an der Rezeption gesehen, als er auf Götz gewartet hatte? Ziffer griff in seine Hosentasche, fand einen Fünfer und hielt ihn ihr entgegen.

»Oh nein, ich wollte nur das hier abgeben«, sagte sie.

Sie hielt Ziffer eine Boxershorts entgegen.

»Götz hat sie gestern Nachmittag vergessen.«

»Wo vergessen?«

»Ich meine natürlich Herr Wolf.«

Sie lief rot an, drehte sich um und lief den Flur entlang in Richtung Aufzug. Kopfschüttelnd schloss Ziffer die Tür. Götz kam aus dem Badezimmer. Sein mächtiger Körper glänzte feucht.

»Wer war das an der Tür?«, fragte er.

»Roomservice.«

Er hielt Götz die Handtücher entgegen.

»Leg sie da drüben hin«, sagte Götz und schenkte sich einen weiteren Wodka ein.

Ziffer schaute zu, wie Götz das Glas leerte, ein Handtuch nahm und sich abtrocknete. *Na gut*, dachte er, *ein letzter Versuch.*

»Und da ist noch was. Ich wollte noch mit dir über diesen YouTuber sprechen.«

»Der mit den Fotos?«

Götz wusste offensichtlich bereits Bescheid.

»Er hat uns beinahe die Show gestohlen. Er behauptet, Ritter von der Deutschen Bank wäre ein Päderast«, sagte Ziffer.

»Und? Ist er das nicht?«

»Ich weiß es nicht. Aber ich kann es mir nicht vorstellen.«

»Wie heißt der Kerl? Georg irgendwas …«

»Herzfeld.«

»Herzfeld, richtig. Der ist geliefert. Der kann sich beerdigen lassen.«

»Vielleicht. Aber er hat auf seinem YouTube-Kanal zehn Millionen Abonnenten. Was hältst du davon, wenn er zu uns kommt?«, sagte Ziffer. »Er könnte uns helfen, unsere Basis bei all den jungen Leuten zu erweitern, die sich nicht besonders für Politik interessieren.«

»Den kriegst du nicht«, sagte Götz. »Der hasst Politiker.«

»Er ist ein Fan von dir. Hat er zumindest auf Twitter lang und breit erzählt«, sagte Ziffer.

15

Mach dir keine Sorgen, hatte Siegfried Streich in einer kurzen Nachricht geschrieben. *Die sind Goliath, aber wir haben eine Steinschleuder. Ich weiß, wo wir die treffen können. Und zwar da, wo es wehtut.* Die Nachricht hatte mich nicht gerade beruhigen können, aber ich war gespannt, was er mit *Steinschleuder* und *da, wo es wehtut,* meinte.

Streich war der Popstar unter den Medienanwälten, und das wusste er. Klein, die Haare schick frisiert, die Brille von Armani, Dreiteiler von Gucci. Intellektuell muskulös, beruflich sehr erfolgreich, nicht gerade ein Ausbund an Empathie. Wenn man etwas von ihm wollte, musste man in sein Büro kommen. Vermutlich hätte er auch einen Klienten, der auf der Intensivstation an einer Herz-Lungen-Maschine liegt, in seine Kanzlei transportieren lassen. Dresdner Altbau aus der Gründerzeit, Hochparterre, dreihundertfünfzig Quadratmeter, stuckverzierte Decken, Intarsienparkett mit Streichs Initialen in der Mitte. Allein das Besprechungszimmer hatte etwa die gleiche Quadratmeterzahl wie unsere Wohnung.

Streich saß am Kopfende. Sophie, Manuela und ich hockten rechts von ihm unscheinbar in Freischwingern von Breuer. Vor uns ein Tisch, groß genug, um einen Elefanten darauf zu operieren. Streich gegenüber saß ein Anwalt der Kanzlei Schröder, Holz, Micheals. *Die haben Büros über die ganze Welt verteilt*, hatte Streich ihn gelobt. Berlin, London, New York, Zürich. Eintausendvierhundert Anwälte. Klienten aus der Politik, der Industrie und dem internationalen Verbrechen, was beinahe auf dasselbe hinausliefe.

Holz hatte gelacht. Er trug Halbglatze, ebenfalls Brille von Armani, ebenfalls Dreiteiler von Gucci. Hatten sie die gemeinsam gekauft und Rabatt gekriegt, oder war das die offizielle

Anwaltsuniform? Er hatte uns mitgeteilt, dass Schröder, Holz, Micheals von der Bank beauftragt worden war, Ritters Interessen gegen uns und insbesondere mich als Geschäftsführer der Herzfelds Herzschlag UG zu vertreten. Dann folgte in etwa das Gleiche, was auch Sophie schon vorgelesen hatte, bis sie am Schluss bei der Schadensersatzforderung und einem Paragrafen 249 landeten.

Wer zum Schadensersatz verpflichtet ist, hat den Zustand herzustellen, der bestehen würde, wenn der zum Ersatz verpflichtende Umstand nicht eingetreten wäre. Ritter verdiente ungefähr zehn Millionen pro Jahr. Zur Heilung des Schadens, der durch die Verleumdung entstanden war, verlangten sie dreißig Millionen. Dreißig Millionen. Sie hätten auch verlangen können, dass ich mich am selben Rohr wie mein Vater erhängen sollte.

Streich und Holz sahen sich auf ihren Tablets den Teil der Show an, in der es um Hermann Ritter ging, beide zogen die Stirn in Falten und schüttelten den Kopf.

»Ich habe den Kollegen zu diesem informellen Treffen gebeten, um zu klären, welche Satisfaktion er sich vorstellt«, sagte Streich. »Schmerzensgeld, Guillotine oder Pistolen aus drei Meter Entfernung.«

Beide lachten. Offensichtlich hatten sie schon häufiger miteinander zu tun gehabt und kannten die Strategien des jeweils anderen.

»Es sieht nicht gut aus, Georg. Wenn es ein kleiner Handwerker wäre, den du da angegangen bist, könnten wir vielleicht eine außergerichtliche Einigung erzielen. Aber die Deutsche Bank?«

»Was haben Sie sich dabei gedacht, junger Mann?«, fragte Holz.

Er spitzte die Lippen, als wollte er mich küssen.

»Was ich mir dabei gedacht habe? Ritter hat meinen Vater in den Selbstmord getrieben, das habe ich gedacht«, sagte ich wütend.

»Soweit ich weiß, lebt Ihr Vater noch, also könnte die Bank, wohlgemerkt, die Bank und nicht Herr Ritter, der ja, wie Sie wissen, der Vorstandsvorsitzende ist und in dieser Position nur mittelbar für das Kreditgeschäft verantwortlich, Ihren Vater höchstens in den Versuch eines Suizids getrieben haben. Was aber vor keinem Gericht der Welt als Anklage Bestand haben dürfte, da wir immer noch vom Prinzip des freien Willens ausgehen. Und Mobbing mag bei einer pubertierenden Vierzehnjährigen als Anklage funktionieren, aber nicht bei einem dreiundfünfzigjährigen Mann.«

Nein?, dachte ich. *Wieso nicht? Was für Vorstellungen hatte dieser Wichser von dreiundfünfzigjährigen Männern?*

»Wenn der Sachbearbeiter der Filiale ihm das Seil um den Hals gelegt und dann noch kurz an seinen Beinen gezogen hätte, wäre das etwas anderes«, meinte Streich. »Aber das hat er nicht, soweit ich weiß. So viel Mühe machen Banken sich heutzutage nicht mehr.«

Die beiden nickten einander zu, und es kam mir so vor, als hätten sie sich schon vor dem Treffen über das Strafmaß geeinigt.

»Wir könnten von einem Gutachter Unzurechnungsfähigkeit attestieren lassen, weil mein Mandant seinen Vater in der Backstube gefunden hat und sich in einer psychologischen Ausnahmesituation befand«, sagte Streich.

»Damit wirst du keinen Erfolg haben, Kollege. Dein Mandant hat offensichtlich die beiden Damen hier am Tisch losgeschickt, diesen fürchterlichen und ehrabschneidenden Schmutz zu finden. Also gab es genug Zeit, um den emotionalen Ausnahmezustand zu verlassen.«

»Ich hab nur Manuela losgeschickt«, sagte ich, aber das interessierte niemanden.

»Wer ist eigentlich der Kerl, von dem Sie das Material erhalten haben?«, fragte Streich mit Blick auf Manuela.

»Ich hab im Netz nach Leuten gesucht, die Ärger mit der Deutschen Bank haben, und gefragt, ob jemand etwas über Ritter weiß, irgendwelche dunklen Geheimnisse«, antwortete sie.

»Der Informant hat sich dann gleich gemeldet?«

»Nein, es hat drei Tage gedauert.«

»Wie ist das abgelaufen?«

»Er hat mich anonym angerufen. Dann haben wir uns in einem Klub getroffen, und er hat mir von Fotos erzählt, auf denen Ritter mit einem kleinen Jungen zu sehen ist.«

Holz unterbrach.

»Können wir uns darauf verständigen, die Person auf den Fotos nicht Ritter zu nennen?«

Streich nahm die Fotos hoch.

»Wer hat die Fotos gemacht?«, fragte er.

»Mein Informant.«

»Und Sie haben gedacht, er ist mit der Person, die Sie für Hermann Ritter halten, eng verbunden und darf solche Fotos machen? Himmel!«, fuhr Holz dazwischen.

»Der Kollege hat recht«, sagte Streich. »Was wir da sehen, ist Schauspielerei. Und auch noch schlechte. Die beiden Figuren haben vermutlich ein paar Hundert Euro für die Nummer gekriegt.«

»Das vermuten wir inzwischen auch«, sagte Sophie. »Wir wollen von Ihnen wissen, was wir jetzt tun können, damit Georg nicht in den Knast muss.«

»Der Informant ist nicht mehr aufzutreiben?«, fragte Streich.

»Nein«, antwortete Manuela.

Streich stand auf, marschierte um den Tisch herum, vorbei an einem überdimensionalen Gemälde, das an der Wand gegenüber der Fensterfront hing. Vor einem Foto, das ihn in inniger Umarmung mit dem Künstler zeigte, blieb er stehen.

»Kennt ihn jemand in dem Klub, in dem Sie sich mit ihm getroffen haben?«

»Ich hab schon gefragt. Er war zum ersten Mal da.«

»Darf ich fragen, worauf du hinauswillst, Siegfried?«, fragte Holz.

Er hatte die ganze Zeit still zugehört, schien nun aber ein wenig nervös zu werden.

»Ich frage mich, wer ein Interesse daran haben könnte, diese drei jungen Leute zu ruinieren.«

Holz verschränkte die Arme vor der Brust. Jetzt schien er zu ahnen, worauf Streich hinauswollte. Im Gegensatz zu mir.

Streich wandte sich an mich.

»Hast du Feinde?«

»Keine Ahnung.«

»Irgendeine Feministin, der du ans Bein gepinkelt hast? Greta Thunberg beleidigt? Irgendwas Falsches über Transpersonen gesagt?«

Sophie, Manuela und ich sahen uns an. Uns fiel nichts dergleichen ein.

»Kann es jemand sein, den du rausgeworfen hast?«, fragte er weiter. »Jemand aus deiner Vergangenheit, der wütend genug auf dich ist, um so etwas zu inszenieren?«

»Außer meinem Vater fällt mir da niemand ein.«

Es hatte ein Scherz sein sollen, aber niemand lachte.

Streich nahm wieder Platz, wischte über sein Tablet, dachte nach. Oder vielleicht war es auch nur die Kunstpause vor einem großen Auftritt.

»Wir haben das Video sofort wieder auf YouTube gelöscht«,

wandte sich Manuela an Holz. »Sie können uns doch daraus keinen Strick drehen, vor allem, wenn die Fotos nicht echt sind.«

»Die Bilder sind inzwischen überall im Netz«, antwortete Holz. »Das Volk, das auf Twitter, Instagram, TikTok und diesen ganzen Kloaken unterwegs ist, weiß nicht, ob die Fotos echt oder gestellt sind. Und selbst wenn Sie tausendmal schwören, dass die Fotos nicht echt sind, wird die Community das nicht glauben, weil sie den Skandal viel spannender als die Wahrheit findet. Mein Mandant ist gesellschaftlich und wirtschaftlich ruiniert. Ist Ihnen das klar?«

»Sie wollen uns unter allen Umständen ins Gefängnis bringen?«, fragte Sophie.

»Moment, so weit sind wir noch nicht«, mischte Streich sich endlich wieder ein. Ich hatte schon befürchtet, er hätte uns aufgegeben.

»Ich komme noch mal auf das Motiv zurück. Ein Unbekannter verteilt Fotos, die eindeutig eine Fälschung sind. Ein junger Entertainer und seine beiden Freundinnen sind ruiniert. Das ist der Schaden. Der viel größere Schaden ist allerdings der Ruf deines Mandanten, Gerhard.«

Holz zog die Stirn in Falten.

»Ich frage mich, ob diese Intrige nicht von vornherein über Bande gespielt wurde. Der Ruin meines Mandanten also als Kollateralschaden in Kauf genommen wurde, um das eigentliche Ziel zu treffen, Hermann Ritter.«

»Das ist ja wohl lächerlich«, beschwerte sich Holz.

»Ja, ist es das? Wie wir in den vergangenen Monaten den Zeitungsberichten entnehmen konnten, gibt es sowohl im Vorstand als auch im Aufsichtsrat starke Kräfte, die Ritter loswerden wollen. Bisher ist das nicht gelungen, weil Teile des AR ihn nach wie vor stützen.«

Ich sah Sophie und Manuela an. Konnte das sein? Waren wir nur ein Werkzeug in einem Krieg, von dem wir keine Ahnung hatten?

»Du willst damit sagen, die Fotos kommen aus dem Vorstand oder dem AR? Im Ernst? Sind wir jetzt auf unterstem Niveau angekommen?«

»Was deine Klienten angeht, Kollege Holz, sind wir in Bezug auf das Niveau noch lange nicht unten angekommen. Und das weißt du besser als ich.«

Die Temperatur am Tisch fiel urplötzlich unter den Gefrierpunkt. Streich hatte blankgezogen und Holz eindeutig auf dem falschen Fuß erwischt. Oder vielleicht auch nicht auf dem falschen Fuß. Holz wusste sicherlich von den Vorgängen, die Streich beschrieben hatte. Deswegen war er ja überhaupt alleine in Streichs Kanzlei gekommen. Die Intrigen, die sich im fünfundzwanzigsten Stock abspielten, sollten vermutlich kein Thema sein. Die Sache sollte auf kleiner Flamme gekocht werden. Das hatte sich nun erledigt. Er wandte sich an mich.

»Ich rate Ihnen dringend, sich nicht auf diese lächerliche Strategie zu stützen, junger Mann. Der Kollege Streich weiß genau, dass diese Behauptungen unhaltbar und nicht mehr als ein Ablenkungsmanöver sind. Sie haben diese Fotos veröffentlicht. Das ist eine Straftat. In den nächsten Tagen erhalten Sie Post von uns. Und noch ein kleiner Tipp am Rande, nehmen Sie sich dann einen besseren Anwalt, sonst wird es für Sie nicht gut ausgehen.«

Er wandte sich an Streich.

»Bevor ich gehe, ist da noch was. Wir sehen uns am Sonntag beim Turnier?«

»Ich kann nicht, Rücken«, sagte Streich.

»Oh, schade.«

»Rücken kann dir nicht passieren, ich weiß. Gummi tut nicht weh.«

Holz verließ lachend das Besprechungszimmer.

Streich setzte sich wieder.

»Meinst du wirklich, die haben uns benutzt?«, fragte Sophie.

»Zumindest wart ihr zum richtigen Zeitpunkt da.«

»Und was passiert jetzt?«, fragte Manuela. »Sollen wir weiter nach dem Informanten suchen?«

»Den wirst du nicht finden. Ich will mal schauen, was ich machen kann. Aber erwartet nicht zu viel.«

Das Gespräch war beendet. Streich erhob sich, klopfte mir auf die Schultern.

»Was lernen wir daraus, Georg? Es hilft kolossal, wenn man den Kopf einschaltet, bevor man den Mund aufmacht.«

Wir verabschiedeten uns. Streich meinte noch, er würde die Stunde nicht berechnen.

Ich hatte noch hundert Euro in der Tasche, also lud ich uns ins Gin House ein. Für dreimal Mittagstisch à fünfzehn Euro, Wasser und eine Flasche Chardonnay dürfte es reichen.

Wir setzen uns an den Tisch weit weg von der Tür. Der Kellner spendierte uns drei Kaffee mit Amaretto, nachdem ich ihm erzählt hatte, was passiert war. Manuela telefonierte mit jemandem von Bellingcat. Sophie suchte bei Immoscout nach einer billigeren Wohnung. Langsam löste sich die Watte in meinem Kopf auf. Alles, was dort an Angst bereitlag, wachte auf und probte den Blitzkrieg. Ich sah meine Zukunft völlig klar vor mir. Knast und Schulden in Millionenhöhe. Wir würden die Wohnung aufgeben müssen. Raus aus Dresden, irgendwo hin in die Pampa. Bautzen oder noch weiter ins Niemandsland. Sophie würde bei McDonald's arbeiten, und mich würde im Knast eine tschetschenische Gang als Frischfleisch begrüßen. Ich sah mich bereits in einem gekachelten Duschraum, umgeben von einer Horde tätowierter Muskelberge, von denen der größte mir ein Stück Seife reichte. Was für ein Horror. Dann klingelte mein Handy. *Götz Wolf* stand auf dem Display. Götz Wolf rief mich an? Wahrscheinlich seine Assistentin, wahrscheinlich der Interviewtermin. Ich war zu müde und zu frustriert, um über ein Interview nachzudenken. Wozu auch? Die Show war tot. Ich drückte den Anruf weg.

16

Es war absurd. Mein Vater hatte sich immer über meine Arbeit aufgeregt und gewettet, die Show hätte keine Zukunft. Auf eine abwegige Weise hatte er diese Wette gewonnen, und ich hatte dazu beigetragen. Ich saß auf der Bettkante und wischte mit einem Lappen über sein Gesicht. Er war blass, die Wangen waren eingefallen, die fettigen Haare standen von seinem Kopf ab wie gerupfte Federn. Frau Dr. Raabe stand vor seinem Bett. Sie hatte aus der Zeitung erfahren, dass ich in Schwierigkeiten war und möglicherweise ins Gefängnis kommen würde.

»Das ist eine schwere Zeit für Sie«, sagte sie. »Aber wenn ich Ihnen einen Rat geben darf, Sie kommen da durch, wenn Sie sich auf das konzentrieren, was wirklich wichtig ist. Versinken Sie nicht in Selbstmitleid.«

Ich fand das ziemlich dreist, wie sie sich in mein Leben einmischte.

»Danke, aber ich brauche keinen Rat. Davon habe ich zu Hause schon eine Tonne herumliegen.«

»Sie machen gerne coole Sprüche, damit niemand merkt, wie es Ihnen eigentlich geht«, sagte sie lächelnd.

»Auch das geht niemanden etwas an.«

»Das ist richtig. Aber vielleicht fragen Sie sich, ob es Sie selbst etwas angeht. Ihr Vater wird nicht mehr aufwachen. Er wird sterben. Und nichts, was Sie mit ihm erlebt haben, wird noch geklärt werden können. Es wird mit ihm gehen. Und Sie haben jetzt zwei Möglichkeiten. Entweder, Sie halten sich an der Vergangenheit fest, oder Sie wenden sich der Gegenwart zu. Vielleicht ist Ihr Vater das Problem gewesen, aber Sie sind die Lösung. Ich meine es gut mit Ihnen. Schauen Sie nicht zurück. Schauen Sie, ob da jemand ist, der Ihnen die Hand reicht.

Und denken Sie dran: ›Wo aber Gefahr ist, wächst das Rettende auch.‹«

Völlig überraschend trat sie vor mich, beugte sich herab und umarmte mich ein wenig unbeholfen. Ich wusste nicht, was ich tun sollte. Dann ließ sie mich wieder los und ging, ohne sich umzudrehen. Vielleicht war sie selbst von ihrem Gefühlsausbruch überrascht.

Schauen Sie, ob da jemand ist, der Ihnen die Hand reicht, hatte sie gesagt. Wen gab es da? Sophie, Manuela, Streich. Und sonst? Der Anruf von Götz Wolf fiel mir wieder ein. Er hatte noch dreimal angeklingelt, ich hatte ihn jedes Mal weggedrückt. Ich wollte nicht als der totale Loser vor den Mann treten, den ich bewunderte. Für mich gehörte er in den Pantheon, der bisher für mich von den drei Säulenheiligen des Songwriting bewohnt wurde, Bruce Springsteen, Bob Dylan, John Lennon. Sollte ich ihn anrufen? Warum nicht? Dann konnte ich wenigstens erfahren, warum er so hartnäckig war. Es dauerte ewig, bis er den Anruf entgegennahm.

»Hier ist Georg«, sagte ich.

»Wer?«

»Georg Herzfeld. Sie haben mich angerufen …«

»Ja, stimmt. Hast du Lust, nach Berlin ins Adlon zu kommen?«

»Um was zu tun?«

»Wir haben von deinem Ärger mit der Deutschen Bank gehört«, sagte er.

»Ja?«

»Vielleicht können wir dir helfen.«

»Wie?«

»Das wirst du dann schon sehen.«

»Wo aber Gefahr ist, wächst das Rettende auch«, sagte ich leise.

»Was?«, fragte Götz.

»Nichts, ich habe mich nur an was erinnert.«

»Okay.«

Bevor ich noch fragen konnte, ob ich alleine oder mit Sophie und Manuela kommen sollte, hatte er aufgelegt. Ich fuhr nach Hause. Sophie war bei einem Casting für einen Film über Richard III. Ich duschte, zog Jeans, Hemd und Sakko an und machte mich auf den Weg. Mit der Bahn nach Berlin und dann zu Fuß zum Hotel Adlon.

Eine Stunde lang musste ich warten, bis Lorenz Ziffer mich in der Lobby abholte. Er stellte sich als Götz' Freund und Partner vor und hatte einen Tisch im *Lorenz Adlon Esszimmer*, dem hoteleigenen Restaurant, reserviert. Weiße Tischdecken fast bis zum Boden, die Möblierung wie aus dem Dresdner Residenzschloss, eine Bibliothek hinter Glas in einer Ecke des Raumes, eine Bronzebüste über dem Kamin. Ziffer wurde von einem Kellner mit Toupet per Handschlag begrüßt, dann wurden wir zu einem Tisch geführt, von dem aus wir das Brandenburger Tor sehen konnten. Alles sehr fein und sehr schick. Ich sah mich um, konnte Götz aber nirgends entdecken.

»Ich dachte, ich würde Götz Wolf treffen«, sagte ich.

»Später, er hat noch zu tun.«

»Dann ist das hier der Test, ob ich geeignet bin, um zum Meister vorgelassen zu werden?«

Ziffer ignorierte meine Bemerkung, blätterte durch die Speisekarte.

»Nehmen Sie den Rehrücken«, sagte er.

Ich wusste nicht, ob ich Rehrücken runterkriegen konnte. Ich hatte zwei Tage lang nichts gegessen. Vielleicht sollte ich feuchte Tempotaschentücher bestellen.

»Da haben Sie ja ein Ding gelandet. Wie konnte das passieren?«

Aha, er sollte mich tatsächlich abchecken. Ich lieferte eine Kurzfassung der Ereignisse, während wir einen Gruß aus der Küche vorgesetzt bekamen. Parfait und Mousse von der Gänseleber, confierte Zitrusfrüchte, Holunderblütenschaum, und alles zusammen nicht größer als ein Hühnerhoden.

»Wie geht es jetzt weiter?«, fragte er.

Hier kam die zweite Kurzfassung. Noch knapper als die erste. Er hörte aufmerksam zu, nickte gelegentlich.

»Was haben Sie studiert?«, fragte er.

»So weit habe ich es nicht geschafft. Aber wenn, dann wäre es Physik gewesen.«

»Warum Physik?«

»Weil mich das Chaos schon immer fasziniert hat.«

»Das sieht man.«

»Chaos ist nicht Unordnung«, sagte ich. »Chaos heißt, dass minimale Aktionen unvorhersehbare Auswirkungen haben können. Sie kennen den Spruch von dem Schmetterling und dem Orkan?«

»Ja, aber das müssen Sie mir trotzdem näher erklären.«

»Sie zeigen in einer Schulklasse in Paris eine Karikatur von Mohammed und werden in der großen Pause enthauptet. Kleine Aktion, gewaltige Auswirkung. Das Internet ist voll davon, wie Sie an den vielen Shitstorms sehen können.«

»Interessant.«

»Ich weiß.«

»Ein Shitstorm hat Ihnen, was Ihren Vater angeht, nicht genügt?«

Ich staunte, wie gut er informiert war. Was wollte er von mir? Wieso dieser Test?

»Wollen Sie mir die Leviten lesen?«

»Ich will Ihnen helfen.«

Ziffer neigte den Kopf zur Seite und lächelte unverfroren.

»Woher hatten Sie die Information, dass Ritter pädophil ist?«

»Wir geben unsere Quelle nicht preis.«

»Warum nicht? Weil die Quelle nicht so integer ist, wie Sie denken?«

»Möglich.«

Der Hauptgang wurde serviert. Bachforelle an Orange, Wacholder, Emulsion von jungem Lauch und Brunnenkresse für mich. Rehrücken mit Heidelbeeren, Pfifferlingen, Sellerie, erklärte der Kellner mit dem Toupet.

»Sie wundern sich sicher, warum ich Sie das alles frage«, sagte Ziffer.

»Ich bin über die Phase hinaus, in der ich mich noch gewundert habe.«

»Wir sind bereit, Sie in dem Prozess, den Ritter und die Deutsche Bank gegen Sie anstrengen, finanziell zu unterstützen. Zudem wollen wir Ihnen dabei helfen, die Quelle zu finden.«

Wir? Wen meinte er damit? Götz Wolf und sich selbst? Meinte er die Morgenröte?

»Mir ist nicht mehr zu helfen.«

»Was einen erfolgreichen Mann auszeichnet, ist, die Niederlage als Auftrag anzusehen, stets weiterzumachen.«

Er erzählte mir noch eine Stunde lang, wie oft er gescheitert war und dass Scheitern demjenigen vorbehalten sei, der Großes wagte. Während wir uns über Creme vom Blauschimmelkäse, gedörrten Apfel und Bergamotte hermachten, legte er immer wieder seine linke Hand auf meinen rechten Unterarm. Ich wurde das Gefühl nicht los, er würde flirten. Was sollte ich sagen, wenn er mich auf sein Zimmer bitten würde?

»Was halten Sie davon, wenn wir das Gespräch in der Imperial Suite fortsetzen?«

Ich glotzte ihn an wie ein Idiot. Konnte er Gedanken lesen?

Ziffer unterschrieb die Rechnung und addierte zwanzig Euro Trinkgeld.

»Kommen Sie«, sagte er lächelnd.

Ich folgte ihm wie Bambi.

17

Während Ziffer an die Tür der Suite klopfte, überlegte ich noch, was ich tun könnte, falls er mir an die Wäsche gehen sollte. Plötzlich fühlte ich mich an die Geschichten erinnert, die über Harvey Weinstein und Dieter Wedel erzählt wurden. Aber dann war ich sehr überrascht, als die Tür von einer rothaarigen Dame im Hosenanzug geöffnet wurde.

»Da seid ihr ja, kommt rein«, sagte sie.

Ich trottelte hinter Ziffer her in die Suite. Amalia von Bülow stellte sich mir vor und reichte mir die Hand.

»Ich bin ein großer Fan Ihrer Show«, sagte sie.

Es klang nach Höflichkeit, so als ob sie Vertrauen und Nähe aufbauen wollte. Irgendwie wurde es immer absurder. Was zum Teufel wollten die von mir?

»Götz«, rief sie. »Er ist hier.«

Als sie keine Antwort erhielt, lächelte sie.

»Er telefoniert«, sagte sie. »Was trinken Sie? Champagner?«

»Cola«, sagte ich.

Du musst unter allen Umständen nüchtern bleiben, ermahnte ich mich selbst.

Ziffer nahm eine Cola aus der Minibar, öffnete die Flasche und reichte sie mir.

»Glas?«, fragte er.

»Nein, danke.«

Die beiden nahmen in zwei Sesseln Platz, ich fläzte mich aufs Sofa. Ich dachte, es wäre nicht schlecht, ein bisschen auf cool zu machen und nicht zu zeigen, wie eingeschüchtert ich war. Ziffer fragte, ob ich Götz kennen würde. Als ich bejahte, meinte er, ich sei ähnlich charismatisch wie er. Nicht ganz so männlich, aber ich würde immerhin über Sendungsbewusstsein verfügen. So etwas könnte man nicht trainieren.

»Götz ist authentisch«, ergänzte Amalia. »Ein Genie. Er brennt so lichterloh, dass ich Angst habe, er liegt eines Morgens tot neben mir im Bett und ist nur noch ein Haufen Asche. Aber bis dahin ist er ein Geschenk des Himmels. So jemand kommt nur einmal in einem Jahrhundert.«

»Zuletzt war es Hitler«, sagte Ziffer.

Sie lächelten sich zu, als wären sie damals dabei gewesen.

»Hast du ihm schon erzählt, um was es geht?«, fragte Amalia.

»Das wollte ich Götz überlassen.«

Wie aufs Stichwort wurde eine Schiebetür geöffnet, und herein kam Götz Wolf in Jogginghose und T-Shirt.

»Hey, Georgie«, rief er.

Er ließ sich neben mir aufs Sofa fallen und schlug mir auf die linke Schulter, als wären wir alte Kumpels.

»Du hast dich ja ganz schön in die Scheiße geritten, Alter. Du bist tot. Das ist dir klar, oder? Die nageln dich ans Kreuz und lassen dich hängen, bis du verfaulst. Nichts von wegen gekreuzigt, gestorben und begraben und so weiter. Die Auferstehung hat Papa für seinen Sohn reserviert, dich lässt er einfach krepieren. Was haben sie gesagt?«

»Wer?«, fragte ich.

»Die Anwälte, die Ritter vertreten.«

Ich wiederholte die Kurzversion inklusive Brief. Die drei sahen sich bedeutungsvoll an. Dann stellte Ziffer sein Champagnerglas auf den Tisch und beugte sich vor.

»Haben Sie Pläne?«, fragte er.

Klar hatte ich Pläne.

»Ich werde noch in der Nacht in einem Staatsstreich die Regierung übernehmen, die Deutsche Bank verstaatlichen und Ritter wegen Majestätsbeleidigung ins Gefängnis werfen lassen.«

»Der Junge ist gut«, sagte Götz zu den anderen. Dann wandte er sich mir wieder zu.

»Wir werden dich in dem Prozess unterstützen, Georgie. Ich darf doch Georgie zu dir sagen?«

Hatte er ja bereits.

»Klar.«

»Gegen die Anklage wegen Rufschädigung können wir nichts machen, aber wir bieten dir an, ein bisschen tiefer in Ritters Privatleben zu graben, als du das bisher getan hast«, sagte Götz.

»Der Mann war in der rechtsnationalen Burschenschaft *Berolina Germania*«, übernahm Amalia. »Vor dreißig Jahren gab es bei einem Convent einen Todesfall. Eine Sechzehnjährige ist in einem Wald erfroren. Wie sich bei der Obduktion herausgestellt hat, war sie schwanger. Die Sache ist von der Staatsanwaltschaft nur halbherzig weiterverfolgt worden. Das Gerichtsverfahren wurde eingestellt, und der Tod des Mädchens war plötzlich nur noch ein Unfall. Zufällig sind damals auch diverse Beweismittel verschwunden.«

»Ich würde sagen, jemand hat da interveniert«, meinte Götz. »Einen Drink?«

Er stand vom Sofa auf, ging zur Bar und schenkte sich einen doppelten Wodka ein. Dann sah er mich an, als müsste ich aufspringen und ihnen allen um den Hals fallen. Dabei klang das Ganze doch reichlich seltsam. Eine Burschenschaft, der Mord an einem Mädchen, verschwundene Beweismittel. Wie wollten sie das nachweisen, und würde Ritter tatsächlich die Klage gegen mich fallen lassen? Götz hielt mir ein Glas Wodka hin.

»Nimm ruhig. Wir werden dich nicht betrunken machen und dann vergewaltigen. Zumindest jetzt noch nicht.«

Er lachte schallend. Amalia verdrehte die Augen. Ziffer lächelte gequält. In diesem Moment gewährten sie mir einen Blick hinter die Kulissen. Götz war eindeutig Jesus Christus und Amalia seine Maria Magdalena, die ihn vorbehaltlos unterstützte. Bei Ziffer war ich mir noch nicht sicher. Petrus oder Judas?

»Eins verstehe ich immer noch nicht«, sagte ich. »Warum wollen Sie mir helfen?«

»Das ist die Preisfrage«, antwortete Götz. »Wenn du sie falsch beantwortest, schmeiß ich dich wieder raus.«

»Bestimmt nicht, weil ich Ihnen leidtue.«

»Sehen wir aus wie die Caritas?«

»Auch nicht, weil Sie meine Show retten wollen?«

»So weit waren wir schon mal. Die ist nicht mehr zu retten. Du kriegst noch eine letzte Chance.«

Die drei sahen mich grinsend an. Es machte ihnen offensichtlich Spaß, mit mir zu spielen. Das ärgerte mich. Und es ärgerte mich, dass ich die Antwort schon längst wusste, aber nicht wahrhaben wollte.

»Ihr seid auf meine zehn Millionen Abonnenten scharf.«

»Na also, gerade noch mal die Kurve gekriegt«, sagte Götz.

»Wir brauchen für unsere Revolution die junge Generation«, sagte Ziffer. »Leute wie dich und deine Freunde. Es ist nämlich eure Zukunft, um die es hier geht.«

Zukunft? Welche Zukunft?

»Und was ist meine Aufgabe?«, fragte ich.

»Ich beobachte schon eine ganze Weile, was du da auf YouTube treibst«, sagte Ziffer. »Ihr macht das alles zu dritt?«

»Zusammen mit meiner Freundin Sophie und Manuela.«

»Okay«, sagte Götz. »Du hast es wahrscheinlich schon mitbekommen. Ich kandidiere bei der nächsten Bundestagswahl. Wir haben vor, die Morgenröte zu einer großen Bewegung zu machen, die dieses Land wieder auf die Beine stellt. Verstehst du, was ich meine? Wir werden hier ein bisschen aufräumen.«

»Wir werden Deutschland aus den Klauen einer korrupten Bande von Politikern befreien«, sagte Ziffer.

»Du behältst dein Team, aber wir vergrößern es auf zwanzig, fünfundzwanzig Leute«, sagte Amalia.

»Wieso ich?«

»Gute Frage. Wir haben tatsächlich eine Weile überlegt, Rezo zu fragen«, sagte Ziffer. »Aber du bist witziger. Und du hast nicht diese linke Besessenheit, die Welt retten zu müssen. Du bist viel zu klug, um dich auf eine politische Seite zu schlagen. Außerdem hast du politische Ambitionen. Habe ich irgendwo gelesen.«

Das war richtig. Aber so, wie es jetzt um mich stand, konnte ich die ja wohl vergessen.

»Sie haben mir aber immer noch nicht gesagt, was meine Aufgabe sein könnte.«

»Du begleitest mich, schreibst Texte, heizt dem Publikum ein«, sagte Götz.

Er erzählte noch eine Stunde lang, wie er sich die Zusammenarbeit vorstellte, was an Arbeit auf mich zukommen würde und dass ich mein Privatleben für die Zeit bis zur Wahl vergessen könnte. Nach zwei Stunden war ich entlassen mit dem Angebot, für zwanzig Riesen im Monat mit meinem Team die Social-Media-Aktivitäten zu steuern. Ich bekam einen Tag Bedenkzeit, danach würden sie das Angebot zurückziehen.

Es war dunkel und hatte angefangen zu regnen, als ich vor die Tür des Adlon trat. Eine Gruppe Touristen mit Regenschirmen ließ sich die Geschichte des Brandenburger Tors und der Quadriga erklären. Ich sah zum Himmel hoch auf eine dichte Wolkendecke. Der Wagenmeister winkte ein Taxi herbei, ich fuhr zum Hauptbahnhof.

Auf der Fahrt ließ ich das Gespräch Revue passieren. Es sprach alles dafür, das Angebot anzunehmen. Sie hatten Geld, um Anwälte zu bezahlen. Sie hatten durch Amalia Kontakte zu reichen und einflussreichen Kreisen. Ziffer war politisch vernetzt. Und Götz war jemand, der vor nichts und niemandem Angst hatte.

Es war nach Mitternacht, als ich zu Hause ankam. Ich war todmüde, ausgelaugt und trotzdem von einer stillen Euphorie erfüllt. Ich erzählte Sophie von der Begegnung. Von Ziffer und meiner zwischenzeitlichen Befürchtung, er würde mich abschleppen. Von Amalia, die eine bemerkenswerte Erscheinung war. Ich beschrieb Götz, seinen Alkoholkonsum, seine sympathische, menschliche Art. Obwohl er ein Superstar war, hatte er nichts von der üblichen abgehobenen Arroganz an sich.

»Du klingst so, als hättest du dich schon entschieden«, sagte sie, während wir im Bett lagen und uns aneinander festhielten.

Ja, das hatte ich.

»Bis vor ein paar Stunden war unser Leben noch die totale Katastrophe. Und dann kommen Götz Wolf, Lorenz Ziffer und Amalia von Bülow und reichen mir einen Strohhalm. Das ist die Chance unseres Lebens, oder?«

Sie nickte und küsste mich.

»Hast du gut gemacht«, sagte sie.

Dann schliefen wir miteinander. Zum ersten Mal seit Tagen fühlte es sich wieder gut an. Der Druck war halbwegs weg, ich konnte mich entspannen, Sophies Nähe genießen.

Als ich um neun Uhr morgens aufwachte, hörte ich Sophie in der Küche hantieren. Die Kaffeemaschine brummte vor sich hin, es roch nach Brötchen und Rührei. Ich schrieb Götz eine Nachricht auf WhatsApp.

Bin dabei;))

Ich starrte mein Handy an in der Hoffnung, dass er antworten würde. Irgendwas wie: *großartig* oder *willkommen im Klub* oder was weiß ich. Aber es kam keine Antwort. Als wäre ich nicht mehr wichtig.

AUFSTAND

18

Das Behandlungszimmer war in ein weiches Licht getaucht, die Wände sandfarben, der Parkettboden aus heller Eiche, die Möblierung folgte einem Katalog für skandinavisches Design. An den Wänden hingen gerahmte Naturfotografien, die Trost und Hoffnung ausstrahlen sollten. Nellie konnte Optimismus nicht ausstehen. Wer genug Informationen und keine Angst hat nachzudenken, kann kein Optimist sein, dachte sie. Unmöglich.

Es war ein Knoten. Eindeutig. Dr. Kehl hatte Nellies Brüste und Achselhöhlen abgetastet und ihn sofort gefunden. Das war ein Schock. Das gesamte Theater des Schreckens, das Nellie in den letzten Tagen gründlich verdrängt hatte, zog den Vorhang auf, und sie saß in der ersten Reihe. *Du wirst bestrahlt, kriegst Chemo, die Haare fallen aus, die Zähne, die Finger- und Fußnägel, du lässt dir die Brüste amputieren, der Tumor streut, die Metastasen breiten sich im ganzen Körper aus, du welkst dahin, niemand ist bei dir, du liegst in einem Krankenzimmer, tief im Keller eines Krankenhauses, das schon seit Jahren geschlossen ist, niemand hört dein Rufen, du wirst einsam und von der Welt verlassen sterben und anschließend von …*

»Wie lange können Sie ihn schon fühlen?«, fragte Dr. Kehl. Sie war groß, schlank, sommersprossig, blond. Da Nellie immer noch ihrem privaten Katastrophenfilm folgte, war sie von der Frage überrascht.

»Wen?«

»Den Knoten.«

»Ungefähr ein Jahr, aber erst seit Kurzem so deutlich.«

Und er war seitdem gewachsen. *Der Knoten. Er. Der Feind in meinem Körper ist ein Er,* dachte Nellie. Na klar, was auch sonst? Irgendwie passte es zu den anderen Geschichten mit

Menschen, zu denen sie Beziehungen eingegangen war und auf die das Personalpronomen *Er* passte.

»Er ist aber nicht so groß, dass Sie sich übermäßige Sorgen machen müssen«, meinte Dr. Kehl.

»Und wo beginnt ›übermäßig‹?«

Sie hatte eine leichte Veranlagung zur Hypochondrie, weshalb *übermäßige Sorgen* bei ihr schon bei einer Warze in der Handinnenfläche begannen. Da die Ergebnisse der Mammografie und der Ultraschalluntersuchung nicht eindeutig waren, schrieb Dr. Kehl eine Überweisung zum MRT. Den nächsten freien Termin gab es in drei Wochen. Nellie war schockiert.

»Ich muss drei Wochen warten, bis ich weiß, ob das Ding in meiner linken Brust harmlos oder mein Todesurteil ist?«

»Erst mal ist das Ding nur ein Knoten. Außerdem tritt der ja nicht von heute auf morgen auf. Wahrscheinlich ist er schon vor drei oder vier Jahren entstanden. Sobald die Ergebnisse des MRT vorliegen, wird man im Krankenhaus eine Biopsie des Gewebes machen, und dann wissen Sie, dass es nichts Schlimmes ist«, sagte Dr. Kehl. »Über diese Brücke gehen wir, wenn wir dort angekommen sind.«

Mit diesem Spruch war die Beratung beendet.

Als Nellie die Praxis verließ, fühlte sie sich, als hätte sie vier Liter Blut gespendet. Knoten, MRT, Biopsie, Metastasen, Tod. Sie musste das Gedankenkarussell so schnell wie möglich loswerden. Also tat sie das, was für sie in solchen Fällen die beste Therapie war. Sie arbeitete. Stürzte sich mit Verve auf die Morgenröte und das Triumvirat aus Wolf, Ziffer und Bülow.

Beim obligatorischen Mittagessen im *Sale e Tabacchi* meinte Cotta, es könne kein richtiges Triumvirat sein, weil eine Frau dabei war, *tres viri* aber *drei Männer* hieß. Für Nellie machte das keinen Unterschied. Die drei verfügten unabhängig von ihrem Geschlecht über die passenden Talente, um Deutschland in ein Krematorium zu verwandeln. Auf der Tageskarte standen hausgemachte Ravioli mit Radicchio gefüllt in Parmesancreme und gegrillte Dorade Royal auf Jungspinatsalat. Nellie bestellte beides. In den nächsten Wochen würde sie viele Kalorien brauchen, um klar zu denken und wenig zu schlafen. Cotta begnügte sich mit einem Salat und dem Perlhuhn aus dem Ofen mit Sojasoße und Ingwer.

»Ziffer hat sich meinen Neffen Georg Herzfeld geangelt. Das sind zehn Millionen Follower auf einen Schlag für die Morgenröte«, sagte sie zwischen zwei Bissen in die exzellenten Ravioli. »Hast du gesehen, was die inzwischen gestartet haben?«

»Die zehn Millionen werden nicht bleiben«, meinte Cotta.

»Das ist Ziffer egal. Er ist auch mit neun zufrieden. Du weißt, warum die Morgenröte keine Partei ist, oder? Ziffer nennt sie eine Bewegung. Ist natürlich klar, wen er da als Vorbild hat.«

Cotta wischte auf seinem Tablet durch die Artikel, die Nellie ihm geschickt hatte.

»Wann bist du mit der Reportage fertig?«, fragte er.

»Die Morgenröte war vor einem Monat noch ein Verein, in dem sich Naturfreunde über das Balzverhalten von Maulwürfen ausgetauscht haben. Wenn du was Substanzielles haben willst, musst du mir die Zeit lassen, die ich brauche.«

Sie erzählte ihm von der Pressekonferenz im Schloss derer von Bülow.

»Ziffer hat das ganz große Vokabular von der Verschwörung der Regierung und der Presse gegen das Volk ausgepackt. Das ist ein Frontalangriff, der die AfD wie eine Versammlung von Klosterschülerinnen aussehen lässt.«

Cotta war nicht so recht bei der Sache. Er stocherte in seinem Salat herum, blickte immer wieder auf sein Handy. Er hatte eine große Serie über die Parteien und ihre Spitzenkandidaten angekündigt. Die erste Reportage über die AfD hätte gestern erscheinen sollen, aber der Kollege war bei seiner Recherche überfallen worden. Notebook, Handy, Tablet weg und damit ein Großteil der gesammelten Informationen inklusive Interviews und Kommentare. Also hoffte Cotta, er könnte Nellies Reportage vorziehen, was aber nicht funktionierte, wie er nun merkte. Also musste Claudius ran. Der war zwar noch im Volontariat, aber da Cotta niemand anderen zur Verfügung hatte, der sich über die FDP hermachen wollte, durfte der Volontär sein Glück versuchen. *FDP ist ein Klacks*, hatte Cotta ihm gesagt. Jetzt wartete er darauf, dass Claudius ihm den ersten Artikel schickte und er überprüfen konnte, ob der junge Mann die Aufgabe bewältigte.

»Ich blicke gerade erst durch, wieso Ziffer, Wolf und Bülow keine Partei gründen«, fuhr Nellie fort. »Die haben sich die *Cinque Stelle* in Italien zum Vorbild genommen. Du weißt schon, Beppe Grillo, dieser Komiker. Das ist eine GmbH mit der totalen Kontrolle über alle Personen, die sich ihnen anschließen. Namen, Adressen, politische Einstellungen, Verdienst, Partner und so weiter. Genauso läuft das bei der Morgenröte. Es gibt eine Website, und die gehört Amalia von Bülow. Sie zensiert alles, was über die Seite läuft, Blogs, Kommentare, Instagram, Twitter. Da wird nichts gepostet, was sie nicht autorisiert.«

»Nimmst du auch einen Weißwein?«

»Kein Alkohol, bevor ich nicht weiß, was es ist.«

»Ja klar, entschuldige, ich hab vergessen …«

Sie hatte ihm von ihrer Untersuchung erzählt, und er hatte schockiert reagiert. Weil sie ihm leidtat oder weil er Angst hatte, eine kompetente Reporterin zu verlieren, oder er sich doch noch Hoffnungen machte, blieb sein Geheimnis. Die Dorade und das Perlhuhn wurden serviert.

»Für Bülow, Ziffer und Götz sind die Wähler nichts anderes

als Konsumenten. Gestern hat Bülow in einem Interview mit dem *Stern* gemeint, sie könnten die Bedürfnisse der Bürgerinnen und Bürger besser verstehen und deshalb schneller reagieren als die klassischen Parteien. Ich zitiere: ›Die alten Parteien sind Videoworld, wir sind Netflix.‹ Ist das nicht zum Kotzen?«

Cotta hatte die Flasche Pinot Grigio zur Hälfte geleert, bestellte nun Tiramisu und einen doppelten Espresso.

»Ich kenne Ziffer von der Uni in Frankfurt«, sagte er. »War ein farbloser Vorsitzender des RCDS. Was ist mit dieser Amalia von Bülow?«

»Alter Adel. Ihre Vorfahren waren Kurfürsten in Russland, sind dann von den Kommunisten enteignet und umgebracht worden. Es gibt heute nur noch einen Zweig.«

»Reich.«

»Wälder, Brauerei Amalienbier …«

»Kenne ich. Ganz guter Stoff.«

»Schloss mit Pferdezucht.«

»Das heißt, Bülow stellt das Geld zur Verfügung, Ziffer ist das Mastermind und Götz Wolf ihr Che Guevara. Wie schätzt du die Chance ein, dass die bei der Wahl eine Chance haben?«

»Die werden siegen.«

Cotta zuckte zusammen. »Du hast gesagt, das wären Faschisten, und jetzt behauptest du, sie würden die Wahl gewinnen?«

Der Gedanke verursachte ihm sichtlich Unwohlsein. Mit der Serviette vor dem Mund rülpste er dezent. Dann bestellte er einen doppelten Averna.

»In deiner Antrittsrede hast du die *Neue Zeitung* als das Sturmgeschütz gegen alle autoritären, revisionistischen, sexistischen, rassistischen und faschistischen Tendenzen bezeichnet, Cotta. Und gegen alles, was es sonst noch so an bösen Kräften im Land gibt. Jetzt musst du dir überlegen, ob ich übertreibe oder die Gefahr vielleicht doch richtig einschätze. Wie kann man das wissen? Es gibt keinen Seismografen, der auf einer Richterskala die Gefahr einer Diktatur anzeigt. Aber Parallelen zu anderen Zeiten und anderen Ländern sind trotzdem ernst zu nehmende Hinweise.«

Cotta musste nachdenken. Wenn er Nellie gewähren ließ, riskierte er, die *Neue Zeitung* zum Gespött zu machen, weil die Morgenröte vielleicht doch nur eine von vielen Kleinstparteien war. Wenn er sie zurückpfiff, würde es später unter Umständen heißen, sie hätten den Schuss nicht gehört. Also tat er, was die meisten Chefredakteure in einer solchen Zwickmühle taten, er versuchte, Zeit zu gewinnen.

»Wenn die das ernst meinen, brauchen die für den Wahlkampf einen mittleren zweistelligen Millionenbetrag. Krieg raus, wo das Geld herkommt«, sagte er. »Ich muss los.«

Na, endlich hast du's kapiert, dachte Nellie. Sie machte sich auf den Weg zum Grundbuchamt von Neubrandenburg. Sie wollte herausfinden, ob das Schloss Amalia von Bülow allein gehörte oder ob noch andere beteiligt waren. Leute, die die Morgenröte finanzierten und offiziell nicht auftauchen wollten. Im Handelsregister hatte sie gelesen, dass die Morgenröte GmbH über ein Stammkapital von 25.000 Euro verfügte. Eingezahlt in Dritteln von Bülow, Ziffer und Wolf. Wenn sie die Summen ansetzte, die die großen Parteien für einen Wahlkampf ausgaben, dann brauchte die Morgenröte irgendwas um die zwanzig bis fünfundzwanzig Millionen. Woher sollten die kommen? Von Amalia von Bülow alleine? Von einem rechten Netzwerk? Oder von irgendwelchen Russen, wie Gerüchte besagten?

19

Nellie parkte ihre Maschine neben dem Grundbuchamt, einem hässlichen Neubau aus Beton und Glas. Im ersten Stock, Zimmer 1.10.3, erwartete sie ein junger bebrillter Angestellter mit Zottelbart und Akne. Er hielt einen McDonald's-Snack in der rechten und das Handy in der linken Hand.

»Hallo, essen Sie ruhig weiter«, sagte Nellie. »Ich will lediglich den Grundbuchauszug abholen, den Frau von Bülow bestellt hat. Haben Sie ihn bereit?«

Der junge Mann sah sie erstaunt an. »Von Bülow?«, fragte er unsicher.

»Genau.«

»Wann ist der bestellt worden?«

Gar nicht. Aber das musste er nicht wissen. Nellie wusste, wie ordentliche Beamte funktionierten, wenn man sie mit Obrigkeiten unter Druck setzte.

»Vor einer Woche«, sagte sie.

Der junge Mann wischte sich die Hände an einer Serviette ab. Während er in einem flachen Stapel Papieren wühlte, schaute er mehrmals mit einem entschuldigenden Lächeln zu Nellie hin.

»Tut mir leid. Ich habe hier keine Bestellung vorliegen. Geht es um das Schloss? Da brauche ich einen Antrag, und vorher müssen die Gebühren bezahlt werden. Sonst passiert hier bei uns nicht viel.«

Jetzt musste Nellie ein wenig Druck ausüben.

»Natürlich geht es um das Schloss, um was denn sonst? Wie heißen Sie?«

»Ich?«

»Wir sind hier zu zweit, und da ich meinen Namen kenne, müssen Sie gemeint sein, oder was meinen Sie?«

»Anatol.«

»Und haben Ihre Eltern Ihnen auch ihren Nachnamen mitgegeben, oder sind Sie ein Findelkind?«

»Müller.«

»Also, Anatol Müller, sagen Sie mir jetzt nicht, Sie haben den Antrag verschlampt und den Auszug nicht vorbereitet.«

»Tut mir leid, aber ich …«

Sichtlich nervös begann er, erneut in dem Stapel Papiere zu wühlen.

»Frau von Bülow braucht den Auszug heute noch. Deswegen haben wir ihn ja auch schon vor einer Woche bestellt, Anatol. Können Sie sich vorstellen, was los ist, wenn ich ohne das Ding zurückkomme? Kennen Sie Frau von Bülow?«

»Nicht persönlich.«

»Das müssen Sie auch nicht. Aber ich sage Ihnen, Sie werden sie in ihrer ganzen Pracht kennenlernen, wenn ich ohne den Auszug hier rausgehe.«

»Was machen wir denn jetzt?«

»Was *Sie* machen, kann ich Ihnen sagen. Wenn Sie Ärger vermeiden wollen, machen Sie so schnell wie möglich eine Kopie, und dann werde ich niemandem sagen, was hier für eine Schlamperei herrscht.«

Er verschwand eilfertig durch eine Tür, stolperte dabei über einen Papierkorb und wäre beinahe gestürzt. Nellie sah sich um. Sonnenstrahlen fielen als dicker goldener Balken in den nüchternen Raum. Weiße Resopalmöbel, Stühle mit roten, blauen und gelben Sitzschalen aus Hartplastik. An den Wänden Fotos von Gedenktafeln, die überall in der Stadt verteilt hingen. Gedenken an die Toten des Dreißigjährigen Krieges, des Ersten Weltkrieges, des Zweiten Weltkrieges, für die Verfolgten des Naziregimes, für die Frauen des KZ Ravensbrück, für die Gefallenen der Roten Armee. Es war eine schier endlose Liste von Tragödien. Nellie schauderte.

»Hier habe ich ihn«, sagte Anatol.

Stolz hielt er ihr eine Kladde hin. Amtsgericht Neubrandenburg, Grundbuch Schloss von Bülow, stand auf dem Deckel. Nellie blätterte die erste Seite auf. *Blatt vierunddreißig, dritte Abteilung*, stand als Überschrift über den Eintragungen. Darunter Eigentumsveränderung und darunter wiederum die Eintragung einer Grundschuld in Höhe von fünfzehn Millionen Euro zugunsten Viktor Pergaschin. Pergaschin? Bei dem Namen klingelte etwas bei Nellie. Aber sie konnte sich nicht erinnern, wann und in welchem Zusammenhang sie von ihm gehört hatte.

»Großartig, Anatol. Sie sind ein Held. Ist Ihnen das klar?«

Mit einem schüchternen Lächeln nahm er das Kompliment entgegen. Nellie nahm ihr Handy, um die Seite abzulichten.

»Sie brauchen die nicht zu fotografieren. Das ist eine Kopie. Wenn Sie die beglaubigt brauchen, kostet das allerdings fünfundzwanzig Euro«, sagte Anatol.

»Na dann.« Sie faltete die unbeglaubigte Kopie und steckte sie in die Innentasche ihrer Lederjacke.

»Wenn Sie mal was brauchen, rufen Sie einfach im Schloss an, okay? Eine Hand wäscht die andere.«

Anatol nickte.

Nellie verließ das Zimmer.

Pergaschin. Woher kannte sie den Namen?

Als sie an ihrem Motorrad ankam, fiel es ihr wieder ein. Er war Fahrer, Leibwächter und Vorkoster des Kreml-Chefs gewesen. Offiziell zumindest. Hinter den Kulissen verwaltete er den Besitz des reichsten Mannes der Welt. Und er finanzierte die IRC, die Intelligence Research Company. Besser bekannt als die Trolle von St. Petersburg. Sie waren für die Angriffe auf die amerikanischen Präsidentschaftswahlen 2016 verantwortlich, hatten die schweren politischen Unruhen in der Ukraine befeuert, die Bundeskanzlerin eine Faschistin genannt und eine wichtige Rolle beim Brexit gespielt. Natürlich dementierte die IRC solche Vorwürfe, verwies auf Privatpersonen und verneinte, dass der russische Geheimdienst ein Auftraggeber der IRC war. Und dieser Pergaschin hatte sich auf Umwegen bei der Morgenröte eingekauft?

Ein kalter Schauer lief Nellie über den Rücken. Die Russen beschränkten sich nicht mehr nur darauf, Handys zu hacken und ihren Feinden in den Kopf zu schießen. Sie stießen jetzt ins Herz vor. Nellie bekam eine dunkle Ahnung davon, was bei der Wahl im September passieren konnte.

20

Ziffer hatte eine alte Fabrik angemietet, in der zuvor eine Zeitungsredaktion fünf Jahrzehnte lang residiert hatte. Sie war vor einem Jahr pleitegegangen, nachdem ein Hackerangriff der IRC die Computer für Monate stillgelegt hatte. Der Wolfsbau, wie Ziffer die Morgenröte-Zentrale spöttisch nannte, war innerhalb von vier Tagen in ein Großraumbüro umgewandelt worden, das jedes Start-up vor Neid erblassen lassen musste.

An den Wänden hingen Porträts von Julian Assange, Edward Snowden, Chelsea Manning, Daniel Ellsberg und Anna Politkowskaja. Die Guerilleros im Kampf gegen die herrschenden Meinungen. Egal, welche das waren. Auf den Tischen standen die neuesten MacBook Pro, 16 Zoll. Verpflegung war kostenlos, natürlich bio, vegetarisch, vegan, egal, worauf man stand. Tischtennis, Tischfußball, Fernseher. Ruheräume, Gratismassagen und Meditationslehrer. Abends Champagner und Bier. Die Fenster waren mit Vorhängen vor Einblicken geschützt.

Hier saß jetzt die Hackertruppe. Fünfundzwanzig Personen, Texter, Grafiker, Programmierer, die Fake-Accounts einrichten und mithilfe von Bots jeden Tag Tausende Nachrichten losschicken sollten. Sie würden in den nächsten Monaten unter gewaltigem Druck stehen, deswegen war es wichtig, sie geistig, seelisch und körperlich fit zu halten. Ziffer stand am Kopfende des großen Raumes, Manuela, Sophie und ich direkt gegenüber.

»Ich freue mich sehr, so viele kluge, enthusiastische und entschlossene junge Menschen hier zu sehen«, sagte Ziffer so leise, dass alle auf ihren Stühlen nach vorne rückten, um ihn besser verstehen zu können.

Er wandte sich Manuela zu. »Würdest du bitte den Champagner aus dem Eisfach holen?«

»Nur wenn Sie mir den Hintern tätscheln und Mäuschen oder Häschen zu mir sagen«, antwortete sie grinsend.

Ziffer lachte. »Genau das ist es, was wir brauchen. Selbstbewusstsein, Mut und keine Angst vor Autoritäten.«

Er ging zum Kühlschrank, um den Champagner selbst zu holen.

»Bevor ihr euch von heute an in den Krieg stürzt, denn das wird es sein, ein Krieg, den unsere Gegner mit den übelsten Waffen führen, will ich euch ein paar Worte zur Morgenröte sagen«, fuhr er fort. »Nicht umsonst heißt unsere Bewegung so. Wir erfinden eine absolut neue Art von Politik. Wir ermächtigen den Einzelnen, die Macht über die eigene Stimme zu übernehmen. Es geht um 62 Millionen Wahlberechtigte. 62 Millionen Bürger, die sich dank Facebook, Instagram und TikTok als Individuen definieren können. Wir werden jeden Einzelnen von ihnen ansprechen und dazu bringen, die Morgenröte zu wählen.«

Er grinste, als der erste Korken mit einem Knall aus der Flasche flog, ging um die Tische herum und schenkte in die Champagnerkelche ein.

»Wir rufen den Menschen zu: Wir sehen euch, wir hören euch, wir sind auf eurer Seite. Künstler, Handwerker, Angestellte, die Frauen, die LBGITQ. Alle, die seit Jahrhunderten ausgebeutet werden. Sie sind die Morgenröte.«

Er war mit jedem Satz lauter geworden, enthusiastischer.

»Und ihr sorgt dafür, dass sie uns auch hören. Ihr seid die hellsten Köpfe, die es auf dem Markt gibt. Und weil ihr so klug seid, reiht ihr euch ein in die Liga der Che Guevaras, der Nelson Mandelas, der Anne Franks, der Jeanne d'Arcs.«

Wenn Götz Wolf nicht der Frontmann wäre, könnte Ziffer einen guten Volkstribun abgeben, dachte ich.

»Ihr seid euch bewusst, dass wir einen einsamen Kampf

führen werden, dass man uns anfeinden, beleidigen und verfolgen wird. Aber ihr wisst auch, dass es keine Alternative gibt, wenn wir etwas Neues beginnen wollen, einfach, weil wir die Welt zu einem besseren Ort machen müssen. Ihr könnt auf eine internationale Serverstruktur zurückgreifen, um eure IP-Adressen zu verschleiern. Bots übernehmen das massenhafte Liken der Begriffe, die ihr selbst etabliert. Dadurch steigen wir in den Algorithmen der Suchmaschinen nach oben und bekommen hohe Aufmerksamkeit auf den Social-Media-Plattformen.«

Als er geendet hatte, sah er zu mir hin.

»Und wie ihr seht, haben wir Georg Herzfeld an unserer Seite. Was kann da noch schiefgehen?«

Der spontane Ausbruch von Applaus verunsicherte mich. Ich war vor diesem Meeting nicht sicher gewesen, ob es klug war, das Angebot anzunehmen. Ziffers Offerte, mich in dem Prozess gegen Ritter zu unterstützen, war verlockend. Andererseits fragte ich mich, ob ich der Richtige für den Job war. Ich sollte nicht nur Götz Wolf begleiten, sondern auch noch Texte für die Kids schreiben. Wann und wie sollte ich das alles machen?

»Okay, Leute«, sagte ich. »Gracias, dass ihr euch entschieden habt, den Kampf gegen die herrschende Meinungsdiktatur aufzunehmen.«

Sie lachten.

»Von hier aus werdet ihr sowie Manuela und meine Wenigkeit der Wahrheit, der Gerechtigkeit und dem Leben dienen.«

Ich übergab an Manuela.

»Genau. Wir werden einen richtigen Guerillakrieg in den Kommentarbereichen und Diskussionsforen der etablierten Medien führen. Wir überschwemmen Facebook, Instagram, TikTok, Twitter. Die Strategie ist dabei immer dieselbe. Es geht in erster Linie darum, Likes zu generieren. Dazu werden Tierfotos, Papageienvideos, Schminktipps gepostet. Die Menschen schauen lieber Katzenvideos oder Pornos, als sich in der ARD über den politischen Skandal des Tages zu informieren. Ist es nicht so?«

Allgemeines Nicken.

»Ab und zu«, fuhr ich fort, »entlarven wir sogar ein paar der Profile, die wir selbst aufgesetzt haben. Wie ihr sicher wisst, macht das am meisten Spaß, weil wir dann gewissermaßen mit uns selbst diskutieren. These, Antithese und Synthese. Damit das erfolgreich ist, hat Lorenz euch die modernste Technik zur Verfügung gestellt, die derzeit auf dem Markt ist.«

Ziffer hatte uns dazu noch sein Adressbuch mit mehr als viertausend Namen und Mailadressen in ganz Europa zur Verfügung gestellt. Herausgeber großer Magazine, Chefredakteure, Journalisten, Wissenschaftler, Politiker. Plus meine Abonnenten. Sie waren mir anstandslos gefolgt, nachdem ich eine kämpferische Brandrede gepostet und die Morgenröte als alternativlosen Weg in eine selbstbestimmte Zukunft dargestellt hatte. Okay, nicht alle. Ein paar Follower, genau genommen neunhunderttausend, hatte ich verloren. Manche von denen hatten wütende Kommentare und eine Flut von Hatemails auf mich abgeschossen. Aber jeder neue Shitstorm führte dazu, dass sich Tausende mit mir solidarisch erklärten und sich virtuell vor mich stellten.

»*Nine to five* könnt ihr vergessen«, sagte Ziffer. »Aber dafür werden wir euch so mit Geld zuscheißen, dass eure Konten überlaufen. Das *overall target* lautet, all die Politiker, die lügen und betrügen, auch als Lügner und Betrüger zu entlarven. Wir zeigen, wie sie sich kaufen lassen, damit sie weiterhin an der Macht bleiben und dieses Land zugrunde richten können.«

Eine junge Frau mit blauen Haaren meldete sich. Ich kannte noch nicht alle Namen auswendig, hatte aber auf meinem

Handy die Profile gespeichert. In ihrer Bewerbung stand: Emma Zubov, 19 Jahre alt, Litauen, Abiturientin, vier Sprachen fließend, neben ihrer Muttersprache noch Französisch, Spanisch, Chinesisch. Emma räusperte sich. Beim Vorstellungsgespräch hatte sie erzählt, wie unzufrieden und wütend sie sei, weil sie das Gefühl habe, es gäbe nichts, wofür es sich zu kämpfen lohne. Ich hatte sie an die Klimakrise erinnert. Sie sah mich an, als hätte ich nicht alle Tassen im Schrank. *Verstehst du das nicht? Bei der Klimakrise kämpft man gegen etwas, nicht für etwas. Das ist kein Ziel,* hatte sie gesagt. Jetzt stand sie auf, sah alle am Tisch an und ließ am Ende den Blick auf Ziffer ruhen.

»Früher haben die Leute für den Kommunismus gekämpft. Oder für die Liebe. Das waren Dinge, die sie erreichen wollten, die noch nie zuvor für sie da gewesen waren. Wir kämpfen hier auch für etwas, das wir schon fast vergessen haben. Eine Welt, in der wir keine Sklaven der Mächtigen sind. In der es Gerechtigkeit gibt. In der Liebe unser Handeln bestimmt und nicht Hass.«

Alle klatschten und jubelten. Offensichtlich sprach sie aus, was die meisten ihrer Buddys dachten.

»Okay, danke, Emma«, sagte Ziffer. »Du holst dir noch drei Leute in dein Team. Zeig Georg bis morgen eure Strategie. Und schaut euch mal Nellie Freitag an, die ist geradezu besessen von uns.«

Anhand einer PowerPoint-Präsentation fasste er noch einmal die Strategie für die Kampagne zusammen. Es sollten drei Schritte sein. Erstens Mikrotargeting, also personalisierte Nachrichten, um die User zu mobilisieren. Zweitens ausgefeilte Kampagnen gegen die Feinde auf Twitter, Facebook und Telegram. Drittens Götz' Wahlkampftour begleiten. Und da sollte ich der Verbindungsoffizier sein.

»Es gibt zweierlei Arten der Auseinandersetzung«, sagte Ziffer zum Abschluss. »Die mithilfe des Rechts und die mit Gewalt. Erstere entspricht dem Menschen, Letztere den Tieren. Da die erste oft nicht zum Ziele führt, ist es nötig, zur zweiten zu greifen«, sagte er wieder so leise wie zu Anfang. »Von wem ist das?«

Da niemand die Antwort wusste, gab ich sie.

»Machiavelli.«

»Richtig. Der ist von jetzt an eure Bettlektüre.«

Mit diesen Worten verabschiedete sich Ziffer.

Nachdem wir die Teams eingewiesen hatten, war das Kickoff beendet, und die Arbeit konnte beginnen. Ich setzte mich mit Sophie an einen Platz neben dem Fenster, um zu überlegen, wie sie sich einbringen konnte. Sie hatte die ganze Zeit geschwiegen.

»Ich weiß nicht, ob ich hier mitmachen will«, sagte sie.

Sie war ausgebildete Schauspielerin, hatte ein paar kleinere Rollen in Krimiserien gespielt, nach zahllosen Absagen während der Pandemie jedoch ihren Beruf auf Eis gelegt. Sie war feinfühlig und verletzlich, und obwohl das für den Beruf gebraucht wurde, stand es ihr im Weg. An manchen Tagen, wenn sie deprimiert und frustriert war, sah sie aus, als könnte das Licht durch sie hindurchscheinen. Nur wenn sie lachte oder wütend war, spürte ich ihre Kraft. Ich wusste, dass sie Talent hatte. Und ich dachte, dass es sie zu einer Karriere führen könnte, wenn sie nicht so unsicher und zweifelnd wäre.

»In Ordnung«, sagte ich. »Du musst das machen, was zu dir passt und was du für dich richtig hältst.«

»Ja.«

Es war angespannt zwischen uns. Als ob sie etwas vor mir zurückhielt. Ich ahnte, dass es nicht nur um ihren alten Job ging. Es wäre ihr, glaubte ich, inzwischen am liebsten, ich hätte Götz, Lorenz und Amalia nie zugesagt. Besonders Ziffer galt ihr gesamtes Misstrauen. Aber für mich war es nun mal eine einmalige Chance. Nicht nur, weil sie mich bei der Klage unterstützen wollten, sondern auch, weil ich hier aufhören konnte, über alles und jeden herzuziehen, und stattdessen für eine Sache kämpfen konnte, die ich für richtig hielt. Sophie sah das nicht so. Wahrscheinlich sagte sie es nur deshalb nicht, weil sie ahnte, wie viel mir Götz und die Morgenröte bedeuteten.

»Du hast hier ja noch eine Menge zu tun«, sagte sie.

»Sieht so aus.«

»Ich gehe dann mal nach Hause.«

»Okay.«

Die Beklemmung, in der wir beide feststeckten, war mit Händen zu greifen. Sie gab mir einen Kuss auf die Wange.

»Wir sehen uns nachher«, sagte sie.

»Ja.«

Eine Mail ploppte in meinem privaten Account auf. Der Absender war anonym. Kein Betreff, kein Text, nur ein Foto. Und es war genau die Art von Foto, um die es unausgesprochen zwischen mir und Sophie die ganze Zeit ging. Eine junge Frau in einem Hotelzimmer. Nackt. Sie kniete vor Götz und hatte seinen Schwanz im Mund.

»Was Wichtiges?«, fragte Sophie.

»Nein, nur Götz.«

»Okay, du hast nur eben so besorgt ausgesehen.«

»Alles okay.«

Ich sah ihr hinterher, wie sie den Raum verließ. Dann rief ich Götz an.

21

Komm nach Berlin. Ich habe einen kleinen Gig in der TU. Die intellektuelle Zukunft des Landes will wissen, ob ich Julian Assange oder der Teufel bin. Oder beides. Ich weiß allerdings noch nicht, was ihnen lieber wäre. Wenn du kommst, frag nach Josef, das ist einer von den Pförtnern. Er weiß Bescheid, hatte Götz gesagt und aufgelegt, bevor ich noch das Foto erwähnen konnte.

Vier Stunden von Dresden nach Berlin mit einem Leihwagen. Bis zum Stadtrand hatte ich knapp zwei Stunden gebraucht. In der Innenstadt noch mal zwei. Drei Demonstrationen blockierten gleichzeitig die großen Straßen im alten Westteil der Stadt. Kommunikationstechnisch war das natürlich Blödsinn, sie kannibalisierten sich ja gegenseitig. Aber wen interessierte das schon? Als ich an der Technischen Universität ankam, stellte ich den Wagen vorsichtshalber in einer Seitenstraße ab und ging zu Fuß.

Ein Pulk von Leuten stand vor dem Haupteingang der TU in der Straße des 17. Juni. Ich wunderte mich, dass nirgendwo Ordner zu sehen waren. Oder sahen die Ordner wie die Studenten aus? Ich fragte einen der Pförtner nach Josef und wurde zu einem Seiteneingang geschickt. Dort wartete besagter Josef auf mich und führte mich endlose Flure entlang. Vorbei an Fotografien von ehemaligen Studenten, Professoren und Direktoren. Rudolf Diesel, Thomas Mann, Walter Rathenau, bis wir eine Tür erreichten, hinter der ein Klavier zu hören war. Ich klopfte und trat ein. Götz saß mit nacktem Oberkörper vor den Tasten, ein Blatt auf dem Notenpult, einen Bleistift zwischen den Zähnen.

»Georgie!«, sagte er, ohne sich umzudrehen. »Was ist los?«

»Du hast gesagt, ich soll sofort kommen.«

»Das war vor fünf Stunden. Wieso hast du so lange gebraucht?«

Ich hielt ihm mein Handy mit dem Foto von ihm und dem Mädchen entgegen. Er warf einen kurzen Blick darauf und wandte sich dann wieder dem Klavier zu.

»Woher hast du das denn?«, fragte er erstaunt.

»Irgendjemand, der sich hinter deiner Mailadresse versteckt, hat es mir geschickt.«

Ohne sich weiter um das Foto zu kümmern, spielte er ein paar tiefe Akkorde und darüber eine hohe Note im Vierteltakt.

»Was hältst du hiervon?«, fragte er. »Ist bei Mozart geklaut«, lachte er. »Ich hoffe, Wolfi ist deswegen nicht sauer.«

»Götz, wenn das hier an die Öffentlichkeit gelangt, bist du geliefert.«

»Ist Moll besser? Oder vielleicht eher was Jazziges?«

Als hätte ich ihm ein Foto von einem süßen Welpen gezeigt, komponierte er einfach weiter.

»Was ist, wenn das an die Presse geht?«, fragte ich.

Ich verstand nicht, wie er so ruhig bleiben konnte.

»Das wird nicht passieren.«

»Woher willst du das wissen?«

»Weil ich es selbst gemacht habe. Eigentlich wollte ich es der Kleinen schicken. Aber Siri hat wohl eine andere Idee gehabt.«

»Du hast das Foto selbst gemacht? Du musst bei so was besser aufpassen.«

»Sie nimmt die Pille und ich ein Kondom.«

»Das meine ich nicht.«

»Ich weiß, was du meinst. Aber jetzt hör mir mal zu.«

Er deutete auf den Sessel gegenüber einem improvisierten Schminkspiegel.

»Setz dich.«

Neben dem Klavier stand eine Flasche Wodka. Er goss ein Wasserglas halb voll, nahm einen Schluck, während er mit der linken Hand Bassnoten spielte. Dann legte er los.

Ich bin hier geboren
Ich hab kein andres Land
Ich kann es lieben oder hassen
Ich kann bleiben, es verlassen
Doch egal, was ich auch mache
Ich trag es mit, wohin ich geh
Es sitzt tief in meiner Seele
Es ist nichts, was ich wähle …

Er unterbrach, sah mich an, als wollte er meine Meinung wissen. Was sollte ich sagen? Für mich war fast alles, was er komponierte und schrieb, besonders und einzigartig. Es gab Leute, die seine Musik nicht mochten. Vor allem die Kritiker in den Feuilletons. Er sei zu sentimental, hieß es, seine Texte wären Kitsch und seine Musik eklektizistisch. Ich dachte allerdings, dass sie einfach seine überbordende Energie nicht mochten. Vielleicht, weil er ihnen einen Spiegel vorhielt, in dem sie sich hinter schlauen Gedanken versteckten, klug, borniert und leblos. Aber was wusste ich schon?

»Klingt gut. Ich müsste es vielleicht bis zu Ende hören«, sagte ich. »Aber der Anfang gefällt mir.«

Er spielte weiter. Es ging in dem Song um Werte. Dass wir es uns nicht aussuchen, woher wir kommen, wie wir aufgewachsen sind, manchmal mit Worten und manchmal mit dem Gürtel, was wir gelernt haben. Dass man nur tolerant sein kann, wenn man die eigenen Werte kennt. Dass man ohne Selbstbewusstsein anderen gegenüber nicht aufrichtig sein kann. Als der Song zu Ende war, reichte er mir das Handy, damit er sich mithilfe der Kamera zurechtmachen konnte. An der Tür hing das obligatorische weiße Hemd, daneben standen die Stiefel.

»Dein Vater liegt immer noch im Krankenhaus?«

Die Frage kam aus dem Nichts und überraschte mich.

»Ja.«

»Er ist noch nicht wieder aufgewacht.«

»Nein.«

Er nickte, als würde er den Schmerz und die Wut sehen, die ich beide so gut versteckte.

»Du bist wütend auf ihn. Das ist okay. Aber denk dran. Manchmal wollen wir wie unsere Väter werden und manchmal wie das genaue Gegenteil. Du musst aber rausfinden, wer du bist.«

Er zwinkerte mir zu, nahm die Wodkaflasche und trank einen kräftigen Schluck.

»Ich sag dir, warum ich dich hierhaben wollte. Ich werde in den nächsten vier Monaten vierzig Konzerte geben. Du musst nicht auf der Bühne stehen. Aber du musst mich mit Ideen füttern, Texte schreiben. Du musst die Leute beobachten, wie sie auf Songs und meine Ansprachen reagieren. Kannst du das?«

»Glaube schon.«

»Okay. Sieh dir die Show an, und dann machst du mir ein paar Vorschläge.«

Josef hatte vor der Tür gewartet und führte uns jetzt die endlosen Gänge entlang dem Lärm aus dem Audimax entgegen. Als wir den großen Vorlesesaal erreichten, hielt Götz kurz inne, senkte den Kopf, als würde er beten. Dann gab er Josef ein Zeichen, und der öffnete die zweiflügelige Holztür. Sofort stürzte uns ein kakofonisches Crescendo aus Applaus und Buhrufen entgegen. Es schienen weit mehr Feinde als Fans im Publikum zu sein. Ich zuckte vor dieser Welle aus ungebremster Ablehnung zurück. An Götz' Stelle wäre ich sofort umgedreht.

Aber er ging einfach auf die Bühne, setzte sich ans Klavier und schwieg.

Ich blieb am Bühnenrand stehen und beobachtete das Publikum. Ein bunter Haufen von mehr als eintausend Studenten. Sie veranstalteten eine kleine Schlacht, wer lauter sein konnte, diejenigen, die Götz zujubelten, oder die, die ihn ausbuhten. Es war interessant zu beobachten, wie das Publikum sich in drei Gruppen teilte. Die Fans waren klar zu erkennen. Daneben gab es aber auch noch diejenigen, die unsicher waren, wie sie sich verhalten sollten. Ihr Bauch sagte ihnen wahrscheinlich, dass Götz ein toller Künstler war, dass sie seine Musik mochten, dass sie sich davon gewärmt und getröstet fühlten. Aber der Kopf hielt das für sentimentalen Kitsch, romantische Schwärmerei, die einem jungen Menschen nicht zustand. Die meisten aber waren offensichtlich nur gekommen, um ihm zu zeigen, dass sie ihn hier nicht haben wollten. Vielleicht betrachteten sie die Universität als ihr Revier, in dem ein Sänger wie Götz Wolf nicht einfach so auftreten konnte. Ich fragte mich, was er gesagt oder getan hatte, dass sie ihn derart hassten.

Ich sah zu Götz hin. Den Kopf gesenkt, die Hände im Schoß wie bei einer Meditation, saß er am Flügel. Er würde nicht weichen, das konnte ich sehen. Er würde einfach abwarten. Notfalls bis zum nächsten Morgen, bis der letzte Buhruf verklungen war. Er saß eine Viertelstunde, ohne sich zu bewegen. Und während dieser Viertelstunde verstummte das Publikum nach und nach. Er ließ die Aufregung einfach an sich vorbeiziehen. Bot keinen Widerstand. Als es endlich still war, begann er, ein Lied zu singen, das ich noch nicht kannte. Und ich kannte eigentlich alles, was er in den letzten Jahren veröffentlicht hatte. Es handelte von seinem Hunger nach Liebe und von den Fehlern, die er gemacht hatte und die er noch machen würde, und davon, dass er auf der Suche sei und es satthabe zu reden, dass er lieber schweigen würde, damit er hören könnte, was Liebe ist. Er erzählte an diesem Abend keine Geschichten, ging nicht wie üblich an den Bühnenrand, um das Publikum anzusprechen. Er spielte einfach zweiunddreißig Songs einen nach dem anderen, wie Perlen an einer Schnur aufgereiht.

Gegen Ende des mehr als dreistündigen Konzerts hatte ich den Eindruck, lagen ihm nun auch die meisten derer zu Füßen, die ihn am Anfang ausgebuht und beschimpft hatten. Als hätte er mit seinen Texten und seiner Musik seine Vision auch in ihre Köpfe und Herzen gesät. Ich sah vom Bühnenrand aus glückseliges Lächeln, die Tränen, die Blicke, die in Erinnerungen versunken waren. Sie wollten eine Zugabe. Und dann noch eine und dann noch eine dritte. An dem Abend verstand ich, wieso er so erfolgreich war. Es hatte nichts mit Marketing zu tun, nichts mit Inszenierung. Er wusste, dass er jeden im Publikum erreichen konnte, wenn er bis zur Schmerzgrenze ehrlich war. Zumindest für die zweihundert Minuten, in denen er sich total verausgabte. Er trank, er schrie, er summte und heulte. Nach der vierten Zugabe fiel er um. Die Zuschauer schrien auf. Eine Weile blieb er liegen, holte Luft und sang im Liegen weiter. Danach war er so erschöpft, dass ich ihn zusammen mit einer Studentin von der Bühne schleppen musste.

In der Garderobe bat Götz mich, noch über Nacht zu bleiben, damit wir noch reden konnten. Aber das ging nicht. Ich verabschiedete mich, weil ich Sophie versprochen hatte, nach Hause zu kommen, Götz hielt sich derweil an die Studentin.

Es regnete in Strömen, als sollte die Landschaft ertränkt werden. Ich konnte nicht schneller als achtzig fahren. Langsam genug, um den Kopf klarzukriegen und zu verstehen, was mit mir geschah. Es war ja nicht gerade wenig. Der Suizidversuch meines Vaters, Hermann Ritter, die Drohung, ins Gefängnis zu müssen,

Götz Wolf, die Morgenröte. Als hätte mein Schicksal oder Gott oder das Universum oder einfach nur der Zufall über Jahre hinweg all die Ereignisse gesammelt und nun beschlossen, Black Friday zu veranstalten. Alles muss raus. Dreißig Prozent billiger. Es war gegen drei Uhr morgens, als ich den Wagen abstellte und durch den Regen nach Hause lief. Kurz bevor ich die Haustür aufschloss, kam eine Nachricht von Ziffer auf meinem Handy an.

Wir haben was über Hermann Ritter gefunden, das dir gefallen wird. Ruf mich morgen früh an.

Was hatten sie über ihn gefunden? Und wieso sollte ich bis morgen früh warten? Ich wählte Ziffers Nummer, aber er ging nicht dran. Ich schrieb ihm eine Nachricht. *Was habt ihr gefunden?* Keine Antwort. Meine Neugier brachte mich beinahe um. Würde Ritter die Anzeige zurückziehen? Wenn ja, musste es etwas Gigantisches sein. Etwas, das noch schlimmer war als die Rufschädigung, die ich ihm verpasst hatte. Ich schloss leise die Tür auf. Zog die Schuhe aus und versuchte, keinen Lärm zu machen. *Sophie schläft bestimmt schon,* dachte ich. Aber dann sah ich, dass im Wohnzimmer noch Licht brannte. Sophie saß auf dem Sofa und las ein Buch.

»Du bist noch wach«, sagte ich.

Sie nickte und lächelte glücklich. Irgendwas war vorgefallen. Ich konnte es sehen. Es war nicht nur das Lächeln. Sie leuchtete wie ein Glühwürmchen.

»Was ist?«, fragte ich.

Statt einer Antwort griff sie nach einem weißen Stab auf dem Tisch. Er hatte die Größe eines alten Fieberthermometers. Ich wusste sofort, was es war. In dem kleinen Feld an der Spitze war ein blassroter Streifen zu sehen.

»Ernsthaft?«, fragte ich.

Sie sah mich skeptisch an. Als würde sie sich vor meiner Reaktion fürchten, wenn sie *Ja* sagte.

»Hey, das ist doch fantastisch«, sagte ich.

»Sicher?«

»Ja klar.«

»Du freust dich?«

»Was denkst du denn?«

»Weil du so ungläubig dastehst mit dem Ding in der Hand.«

Ich warf mich auf sie und küsste sie überschwänglich. Sie sollte nicht merken, dass es der absolut falsche Zeitpunkt war.

Viktor Pergaschin sprach sehr gut Deutsch. Das war nicht überraschend, schließlich hatte er von 1982 bis 1986 in Dresden für den KGB gearbeitet. Dennoch war deutlich zu hören, dass Deutsch nicht seine Muttersprache war. Die *I* waren lang gezogen, die *R* rollten, die *H* klangen wie ein *Ch.* Er war beleibt, die Hände eher Pranken, das Gesicht glänzend und gerötet. Man hätte ihn, so wie er vor Amalia stand, nehmen und als Gebrauchsmuster bei einer Soziologie-Vorlesung über die russische Variante der Oligarchie ausstellen können.

Amalia führte ihn in den roten Salon. Schwere Sessel mit grünem Samt bezogen, ein Sofa in Weinrot. Ein Tisch mit einer Platte aus gebürstetem Kupfer. An den mit dunklem Stoff verkleideten Wänden hingen Fotos, die die Größe des Anwesens dokumentierten. Wälder, Seen, die Brauerei, eine Bibliothek. Als Amalia und Pergaschin den Raum betraten, erhob sich Ziffer aus einem Sessel.

»Viktor, wie schön, dass Sie es einrichten konnten.«

»Ob es wirklich schön für Sie ist, werden wir noch sehen«, sagte Pergaschin.

Die typische Großmäuligkeit von Leuten, die zu schnell zu Geld gekommen sind und unterwegs zu wenig Kultur erlangt haben, dachte Amalia.

Pergaschin umarmte Ziffer, dem die Geste nach dieser Eröffnung sichtlich unangenehm war. Man setzte sich. Amalia ließ Kaffee und Gebäck servieren. Pergaschin erkundigte sich nach dem Stand des Wahlkampfes, fragte nach dem Urheber des Slogans, den er für sehr gelungen hielt. *Unser Land, unser Leben, unsere Zukunft.* Er war bei einem Brainstorming entstanden, das in ein arges Besäufnis ausgeartet war. Um drei Uhr morgens war Manuela im Wolfsbau auf einen Tisch geklettert, hatte eine Flasche Champagner in die Höhe gehalten und den Slogan erfunden. Ziffer verschwieg diesen Teil der Geschichte. Er zeigte Pergaschin auf seinem iPad die Plakate, die überall im Land aufgehängt werden sollten. Eine Sonne, die sich rot glühend über eine Landschaft erhob. Kein Text, noch nicht mal der Name der Bewegung. In der nächsten Stufe würde der Name auftauchen, dann ein Foto von Götz dazu.

Pergaschin nickte. Er schien zufrieden zu sein, als Ziffer ihm die Videos zeigte, die sie in den Social-Media-Kanälen gepostet hatten. Besonders die Fotos, die die Kandidaten von CDU und SPD in unvorteilhaften Posen zeigten, gefielen ihm. Sie gähnten, fassten sich in den Schritt, bohrten in der Nase. Unter jedem dieser Fotos stand: *Diese Witzfiguren sollen uns retten?* Die User hatten sie millionenfach geteilt. In den vergangenen drei Tagen hatte die Hackertruppe zudem begonnen, Videos ins Netz zu stellen, in denen Reden des Wirtschaftsministers mit neuen Texten synchronisiert worden waren. Es war purer Nonsens, aber das Ziel war ja auch, die Personen lächerlich zu machen. Und die Likes zeigten, wie erfolgreich die Morgenröte damit war.

»Was ist mit TV?«, fragte Pergaschin.

»Wir gehen nicht ins Fernsehen«, sagte Ziffer. »Das Geld sparen wir uns. Was wir aber machen, ist, die TV-Spots der anderen Parteien neu zu schneiden und die Botschaften umzudrehen. Diese Spots werden dann ausschließlich im Netz zu sehen sein. Es wird jeden Tag einen neuen Spot geben. Das ist kosteneffektiv.«

Pergaschin sah sich weitere Fotos und Videos auf dem iPad an, das Ziffer ihm reichte. Die Mundwinkel nach unten gezogen, wischte er vor und zurück. Manchmal grinste er verächtlich.

Es war Ziffers Idee gewesen, ihn als Hauptfinanzier an Bord

zu holen. Anfangs sollte Pergaschin zehn Millionen ohne Sicherheiten geben, schlichtweg, um den Start der Revolution zu finanzieren, wie sie es nannten. Dann kamen in einem zweiten Schritt noch einmal fünfzehn Millionen dazu. Und dafür wollte er schließlich doch eine Sicherheit haben. Amalia hatte sich mit Händen und Füßen dagegen gewehrt, ihn ins Grundbuch eintragen zu lassen. Aber als Pergaschin drohte, seine Investition zurückzufordern, gab sie nach. Er war eben doch nicht der großzügige Onkel aus Russland. Für Amalia war er stattdessen der Inbegriff all dessen, was sie im gesellschaftlichen Leben verachtete. Sie wollte sein Geld und ansonsten nichts mit ihm zu tun haben. Allein schon, wie er auf dem Sofa lümmelte. Breitbeinig, die Wampe herausgestreckt, die 1968er Rolex Cosmograph Daytona am Handgelenk, die einst Paul Newman gehört hatte. Amalia erkannte sie sofort, weil sie selbst für die Uhr geboten hatte, um sie Götz zu schenken, war aber bei zehn Millionen ausgestiegen. Ein typischer Neureicher ohne Stil, ohne Contenance, ohne Bildung und vor allem ohne Demut. Trotzdem hatte sie sich nun, bildlich gesprochen, mit ihm ins Bett gelegt. Etwas, das sie sich niemals verzeihen würde.

»Ich möchte eines klarstellen. Wir sind nicht an einer Destabilisierung Deutschlands interessiert«, sagte Pergaschin und gab Ziffer das Tablet zurück. »Unsere beiden Nationen haben viele kulturelle wie auch politische Ähnlichkeiten. Was wir wollen, ist, die Vereinigten Staaten zu schwächen. Lassen Sie uns ehrlich sein. Russland ist keine Supermacht. Ganz gleich, was der Präsident sagt. Er schmeißt das Geld für diese Affen in Syrien raus und lässt seine Landsleute zu Hause im Stich. Aber was soll er machen? Russland wird von China und den Vereinigten Staaten zerquetscht. Das Gleiche gilt auch für Europa. Die Chinesen haben bereits begonnen, Griechenland, Italien und Spanien zu kaufen. Irgendwann wird Frankreich an der Reihe sein. Und dann Deutschland. Oder glauben Sie, die Amerikaner werden sich um Deutschland kümmern? Die haben genug mit sich selbst zu tun. Wir wollen mit Deutschland zusammenarbeiten. Und Sie sind die Einzigen, die das verstehen.«

Er breitete die Arme auf der Sofalehne aus, als würde ihm das Schloss samt Inventar bereits gehören.

Amalia lächelte angestrengt.

»Deutschland befindet sich, wie Sie es sagen, vor einer schwierigen Zukunft«, meinte Ziffer. »Das ist uns allen klar. Deshalb müssen wir das Land von dieser inkompetenten und korrupten Clique befreien, die schon viel zu lange im Amt ist.«

»Gut. Die Sanktionen gegen Russland müssen beendet werden. Einhundertfünfzig Personen sind davon betroffen, unter anderem meine Freunde Surkow und Rogenberg. Vermögenswerte in Milliardenhöhe sind gesperrt. Das geht nicht. Sie erkennen die Krim als Teil von Russland an. Die Handelsbeziehungen müssen sich wieder normalisieren. Sollten Sie da andere Vorstellungen haben, gibt es für uns immer noch Alternativen. Habe ich mich klar genug ausgedrückt?«

Sein Tonfall verursachte Amalia Kopfschmerzen. Allein schon sein Akzent. *Chabe iiich miiich klar genug ausgedriigt.* Sie sah Ziffer an, wie er beflissen nickte. Er hatte ein Faible für Despoten. Wenn sie, Götz und er über Politik sprachen, über die Zeit nach der Wahl und ihren Sieg, hatte er häufig seine Bewunderung für Putin, Erdogan, Xi Jinping durchklingen lassen.

»Machen Sie sich keine Sorgen«, sagte Ziffer. »Genau das wollen wir auch. Und wir werden nach dem 26. September liefern.«

»Das will ich hoffen«, sagte Pergaschin. Er beugte sich vor und griff in eine Schale mit Keksen. Schob sich ein paar davon in den Mund und krümelte zwischen seinen Beinen aufs Sofa.

»Die Zeit ist auf unserer Seite. Die Leute sind wütend, weil so viel schiefläuft. Corona, Pleiten, sexuelle Übergriffe, Entlassungen, Terror, Asylanten. Die Menschen im Osten fühlen sich als Menschen zweiter Klasse. Sie hören auf uns, weil sie es auch dreißig Jahre nach dem Fall der Mauer immer noch gewohnt sind, dem großen Führer zu gehorchen. Da sind sie wie Ihre Landsleute. Die Faust wird in der Tasche geballt, bis jemand kommt, der ihnen die Erlaubnis gibt zuzuschlagen«, sagte Ziffer.

»Ja. Ihr Deutschen seid eben immer noch Nazis«, sagte Pergaschin mit einem Lachen, das den Raum ausfüllte wie der Misston in einem Konzert.

»Wir sind keine Nazis. Nazis haben Sie in Russland. Und einige davon sind in verantwortungsvollen Positionen«, sagte Amalia.

Bis zu diesem Zeitpunkt hatte sie es geschafft, ihre Abscheu gegen diesen Barbaren im Zaum zu halten. Ziffer schaute sie entsetzt an, Pergaschin lachte wieder schallend. Er beugte sich vor.

»Ich weiß, Sie können mich nicht leiden, Frau von Bülow. Das ist in Ordnung. Und wenn Sie nicht mein Geld brauchen würden, hätten Sie mich schon längst vor die Tür gesetzt. Auch das ist in Ordnung. Wir sind hier ja nicht zusammengekommen, um uns zu lieben, sondern um die Welt zu verändern. Schauen Sie, die Zeit, in der Ihre Familie so reich war und etwas zu sagen hatte, ist vorbei. Jetzt sind wir an der Reihe. Irgendwann werden auch wir abgelöst. Aber bis dahin sage ich Ihnen, wo es langgeht. Wenn Sie das nicht wollen, weil Sie mich für einen Untermenschen halten, sagen Sie es.«

Seine Stimme hatte eine brutale Schärfe bekommen. Amalia hasste Direktheit, sie hasste Drohungen, sie hasste es, wenn jemand seine Macht so unverhohlen ausstellte. Und sie hasste es, wenn jemand ihr Sofa vollkrümelte.

»Wir sehen das genauso wie Sie, Viktor«, beeilte sich Ziffer, die Wogen wieder zu glätten.

Pergaschin erhob sich, nickte Amalia kurz zu.

»Sie begleiten mich noch zur Tür?«, sagte er mit Blick auf Ziffer.

Als die beiden den Raum verließen, genehmigte Amalia sich einen doppelten Cognac, um sich zu beruhigen. *In welchen Sumpf bin ich geraten?*, dachte sie, als sie die Fenster aufriss, um die Aura dieses Barbaren zu vertreiben.

23

Die Hackertruppe war seit einer Woche fleißig unterwegs, als Lorenz uns mit einem konspirativen Unterton in sein Büro bat. Sophie, Manuela, mich und drei aus der Hackertruppe, Nina Simonitsch, Emma Zubov und Jasnar da Silva. Sie waren so etwas wie die Chefpropagandisten. Jung, sorglos und völlig frei von jeglichen moralischen Schranken, wie Emma betonte. Es hieß, Lorenz hätte jemanden eingeladen, der oder die uns was über Datenanalyse erzählen sollte. Wie wir da zu sechst saßen, hatten wir keine Ahnung, wer das sein konnte und was überhaupt der Zweck von dem Meeting war. Wir warteten, glotzten auf unsere Handys, tranken Kaffee, glotzten wieder auf unsere Handys, aßen Kekse.

Für mich kam die Veranstaltung zum denkbar unpassendsten Zeitpunkt. Lorenz hatte mir immer noch nicht gesagt, was er über Ritter gefunden hatte. Zudem hatte am Morgen ein Bote einen Brief von der Staatsanwaltschaft abgeliefert, in dem Anklage nach Paragraf 187 gegen mich erhoben wurde. *Wer wider besseres Wissen in Beziehung auf einen anderen eine unwahre Tatsache behauptet* … und so weiter … *Freiheitsstrafe bis zu zwei Jahren und / oder Geldstrafe*. Ich hatte Lorenz das Schreiben gezeigt. Er hatte mir den Arm um die Schultern gelegt und gelächelt, als würde es sich dabei um einen Strafzettel wegen Falschparkens handeln. Zwei Jahre Knast! *Mach dir keine Sorgen, das kriegen wir hin,* hatte er gesagt. Ich wollte Streich anrufen, aber Lorenz winkte ab. *Die Sache ist in Arbeit.* Was er damit meinte, wollte er mir nicht sagen. *In ein paar Minuten kriegst du eine Mail von meiner Kontaktperson.*

Ich saß auf glühenden Kohlen, als die Tür geöffnet wurde und Lorenz mit einer Frau hereinkam, die wir alle mehr oder weniger aus der Ferne kannten. Sie war schmal, trug ein dunkelrotes Männerhemd, eine dunkelgrüne Hose und klobige Stiefel. Lange weiße Haare, eine übergroße schwarze Sonnenbrille auf der Nase, wie sie sie auf allen Fotos trug, die im Netz von ihr herumschwirrten. Zwei Piercings, eins im rechten Nasenflügel, eins in der rechten Augenbraue.

»Schön, euch alle zu sehen«, sagte Ziffer. »Ihr kennt sicher unseren Gast, also brauche ich sie nicht lange vorzustellen.«

Natürlich kannten wir sie. Wir nickten ehrfurchtsvoll. Sie nickte zurück. Alexandra Miller hatte zur ersten Generation der IRC gehört, der Intelligence Research Agency in St. Petersburg. Sie waren entscheidend am Brexit beteiligt gewesen, hatten Trump zum Wahlsieg verholfen, waren in das Handy der Kanzlerin gekrochen und hatten sogar der Bundeswehr einen Trojaner geschickt, dem man dort bereitwillig Zugang zu streng geheimen Daten gewährt hatte. Durch Pergaschins und damit auch des Präsidenten finanzielle Beihilfe hatten sie nahezu unbegrenzt Ressourcen zur Verfügung. Es ging sogar das Gerücht um, sie könnten bei ihrer Arbeit auf den GRU zurückgreifen, den Nachrichtendienst des russischen Militärs. Alex hatte sich vor ein paar Jahren von der IRC getrennt und reiste seitdem als Beraterin durch die Welt. Wer auch immer sie bezahlte, bekam die aktuellste Lektion in Technik, Strategie und Philosophie der fortgeschrittenen Datenanalyse. Angeblich verlangte sie für einen Vortrag fünfzigtausend Dollar. Alex klappte am Kopfende des Tisches ihr Notebook auf, verband es mit dem Beamer und begann ohne das übliche Brimborium. Mit ein paar Befehlen projizierte sie unsere Facebook-, Twitter- und Instagram-Seiten auf die Leinwand.

»Ich hab mir angeschaut, was ihr hier so treibt. Das ist langweilige Selbstbefriedigung«, sagte sie. »Wenn ihr Erfolg haben wollt, müsst ihr euch von Identität, Wokeness, Cancel Culture verabschieden. Das sind totalitäre Systeme, die nur darauf abzielen, neue Herrschaftsstrukturen innerhalb der bürgerlichen Klasse zu manifestieren. Eine junge Elite von Akademikern greift die alte Elite an, um selbst an die Macht zu kommen.«

Manuela beugte sich flüsternd zu mir hin.

»*Beginne ein Meeting stets mit einem positiven Einstieg, der das Team aufbaut und ermutigt, danach wird deine Kritik auf fruchtbaren Boden fallen*«, zitierte sie eine von Lorenz' Regeln. »Wenn das der positive Einstieg war, bin ich mal gespannt, was die Kritik ist. Eine einstweilige Erschießung?«

»Lorenz hat mich über die Morgenröte informiert«, fuhr Alex fort. »Was ich hier allerdings sehe, sind immer noch Parteistrukturen. Ihr denkt Partei statt Bewegung.«

Bilder der Parteivorsitzenden von CDU, SPD, Grüne, FDP, Linke, AfD tauchten auf der Leinwand auf. Darunter die Slogans, mit denen sie zur letzten Wahl angetreten waren.

»Was sehen wir hier?«, fragte Alex.

Bevor noch jemand antworten konnte, gab sie selbst die Antwort.

»Die Linken quatschen von Kommunismus, die Rechten von Faschismus und die Parteien dazwischen von Demokratie. Nichts davon funktioniert mehr. Das sind Modelle von vorgestern. Weil sie auf dem Parteiensystem basieren. Parteien sind aber für die moderne Kommunikation zu pauschal, deswegen sterben sie langsam vor sich hin, verlieren Mitglieder und Wähler. Warum soll ich mich einer Organisation anschließen, die außer mir auch noch Millionen andere Menschen zu bedienen versucht. Seit es Social Media gibt, bin ich daran gewöhnt, dass es um mich geht. Um mich als Individuum. Nicht als Teil einer trägen Masse.«

Obwohl mich der Vortrag interessierte, hielt ich unter dem Tisch mein Telefon mit beiden Händen fest. Der Vibrationsalarm sollte mir anzeigen, wenn die von Ziffer angekündigte

Nachricht eintraf. Sophie spürte meine Unruhe. Sie legte die Hand auf mein Knie. »Ich bin bei dir«, flüsterte sie. Ich nickte. Dabei wussten wir beide, wie wenig mich das vor dem Gefängnis beschützen konnte. Dennoch war es gut, ihre Nähe zu spüren.

»Klassische Parteien funktionieren so, als ob du ein einziges Modell eines Autos für Millionen Menschen anbietest. Das hat früher funktioniert. Ford Modell T, VW-Käfer, Golf und so weiter. Heute will jeder sein eigenes, auf ihn persönlich zugeschnittenes, unverwechselbares, individuelles Modell haben. Deswegen kannst du dir dein Auto im Netz konfigurieren. Das ist hoch entwickelte Distinktion. Noch ein anderes Beispiel.«

Sie wandte sich von der Leinwand weg uns zu.

»Wer von euch liest Bücher?«

Ziffer meldete sich, Sophie, Manuela und ich halbherzig. Keiner von den Hackern.

»Wer liest mehr als ein Buch pro Monat?«

Ziffer.

»Sehr tapfer«, sagte sie mit Blick auf Lorenz. »Warum lest ihr anderen so wenig?«

Sie wollte auch jetzt keine Antwort haben. Offensichtlich waren wir für ihre rasenden Gedankengänge zu langsam.

»Weil die Geschichten zu wenig mit euch zu tun haben. Ihr sollt euch in die Welt und das Leben einer Figur versetzen? Warum nicht in eure eigene Welt? Mit euren eigenen Problemen? Mit euren eigenen Fragen? In ein paar Jahren werden Bücher, so wie wir sie jetzt kennen, tot sein. Eine künstliche Intelligenz schreibt dann Bücher auf der Basis von Informationen, die sie im Netz über jeden von euch gesammelt hat. Klassische Filme sind dann genauso überholt.«

Ich sah in Lorenz' Gesicht ein leises Grinsen. Er hatte Alex geholt, weil sie in Bezug auf Wahlkampf, auf Kampagne, auf

Kommunikation wie eine Abrissbirne alles zertrümmerte, was bisher Regel war.

»Kommen wir zu den Waffen, mit denen ihr eine individualisierte Gesellschaft erreichen könnt.«

Das Wort *Daten* leuchtete auf der Leinwand auf.

»Daten sind Viren. Sie verbreiten sich rasend schnell und führen Menschen in volatilen Gruppen zusammen. Gruppen, die permanent ihre Zusammensetzung verändern. Meistens sind sie klein. Manchmal ist es noch nicht mal eine Gruppe, sondern eine einzelne Person. Die Person sagt etwas, andere finden das gut, schließen sich an. Eine Gruppe entsteht, gibt das Virus weiter. Die Gruppe wächst. Dann treten Mutationen auf, die Gruppe teilt sich. Neue Gruppen entstehen. Wenn ihr dabei sein wollt, müsst ihr schnell sein.«

»Was ist mit dem Programm der Morgenröte? Wie sollen wir das so schnell anpassen?«, fragte Manuela.

»Vergesst Programme. Niemand interessiert sich für diesen Mist. Wer von euch hat schon mal ein Parteiprogramm gelesen?«

Wieder meldete Ziffer sich als Erster.

»Sogar mehr als eins. Insgesamt fünf«, sagte er.

Wir lachten.

»Hat es dir was gebracht?«

»Manchmal haben wir damit eine Wahl gewonnen, meistens verloren, wenn wir uns darauf konzentriert haben.«

»Ihr braucht keine Programme. Was ihr braucht, sind Daten darüber, was die Leute denken, was sie bewegt. Was sie aufregt. Darauf müsst ihr reagieren.«

Die Gesichter der Parteivorsitzenden erschienen wieder auf der Leinwand.

»All die, die ihr hier seht, haben es noch nicht verstanden. Sie denken, sie müssten auf Marktplätzen stehen und mit Leuten reden. Wie viele erreichen sie da? Hundert? Fünfhundert?

Und worüber reden sie? Über ihre Ideen? Ihre Visionen? Über Versprechen, die die Halbwertzeit von einem Furz haben? Dann verteilen sie auch noch Wahlkampfbroschüren. Da steht dann derselbe Quatsch drin. Aber sie denken, sie müssen das machen. Sie schießen mit Schrotgewehren und hoffen, sie treffen jemanden. Nicht effizient. Zu viel Aufwand für zu wenig Ergebnis. Die Leute, die sie ansprechen, wissen außerdem, dass sie angelogen werden, und gehen weiter. Ich dagegen spreche von hochpräzisen Scharfschützenwaffen.«

»Da triffst du aber auch immer nur einen«, sagte ich.

»Nicht, wenn du zehn Millionen Scharfschützen hast.«

Wie sahen uns ratlos an. Irgendwie hatten wir Mühe hinterherzukommen.

»Jede Zeit hat die Krankheit, die sie verdient. Pest, Cholera, Krebs. Wir haben COVID-19. Biologisch betrachtet, ein großartiges Virus. Das Virus dringt in den Körper ein. Der Körper sind all die Leute, die jeden Tag in den sozialen Medien unterwegs sind. In diesem Körper stürzt es sich auf die Zellen. Es hackt sich in das Betriebssystem ein und bringt die Zelle dazu, neue Viren zu produzieren. Das bedeutet, ohne die Zellen kann sich das Virus nicht vermehren. Aber anders als zum Beispiel Krebs tötet es die Wirtszelle nicht. Es braucht sie und bringt sie dazu, Millionen neuer Viren zu produzieren.«

»Was ist mit dem Immunsystem?«, fragte ich.

»Fresszellen, Killerzellen verschlingen ein paar Millionen Viren und zerlegen sie in ihre Einzelteile. Aber hundert Millionen kommen durch und infizieren weitere Zellen. Eine Kettenreaktion beginnt. Die infizierten Zellen produzieren noch mehr Viren.«

Das Telefon in meiner Hand vibrierte. Die Nachricht, von der Lorenz gesprochen hatte? Nein, das Krankenhaus. Die wollten die Versichertenkarte von meinem Vater haben. Dabei hatte ich die schon längst vorgezeigt.

»Was Neues?«, flüsterte Sophie.

Ich schüttelte den Kopf.

»Durch das Netz hat heute jeder die revolutionäre Chance, ein Politiker zu werden«, fuhr Alex fort. »Niemand muss mehr seine Stimme an einen Abgeordneten delegieren, der das Blaue vom Himmel verspricht und einen Tag später sein Wahlversprechen bricht. Jeder kann jetzt jeden Tag neu bestimmen, was für ihn wichtig ist.«

Sophie neben mir hielt die Arme über der Brust verschränkt. Irgendetwas schien ihr nicht zu behagen.

»Alles okay?«, fragte ich leise.

»Nein«, sagte sie.

Ich konnte mir allerdings denken, was es war.

»Und was heißt das konkret für unsere Arbeit?«, fragte Manuela.

»Unsere Zeit ist davon bestimmt, dass die Menschen im Netz nahezu alles von sich in die kleinen Beichtstühle, die ihr in den Händen haltet, tragen. In der Öffentlichkeit würden sie das nie tun. Keiner von euch Jungs würde zu Lorenz sagen: *Hey, ich schaue zweimal am Tag Pornos und hol mir einen runter*. Keine von euch Mädels würde ihm verraten, dass ihr euch stundenlang Katzenvideos anschaut oder Videos, in denen fürchterliche Unfälle gezeigt werden. Habe ich recht?«

Allgemeines Lachen. Jeder und jede, die hier am Tisch saß, fühlte sich auf irgendeine Weise ertappt. Auch ich.

»Warum machen die Menschen das, wenn sie das Handy in der Hand halten? Weil sie denken, sie sind alleine, weil niemand ihnen zusieht. Ihr habt hier die Gelegenheit, mit jedem User in einen privaten und intimen Gedankenaustausch zu kommen. Ihr könnt erfahren, was die Menschen bewegt und beunruhigt.

Damit das möglich ist, kann die IRC euch bis zu zehntausend individuelle Datenpunkte über jeden einzelnen User zur Verfügung stellen, der von Deutschland aus ins Netz geht.«

Sophie neben mir stöhnte auf. Das war es. Alex war nicht nur Beraterin, sie verkaufte nebenbei auch noch die Produkte ihres alten Arbeitgebers. Damit waren wir beim Brexit, bei Trump und bei Cambridge Analytica angekommen.

»Mit der Tiefe dieser Daten könnt ihr die Zielpersonen sehr genau in Kategorien einteilen. Impfgegner, AfD-Wähler, Umweltschützer, Aktivist, QAnon-Sympathisant, CDU-Wähler, Arbeitslose und so weiter. Das ist für das Mikrotargeting eminent wichtig.«

»Können Sie ein Beispiel nennen?«, fragte Jasnar.

Endlich meldet sich mal einer von den Hackern, dachte ich. Jasnar war erst seit ein paar Tagen dabei. Die rechte Seite seines Kopfes war zur Glatze rasiert, links trug er lange grüne Haare.

»Such dir eine Person aus, die Vorurteile gegen Migranten hat«, erklärte Alex. »Du erkennst es daran, dass die Person, nennen wir sie Beatrix, von ›Kameltreibern‹ und ›Ziegenfickern‹ spricht. Dann schickst du Beatrix Nachrichten, in denen es heißt, eine Gruppe von Syrern hätte ein kleines Mädchen vergewaltigt. Warum wird Beatrix die Nachricht sofort weiter teilen?«

»Weil sie sich bereits ein Urteil gegenüber Migranten gebildet hat«, antwortete Jasnar.

»Und Andreas, der Nachbar von Beatrix, denkt, dass Beatrix eine rassistische Nazibraut ist«, fuhr Sophie dazwischen.

Ich hatte mich schon gewundert, wie sie so lange stillhalten konnte.

»Also sollten wir Andreas Nachrichten über Neonazis schicken, die Einwanderer töten. Wenn Beatrix und Andreas sich irgendwann auf der Straße oder in einer Kneipe treffen, können sie nicht mehr miteinander reden. Sie hassen sich, und irgendwann hauen sie sich gegenseitig die Fresse ein«, sagte Sophie.

»Vielleicht. Aber letztlich liegt es an dir, wie du mit diesem Instrument umgehst. Mit einem Messer wirst du jemanden umbringen oder für dein Kind Brot schneiden. Was ich dir hier zeige, ist ein Werkzeug. Damit kannst du junge Männer davon abhalten, zum Islamischen Staat oder al-Qaida zu gehen oder katholisch zu werden oder den Partner zu betrügen und schwanger zu werden. Eben, weil du alles über sie weißt. Wo sie wohnen, wen sie toll finden, wann sie schlafen, wann sie streiten, welche Filme sie ansehen, welche Musik sie hören, welche Krankheiten sie haben.«

Sie drehte ihr Notebook zu mir hin.

»Das bist übrigens du«, sagte sie.

Ich erschrak.

»Nur ein Joke«, sagte sie lachend. »Ich hab dich nicht analysiert. Aber habt ihr den Schrecken in seinem Gesicht gesehen?«

Die Hacker lachten.

»Das ist doch nicht dein Ernst«, empörte sich Sophie und sprang von ihrem Stuhl auf.

Ich wollte sie noch bremsen, aber es war schon zu spät. Wenn Sophie mit etwas nicht einverstanden war, gab es kein Halten.

»Das heißt, ich soll Menschen manipulieren, damit sie wie Roboter durch die Straßen laufen und genau das machen, was man ihnen sagt?«

»Das ist die Realität. Sie findet jeden Tag genauso millionenfach statt. Jede Werbung, die du kriegst, alles, was du kaufst und mit deiner Kreditkarte bezahlst, manipuliert dich. Du kannst doch jetzt entscheiden, ob du die Augen davor verschließen und so tun willst, als wäre die Welt ein Ponyhof, oder ob du dich dieser Realität stellst, in der mit harten Bandagen gekämpft wird. Ihr wollt eine Wahl gewinnen? *Si vis pacem para bellum.* Wenn du Frieden willst, bereite Krieg vor.«

Sophie schaute in die Runde. Ich sah, wie sehr sie auf Rückhalt und Unterstützung hoffte. Aber die Hacker waren offensichtlich nicht ihrer Meinung. Sogar Manuela, eine entschiedene Verfechterin der Aufklärung des mündigen Bürgers, vermied es, Sophie anzuschauen.

»Na dann, viel Spaß«, sagte Sophie mit sarkastischem Grinsen.

Wütend verließ sie den Raum, knallte die Tür zu.

Wir zuckten zusammen und schwiegen. Sie hatte recht. Ich dachte daran, wie es begonnen hatte. Die Euphorie, weil wir alle miteinander reden konnten, aus der Anonymität herauskriechen. Social Media hatte uns zu autonomen Individuen gemacht. Im Netz konnte man jemand sein, der gesehen und gehört wurde. Natürlich hatte sich das Versprechen als hohl erwiesen. Wir waren keine autonomen Individuen. Wir waren Produkte, deren Daten für Werbung verkauft wurden. Wir konnten uns dagegen wehren, wenn wir die *Allgemeinen Geschäftsbedingungen* lesen würden. Aber wer tat das schon? Stattdessen tippten wir in unsere Handys und dachten, es wäre unsere Privatsphäre. Aber die gehörte nicht mehr uns, sondern Google, Facebook und Amazon. Manchmal erschafft eine neue Technologie mehr, als sie zerstört. Manchmal zerstört sie mehr, als sie erschafft. Der große Vorteil für die Morgenröte bestand darin, dass wir es waren, die jetzt die *Allgemeinen Geschäftsbedingungen* schrieben.

Mein Handy vibrierte. Endlich die Nachricht, von der Lorenz gesprochen hatte? Ja. Allerdings kam sie von ihm selbst. *Teeküche.*

»Lasst uns eine kurze Pause machen«, sagte er laut in die Runde.

Alex nickte und nahm ihr Telefon hoch. Lorenz und ich verließen den Raum und gingen in die Teeküche.

»Ich habe gestern mit einem Freund über Ritter gesprochen«, sagte er.

Er hantierte an der DeLonghi, die offensichtlich nicht das hergab, was er haben wollte.

»Kann das verdammte Ding auch einen Espresso machen?«

Ich zeigte ihm, wie man zuerst die Bohnen mahlen, dann das Pulver in die Siebträger geben, festdrücken und mit dem Bajonettverschluss an der Maschine befestigen musste. Er schaute nicht hin, weil es ihn nicht interessierte. Stattdessen sah er mich an. Ich spürte seinen Blick im Nacken, als würde er über die Haut streichen.

»Ja?«

»Mein Freund hat mir gerade eine Nachricht geschickt. Die Deutsche Bank hat ein Problem mit den Russen, in das Ritter bis zur Halskrause involviert ist.«

Das klang sehr kryptisch. Ich hatte keine Ahnung, was das mit mir zu tun hatte.

»Und das heißt?«

Er nahm die Espressotasse aus der Maschine, nippte daran.

»Es gibt ein paar Mails, in denen Ritter sehr deutlich das Angebot gemacht hat, Geld über Offshore-Konten in Panama zu waschen. Mein Freund ist im Besitz dieser Mails.«

Es dauerte einen Moment, bis ich verstand, was das bedeutete.

»Heißt das, ich muss nicht Millionen zahlen, ich muss nicht ins Gefängnis gehen, mein Leben ist nicht ruiniert?«

»Das heißt es.«

Ich hätte Lorenz um den Hals fallen können. Mit einem Schlag war ich all meine Probleme los. Na gut, nicht alle, da gab es immer noch meinen Vater. Und die Schwangerschaft. Und den Stress mit Sophie wegen der Morgenröte.

24

Zwei Tage nach der Nachricht von der Geldwäsche rief Götz mich um vier Uhr morgens an und warf mich damit im wahrsten Sinne des Wortes vom Sofa. Sophie und ich hatten uns den ganzen Tag über Alex' Vortrag gestritten. Sie wollte nicht verstehen, dass wir keine andere Möglichkeit hatten, als die Spielregeln zu akzeptieren und nach unseren Vorstellungen zu benutzen. Der Streit hatte dazu geführt, dass ich auf dem Sofa schlief. Götz war, so viel konnte ich am Telefon erkennen, sturzbetrunken und in einem erbärmlichen Zustand.

»Hast du es gesehen?«, nuschelte er.

»Was?«, fragte ich.

»Schau es dir an. Und danach kommst du zu mir.«

»Wo bist du?«

Ich hörte ein Rumpeln, als sei er gestürzt.

»Götz?«

Das Gespräch war beendet. Als ich ihn zurückrief, hörte ich nur die Mailbox. Ich versuchte es noch ein paarmal, konnte ihn aber nicht mehr erreichen. *Hast du es gesehen?*, hatte er gefragt. Was sollte ich gesehen haben? Ich nahm das Notebook, öffnete einen Nachrichtenkanal, und da sprang es mir sofort entgegen. Ein Video war mit *Eilmeldung* überschrieben.

Götz hatte sich gleich zu Beginn des Konzertes in der Kölner Lanxess-Arena über das Vorgehen der Einsatzkräfte aufgeregt, die bei Demonstrationen in Stuttgart und München Dutzende Demonstranten verhaftet hatten. Noch während des Konzertes hatte er eine Reporterin von der *Bild-Zeitung* auf die Bühne geholt und gesagt, die Demonstranten seien von den Einsatzkräften verprügelt worden, weil sie vor die Regierungssitze gezogen waren, um die Politiker auf ihre desaströse Situation hinzuweisen. *Das ist doch ihr verdammt gutes Recht*, hatte er in ihr

Mikrofon gebrüllt. *Die großen, fetten Unternehmen werden mit Milliarden gerettet, und ihr werdet in den Arsch gefickt, weil ihr keine Lobby und kein Geld habt, um diese Verbrecher in den Parlamenten zu kaufen.*

Dann war er an der Spitze von fünfzehntausend Fans zum Verwaltungsgebäude des Westdeutschen Rundfunks gezogen und wollte den Intendanten sprechen. *Andernfalls werden wir uns in dem Laden ein bisschen umsehen,* drohte er in die Kamera der *Bild*-Reporterin. Sie war genau sein Typ. Jung, schmal, blond und sichtlich von ihm fasziniert. Noch während er in die Kamera sprach, wurde er von der Polizei festgenommen. Dabei kam es zu gewaltsamen Ausschreitungen, die erst durch den Einsatz von Wasserwerfern und Reizgas beendet werden konnten, sagte die Reporterin.

Götz hatte mir nicht gesagt, wo er sich aufhielt. Ich rief bei der Polizei an. Er war inzwischen wieder auf freiem Fuß und in einem Münchner Luxushotel abgestiegen. Ich zog mich an, hinterließ Sophie eine kurze Nachricht und fuhr zum Flughafen. Die erste Maschine ging um fünf Uhr fünfzig. Auf dem Flug schrieb ich Amalia und Lorenz eine Mail. *Bin auf dem Weg zu Götz und informiere euch asap über den Stand der Dinge.* Dann schrieb ich ein paar Witze, mit denen er seine Verhaftung zu einer unterhaltsamen Nummer machen konnte. *Der Haftrichter hat mich gefragt, was mir lieber wäre, tausend Euro oder zehn Tage Haft. Habe ich natürlich die tausend Euro genommen.* Oder: *Ich habe gefragt, ob ich Damenbesuch haben könnte. Sie waren einverstanden. Aber da wussten sie noch nicht, dass sie dafür die Allianz-Arena mieten müssten.* Oder: *Die Zellen waren total überbelegt, weil die Steuerbescheide der CSU-Abgeordneten aus Versehen veröffentlicht worden waren.*

Um sieben Uhr zehn landete ich in München und fuhr mit dem Taxi in die Innenstadt. Einen halben Kilometer vor dem Bayerischen Hof musste ich aussteigen, weil sich Tausende Fans versammelt hatten und Lieder aus seinem Album *Am Horizont* sangen. Die Männer trugen weiße Hemden, die sie, wie Götz es immer tat, bis über die Ellbogen hochgekrempelt hatten, die oberen zwei Knöpfe offen. Die Frauen weiße Hosenanzüge, weiße Blusen mit einem Pussy Bow. Götz hatte bei einem Konzert erklärt, dass Weiß die Farbe der Frauenrechtsbewegung sei, seit die Suffragetten vor mehr als einhundert Jahren für das Frauenwahlrecht gekämpft hatten. Die Fans waren gut gelaunt, gaben der Presse Interviews und schwärmten von Götz' Mut, seiner Entschlossenheit und seiner Ehrlichkeit. Für sie war klar, wer der nächste Bundeskanzler sein musste.

Ich betrat das Hotel durch einen Seiteneingang und wurde vom Concierge direkt zum Schwimmbad geleitet. Götz lag in einem hölzernen Liegestuhl und schnarchte vor sich hin. Der Bademantel war halb geöffnet, sein Bauch ragte wie ein Hügel daraus hervor. Als ich zu ihm ging, wachte er auf, hob die Hand und winkte mir zu.

»Da drüben hinter der Bar muss noch eine Flasche stehen. Bring sie mit«, sagte er.

Ich nahm eine Flasche Wodka und setzte mich auf den Liegestuhl neben ihm.

»War eine interessante Nacht, oder?«, fragte ich.

»Es war eine fantastische Nacht, Georgie.«

»Kriegst du eine Anzeige?«

Er schüttelte den Kopf.

»Vom Fernsehen? Das trauen die sich nicht. Wir haben einen Vertrag über drei Konzerte, die sie ausstrahlen wollen. Wenn sie die absagen, kriegen sie einen Shitstorm, der sich gewaschen hat. Und wie man weiß, haben die Jungs und Mädels nicht allzu viel Rückgrat. Wie geht's dir?«, fragte er.

»Okay.«

»Sag nicht *okay,* wenn es dir scheiße geht.«

Ich war überrascht. Wieso interessierte er sich für mich? Wieso war seine Verhaftung kein Thema? Ich zeigte ihm die Witze, die ich geschrieben hatte, er warf einen Blick darauf und nickte. In Gedanken war er schon längst wieder bei einer anderen Geschichte.

»Dein Vater macht dir zu schaffen, hab ich recht?«

Ich wusste nicht, ob ich wirklich mit ihm darüber sprechen wollte.

»Er hat vergessen, dir zu zeigen, was ein richtiger Mann ist, Georg. Das sehe ich. Du bist siebenundzwanzig Jahre alt, und du denkst, du solltest dich eigentlich nicht mehr mit solchen Fragen beschäftigen.«

Es war seltsam. Jedes Mal, wenn ich mit ihm zusammen war, ging es um mich, meinen Vater, wer man ist, was man vom Leben will. Vielleicht beschäftigte ihn diese Frage selbst. Oder er sah in mir den Sohn, den er nicht hatte. Und ich in ihm den Vater, den ich gebraucht hätte, nachdem meine Mutter weggelaufen war.

»Ich oszilliere zwischen so vielen Bildern von mir hin und her«, sagte ich. »Und keines davon passt. Bin ich der Komiker, der nichts ernst nimmt? Der Zyniker, der die Welt verachtet? Bin ich ein Familienmensch, der sich um Frau und Kind kümmert? Bin ich ein Rebell, der gegen die Ungerechtigkeit der Welt kämpft? Manchmal fühlt es sich an, als würde ich in einem Secondhandladen stehen und nicht wissen, welchen von den Anzügen ich kaufen soll.«

»Natürlich ist keiner davon neu, sie sind alle bereits von anderen Männern getragen«, sagte Götz.

Er hielt mir die Wodkaflasche hin.

»Nein, danke. Wenn ich jetzt anfange …«

»Trink, Georgie, das hilft dir, dich zu entspannen. Wenn wir was reißen wollen, müssen wir cool sein.«

Ich nahm einen Schluck. Es war ziemlich guter Stoff. Weich und mit dem Geruch nach Brot.

»Hast du ihn geliebt?«, fragte Götz.

»Meinen Vater? Ich glaube nicht.«

»Erzähl mir von ihm.«

Ich nahm noch einen weiteren Schluck.

»In den letzten Tagen sind ein paar Erinnerungen aufgetaucht, die das Bild, das ich immer von meinem Vater hatte, verändert haben. Meine Mutter hat ihm immer vorgehalten, er wäre ein Versager, weil er sich abrackert und es in ihren Augen zu nichts gebracht hat. Er sollte den Laden vergrößern, Filialen aufmachen und irgendwann das Geschäft an eine der großen Ketten verkaufen. Aber das hat er nicht gekonnt. Er war ein Bäcker, der es liebt, in der Backstube zu stehen und Brot zu backen. Ich glaube, das war alles, was er vom Leben gewollt hat. Brot zu backen.«

Während ich das Familienalbum vor ihm aufblätterte, lag er einfach da und hörte zu. Er hätte einen guten Psychiater abgeben können. Wenn ich ins Stocken geriet, weil die Erinnerungen mich aufwühlten und es wehtat, fragte er vorsichtig nach und hörte dann weiter zu. Und ich redete und redete. Keine Ahnung, wie lange. Die Tränen liefen mir über die Wangen. Irgendwann war ich zu erschöpft, um noch weiterzuerzählen. Ich schaute zu ihm hin und sah, dass auch er ein tränenfeuchtes Gesicht hatte.

»Wieso hast *du* geweint?«, fragte ich ihn.

»Willst du was sehen?«

Er erhob sich von der Liege und zog den Bademantel aus. Auf dem linken Schulterblatt waren Narben zu sehen. Sie waren kreisrund, und in der Mitte der Narben war eine *5* zu sehen.

»Was ist das?«

»Abdrücke eines Fünfmarkstücks.«

»Wie viele sind das?«

»Neun.«

»Wieso?«

»Mein Vater war Bäcker wie deiner.«

»Das wusste ich nicht.«

»Musstest du deinem Vater helfen?«

»Ja, sonntags, wenn Brötchen ausgeliefert wurden«, sagte ich.

»Ich morgens vor der Schule. Drei Uhr aufstehen. Egal, wann ich am Abend zuvor die Augen zugemacht hatte. Um drei war Schluss.«

»Aber was ist mit den Narben?«

»Um drei Uhr morgens hab ich noch halb geschlafen. Und jedes Mal, wenn ich was hab runterfallen lassen oder wenn der Teig nicht aufgegangen ist, hat er ein Fünfmarkstück genommen, es in den Ofen gelegt, und wenn es heiß war, hat er es mit einer Zange rausgenommen.«

Er zog den Bademantel an, schlüpfte in die Ärmel und streckte sich wieder auf der Liege aus. Ich war schockiert.

»Und du hast niemandem etwas davon gesagt?«

Sein tapferes Lächeln kannte ich von mir selbst. Die Verwunderung über so eine Frage. Warum redet man nicht über solche Dinge? Vielleicht, weil man nicht verstehen kann, warum man es zugelassen hat, und sich deswegen schämt.

»Wenn ich es jemandem erzählt hätte, wäre mein Vater ins Gefängnis gekommen. Und das willst du nicht als Kind.«

»Und du bist nie weggelaufen?«

»Das kann nur jemand fragen, der aus dem Tal der Ahnungslosen kommt.«

Er schlug mir krachend auf die Schulter. Der Tauchgang in

die Abgründe seiner Kindheit war beendet. Er setzte die Flasche erneut an, reichte sie mir weiter. Ich mochte Wodka eigentlich nicht. Aber wenn ich mit ihm zusammen trank, schmeckte es anders.

»Ich habe das alte Fünfmarkstück immer dabei.«

Er lachte schallend, als wäre es nur ein harmloser Spaß gewesen. Aber sicher war ich nicht. Ich wusste einiges darüber, was mit Menschen passiert, die gefoltert worden waren. Manche wurden ihr Leben lang von den Erlebnissen verfolgt, waren depressiv. Andere brachten sich um. Und wieder andere waren voller Hass. Nicht nur auf ihre Folterer, sondern auf alle Menschen, weil ihnen damals niemand geholfen hatte.

Götz war nicht depressiv, er hasste nicht, und er machte auch nicht den Eindruck, er könnte sich demnächst umbringen. Stattdessen trank er wie ein Berserker. Und vögelte wie ein Besessener. Als er nun so dalag, die Augen geschlossen, eine Melodie vor sich hin summend, dachte ich, wie irrsinnig viel Kraft in ihm stecken musste, damit er diese Erinnerungen einigermaßen im Zaum halten konnte. Auch wenn seine Methoden selbstzerstörerisch sein mochten. Als Musiker hatte er es an die Spitze geschafft, jetzt wollte er all das, wovon er sang, aus seinen Liedern hinein in die Wirklichkeit übertragen. Das war groß und faszinierend. Ich erinnerte mich, was Amalia über ihn gesagt hatte. Dass er ein Genie wäre. Und ein Geschenk des Himmels, wie es nur alle hundert Jahre auftaucht. Vielleicht stimmte es. Vielleicht war er wirklich jemand wie Martin Luther King. Nelson Mandela, Gandhi. Natürlich in der versoffenen Variante. In diesem Augenblick beschloss ich endgültig, ihm zu folgen und ihn zu unterstützen. Ich wollte alles dafür tun, damit er der neue Bundeskanzler werden konnte. Und ganz still hoffte ich, dass ich mich nicht irrte.

25

Viktor Pergaschin war eine illustre Figur in Moskau, so viel wusste Nellie bereits. Zu Anfang seiner Karriere hatte er wegen Raubüberfalls, sexuellen Missbrauchs und Betrugs acht Jahre im Gefängnis gesessen. Danach war er ins Transportgeschäft eingestiegen und hatte mit einem Dutzend Lastwagen Waffen nach Tschetschenien und von dort Drogen nach Moskau kutschiert. Als der Leibkoch des Präsidenten unter mysteriösen Umständen ums Leben gekommen war, hatte Pergaschin dessen Unternehmen übernommen und versorgte seither den Kreml bei großen Banketten mit allem, was Politiker zum Leben brauchten: Kaviar, Champagner, Mädchen, Drogen. Innerhalb weniger Jahre hatte er ein Dienstleistungsunternehmen im Bereich Facility und Gebäudemanagement mit 25.000 Mitarbeitern und einem Umsatz von 1,5 Milliarden Dollar hochgezogen. Dass er dafür unzählige Konkurrenten aus dem Weg geräumt, angeblich sogar zwei Morde begangen hatte, interessierte niemanden, solange es den Präsidenten nicht interessierte.

Nellie hatte endlich wieder einen Termin mit ihrem Chefredakteur ergattern können. Ob er chronisch überlastet war oder eine Allergie gegen Treffen mit ihr hatte, wusste sie nicht. Jedenfalls sagte er Termine gern im letzten Moment ab, verschob sie auf die kommende Woche und sagte sie dann wieder ab. Diesmal hatte sie allerdings damit gedroht, hochinteressantes Material in seinem Lieblingsrestaurant *Sale e Tabacchi* an den Meistbietenden zu verkaufen, woraufhin Cotta doch noch eine Lücke in seinem Terminkalender gefunden hatte. Einen Coup der Konkurrenz zu überlassen galt als journalistische Todsünde und wurde für gewöhnlich mit sofortiger Auflösung des Vertrages bestraft. Während Cotta mit einer Serviette vor der Brust in seinen Spaghetti all'arrabiata con le acciughe aus nachhaltiger Fischzucht stocherte, erklärte Nellie ihm, was sie bisher herausgefunden hatte.

»Hör zu, Cotta, bis gestern war Pergaschin kein großes Thema, aber jetzt wird es spannend. Er trifft Lorenz Ziffer in Moskau und kauft sich ein paar Monate später mit fünfzehn Millionen Euro bei Amalia von Bülow ein. Derselbe Pergaschin finanziert in St. Petersburg eine Firma namens IRC, die geholfen hat, den Brexit und die Wahl von Trump zu beeinflussen. Bülow und Ziffer sind neben Götz Wolf Geschäftsführer der Morgenröte GmbH. Willst du jetzt immer noch behaupten, das wäre kein Thema?«

»Ein Thema ist ein Thema, wenn es Fakten gibt. Was du mir hier präsentierst, finde ich auch bei Wikipedia. Seit deinem letzten Bericht sehe ich hier nichts Neues.«

»Komm schon, Cotta. Du weißt, ich habe einen Riecher für diese Sorte Scheiße. Vor der Bundestagswahl nächsten September wird bei uns genau das Gleiche passieren wie beim Brexit und 2016 bei Trump. Willst du sehen, was die Morgenröte inzwischen im Netz treibt?«

Sie nahm ihr Handy und zeigte Cotta Fotos, auf denen der Innenminister mit dem Chef von TUI in der Sauna zu sehen war. Der Gesundheitsminister, wie er betrunken einen Schwulenklub verließ. Die Justizministerin an einem Strand auf den Kanaren oben ohne in einem Liegestuhl, wie sie sich von einem schwarzen Kellner Champagner einschenken ließ, während sie von einem ebenfalls schwarzen Muskelpaket massiert wurde.

»Sind die echt?«, fragte Cotta.

»Macht das einen Unterschied? Sie sind im Netz, das ist alles, was zählt. Die füttern damit die sozialen Medien. Wusstest du, dass es inzwischen Hardcore-Pornos mit den Gesichtern von Politikern gibt?«

Cotta verschlang weiterhin seine Spaghetti. Er schien wenig

beeindruckt. Nellie verstand nicht, wieso. Material wie dieses würde die Auflage in die Höhe katapultieren. Es wäre ein politischer Skandal. Sie beugte sich nach vorn, sprach leise, weil am Nachbartisch die beiden Kollegen von der *WELT* bereits die Ohren spitzten.

»Solches Zeug sehen wir jeden Tag. Und weil wir unter riesigem Erfolgsdruck stehen und keine Zeit haben, alles, was in den sozialen Medien hochgeladen wird, zu überprüfen, nehmen wir es als Wahrheit. Manchmal sind es sogar Meldungen von *dpa*, denen wir eigentlich vertrauen sollten, in denen so ein Müll angeboten wird.«

Mit einem dezenten Rülpsen legte ihr Chef die Gabel beiseite und schob den Teller von sich weg. Nellie hatte ihm offensichtlich den Appetit verdorben.

»Nellie. Das ist nichts Neues. Das gibt es seit Jahren. Und inzwischen weiß sogar ich, dass der Einfluss von Social Media auf das Wahlverhalten grandios überschätzt wird. Du verrennst dich da in etwas, das nichts mit der Realität zu tun hat.«

»Dass Amalia von Bülow Pergaschin getroffen hat, ist Realität pur.«

Sie schlug mit der flachen Hand auf den Tisch, woraufhin Cottas Weinglas umstürzte und seinen Inhalt über den Tisch und seine Spaghetti vergoss.

»Pass doch auf!«, rief Cotta.

»Tut mir leid.«

Nellie nahm ihre Serviette und wollte die Rotweinspritzer auf seinem beigen Anzug wegwischen. Cotta schob ihre Hand weg.

»Hör auf damit!«

Im Nu kamen zwei Kellner mit einem frischen Tischtuch herbeigeeilt. Sie boten Cotta eine neue Portion Spaghetti an, die er jedoch ablehnte. Stinksauer betrachtete er sein Jackett.

»Die Flecken gehen nie mehr raus, verdammt noch mal«, jammerte er.

»Der Anzug passt dir sowieso nicht mehr. Außerdem ist er hässlich. So was tragen kolonialistische Ausbeuter. Fehlt nur noch der Schäferhund.«

Am Nachbartisch wurde leise gelacht. Cotta blickte auf sein iPhone. Er war genervt.

»In einer halben Stunde ist Redaktionsversammlung. Ich werde das Thema vorstellen. Inzwischen kümmerst du dich weiter um die rätselhaften Todesfälle im Zusammenhang mit den Impfungen. Wie weit bist du da eigentlich? Eine halbe Million Menschen sind bereits mit Saljut 1 geimpft worden, und es gibt Virologen, die sagen, die könnten alle möglicherweise sterben, weil das Zeug in den Zellen weiter mutiert. Also häng dich da dran.«

»Ist das dein Ernst? Das Thema machen doch schon die Nasen am Nachbartisch. Vor ein paar Wochen warst du noch ganz heiß drauf, dass ich mich um die Morgenröte kümmere.«

»Und wir haben eine umfangreiche Serie über die Parteien zur Bundestagwahl gemacht. Die ist jetzt beendet. Nellie, ob es dir passt oder nicht, wir müssen uns breiteren Leserschichten öffnen.«

»Das heißt, ich berichte über Til Schweigers neue Freundin?«

Cotta winkte mit zwei Fingern dem Kellner und sah dann wieder Nellie an.

»Todesfälle, Nellie. Nicht Schweiger. Todesfälle.«

»Todesfälle?«

»Todesfälle.«

»Warum schmierst du dir deine Todesfälle nicht mit Tiramisu ein und schiebst sie dir hinten rein?«, schrie sie ihn an.

»Bar oder Karte«, fragte der Kellner mit einem unübersehbaren Grinsen im Gesicht.

Cotta legte die Firmenkreditkarte auf den Tisch. Nellie stand auf und ging. Am Nachbartisch applaudierten die Kollegen von der *WELT*.

»Nellie Freitag gegen den Rest des Universums«, sagte der Ältere der beiden in Cottas Richtung.

Cotta lächelte gequält.

Nellie zeigte ihnen den Finger.

26

Ich hatte die Hackertruppe komplett an Manuela übergeben. Von jetzt an war sie für die Demontage unserer Gegner – oder Feinde, wie Ziffer sie unentwegt nannte – zuständig. Ich sollte mich allein auf Götz konzentrieren. Das hieß, ab morgens sechs Uhr Konzepte für Videos entwickeln, tagsüber drehen, das Material nachts zusammenschneiden und anschließend an die Hacker schicken, die jetzt *Wolfsbrut* hießen. *Schlafen können wir, wenn wir tot sind oder die Wahl verloren haben, was auf dasselbe hinausläuft*, hatte Lorenz gesagt. Ich dachte, wenn ich so weitermache, werde ich meinen Vater überholen. *Mein Vater.* In dem Trubel vergaß ich ihn immer wieder. Ich musste endlich die Patientenverfügung holen und vor allem lesen. Morgen. Oder übermorgen. Oder nächste Woche.

Inzwischen hatten wir einen Tourbus gekauft, mit dem man das Wohnungsproblem von Kalkutta hätte lösen können. Dazu gab es noch einen weiteren Bus für die Journalisten, einen Sprinter für die Security, soweit die uns nicht mit ihren Harleys folgten. Ein Polizeiwagen vorne, einer hinten und ein Krankenwagen, in dem notfallmedizinisches Material transportiert wurde: Wodka, Champagner, Gras und kolumbianisches *Marching Powder*. Götz und ich lagen meistens auf der Liegefläche im hinteren Teil des Busses. Weiter vorne saßen Sina, Pressereferentin, Susan, Tourmanagerin, und vier Sissis, die für Hotels, Verpflegung, Klamotten, Medikamente, Massage und so weiter zuständig waren. Seit unserer Begegnung im Schwimmbad des Bayerischen Hofs war es noch spannender zu erleben, wie sicher Götz in seinen Entscheidungen war. Er musste nicht lange überlegen, verließ sich auf seine Erfahrung und sein Bauchgefühl. Wenn er irgendwo auftauchte, schien es, als wäre sein Ego schon ein paar Augenblicke vor ihm in den Raum gekommen. Die Tour führte durch sämtliche Bundesländer, manchmal mit drei Veranstaltungen pro Tag. Vormittags Interviews, mittags Besuche in Krankenhäusern, Altenheimen, Betrieben, abends Konzerte. Und Götz immer mit Tunnelblick. Neben ihm hätte sich die Erde auftun können, er hätte nicht aufgehört zu singen, zu reden, zu feiern. Der Slogan *Unser Land, unser Leben, unsere Zukunft* kam gut an, und das beflügelte ihn ungemein. Wir traten in Fußgängerzonen auf und in großen Hallen. Wir nahmen mit, was auf dem Weg lag. Das Essen war unterirdisch. Pizza, Döner, Currywurst. Nicht, weil es nichts anderes gab, sondern weil wir damit Bürgernähe zeigten. Und Götz vertilgte das Zeug, als wäre es von einem Spitzenkoch hergestellt.

Mit jedem Tag wurde die Security größer, da wir von den Anhängern der anderen Parteien offen attackiert wurden. Sie nannten Götz einen widerwärtigen Populisten, verglichen ihn mit Trump, Erdogan und Orbán und wunderten sich, wie erfolgreich wir waren. Sie pöbelten uns an, veranstalteten Hupkonzerte und kamen mit Presslufttröten zu unseren Konzerten. Götz ließ sich davon nicht beeindrucken. Egal, wohin wir kamen, lächelte er, sang, verteilte Komplimente, regte sich auf, wenn er von einer Ungerechtigkeit erfuhr. Es gab keine Emotion in dem großen Füllhorn, auf die er nicht zurückgriff. Und das jeden Tag. Von morgens sieben in einem Supermarkt bis nachts um elf in der Kneipe um die Ecke. *Kein Wahlkampf wird auf der rationalen Ebene entschieden*, sagte er immer wieder. *Emotionen sind das, was uns zum Sieg führen wird.* Und er war emotional, was unsere Gegner irritierte, weil sie da nicht mithalten konnten.

Den größten Spaß hatten wir bei den Gesprächen mit Journalisten, die spätnachts um ihn herumschleimten, über seine Witze lachten, seine Songs grölten in der Hoffnung, einen peinlichen Moment zu erwischen. *Der muss doch irgendwann mal die Maske runterlassen,* sagten sie hinter vorgehaltener Hand. Wir zahlten astronomische Rechnungen für Essen, Bier, Wein, nur um am nächsten Morgen von denen, die sich hemmungslos bedient hatten, in die Pfanne gehauen zu werden. Sie schrieben lange Artikel und Kommentare, lästerten über unser Programm, das nicht wirklich existierte, über die politisch unkorrekten Witze und die Unmengen Alkohol. Götz lud sie trotzdem wieder ein, veranstaltete Armdrücken, das er jedes Mal gewann.

Ich fotografierte die Journalisten, wenn sie morgens um drei in die Botanik kotzten oder sich an die Bedienungen ranschmissen. Die Fotos posteten wir dann am nächsten Tag. Ich drehte Videos, wie die Journalistinnen mit ihm tanzten, zusammen mit ihm seine Lieder grölten, wie er sich von ihnen füttern ließ, wie er einen Kellner zur Rede stellte, der anzügliche Bemerkungen gemacht hatte. Das Verblüffende dabei war, wie wenig all das, was an solchen Abenden passierte, ihm schadete. Es gibt dieses Momentum, von dem niemand weiß, wie es entsteht, was es eigentlich ist und wie lange es anhält. Es war einfach seine Zeit. Und er kam bei den Leuten an. Er war ein Prolet, ein Poet, ein Mann, ein Sohn, ein Vater. Wie ein Chamäleon trug er all die Personen in sich. Die Ärmel hochgekrempelt, das Hemd zwei Knöpfe tief offen, ackerte er und schwitzte wie ein Schwein und schämte sich nicht dafür. Nach jeder Show fanden Partys in den Hotelzimmern statt. Manchmal mit bis zu zehn Personen. Hauptsächlich Frauen, die er aufforderte, von sich zu erzählen. Dann hörte er zu, wie noch nie zuvor jemand zugehört hatte, machte aus den Berichten Songs, die er nachts auf dem Klavier improvisierte. Manches Hotelzimmer musste danach renoviert werden.

Wie konnte er nur mit so wenig Schlaf auskommen? Und

immerzu gute Laune haben? Wenn wir bei einem Verein auftraten, Hundezucht, MeToo, Lesezirkel, Kleingärtner, sorgten wir im Vorfeld dafür, dass ein gestimmtes Klavier bereitstand. Und wenn es kein Klavier gab, dann eben eine Gitarre. Irgendwann, wenn er die Zuhörer aufgepeitscht hatte, schnappte er sich das Instrument und begann zu singen. Das war dann der magische Moment, von da an hatte er die Leute an der Leine.

Und dann kam der Tag, als wir völlig fertig in einer Kneipe auf den Stühlen hingen. Es war schon spät, und wir waren seit zwanzig Stunden auf den Beinen. Nur noch was essen, ein Bier und dann ab ins Bett, sagte Götz. Plötzlich brach irgendwo im Hintergrund Unruhe aus. Eine Frau schrie.

»Was ist da los?«, fragte er mich.

»Irgend so ein Kerl hat Streit mit seiner Frau.«

Wir hörten Rumpeln, jemand stürzte und schrie. Götz sprang vom Stuhl auf und lief dem Lärm entgegen. Ein Mann stand über eine Frau gebeugt. Die Frau hielt die Arme schützend über den Kopf, während der Kerl auf sie einschlug. Ich wusste, was gleich passieren würde, und wollte Götz noch zurückhalten. Aber da war es schon zu spät. Er riss den Kerl an der Schulter herum und versetzte ihm einen Faustschlag, der ihn sofort zu Boden streckte. Ich dachte sofort, das ist das Ende. Und die Schlagzeilen in den nächtlichen Onlineausgaben der Zeitungen schienen meine Angst zu bestätigen. *Kandidat der Morgenröte ein Schläger. Götz Wolf prügelt sich in einer Kneipe. Die populistische Politik der Morgenröte in Reinkultur.* Aber dann gab die Frau dem *Spiegel* ein Interview, in dem sie von ihrem Martyrium erzählte und sagte, wie dankbar sie Götz sei, weil er sich als Einziger vor sie gestellt habe. Er hatte mal wieder gewonnen.

Es war die beste Zeit meines Lebens. Auch wenn der Ärger mit Ritter noch nicht endgültig vom Tisch war. Dieser Anwalt, den ich bei Siegfried Streich kennengelernt hatte, gab einfach keine Ruhe. Er wusste aber auch noch nicht, welche Informationen wir über seinen Klienten in der Hand hielten. Und dann litt auch noch meine Beziehung zu Sophie darunter, dass ich ununterbrochen auf Tour war. Wir stritten nachts am Telefon, weil ich den Alltag bei ihr ablud. Ärger mit unserem Vermieter? Sie musste sich kümmern. Die Belege für die Steuererklärung zusammensuchen? Sophie. Ich vertröstete sie Woche um Woche, bis es schließlich so richtig krachte.

27

Ich bin nur froh, dass ihr in den Umfragen verliert, hatte Sophie am Telefon gesagt. Sie hockte die meiste Zeit zu Hause, weil aus dem Film über Richard III. nichts geworden war. Und egal, wo sie sich sonst beworben hatte, waren ausschließlich Absagen eingetrudelt. Es war keine gute Zeit für Schauspielerinnen, und das trug nicht dazu bei, die Morgenröte und meine Arbeit in einem freundlicheren Licht erscheinen zu lassen.

»Wir reden kaum noch miteinander«, fing sie an. »Versteh mich nicht falsch, ich will nicht die frustrierte Freundin abgeben, die sich vom hart arbeitenden Ernährer der Familie vernachlässigt fühlt. Aber du kümmerst dich einen Scheiß um mich! Falls du es vergessen hast, das hier kommt nicht von Pizza oder Burger, da drin ist ein Baby«, schrie sie. »Und fang nicht wieder von einem Hund an.«

Ich hatte bei einem der nächtlichen Endlostelefonate einen Hund ins Spiel gebracht. Es war keine gute Idee gewesen. Das war mir klar geworden, kaum hatte ich es ausgesprochen. Jetzt kam das Thema wieder auf den Tisch. Es ging ihr nicht darum, dass ein Hund kein Ersatz sein konnte. Es war mal wieder grundsätzlich.

»Du denkst, es ist für Tiere gut, bei einem Menschen zu leben? Nachdem die Sklavenhaltung abgeschafft worden ist, bleibt Tierhaltung ja auch die letzte Möglichkeit, sich einem anderen Lebewesen überlegen zu fühlen. So ähnlich seht ihr es doch bei der Morgenröte, oder täusche ich mich da? Man hat die totale Kontrolle, kann ihm den eigenen Willen aufzwingen, es schlagen, dressieren, füttern, bis es so fett ist, dass es kaum noch laufen kann, es zu einem Krüppel dressieren und am Ende an einer Autobahnraststätte aussetzen, wenn man es nicht mehr haben will.«

Ich verstand nicht, was ein Hund mit der Morgenröte und Sklaverei zu tun haben sollte. *Es ist irrationaler Blödsinn*, dachte ich. Vielleicht hatte es mit der Schwangerschaft zu tun. Keine Ahnung. Ich hätte einfach ruhig bleiben sollen. Aber während ich noch darüber nachdachte, wie ich sie beruhigen konnte, hatte ich es bereits gesagt.

»Kannst du mir mal erklären, was du von mir willst? Hast du eine Ahnung, wie vierundzwanzig Stunden in meinem Leben aussehen?«

»Ich weiß von dir nur das, was in der Zeitung steht, tut mir sehr leid«, sagte sie mit sarkastischem Grinsen.

»Ich habe bereits genug mit Götz, der Tour und den nächtlichen Ausflügen am Hals. Und jetzt kommst du und hältst mir einen Vortrag über Hunde und Sklaverei. Ich verstehe, wie einsam du dich fühlst, aber kannst du nicht auch verstehen, dass ich nicht drei Jobs gleichzeitig machen kann?«

Offensichtlich nicht.

Wütend verließ sie das Schlafzimmer. Ich hörte, wie sie zuerst im Wohnzimmer, dann in der Küche ihr Notebook suchte.

»Erstens ist das hier kein Job, tut mir leid, wenn du das so siehst, und zweitens geht es um etwas ganz anderes«, rief sie aus der Küche.

Mit dem aufgeklappten Notebook in den Armen kam sie zurück.

»Willst du mal sehen, was die Wolfsbrut so alles treibt?«

Sie setzte sich neben mich. Auf dem Notebook hatte sie unzählige Dateien geöffnet. Es waren Dokumente und Listen, zu denen eigentlich nur Lorenz, Manuela und ich Zugang hatten. Der genaue Ablaufplan der Kampagne. Texte, Videos, gehackte Websites, Fotos für Instagram, Statistiken, geleakte Dokumente aus dem Bundestag.

»Wo hast du das her?«

»Jemand bei euch ist nicht ganz so skrupellos, wie ihr das gerne hättet.«

»Wer ist es?«

»Das sage ich dir nicht. Sieh dir das hier mal an.«

Es war ein Chat zwischen Lorenz und Manuela, in dem er vorschlug, die Wolfsbrut nicht nur ironisch mit Fake News spielen zu lassen. Die Leute sollten mit eindeutigen Lügen bombardiert werden, damit sie noch wütender wurden.

»Die Wolfsbrut verschickt wöchentlich eine Million Nachrichten, die auf jeden User persönlich zugeschnitten sind«, sagte Sophie. »Da wird nichts mehr von einer anderen Seite betrachtet. Die Regierung ist ein Haufen korrupter Idioten, und das war's. Ziffer lässt die Wolfsbrut genau das machen, was Alex euch erzählt hat.«

Lorenz wurde in ihren Augen mehr und mehr zu dem gefährlichen Manipulator, den sie von Anfang an in ihm gesehen hatte. Für sie war er ein gefährlicher Strippenzieher, der seine Macht in der Morgenröte sukzessive ausbaute.

»Du und Götz, ihr seid die ganze Zeit unterwegs und habt Spaß, aber ihr habt keine Ahnung, was hier passiert. Manuela hat mir übrigens erzählt, wie er über Götz und dich herzieht. Dass ihr nur darauf aus seid, jeden Abend eine Show zu geben und anschließend Groupies zu vögeln.«

»Ich vögele keine Groupies. Und wenn du dabei wärst, würdest du es sehen. Es geht um etwas ganz anderes«, sagte ich. »Kann sein, Ziffer hat ein paar krude Ideen. Aber das trifft nicht auf Götz zu. Der Mann ist absolut ehrlich und integer. Was er will, hat nichts mit dem zu tun, was die Wolfsbrut fabriziert. Wenn du ihn erleben würdest, wie er um jeden einzelnen Fan kämpft, wie er Leuten Mut macht, sie tröstet, dann würdest du verstehen, warum ich das mache. Götz ist anders als alle Politiker, die du kennst.«

Sie sah mich fassungslos an.

»Du hörst dich an, als wärst du einer Sekte beigetreten.«

Sekte, natürlich. Eine andere Möglichkeit gab es nicht. Entnervt stand ich aus dem Bett auf. Es war sinnlos, mit ihr darüber zu reden. Sie hatte sich ein Bild gemacht und wollte nicht, dass irgendjemand es erschütterte. Ich ging ins Bad, um zu duschen. Stand eine Weile unter der Regenbrause. Drehte das warme Wasser ab, bis es eiskalt war. Ich musste einen klaren Kopf kriegen. Nicht mehr nur vom Stress gehetzt reagieren, sondern mit Abstand alles betrachten, was um mich herum passierte. Es stimmte. Ich bekam nichts mehr von dem mit, was Lorenz trieb. Ab und zu las ich Mails, in denen er Götz bat, jemand Wichtiges anzurufen, einen Politiker zu treffen, der bereit war, zu uns überzuwechseln, auf irgendeinen Artikel in einer Zeitung zu reagieren. In letzter Zeit nahmen die Angriffe zu. In Zeitungen und Talkshows schlugen sie auf uns ein. Eine Frau hatte Götz wegen sexueller Belästigung angezeigt. Die Presse machte ein Riesentheater. Und dann stellte sich heraus, dass Götz an dem fraglichen Tag den ganzen Tag Interviews gegeben hatte. Als ich mich abgetrocknet hatte und das Badezimmer verließ, stand Sophie in der Küche und starrte aus dem Fenster. Sie hatte sich beruhigt. Ich auch. Ich umarmte sie.

»Ich schwöre dir, es ist nicht so, wie du denkst.«

Sie löste sich aus der Umarmung.

»Ihr müsst Ziffer loswerden. Wenn die Morgenröte die Wahl gewinnt, wird er ein paar Monate warten, und dann wird er Götz abservieren. Und dich auch.«

Wir holten Pizza und setzten uns vor den Fernseher, schauten einen Film, sprachen über das Kinderzimmer und darüber, was wir noch alles besorgen mussten. Wir schliefen sogar anschließend miteinander. Aber es war nicht wie sonst. Ein feiner

Haarriss, der sich nicht mehr kitten ließ. Und langsam größer wurde.

Am nächsten Morgen fuhr ich wieder los.

28

Obwohl wir wie die Blöden ackerten, verloren wir in den Umfragen Woche für Woche an Zustimmung. Niemand wusste, woran es lag. Ziffer und Götz schrien sich am Telefon an. Amalia schickte Mails, in denen sie mit ihrem Rückzug drohte, wenn die beiden so weitermachen würden. Ich war nervös, las unentwegt die Analysen der politischen Beobachter.

Achtzig Kilometer bis Hanau, zeigte Google Maps an. Eine Kleinstadt östlich von Frankfurt. Das Konzert im Congress Park war wie alle Veranstaltungen auf der Tour seit Wochen ausverkauft. Zwölfhundert Gäste passten in den Raum. Der Veranstalter sagte, er hätte fünfmal so viele Karten verkaufen können. Allerdings warnte er uns, dass es unter Umständen Ärger geben könnte. Als wir noch ungefähr zweihundert Meter von der Halle entfernt waren, hielt der Bus an. Eine gewaltige Menschenmenge hatte sich versammelt. Es waren die, die keine Karten mehr bekommen hatten. Toni, unser Busfahrer, zwei Meter groß und ehemaliger Ringer, sah zu Susan hin, die schaute zu uns. Götz erhob sich und ging zur vorderen Tür.

»Wie schätzt du die ein?«, fragte er Toni.

Toni war ein erfahrener *Kutscher*, wie er sich selbst nannte. Er kannte sich mit wütenden und betrunkenen Fans aus. Und er war durchaus in der Lage, eine Gruppe von Randalierern in die Schranken zu weisen.

»Die wollen's wissen.«

»Denke ich auch.«

Viele von denen, die vor den Türen standen, trugen Klamotten mit dem Wolfskopf, ein paar hielten Schilder mit den Slogans, die die Wolfsbrut ins Netz gestellt hatte. *Unser Land, unser Leben, unsere Zukunft. Sperrt sie ein. Ich bin stolz, Deut-*

scher zu sein. Lasst die Liebe regieren. Kapitalismus tötet. Ich bin ein Wolf. Es war eine bunte Versammlung des Wahnsinns. Und sie trugen offen ihre Wut vor sich her.

»Soll ich weiterfahren?«, fragte Toni.

Götz überlegte. Er sah zu mir hin. Ich war unsicher.

»Weißt du was«, sagte Götz grinsend zu Toni, »wenn die es wissen wollen, dann erkläre ich es ihnen. Fahr weiter.«

Toni fuhr langsam auf die Gruppe zu. Es waren bestimmt hundert Menschen, die nun anfingen, gegen den Bus zu schlagen. Als Toni anhielt, bildete sich ein Kokon um uns herum. Götz gab Toni ein Zeichen, woraufhin der die Tür öffnete. Dann streckte Götz den Kopf heraus.

»Okay, Leute. Wer hat hier was zu sagen?«

Die Leute brüllten durcheinander. *Niemand. Wir wollen rein. Dreißig Euro für eine Karte. Fick dich, Wolf.* Nach einer Weile drängte sich ein Mann vor. Kleiner als Götz, muskelbepackt, Glatze mit Tattoo. Er baute sich direkt vor ihm auf. Es sah aus, als würde es gleich gewaltigen Ärger geben. Ich hielt mit der Kamera auf die Szene.

Götz musterte die Glatze.

»Wie heißt du, Großer?«

»Sven.«

»Hör zu, Sven. Du warst beim Bund, oder?«

»Panzergrenadier.«

»Wo?«

»Versorgungsbataillon 141.«

»Neustadt?«

»Genau.«

»Wie heißt euer Bergepanzer, Büffel?«

»Büffel. 1.500 PS, 55 Tonnen, 30 Tonnen Hubkraft, Fahrgestell wie der Leo 2, 70 km/h, 470 km Reichweite.«

Wir sahen, wie stolz Sven auf seine Zeit bei den Panzergrenadieren war. Allerdings beunruhigte mich das Keltenkreuz an seinem Hals.

»Okay. Ich hab keine Chance gegen euch«, sagte Götz, »und das weißt du. Ich mach dir einen Vorschlag. Wir machen Armdrücken. Ich halte dagegen, dreißig, vierzig Sekunden, dann machst du mich fertig. Aber nicht so fest, wie du könntest. Ich muss noch arbeiten. Du kannst dann erzählen, du hast Götz Wolf besiegt. Anschließend sagst du den Leuten, dass sie mit der Scheiße aufhören sollen. Ich geb nach dem Konzert noch ein exklusives Konzert für euch. Okay?«

»Und wenn nicht?«

»Hast du Kinder?«

»Zwei Mädchen.«

»Wie alt?«

»Vierzehn und sechzehn.«

»Sind die auch hier?«

»Die sind Fans von dir.«

»Okay. Wenn das hier eskaliert, kannst du deinen Mädchen erzählen, wie du Götz Wolf fertiggemacht hast. Mal sehen, ob sie stolz auf dich sind.«

Die Glatze überlegte einen Moment, dann reichte er Götz die Hand. Er stieg in den Bus ein, Götz und er nahmen an dem Tisch in der Mitte Platz. Arme wurden aufgestellt, Hände gepackt. Dann ging es los. Sven war offensichtlich überrascht, wie gut Götz mithalten konnte. Nach einer Minute gab Götz nach. Die Menge johlte. Wir spielten bis morgens um fünf.

Von Hanau aus ging es in Richtung Norden. Gießen, Kassel, Göttingen, Hannover, Hamburg. In Kiel, ausgerechnet im kühlen Norden, forderte er in der Wunderino-Arena die Leute auf, den Menschen, der links von ihnen steht, anzusehen. Ihm die Hand zu reichen. Er sang den alten Beatles-Titel *I Want To Hold Your Hand* wie einen langsamen Blues. *And when I touch you,*

I feel happy inside. It's such a feeling I can't hide. Dann sollten die Leute sich umarmen. Wer einen Partner hatte, sollte diesen küssen. Wer keinen Partner hatte, sollte den, der auch keinen Partner hatte, küssen. Ich hätte nie gedacht, dass sie das machen würden. Niemals. Aber er feuerte das Publikum so lange an, bis sie es taten. Und dann, in die erotisierte Stimmung hinein, begann er, über Politik zu reden.

»Geht es euch gut?«, fragte er das Publikum.

»Ja!«, schallte es ihm aus fast fünfzehntausend Kehlen entgegen.

Götz nahm das Mikrofon aus der Halterung und setzte sich an den Rand der Bühne. Eine Geste, die er auf Hunderten von Bühnen gelernt hatte. *Wenn du Kontakt zum Publikum willst, musst du ihm die Hand reichen.*

»Haltet euch aneinander fest, denn jetzt werde ich euch etwas erzählen, was ihr bestimmt nicht hören wollt. Es wird nicht wieder gut.«

Ich sah ins Publikum. Keine Zwischenrufe mehr. Alle schienen an seinen Lippen zu hängen. Obwohl oder weil sie nicht wussten, wohin er sie führen wollte. Ich selbst ja auch nicht.

»Wenn ihr euch umschaut, seht ihr es. Die Jobs gehen verloren. Überall. Siemens, VW, Mercedes, die Banken, Thyssen-Krupp. Und das Schlimme ist, die Jobs, die nach China, nach Indien, nach Osteuropa verloren gehen, kommen nicht mehr zurück. Ihr wisst es. Und ich sage euch, auch wenn ihr mich verprügeln wollt, wenn wir jetzt nicht das Ruder herumreißen, marschieren wir direkt in die Katastrophe.«

Er stand wieder auf, marschierte am Bühnenrand auf und ab und zog dabei das Kabel des Mikros hinter sich her wie eine Peitsche.

»Das ist die schlechte Nachricht. Die gute lautet: Noch ist Zeit. Wir müssen nicht untergehen. Aber wir müssen uns ändern. Wir alle. Wir müssen hart arbeiten, wir müssen lernen, wir müssen büffeln, wir müssen schneller sein, damit die Macht wieder mit uns ist. Unserem Land, unserem Leben, unserer Zukunft.«

Die Macht ist mit uns. Ich musste grinsen. *Star Wars* und die Jedi hatte er bisher noch nie bemüht, aber er bediente sich ja bei seinen Konzerten schon lange hemmungslos bei allem, was die Popkultur hergab. Zitierte Filme, Songs, Gedichte und sagte seinem Publikum: *Ich bin einer von euch, ich bin bei euch. Ich bin der Junge von nebenan, wenn nebenan ein Rummelplatz ist.*

»Vielleicht denkt ihr, das ist ungerecht. Ja, das ist es. Und die Botschaft, die ich für euch habe, ist erschreckend und schön zugleich. Es gibt jemanden, der etwas für euch tun kann, der euch retten kann. Das bin ich. Ich bin euer Bruder, euer Freund, euer Obi-Wan Kenobi. Aber ich kann es nicht alleine machen. Ihr müsst mitmachen. Der Maurer, die Busfahrerin, der Arbeiter am Band, die Sekretärin, der Handwerker, die Kellnerin, der Gastwirt, die Künstlerin, der Lehrer, die Krankenschwester. Euer Mut, eure Kraft, euer Talent, das ist das Pfund, mit dem ihr wuchern könnt.«

Wieder eine Pause. Luft holen, Konzentration, Spannung aufbauen, bevor es zum Finale geht. Ich konnte sehen, wie er die Atmosphäre aufnahm, mehr mit dem Herzen als mit dem Verstand. Das Publikum wartete auf die nächsten Erklärungen. Und dann, mitten hinein in die angespannte Ruhe, begann er mit dem Schlusssong. Eine eingängige Melodie über treibendem Motown-Beat. Es wurde getanzt wie verrückt, das Gefühl der Macht, der eigenen Stärke wurde beim Tanzen größer und größer.

Als der letzte Ton und irgendwann auch der tosende Applaus verklungen waren, kam die Flammenrede, zu der er jeden Abend ausholte.

»Ihr seid gut, ihr seid stark, ihr seid diszipliniert, ihr müsst es nur noch glauben. Ihr habt gesehen, wie weit unsere Nationalmannschaft gekommen ist. Ein Haufen Kicker, dem keiner irgendwas zugetraut hat. Und dann sind sie Weltmeister geworden. Könnt ihr euch noch an Schweini erinnern? Wie er blutend zurück aufs Spielfeld will, bereit, für den Sieg zu sterben? Wenn wir bereit sind, uns am Riemen zu reißen, wenn wir uns auf das besinnen, was uns ausmacht – Fleiß, Ordnung, Pünktlichkeit und Verlässlichkeit –, dann haben wir eine Chance. Ich weiß es. Und ich werde alles tun, damit ihr die Chance dazu habt. Also hören wir auf zu jammern, und fangen wir an. Jetzt. Hier. Wir alle.«

Stille. War er übers Ziel hinausgeschossen? Hatte er es überreizt? Ich stand am Bühnenrand und hielt die Luft an. Es war jeden Abend ein Ritt auf der Klinge. Würden sie ihn ausbuhen, weil er zu viel von ihnen verlangte? Würden sie verwirrt und murrend das Konzert verlassen, wie es in Kassel geschehen war? Da war es ihm nicht gelungen, das Publikum in seinen Bann zu ziehen. Ich sah zu ihm hin. Er schien meinen Blick zu spüren, wandte mir den Kopf zu. Er war selbst nicht sicher, wie es ausgehen sollte. *Warum sind die so still?*, fragte mich sein Blick. *Weil wir im Norden sind, Götz.* Und dann wusste ich, was noch fehlte. Etwas, woran sie sich festhalten konnten, das sie vereinte. Mit den Lippen formte ich das Wort *Wölfe.* Götz verstand es sofort. Er nickte mir zu, grinste. Dann wandte er sich wieder dem Publikum zu.

»Wir sind frei, wir sind eine große Familie. Wir haben ein Revier, und das verteidigen wir. Wir sind Wölfe.«

Das war es. Das war das Signal, auf das sie gewartet hatten. Irgendwo applaudierte jemand, zögerlich, dann zwei, drei. Eine Frau rief: *Wir sind Wölfe.* Es wurde zu einem Echo, das aus allen Ecken und Enden zurückgeworfen wurde. *Wir sind Wölfe.*

Und dann brach ein Sturm los. Die Leute drehten durch, als hätte er sie mit Wahnsinn geimpft. Sie rissen die Stühle aus den Verankerungen, stürmten die Getränkestände und verteilten Bier und Cola. Andere lagen sich in den Armen, küssten sich. Direkt vor der Bühne vögelte ein Pärchen, während Dutzende Handykameras auf sie gerichtet waren. Andere machten es ihnen nach. Und Götz stand still am Bühnenrand wie ein Regisseur, der sich über das Spektakel freute, zu dem er aufgerufen hatte.

»Wir werden siegen, Georgie«, sagte er. »Ich werde siegen.«

29

Es war gegen sechs Uhr morgens, als das Telefon mich in irgendeinem Hotelzimmer in irgendeiner Stadt weckte.

»Er hat mich getreten«, sagte Sophie.

»Was? Wer?«

»Wenn du hier wärst, wüsstest du es«, sagte sie und legte auf.

Als ich sie zurückrief, ging sie nicht ans Telefon. Ich versuchte, Manuela zu erreichen. Mailbox. Ich weckte Götz und erzählte ihm von dem Anruf.

»Ich muss nach Hause. Ich bin morgen wieder da.«

»Okay, wir kommen zwei Tage ohne dich klar«, sagte er. »Aber dann stehst du wieder auf der Matte, verstanden? Und ruf an, wenn du was Neues weißt.«

Ich holte mir einen Wagen von Sixt und raste los. Im Abstand von dreißig Minuten versuchte ich, Sophie zu erreichen, tippte auf Wahlwiederholung und wartete, hörte das fünfmalige Klingeln und dann den Start der Mailbox. *Bitte hinterlassen Sie eine Nachricht für 0151 … Sophie, verdammt noch mal, was ist los?* Keine Antwort. Nach unserem letzten Streit hatten wir nicht mehr telefoniert. Ich war sauer gewesen, weil sie nicht verstehen wollte, wie wir auf der Tour etwas Großes in Gang brachten. Wenn sie in Kiel dabei gewesen wäre, hätte sie es verstanden. *Sophie, ich versuche seit zwei Stunden, dich zu erreichen, geh ran.* Nichts. Sie ging nicht ran. Die beiden Häkchen auf WhatsApp zeigten mir, dass meine Nachrichten ankamen. Warum antwortete sie nicht? Verdammte Scheiße!

Berlin 180 Kilometer. Auf der Gegenseite staute sich der Verkehr seit zehn Kilometern. Ich betete. Nicht auch auf meiner Seite. *Er hat mich getreten.* Der Satz machte mich schier wahnsinnig. Wer hatte sie getreten? Jemand auf der Straße? Irgend so ein bescheuerter Hundehalter? Ziffer? Nein, unmöglich. Oder? *Er rastet immer häufiger aus*, hatte Manuela gesagt. *Er brüllt die Wolfsbrut an, nimmt sich manchmal gezielt einen von ihnen vor, meistens den dicken Danny, und faltet ihn zusammen.* Es wurde mehr und mehr klar, Lorenz wollte nicht geliebt werden, er wollte gefürchtet werden. Ich hatte es ja selbst erlebt, wie er Leute brutal abkanzeln konnte, wenn sie nicht das brachten, was er erwartete. Am nächsten Tag war er dann allerdings wieder die Freundlichkeit in Person, kam mit Champagner und Sushi und tat so, als hätte es den Wutausbruch nie gegeben.

Ich drückte wieder auf Wahlwiederholung. *Bitte hinterlassen Sie eine Nachricht für 0151 …* Wieso geht niemand je ans Telefon, wenn es dringend ist?

Ich musste mich beruhigen. Wenn etwas passiert war, würde ich es sofort erfahren. Ganz bestimmt. *Es ist nichts passiert*, sagte ich zu mir selbst.

Als ich in Dresden ankam, waren die Straßen verstopft. Zehntausende, die ihre Jobs verloren hatten, zogen durch die Innenstadt. Viele von ihnen trugen Klamotten mit einem Wolfskopf. Wann war das denn aufgekommen?, fragte ich mich. In der Nähe des Bahnhofs lieferten sich Frauen eine Schlacht mit schwer bewaffneten Einsatzkräften der Polizei. Permanent musste ich an Kreuzungen warten, weil Krankenwagen vorbeirasten. Es dauerte eine weitere halbe Stunde, bis ich endlich zu Hause ankam.

Sophie stand in einem beigen Overall vor mir. Die Haare hochgesteckt, die Brille an einem Bändchen um den Hals. Ein Drehbuch in der Hand.

»Was ist passiert?«, fragte ich sie.

Kaum hatte ich die Frage ausgesprochen, veränderte sich ihr Gesichtsausdruck. Ihr Körper kontrahierte, sie hielt die Hand vor den Mund und stürzte ins Badezimmer. Unterwegs rutschten Bröckchen durch ihre Hand und fielen zu Boden. *Was für eine Begrüßung,* dachte ich. Ich ging ihr hinterher, fand sie über der Kloschüssel, den Rücken wie eine Katze gebeugt. Strich ihr über den Kopf.

»Handtuch«, befahl sie zwischen zweimal Würgen.

Ich nahm das Handtuch, hielt es unter kaltes Wasser und reichte es ihr.

Eine Viertelstunde später, als sie sich beruhigt hatte, noch etwas benommen bei Tee in der Küche saß, erinnerte ich mich wieder, warum ich überhaupt hier war.

»Was ist denn passiert, verdammt noch mal?«, fragte ich.

Meine Frage schien sie zu verwundern.

»Ich bin schwanger, Georg, falls du es vergessen hast. Seit zwei Wochen ist mir jeden Morgen und jeden Nachmittag kotzübel. Deswegen stehen hier überall Eimer.«

»Das meine ich nicht. Ich versuche seit sechs Stunden, dich zu erreichen.«

»Ich hab mein Handy irgendwo hingelegt, und jetzt finde ich es nicht mehr.«

»Na großartig. Ich bin wie ein Geisteskranker hierhergerast.«

»Warum?«

»Weil du mich angerufen und gesagt hast, irgendjemand hat dich getreten, und dann hast du aufgelegt.«

»Ich hab nicht aufgelegt, der Akku war leer.«

»Was war denn? Wer hat dich getreten?«

Sie sah mich mit großen Augen an, dann lachte sie und umarmte mich.

»Deswegen bist du gekommen? Wie süß!«

Nun verstand ich gar nichts mehr.

»Er hat mich getreten«, sagte sie. Mit einem Lächeln nahm sie meine rechte Hand und legte sie auf ihren Bauch. »Heute

Morgen. Ich hab am Computer gesessen, und auf einmal spüre ich, hier drin bewegt sich was.«

Tatsächlich konnte ich jetzt auch fühlen, wie ein kleiner Fuß – oder war es eine Hand? – von innen eine Beule in Sophies Bauch schob. Das Baby machte sich bemerkbar. Als wollte es mich begrüßen. Mein Baby. Ich fing an zu heulen. Vor Glück oder weil die Anspannung von mir abfiel oder beides. Umarmte Sophie und küsste sie, als wäre sie von den Toten auferstanden. Ich erzählte, was für Sorgen ich mir gemacht hatte. Sie fand das in Ordnung, weil ich mich seit Wochen nicht um sie gekümmert hatte.

»Aber wenn du schon mal hier bist. Schau dir mal das hier an.«

Sie öffnete auf ihrem Notebook die Website der Morgenröte, klickte weiter auf den Shop, auf dem bis jetzt noch nicht viel los gewesen war. Jetzt schien er allerdings zum Leben erwacht zu sein. *Der Wolf* stand da als Überschrift. Darunter waren Hoodies, Jacken, Hosen, T-Shirts, Blusen, Hemden abgebildet. Alles in Weiß. Und überall war ein Wolfskopf aufgedruckt. Mal klein und dezent, dann wieder groß, als sollte er dem Kunden entgegenspringen. Ich war überrascht, den Shop komplett neu aufgestellt zu sehen. Und er sah auch noch cool aus.

»Seit wann ist der Shop neu?«, fragte ich Sophie.

»Der ist noch nicht online. Das ist die Betaversion.«

»Aber wer hat das Zeug entworfen?«

»Ich glaube, Zalando. Bin aber nicht sicher.«

Sie scrollte durch die Seite. Es gab Mützen, Taschen, Regenschirme, Schuhe. Eine komplette Wolfs-Kollektion unter der Marke *Wolfsrevier®*.

»Hör dir mal an, was Ziffer dazu schreibt.«

Sie las in einem Ton vor, der ihre ganze Verachtung für die Morgenröte und das, was wir machten, in sich trug.

»Mode sagt ganz viel darüber aus, wer wir sind, wie wir uns fühlen, zu welcher Gruppe von Leuten wir gehören wollen. Die einen laufen in Anzügen rum, die anderen in Hoodies und Jeans, die halb zerfetzt sind. Für jeden von uns hat Mode einen Zweck, das ist ein Statement.«

»Für mich nicht«, sagte ich.

»Weil du immer Jeans und Polos trägst?«

»Mir ist es egal, was ich trage.«

»Dann könntest du auch im Trainingsanzug rumlaufen?«

»Nein, könnte ich nicht. Ich bin ja kein Zuhälter.«

»Siehst du. Je härter Leute drauf sind, umso deutlicher zeigen sie das auch. Die Antifa in Schwarz mit Lederjacke und Doc Martens, Nazis, Ku-Klux-Klan, der IS. Sie sind stolz, und sie zeigen, dass sie eine Gemeinschaft sind. Und genau darüber will ich mit ein paar Leuten einen Film machen.«

Sie hielt mir das Drehbuch hin, das ich schon vor einer halben Stunde gesehen hatte.

»Was für ein Film?«

»Wir wollen zeigen, was hier abgeht.«

»Und wer ist *wir?*«

»Ein paar Leute.«

»Was für Leute?«

»Georg, verstehst du nicht, was Ziffer macht? Er bringt Mode raus, damit alle, die sich mit Götz identifizieren, es auch zeigen können. Stell dir nur mal vor, immer mehr Leute laufen in den Klamotten rum, sie erkennen einander, und irgendwann werden all diejenigen, die noch nicht bei der Morgenröte sind, auch solche Klamotten haben wollen.«

Ich wunderte mich, wie begeistert sie klang. War sie auf einmal doch wieder auf unserer Seite?

»Und du findest das gut?«, fragte ich.

»Bist du irre? Es ist zum Kotzen. So was hat außer den Nazis noch keine Partei gemacht. Den meisten Leuten ist egal, wofür ihr steht. Aber wenn sie auf Demonstrationen losziehen, wollen sie geil aussehen. Wenn du nicht völlig vernagelt bist, willst du dazugehören. Und kannst du dir vorstellen, was daraus wird? Kannst du dich an die Filme erinnern, wie sie mit Fackeln und ihren braunen Hemden und überall das Hakenkreuz durch die Straßen ziehen? Das ist es, was Ziffer will«, sagte sie. »Und genau darum wird es in dem Film gehen.«

Sie war außer sich, geradezu aufgebracht und empört. Stand vor mir, die Hände auf den Babybauch gelegt, als müsste sie unser Kind vor mir beschützen. Ihr Blick bohrte sich in mich. *Sag was dazu!* Ich scrollte durch die Seite. Sie war perfekt gemacht, pur und mit coolem Understatement. Die Models aus allen Altersschichten. Keine Schönheiten, keine Hungerhaken, Leute aus der Nachbarschaft.

»Wann geht die online?«, fragte ich.

»Ich weiß es nicht, aber ich hoffe, nie.«

Ich war unsicher, überrascht, weil ich nichts davon wusste. Götz hatte auch nichts darüber gesagt.

»Weiß dein Freund Götz eigentlich davon?«, fragte Sophie prompt, als könnte sie meine Gedanken lesen.

»Falls ja, hat er mir nichts davon verraten.«

Ich stand auf und ging auf den Balkon. Schaute auf die Elbe. Die Lastkähne und Ausflugsschiffe drängten sich vor der Augustusbrücke. Wahrscheinlich hing mal wieder ein Segler an der Brücke fest. Sophies Empörung beunruhigte mich. Waren die Klamotten wirklich so eine Bedrohung, wie sie meinte? War es nicht einfach nur eine fantastische Idee?

»Es greift eins ins andere«, sagte sie. »Der Dreck, den die Wolfsbrut postet, die Konzerte und die Reden, die Götz hält, und jetzt die Kollektion. Und du merkst es nicht. Oder du willst es nicht merken.«

Ich rief Götz an, erwischte ihn in einem unpassenden Moment, weil er die Frau vom Vortag gefunden hatte. Sie saßen bei irgendeinem Italiener, und Götz ließ Champagner auffahren. Es war laut im Hintergrund.

»Götz, Sophie hat mir gerade den neuen Shop gezeigt. Weißt du davon? Weißt du, was da jetzt drauf ist?«

»Ja.«

»Und?«

»Was *und*?«

»Wie findest du das?«

»Gute Idee.«

»Wieso hast du mir nichts davon gesagt?«, fragte ich ihn.

»Weil daraus nichts wird.«

»Was heißt das?«

»Erklär ich dir, wenn du zurück bist. Amalia schreibt eine Presseerklärung. Mit Sophie alles in Ordnung?«

»Ja«, sagte ich.

Ich war verwirrt. Irgendwas lief hier, von dem ich keine Ahnung hatte.

»Und noch was, Götz …«

Da hatte er schon aufgelegt.

Sophie sah mich prüfend an.

»Und was sagt der große Meister?«

»Er weiß davon. Aber er sagt, es wird nichts daraus.«

»Wie? Es wird nichts daraus? Was soll das heißen?«

»Das, was ich dir gesagt habe.«

Ich ärgerte mich, weil so etwas Wichtiges an mir vorbeilief. War ich doch nicht so wichtig, wie ich dachte und wie er immer sagte? Mir war schon bewusst, dass im Wolfsbau und vor allem in der vierten Etage, in der Ziffers Büro lag, ein gewaltiger Apparat rotierte, von dem ich mehr oder weniger keine Ahnung hatte. Manuela hatte von Dutzenden Leuten erzählt, die neu eingestellt worden waren. Profis in Sachen Human Resources, Organisation, Finanzen, Controlling, Investor Relations, Presse, Merchandise, Marketing. Ich hatte gestaunt, mich aber nicht weiter damit befasst. Das war ein Fehler, wie ich jetzt merkte.

»Wie weit seid ihr denn mit eurem Film?«, fragte ich Sophie.

»Wir brauchen noch Geld. Wie wäre es, wenn du privat zehntausend beisteuerst? Gewissermaßen als Buße.«

30

Dr. Kehl hatte Nellie zur weiteren Behandlung ins Bundeswehrkrankenhaus geschickt. Sie kannte dort einen Dr. Ziegler. *Er ist ein Spezialist*, hatte sie mit einem bedeutungsvollen Grinsen verkündet. Nellie war nach Mitte in die Scharnhorststraße gefahren und wartete nun seit einer Stunde in einem Flur vor der gynäkologischen Abteilung. Neben ihr saßen und standen Frauen jeden Alters. Obwohl sie alle ein ernstes Anliegen hatten, tuschelten einige miteinander, hielten sich ihre Handys entgegen und kicherten geheimnisvoll. Als Dr. Ziegler erschien, sie begrüßte, sich vorstellte und sie in das Behandlungszimmer führte, verstand Nellie, warum gekichert wurde und was ihre Ärztin unter *Spezialist* verstand. Wie alle in der Abteilung trug Dr. Ziegler Weiß. Weiße Hose, weiße Schuhe, weißes Hemd. Auf den Schultern das Rangabzeichen. Ziegler war ein Flottenarzt im Rang eines Leutnants.

»Nehmen Sie Platz«, sagte er.

Nellie sah sich um. Waren hier Kameras versteckt? Irgendwo mussten die doch zu sehen sein. Der Mann war nie und nimmer ein Arzt. So wenig, wie Dr. Doug Ross aus *Emergency Room* ein echter Arzt war, sondern eigentlich George Clooney hieß. Ziegler sah so unverschämt gut aus, dass Nellie sich fragte, warum er nicht als Model arbeitete und Millionär wurde oder als Schauspieler den weiblichen Teil der globalen Bevölkerung in Entzücken versetzte.

»Wie geht es Ihnen?«

»Okay.«

»Haben Sie Angst?«

»Dauernd.«

Er lachte und zeigte zwei Reihen strahlend weißer Zähne. »Ich meine vor dem Eingriff.«

»Wie würden Sie sich fühlen, wenn Sie erfahren, Sie haben Brustkrebs, und Ihre Brüste müssen amputiert werden?«

»Ich würde mich besser fühlen, als wenn mir jemand sagen würde, man müsste mir das Gehirn amputieren.«

Seltsamer Humor, dachte Nellie.

»Denn das brauchen Sie noch. Sie sind Journalistin, richtig?«

Woher wusste er das denn?

»Ob Sie es glauben oder nicht, ich habe die *NZ* abonniert.«

»Ach, Sie sind das. Wir haben uns schon gefragt, wer so verrückt ist.«

»Würden Sie sich bitte oben herum frei machen?«

Nellie zog die Jacke aus, T-Shirt, BH.

»Ich glaube, ich habe fast jeden Artikel gelesen, den Sie geschrieben haben.«

»Danke.«

»Mir gefällt, wie Sie gleich zur Sache kommen. Sehr direkt, sehr persönlich. Was Sie da über Götz Wolf und die Morgenröte schreiben … Glauben Sie wirklich, dass die so gefährlich sind?«

»Wer weiß. Momentan tun sie noch so, als wollten sie Deutschland von korrupten Politikern befreien, aber so was hat schon mal jemand gesagt.«

»Sie erhalten jetzt eine örtliche Betäubung in dic …«

Er schaute in den Krankenbericht.

»Rechts«, sagte Nellie.

»Genau. Ich werde eine Hohlnadel als Führungskanüle bis zu dem verdächtigen Bereich einführen. Über Ultraschall kann ich dann genau sehen, wo der Knoten sitzt. Danach wird die Biopsienadel ins Gewebe eingeführt und Gewebe ausgestanzt. Wollen Sie es sich da drüben bequem machen?«

Er deutete zu einer mit weißem Papier bedeckten Liege, Nellie tat wie geheißen. Sie sah sich um. An der Decke hing ein Poster, auf dem Hunde gezeichnet waren. *Hundred Dogs and a Cat* stand da als Überschrift. Sollte das Poster die Patientin ablenken? Sie beobachtete, wie Ziegler Handschuhe überstreifte, eine lange Nadel aus einer Schublade nahm, die Plastikverpackung entfernte. Inzwischen war sie nicht mehr so sehr von Zieglers Attraktivität verunsichert, sondern eher von der Spritze, mit der er sich ihr näherte.

»Ist nur ein kleiner Piks«, sagte er.

Sie erhielt eine Lokalanästhesie, und dann tat es tatsächlich nur ein bisschen weh. Und ihm ins Gesicht zu sehen, sein Lächeln, das so nahbar wirkte, die grünen Augen, die tief in sie hineinschauten, tröstete sie über den kleinen Schmerz hinweg.

»Haben Sie ihn mal kennengelernt?«

»Wen?«

»Götz Wolf.«

»Oh ja.«

»Das klingt nicht begeistert.«

»Ich halte ihn für einen gefährlichen Mann.«

»Ja? Wieso?«

»Er ist ein monomanischer Narziss.«

»Das ist ja nichts Besonderes bei uns Männern.«

»Bei ihm ist es speziell. Ich war auf zwei seiner Konzerte. Es ist, als würde er sich in die Hirne seiner Fans bohren und sich dann wie ein Maulwurf durch das Gewebe fressen.«

»Ich war noch nie auf einem seiner Konzerte, habe aber im Fernsehen eine Show von ihm gesehen.«

Nellie wusste nicht, ob Ziegler sich wirklich für Götz Wolf interessierte oder nur Small Talk betrieb, um sie abzulenken und zu entspannen.

»Wir wundern uns und verstehen nicht, was da gerade passiert«, sagte sie. »Die Leute, die Götz Wolf anspricht, fühlen sich vom System ausgebeutet, benutzt und verachtet.«

»Ist ja auch so. In all seiner Direktheit und manchmal auch

Primitivität ist dieser Götz Wolf so was wie der Mentor der einfachen Leute, der Abgehängten, meinen Sie nicht? Spüren Sie das?«

Er kniff leicht in ihre rechte Brust.

»Ein bisschen.«

»Aber er ist kein hinterhältiger Clown, wie ihn die Presse darstellt«, sagte Ziegler. »Die meisten Journalisten übersehen etwas. Weil Götz Wolf die Spielregeln missachtet, zeigt er seinen Fans, dass er das System nicht fürchtet. Sie, Nellie Freitag, übersehen das natürlich nicht, weil Sie eine kluge Person sind.«

Flirtete er mit ihr? Jetzt? Während sie oben ohne vor ihm lag? Er trug keinen Ehering. An beiden Ringfingern fehlten auch die Spuren, die auf einen Ring, den er eventuell in der Hosentasche trug, hinweisen konnten. Konnte es also wahr sein, dass sie, nachdem sie acht Jahre lang mehr oder weniger Single gewesen war, ausgerechnet hier an einen Mann geraten war, der ihr zuhörte und zu dem sie sich hingezogen fühlte wie ein Teenager vor dem ersten Kuss ihres Lebens? Vermutlich war die Sache aber deutlich weniger romantisch. Er war ein freundlicher, empathiebegabter Arzt, und sie flüchtete sich im Angesicht von Krankheit und Tod in erotische Fantasien.

»Wollen wir?«, fragte Ziegler.

»Hier?«

»Wo sonst?«

Er meint die Biopsie, sagte sie zu sich, *die BIOPSIE!*

»Ja, natürlich.«

Sie schloss die Augen, und während sie einen leichten Druck in der rechten Brust spürte, stellte sie sich vor, der Druck käme nicht von der Biopsienadel, sondern von seinen Händen und seinem Mund. Ein kurzes Klacken, als die Nadel ins Gewebe geschossen wurde, und kurz darauf war der Eingriff auch schon wieder vorbei. Nellie zog sich wieder an, während Dr. Ziegler das Präparat fürs Labor vorbereitete.

Er erkundigte sich, ob es ihr gut gehe, ob sie sich noch einen Moment im Wartezimmer hinsetzen wolle, ob sie abgeholt werden würde, von ihrem Mann oder ihrem Freund, ob sie mit dem Wagen da sei. Er war sichtlich besorgt um sie. Und erst recht fasziniert, als sie ihm von ihrer BMW berichtete. Er selbst fuhr eine Triumph. Leider hatte irgendjemand in den letzten Tagen zweimal die Hinterreifen ihrer BMW platt gestochen. Sie hatte das Gefühl, dass sie verfolgt wurde, seit sie über Wolf, Ziffer und von Bülow schrieb, aber das behielt sie für sich. Ziegler bat sie, vorsichtig zu sein. Sie verabredeten, irgendwann mal eine Tour zusammen zu machen. Raus nach Brandenburg an einen See. Nellie wankte ein wenig, als sie das Bundeswehrkrankenhaus verließ. Ein Leutnant zur See.

31

Es war Nacht. Eine Straße irgendwo in einer Großstadt. Nicht in Deutschland. Eher im Süden. Sie kam ihm entgegen. Eine Raubkatze auf dem Sprung. Fließende Bewegungen, gespannte Muskeln, die Zähne im Hals des Opfers. Nur ein Ziel. Töten. Im übertragenen Sinne natürlich. Götz kroch in ihre Haut, verschmolz mit ihr. Seine Augen weit aufgerissen, als er kam. Sie hatte gelacht. Blut und der Abspann liefen. Und dann war es wie ein Schlag, als das Licht anging. So hell, dass es ihn grauste.

Götz fuhr aus dem Bett hoch, die Arme ausgebreitet auf der Suche nach Halt, im Blick ein seltsames Entsetzen. *Wo bin ich? Was ist passiert?* Das Adrenalin feuerte das Zentralnervensystem an. *Da ist nichts. Beruhige dich. Es war nur ein Traum.* Einer von vielen, die ihn seit einigen Wochen heimsuchten. Langsam ordnete sein Verstand die Verwirrung. Das Bett neben ihm war leer. Er ließ sich zurück in das Kissen fallen, legte die Hände aufs Gesicht. Er musste aufhören. Das Koks hielt ihn zwar auf den Beinen, aber es fraß sein Gehirn. Eine unbekannte Angst verfolgte ihn von einem Traum in den nächsten und wucherte dort weiter. Sie kam aus einer Region tief in seinem Bauch, die er gut kannte und nur selten ansah. Der Sex half, sie zum Verstummen zu bringen. Allerdings war die Reizschwelle in den letzten Monaten erheblich gestiegen. Er erinnerte sich. Er war mit dieser Frau beim Italiener gewesen. Vor der Tür hatten drei schwarze Ferrari aus Moskau gestanden. Die Typen vom Nachbartisch waren laut und versuchten, Lulu anzumachen. Genau, so hieß sie. Lulu. Er hatte dem Lautesten gesagt, wenn er Lulu haben wollte, müsste er um sie kämpfen. Ein Tisch wurde leer geräumt, Götz und der Laute setzten sich gegenüber, stellten die Ellbogen auf, fassten sich an den Händen, und dann ging es los. Götz hatte von Sven den Trick gelernt, wie man nahezu jeden Gegner besiegen konnte. *Wenn ihr die Hände verschränkt habt, muss deine Hand höher als die deines Gegners sein, dann hast du den besseren Hebel. Wenn du das Gefühl hast, er ist stärker, beuge dein Handgelenk nach außen, dann hat er einen schlechten Hebel. Halte das aus, bis er sich müde gedrückt hat.* Es war knapp gewesen, aber Götz hatte gewonnen. Dann hatten sie ziemlich viel getrunken. Zuerst Champagner, dann Rotwein, später Wodka. Auf dem Klo hatte er von dem Russen eine Nase geschenkt bekommen. Hartes Zeug. Weißes Kerosin. Zusammen mit dem Wodka war es eine fatale Mischung. Lulu war mit ihm ins Hotel Astor gegangen. Sie hatten miteinander geschlafen. Wobei das Wort den Vorgang zwar physiologisch korrekt, aber letztlich beschönigend beschrieb. Sie waren ihrer ungezügelten Gier gefolgt, hatten keine Rücksicht aufeinander genommen, waren übereinander hergefallen. Durch das Koks befreit von Skrupeln, hatte er sich einer Lust hingegeben, die ihm in cleanem Zustand fremd und fern war.

Dem Aussehen und Benehmen nach war sie achtzehn Jahre alt. Nicht älter. Eher jünger. Siebzehn, sechzehn. Möglich, dass sie sogar noch jünger war. Er hatte sie gefragt. *Ich bin so alt, wie du mich haben willst,* hatte sie geantwortet. Das hatte ihm gefallen.

Da sie nicht neben ihm lag, musste sie schon früh morgens heimlich gegangen sein. Das ärgerte ihn, weil er es hasste, morgens allein zu sein. Das Gefühl der Einsamkeit hatte in den letzten Wochen wie ein Schmerz in seinem Körper gewuchert. Oder hatte er sie weggeschickt? Er versuchte, sich zu erinnern, konnte aber keine entsprechende Szene zurückholen.

Die zweite Bettdecke lag auf dem Fußboden, ihr Slip obendrauf. Ihr Kleid auf dem Sessel, ein Schuh vor dem Fernseher, der zweite irgendwo. Also war sie noch da. Die Tür zum Badezimmer stand offen. Er rief ihren Namen, erhielt aber keine

Antwort. Vielleicht war sie ins Spa gegangen oder in den Pool. Er stand auf, ging auf wackligen Beinen über den weichen Teppichboden zum Fenster, kippte es und ließ frische, kühle Morgenluft herein. Da die Suite sich im fünfzehnten Stock befand, konnte niemand sehen, wenn er nackt ein paar Dehnübungen machte, ein paarmal in die Hocke ging. Er sah an sich herunter. *Du hast zugenommen. Mindestens fünf Kilo,* dachte er. Es beunruhigte ihn, dass er seinen Schwanz nicht mehr sehen konnte.

Er zog den Morgenmantel über. Ein anstrengender Tag lag vor ihm. Er würde Lulu nach Hause schicken und dann die Termine abarbeiten. Er musste der Presse erklären, warum Ziffer die Morgenröte verlassen würde. Wie es nun weitergehen sollte. Wer Ziffers Aufgabe übernehmen würde und so weiter und so weiter und so weiter. Er ging ins Bad, um zu pinkeln, sah in den Spiegel. Das Bild traf ihn wie der Schlag eines Riesen. Ein Schrei brach aus ihm hervor. Ein grober Ton wie vor einer anderen Zeit. Sie lag in der Badewanne. Ihr Gesicht voller Blut, aufgedunsen. Die Augen weit geöffnet, der Mund ebenfalls. Die Zunge geschwollen zwischen den Lippen. Am Hals tiefrote Flecken. Der rechte Arm hing über dem Wannenrand.

Sie hätte es weniger unterkühlt formulieren können, aber sie war wütend darüber, wie Ziffer in letzter Zeit versucht hatte, die Führung der Morgenröte immer mehr an sich zu reißen. Er wollte nicht länger die graue Eminenz im Hintergrund sein, das war unübersehbar. Er hatte sogar Ambitionen auf den Chefsessel angemeldet. Wahrscheinlich sollte Götz ihm den Weg dorthin ebnen und dann Platz machen und wieder Konzerte geben. Und sie sollte auf einen Posten abgeschoben werden, auf dem sie keinen Einfluss mehr hatte. Das galt es zu verhindern. Deswegen die Presseerklärung.

Lorenz Ziffer und die Morgenröte geben hiermit bekannt, dass sie aufgrund unterschiedlicher Vorstellungen über die Arbeit der Bewegung und die Zukunft unseres Landes in Zukunft getrennte Wege gehen. Die Morgenröte, Götz Wolf und Amalia von Bülow wünschen Lorenz Ziffer für die weitere Zukunft alles Gute.

Amalia überprüfte die Pressemitteilung noch einmal auf Rechtschreibfehler und drückte dann exakt in dem Moment auf *Senden,* als der Router sich verabschiedete. *Nicht schon wieder,* dachte sie. Jetzt würde sie eine Viertelstunde warten müssen, bis das Ding erneut hochfuhr. Inzwischen las sie den Text noch einmal. Stellte hier und da ein Wort um. War sie nervös? Sicher war sie das. Immerhin sägte sie das Mastermind der Bewegung ab. Aber nachdem sie von Pergaschin erfahren hatte, dass Ziffer bei ihm gewesen war, blieb ihr keine andere Wahl. Er hatte doch tatsächlich den Russen auf seine Seite ziehen wollen. Aber da war er zu spät gekommen. Amalia hatte sich bereits zwei Wochen zuvor mit Pergaschin geeinigt und ihm weitere Anteile am Schloss übereignet. Am Vortag hatte Ziffer davon erfahren und sie eine intrigante Schlampe genannt. *Wenn er erst die PM liest, wird er endgültig an die Decke gehen*, dachte sie. Aber er würde den Rausschmiss akzeptieren müssen, weil sie einen jungen Mann an der Hand hatte, der bereit war, öffentlich zu bestätigen, dass Ziffer sich von ihm in den Mund pinkeln ließ. Ob das stimmte, war nicht von Bedeutung. Ziffer hatte ja selbst alternative Fakten zum Credo ihrer Kommunikation erhoben.

Ihr Telefon klingelte. Sie las Götz' Namen.

»Beruhig dich, die Presseerklärung geht in ein paar Minuten raus«, sagte sie ins Handy.

»Nein, sie geht nicht raus.«

So gebrochen, wie seine Stimme klang, musste etwas Schlimmes passiert sein.

»Wieso?«

»Du musst sofort herkommen.«

Etwas sehr Schlimmes. So hatte er vor vierzehn Jahren geklungen, als sie ihm gesagt hatte, sie würde ihn verlassen. Sie fragte nicht weiter, sondern tat, was getan werden musste.

»Ich komme«, sagte sie.

»Und sag Georg Bescheid. Ich will ihn hierhaben.«

»In Ordnung.«

Der Router war wieder funktionsbereit, Amalia brach die Übertragung der Pressemitteilung ab, speicherte sie auf dem Desktop und schaltete den Mac aus. Anschließend packte sie ein paar Klamotten in die Reisetasche von Mulberry, sammelte Geldbörse, Schlüssel für den Defender und ihren Reisepass ein. Feste Schuhe, Jeans, Bluse, den blauen Mackintosh-Mantel. Hinten im Wagen lag, versteckt unter dem Ersatzrad, eine Sig Sauer. Für alle Fälle, von denen Amalia hoffte, dass sie niemals eintraten. Als sie auf die Landstraße einbog, wählte sie Georgs Nummer.

33

Anonym stand auf dem Display. Ich drückte den Anruf weg. Sophie und ich lagen noch im Bett, es war halb sieben morgens. Wir hatten bis weit nach Mitternacht über die Morgenröte gesprochen. Über den Film, in dem Alex Miller mitspielen sollte. Über Götz und seine Mission, über Ziffer, der totalitäre Ansichten entwickelte, und über den Machtkampf, der sich zwischen den beiden Alphatieren anbahnte. Welche Rolle Amalia dabei spielte, war mir noch unklar. Ich musste jetzt unbedingt wissen, wohin die Morgenröte sich entwickelte. Die Kampagne schoss in den sozialen Medien übers Ziel hinaus, es wurde ein Gemetzel, die einstweiligen Verfügungen stapelten sich bis unter die Decke. Götz hatte die Wut und den Hass, den die Wolfsbrut entzündete, immer wieder einfangen können. Aber wenn Ziffer die Leute weiter aufstachelte, konnte es sein, dass irgendwann eine Demonstration aus dem Ruder lief. Dann würde es irgendwann zu Gewaltausbrüchen kommen. Ein paarmal war das ja schon passiert. *Wenn das Wolfsrudel auf den Straßen Leute attackiert, ist es nicht mehr weit bis zu einem Bürgerkrieg*, hatte Sophie gesagt.

Wollte Ziffer das? Wollte er einen Bürgerkrieg? Bei einem internen Meeting mit der Wolfsbrut hatte er einen denkwürdigen Satz gesagt. *Lenin wollte den Staat zerstören, und das muss auch unser Ziel sein. Wir müssen den Staat zum Einsturz bringen und das komplette Establishment zerstören.* Ich hatte es als eine Übertreibung verstanden, um die Kids mit einem coolen Spruch zu motivieren. Was aber, wenn er es ernst meinte?

Erneut *Anonym* auf dem Display. Wer konnte das sein? Götz? Ohne die Augen zu öffnen, murmelte Sophie: »Geh nicht ran.« Wir hatten am vergangenen Abend tatsächlich Sex gehabt, obwohl ich nicht sicher war, ob Sex mit einer Schwangeren in

Ordnung war. Medizinisch, nicht moralisch. *Was denkst du, was passieren könnte?,* hatte sie gefragt. *Hast du Angst, du könntest die Fruchtblase durchstoßen? Nein,* hatte ich geantwortet, obwohl ich durchaus an so etwas dachte. *Mein Kind soll von seinem Vater nicht als Erstes einen Schwanz sehen.* Sophie hatte mich beruhigt. *Da drinnen ist es dunkel. Und so gewaltig ist das Teil nun auch wieder nicht.*

Als es zum dritten Mal klingelte, nahm ich das Handy ans Ohr.

»Ja?«

»Georg?«

»Wer ist da?«

»Götz braucht dich.«

»Amalia?«

»Sofort.«

Ende des Telefonats. Sophie hob den Kopf aus dem Kissen. Kurz nach dem Aufwachen sah sie umwerfend gut aus. Und sie roch süß wie frisch gebrannte Mandeln.

»Wer war das denn?«

»Amalia.«

»Was will sie?«

»Ich soll zu Götz kommen.«

»Natürlich«, stöhnte sie und vergrub ihren Kopf wieder in den Federn. »Warum geht sie nicht selbst?«

»Es hat sich so angehört, als würde sie zu ihm fahren.«

Irgendwas musste passiert sein. So hatte ich Amalia noch nie erlebt. Nicht mit dieser Stimme. Sophie zog mich wieder zu sich heran, schlang ihr Bein um meine Hüften.

»Warte einen Moment«, sagte ich.

Ich nahm mein Handy, wählte zuerst Amalias und dann Götz' Nummer. Keiner von beiden antwortete.

»Wahrscheinlich ist ihm gerade sein Ding abgefallen«, sagte

Sophie, »und da du kein Doktor bist und nicht weißt, wie man das wieder annäht, kannst du das Problem ruhig ihm und seiner Amalia überlassen. Wahrscheinlich ruft sie gerade sämtliche Medizin-Nobelpreisträger an und beordert sie an die Front.«

»Ja, wahrscheinlich. Das Problem ist nur, was machen wir, wenn es nicht sein Schwanz ist, sondern was anderes?«

Sie sah mich entnervt an. Ich gab ihr einen Kuss auf die Stirn.

»Ich muss da hin. Wirklich.«

Sie kletterte stinksauer aus dem Bett, suchte ihren Slip, fand ihn unter dem Bett und marschierte ins Bad.

»Was auch sonst? Frag ihn doch mal, ob er dich nicht heiraten will«, rief sie, bevor sie die Tür zuschlug.

»Bitte, Sophie, nicht jetzt. Ich bin heute Abend wieder da.«

Sie schwieg. *Dann eben nicht*, dachte ich. Im Nu war ich angezogen, nahm Handy, Geldbörse, Autoschlüssel. Als ich an der Tür stand, hielt sie mich auf.

»Georg.«

Ich drehte mich zu ihr herum.

»Ja?«

Ihr Blick war ernst. Als würde sie etwas spüren, das noch in der Ferne lag. Weibliche Intuition, wie sie oft sagte und meistens damit recht hatte.

»Ich hab das ungute Gefühl, etwas Schlimmes wird passieren. Etwas, das dich noch weiter von mir wegbringt.«

»Hey, Baby. Ich ruf dich sofort an, wenn ich da bin, okay? Und dann mache ich bei eurem Film mit.«

Sie nickte zaghaft, und ich umarmte sie.

34

Amalia öffnete die Tür einen Spaltbreit. Als sie mich sah, trat sie einen Schritt zurück.

»Komm rein.«

In der Suite sah es aus, als hätte Götz mit halb Frankfurt eine Party gefeiert. Ein Sessel war umgestürzt, die Sofakissen im ganzen Zimmer verteilt. Der Screen des Flachbildfernsehers war zertrümmert.

»Wo ist er?«, fragte ich.

Amalia deutete zum Schlafzimmer. Ich ging hinein.

Da saß er. Auf der Bettkante. Er war nackt, hielt den Rücken krumm, den Kopf gesenkt, die Hände im Schoß. Amalia blieb in der Tür stehen. Eine Stimmung wie bei einer Beerdigung.

»Kann mir jemand mal sagen, was los ist?«, fragte ich.

Amalia deutete mit dem Kopf in Richtung Badezimmer.

»Was ist da drinnen?«

Keine Antwort. Also ging ich ins Badezimmer.

In der Badewanne lag eine junge Frau. Die Zehen ihres rechten Fußes schauten aus dem Wasser heraus, als wären es winzige Puppen. Der Kopf war unter Wasser. Das Wasser rosa gefärbt. Sie hatte Stichwunden am Oberkörper. Bauch, Brüste, Schultern. Ich hatte noch nie zuvor eine Leiche gesehen. Ihre blonden Haare schwebten auf der Wasseroberfläche und bildeten einen Kranz um ihren Kopf wie ein Heiligenschein.

Ich ging zurück ins Schlafzimmer.

»Was, um Himmels willen, ist passiert?«, fragte ich Götz.

»Ich weiß es nicht«, sagte er.

»Hast du sie umgebracht?«

»Bist du verrückt? Nein, hat er nicht«, sagte Amalia.

Sie ging an mir vorbei ins Badezimmer, ich hörte, wie sie

mit irgendetwas hantierte, dann kam sie mit einem Bademantel zurück, hielt ihn Götz hin. Er schaute sie verwirrt an.

»Sie heißt Lulu«, sagte er.

Ächzend stand er auf, stapfte an Amalia vorbei ins Badezimmer. Er murmelte etwas, Wasser plätscherte, und dann kam er mit der Toten auf den Armen zurück.

»Was machst du da? Bist du verrückt geworden?«, schrie Amalia.

Behutsam legte er die Tote ins Bett, deckte sie zu, ordnete ihre Haare, bis es aussah, als würde sie schlafen.

»Habt ihr schon die Polizei gerufen?«, fragte ich.

»Na klar, was denkst du denn?«, fuhr Amalia mich an.

Die Polizei war, zugegeben, eine dumme Idee.

»Was wollt ihr denn sonst machen? Sie hier liegen lassen, Götz geht runter, checkt aus, bezahlt noch die Minibar und geht dann?«

»Sie muss hier rausgeschafft werden, bevor jemand etwas bemerkt«, sagte Amalia. »Und zwar schnell.«

»Du willst sie verschwinden lassen?«, sagte ich. »Wohin denn?«

»Sie geht nirgendwo hin«, sagte Götz.

Er legte sich zu der Toten, umarmte sie, als wollte er sie wärmen. Er hatte sich entweder eine Line von hier bis zu den Alpen reingezogen, oder er stand unter Schock. Vermutlich beides.

»Komm aus dem Bett raus, und zieh dich an!«, brüllte Amalia.

Seine Hose hing über der Stehlampe neben dem Fernseher. Ich drückte sie Götz in die Hand. Sein Blick war glasig. Die Pupillen winzig. Ich konnte nicht sagen, was genau er sich reingezogen hatte, aber es schien auf sein Gehirn wie eine Abrissbirne zu wirken.

»Als ich eingeschlafen bin, hat sie noch gelebt«, stammelte er, während er in seine Hose schlüpfte.

Ich musste ihn stützen, sonst wäre er lang hingeschlagen.

»An was kannst du dich denn noch erinnern?«, fragte ich.

»Wir waren beim Italiener.«

»Hat euch da jemand gesehen?«, fragte Amalia.

»Ich hab mit einem Russen Armdrücken veranstaltet. Dann hab ich noch was gekauft, und wir sind ins Hotel.«

»Und weiter?«

»Na, was schon.«

»Hier liegt ein totes Mädchen. Also sag nicht *na, was schon*«, schrie Amalia.

»Was willst du hören? Ich hab sie in den Arsch gefickt und abgespritzt«, brüllte er. »Okay? Ich weiß, dass du dir das nicht vorstellen kannst.«

Sie ging auf ihn zu, und ehe er sich's versah, hatte sie ihm ins Gesicht geschlagen.

»Mach das noch einmal!«, flüsterte er.

»Was ist dann? Bringst du mich auch um?«

»Beruhigt euch. Bitte«, beschwor ich sie beide.

Amalia ging ins Wohnzimmer, ließ sich in einen Sessel fallen, legte eine Hand vor den Mund, schüttelte den Kopf.

»Ziffer«, sagte Götz.

»Was?«

»Er ist der Einzige, der weiß, wie wir sie hier rauskriegen.«

»Wir wollten ihn rausschmeißen, Götz«, sagte Amalia. »Um ein Haar hätte ich heute Morgen die Pressemeldung losgeschickt.«

»Dann schmeißen wir ihn eben nicht mehr raus. Scheiße.«

Götz lief auf und ab. Von einem Zimmer zum anderen in dieser riesigen Suite, als müsste er sich bewegen, um den Schock zu verarbeiten. Warf eine Vase vom Sideboard, die Fernsteuerung für den Fernseher gegen die Wand, fegte die Schreibutensilien vom Schreibtisch. Zuletzt ging er zur Tür.

»Wo willst du hin?«, fragte Amalia.

»Ich muss was essen.«

Die Tür fiel hart ins Schloss. *Wie bitte?* Ich war konsterniert. Wie konnte er jetzt einfach so zum Essen gehen?

»Ruf Ziffer an«, sagte Amalia. »Oder nein. Ich mach es selbst.«

Während sie sich mit ihrem Handy ins Badezimmer zurückzog, durchsuchte ich die Jacke der Toten. Da war ein Joint, zur Hälfte geraucht, ein Päckchen Kondome, ein Schülerausweis. Sie hieß Lucrezia Polonia. Sechzehn Jahre alt. Wohnhaft in der Offenbacher Straße 29. Bei ihren Eltern? Vermutlich. Als ich die Sachen wieder zurück in ihre Jacke steckte, erklang Hundegebell. Es war ihr Handy, das in der Innentasche der Jacke steckte. Ich nahm es hervor. *Mama* stand auf dem Display.

»Er kommt«, sagte Amalia.

Ich erschrak schon wieder. Wieso schlichen die alle herum?

»Wer?«

»Ziffer.«

»Gut.«

»Wer ruft da an?«

»Ihre Mutter.«

»Lass es klingeln!«

Wir setzten uns in die beiden Sessel im Wohnzimmer. Schauten durch die Tür zur Leiche im Schlafzimmer, als könnten wir sie allein durch die Kraft unserer Blicke wieder zum Leben erwecken. Die Sonne strahlte hell in die Suite. Ich sah Amalia an, fragte mich, was in ihr wohl vorging. Machte sie mich verantwortlich? Ich gehörte in ihren Augen zu Götz' Truppe. Ich war derjenige, der alles über ihn wusste und es in ihren Augen zuließ. Das stimmte. Aber ich war nicht für das zuständig, was hier passiert war. Es war zum Kotzen. Wieso rutschte ich von einem Desaster in das nächste? Zuerst mein Vater, dann Ritter, dann der Stress mit Sophie und jetzt eine

Tote. Es war das Ende der Morgenröte, das Ende von Götz und damit auch mein Ende. Ich spürte, wie die Panik in meinem Bauch wuchs. *Ich muss hier weg,* dachte ich. Als ich aufstand und zur Tür gehen wollte, klopfte es. Amalia und ich sahen uns an.

»Wer kann das sein?«

Erneutes Klopfen, und dann konnten wir hören, wie die Türverriegelung sich öffnete. Ich stürzte zur Tür. Ein Zimmermädchen stand da. Kein Mädchen, eine Frau in den Vierzigern. Als sie mich sah, knöpfte sie hastig die beiden oberen Knöpfe ihres Kittels zu. Unglaublich. Gab es auch nur eine Frau, der Götz nicht den Kopf verdrehte?

Ich schickte sie weg, hängte *Bitte nicht stören* an die Tür und schloss sie wieder.

»Die Suite muss noch um einen Tag verlängert werden«, sagte Amalia. »Mindestens einen Tag. Selbst wenn wir es schaffen, die Leiche hier rauszubringen, ohne dass die Polizei vor der Tür auf uns wartet, müssen die Blutspuren im Badezimmer, im Wohnzimmer, im Bett, einfach überall beseitigt werden.«

Plötzlich klingelten drei Handys gleichzeitig.

Die Mutter des toten Mädchens versuchte erneut, ihre Tochter zu erreichen, Ziffer bestellte Amalia und mich ins Restaurant, und Sophie wollte vermutlich wissen, was passiert war.

Ich ließ es klingeln.

35

Götz saß am Tisch in der hintersten Ecke. Er war allein. Als Amalia und ich näher kamen, hörte ich, wie er mit sich selbst redete.

»Ich brauche Hilfe. Ich kann das nicht allein machen. Ich krieg sie unmöglich aus dem Hotel raus.«

Rühreier, eine Flasche Grauburgunder und zwei Gläser standen auf dem Tisch.

»War Ziffer hier?«, fragte Amalia.

Sie setzte sich neben ihn, ich mich ihm gegenüber. Als sich ein Kellner näherte, schickte Amalia ihn mit einem kurzen Kopfschütteln weg. Der Kellner blieb stehen und wies darauf hin, dass er für den Abend eindecken müsste. Wieder schüttelte Amalia den Kopf. *Wenn man dreihundert Jahre Adel im Stammbaum hat, weiß man, wie man das Personal führt*, dachte ich. Der Kellner hatte vermutlich dreihundert Jahre Dienen im Stammbaum. Er zog sich zurück.

»Ich kann sie im Schrank verstecken und warten, bis es Nacht wird, und dann rausschleppen. Aber irgendjemand wird fragen, ob er helfen kann. Und selbst wenn ich es schaffe, sie in den Kofferraum zu legen, kann ich nicht einfach losfahren und sie im nächsten Kanal verschwinden lassen. Ich habe keinen Autoschlüssel, ich habe noch nicht mal ein Auto.«

Götz hob den Kopf, sah uns an, als würde er erst jetzt unsere Anwesenheit bemerken.

»Die Dialektik des Ruhmes«, sagte er. »Du hast eine Mauer um dich herum errichtet, damit niemand reinkommt. Der Clou ist, dass du auch nicht mehr rauskommst.«

Schweiß stand in feinen Perlen auf seiner Stirn, sammelte sich zu Rinnsalen und floss an den Schläfen herab.

»Lasst uns hochgehen«, sagte Lorenz.

Er stand hinter uns, als hätte er sich gerade materialisiert. Er wirkte gefasst, konzentriert. Sein Blick war ernst, ruhig. Da war er, der Pragmatiker. Der Mann, der zwei Dutzend Wahlkämpfe geführt hatte und den nichts mehr aus der Ruhe bringen konnte. Offensichtlich auch nicht die Nachricht vom Tod eines Fans in der Suite des Spitzenkandidaten.

»Wir haben einiges zu besprechen«, sagte er.

Ohne eine Antwort abzuwarten, ging er voran zu den Aufzügen. Wir folgten ihm. Zu viert hinauf in den achten Stock. Im Flur kam uns eine Frau entgegen. Als sie Götz erkannte, wollte sie ein Autogramm haben. Amalia packte wieder den Stammbaum aus. Augenblicklich fühlte sich die Frau unwohl und entschuldigte sich. Das *Bitte nicht stören*-Schild lag auf dem Boden. Wir sahen uns an. Was sollten wir machen, wenn wir die Tür öffneten und ein Zimmermädchen taumelte uns panisch entgegen? Amalia hielt die Chipkarte ans Schloss, ein sattes Schmatzen, und die Tür glitt auf. Die Suite war leer.

»Wo ist sie?«, fragte Lorenz.

Ich deutete in Richtung Schlafzimmer. Er ging hinein und kam eine Minute später genauso unbeeindruckt wieder heraus, wie er schon hineingegangen war. Ein verblüfftes, sarkastisches Grinsen war das Äußerste an Reaktion.

»Was ist passiert?«, fragte er.

Götz saß in einem Sessel, die Hände im Schoß. Der Kaiser ohne Kleider. Er war gebrochen. Sein massiger Körper strahlte keine Energie, keine Lebenslust, keine Kraft mehr aus. Er war nur noch fett.

»Er weiß es nicht«, sagte ich.

»Was soll das heißen?«

»Das soll heißen, dass ich keinen blassen Schimmer habe, was heute Nacht passiert ist«, murmelte Götz.

»Götz, in deinem Schlafzimmer liegt eine Leiche. Du willst

mir nicht im Ernst sagen, du weißt nicht, wieso sie tot ist?«, sagte Lorenz mit höhnischem Lachen.

Doch genau das wollte Götz ihm sagen.

»Wann seid ihr ins Hotel gekommen?«

»Gegen zwei, halb drei.«

»Und dann? Was habt ihr gemacht?«

»Was denkst du, was wir gemacht haben? Wir haben gevögelt. Dann bin ich eingeschlafen. Und als ich heute Morgen aufgewacht bin und ins Bad gegangen bin, hat sie in der Badewanne gelegen.«

Götz ging zur Minibar. Bis auf eine Miniflasche Eierlikör war der Kühlschrank leer geräumt.

»Ich hab mich heute Nacht abgeschossen«, sagte er. »Das war der letzte Dreck, den der Russe mir angedreht hat.«

»Hat sie sich das Zeug auch reingepfiffen?«

»Weiß ich nicht«, sagte Götz.

Er erzählte noch einmal, was sich am vergangenen Abend und in der Nacht zugetragen hatte. Bis zu dem Moment, an dem sie beide in die Badewanne gestiegen waren. An mehr konnte er sich nicht erinnern. Und genau da lag das Problem. Er schien es zu spüren.

»Was ist?«, schrie er mich an. »Warum guckst du so?«

»Wenn du dich tatsächlich an nichts mehr erinnerst, woher weißt du dann, dass du es nicht warst?«, fragte ich ihn.

Er sah Amalia an, Ziffer, wieder mich und war im nächsten Moment völlig konsterniert.

»Nein«, sagte er. »Nein!«

Doch auch wenn er sich dagegen wehrte, sickerte der Gedanke langsam in sein Bewusstsein. Sein Blick flog in Richtung Schlafzimmer, verharrte gebannt, als könnte er dort das entscheidende Stück Film finden, das ihm das Unglück erklärte. Er näherte sich der Tür, stand leicht vorgebeugt. Eine Weile bewegte er sich nicht. Wenn er sich an nichts erinnern konnte, wenn es durchaus möglich war, dass er sie umgebracht hatte, dann hatte sein Leben von einem Moment auf den anderen eine andere Richtung genommen. Eine, mit der er nie gerechnet hatte. Die all seine, Amalias und Ziffers Pläne über den Haufen warf. Wie in den alten griechischen Tragödien, in denen die Götter ihr böses Spiel mit den Helden treiben. Mit einem entscheidenden Unterschied. Hier war Götz selbst der Gott, der das böse Spiel trieb. *Wie schnell doch unsere Vorstellung von einem Leben, über das wir angeblich die Kontrolle haben, auseinanderbricht*, dachte ich.

»Was wird jetzt?«, fragte Amalia in die angespannte Stille hinein. »Wir können nicht ewig hier stehen und warten, bis das Problem sich von selbst löst.«

Stöhnend riss Götz sich vom Anblick des toten Mädchens los. Ging ins Badezimmer. Drehte den Wasserhahn auf und spritzte sich kaltes Wasser ins Gesicht.

»Ich sage euch, was jetzt wird. Ich ziehe mich von der Führung der Morgenröte zurück. Ziffer übernimmt.«

Es war die dümmste Idee unter den vielen dummen Ideen, mit denen wir den Wahlkampf bisher geführt hatten.

»Nein«, sagte Amalia.

»Was, *nein*?«

»Du ziehst dich nicht zurück. Du bleibst an Bord. Als der Spitzenkandidat der Morgenröte. Wir lassen das Mädchen verschwinden. Und alles geht weiter wie bisher.«

»Alles geht weiter wie bisher?«, fragte Götz. »Wie stellst du dir das vor?«

»Hast du eine bessere Idee? Willst du ins Gefängnis gehen?«

Natürlich wollte Götz nicht ins Gefängnis. Amalias Plan war deshalb aus Sicht der Morgenröte der einzig vernünftige. Aber da gab es noch ein Problem.

»Und was ist mit Lorenz?«, fragte Götz.

Ziffer stand am Fenster. Die Sonne in seinem Rücken ließ seine Silhouette strahlen.

»Lorenz bleibt an Bord«, sagte Amalia. »Keine Streitereien mehr, keine Alleingänge.«

Wir schauten Lorenz an. Er schwieg, lächelte, als hätte er auf diesen Moment gewartet. Es war offensichtlich. Er wollte gebeten werden. Er war zu klug, um nicht zu wissen, dass es die einzige Möglichkeit war, die Morgenröte zu retten und seine Mission zu Ende zu bringen. Aber er wollte Götz auf den Knien haben.

»Götz?«, fragte Amalia.

»Okay.«

»Lorenz?«

Das Okay reichte ihm noch nicht. Mit verschränkten Armen wartete er auf eine Ehrerbietung.

Götz hob den Kopf, blinzelte gegen das Sonnenlicht.

»Was willst du, soll ich dir einen blasen? Soll ich mich rumdrehen, und du fickst mich?«

Ziffer reagierte nicht. Er sah Götz an, ohne eine Miene zu verziehen. Beim Pokern würde er jeden Gegner mit jedem Blatt besiegen. Mit Ausnahme von Götz.

»Wenn du eine Entschuldigung hören willst, vergiss es. Götz Wolf geht nicht in die Knie. Vor nichts und niemandem. Eher gehe ich in den Bau.«

So war er. Und deshalb war er der Star, den die Leute verehrten. Ein Ego war so groß wie der Atlantische Ozean. Die Sonne verschwand hinter einem Haufen Kumuluswolken, Lorenz' Aura erlosch. Er war auf einmal wieder nur noch die graue Eminenz. Klug, gerissen, machtgeil, aber ohne Krone. Er löste sich vom Fenster, ging zum Schlafzimmer und ließ Götz ohne Antwort stehen. Wenigstens ein kleiner Triumph.

»Hat jemand eine Idee, wie wir sie hier rausschaffen können?«, fragte er.

Ich nahm mein Handy und suchte im Internet nach einem Musikgeschäft, das Kontrabässe verkaufte.

»Wen rufst du an?«, fragte Amalia.

»Bei unserem Konzert in Mainz hatten wir eine kleine Jazzband dabei. Die Bassistin hat erzählt, wie sie mal einen Hund im Kontrabass am Zoll vorbeigeschmuggelt hat. Wir kaufen einen Kontrabasskoffer und lassen ihn hier ins Astor bringen.«

Amalia nickte.

»Sehr gut«, sagte sie.

Ich rief den ersten Laden, den ich bei Google fand, an. Der Besitzer hatte keine Kontrabässe im Angebot. Der zweite lieferte nicht. Der dritte meinte, er könnte in einer Stunde einen Koffer bringen. Als Nächstes brauchten wir noch einen Lieferwagen, um den Koffer mitsamt der Leiche darin abzutransportieren. Jetzt blieb nur noch die Frage übrig, wohin wir die Tote bringen sollten. Ziffer schlug einen Schrottplatz vor. Er kannte jemanden, der für ein paar Tausend Euro keine Fragen stellte. Als auch das geklärt war, klaute ich im Flur vom Wagen des Zimmermädchens ein paar Haushaltsrollen, Reinigungsmittel und vier Badetücher. Wir machten uns daran, alle Spuren in der Suite, die auf Lulu hinwiesen, zu beseitigen. Ließen das Wasser aus der Badewanne, packten die Kleider der Toten in einen Wäschesack. Die Blutspuren ließen sich nicht so leicht wegwischen wie gedacht. Hartnäckig hielten sie sich in den kleinsten Ritzen und Fugen fest. Außerdem wusste ich von unzähligen Krimis, dass die Leute von der Spurensicherung mit irgend so einem Mittel selbst die kleinste Blutspur sichtbar machen konnten. War ich hier der Einzige, der Serien schaute? Ich unterbrach die Putzaktion.

»Wartet mal«, sagte ich. »Ihre Mutter hat schon dreimal versucht, sie zu erreichen. Wenn sie ihre Tochter jetzt nicht mehr erreicht, ruft sie die Polizei an, die orten das Handy und kommen hierher. Sie finden Blutspuren und stellen mit einem Gentest fest, wer hier umgebracht wurde.«

»Das Risiko müssen wir eingehen«, sagte Ziffer. »Hat jemand gesehen, wie du mit dem Mädchen in die Suite gegangen bist?«

»Nein.«

»Niemand vom Hotel?«

»Der Nachtportier war hinten im Büro«, sagte Götz. »Sonst ist uns niemand begegnet.«

»Aber da ist noch der Italiener«, sagte ich.

Volltreffer.

»Egal«, meinte Ziffer. »Das ist nicht wichtig.«

»Natürlich ist es wichtig«, sagte Amalia.

»Ihr erinnert euch an Uwe Barschel?«, sagte Ziffer.

War das nicht der Ministerpräsident, den sie tot in einem Schweizer Hotel gefunden hatten? Auch in der Badewanne?, dachte ich.

»War es Suizid? Wenn nicht, wer hat ihn umgebracht? Diejenigen, die wissen, was wirklich passiert ist, halten den Mund, weil sie Angst haben, dass es ihnen genauso ergeht. Niemand wird etwas erfahren, wenn wir es richtig anstellen.«

Ziffer drehte sich zu Götz herum. Jetzt kam der zweite Teil seines Triumphes.

»Das eigentliche Problem ist aber ein ganz anderes. Wenn du sie nicht umgebracht hast, wer war es dann? Und warum hat derjenige sie ermordet?«

Die Frage war wie ein Schlag ins Gesicht. Keiner von uns, außer Ziffer, hatte daran gedacht, dass es auch noch diese Möglichkeit gab. Die einzige, wenn Götz das Mädchen nicht umgebracht hatte.

»Wir müssen herausfinden, welche Ziele der Mörder hat«,

sagte ich. »Was bezweckt er? Wird er sich kurz vor der Wahl melden, dann, wenn wir den Sieg in der Tasche haben?«

»Das Problem klären wir, wenn es vor der Tür steht«, sagte Ziffer.

Es fühlte sich an, als stünde ich auf Treibsand.

36

Ich rief Sophie an und log, Götz hätte einen Schwächeanfall gehabt, aber jetzt wäre alles wieder in Ordnung. Allerdings könnte ich in den nächsten Tagen nicht wie geplant zurück nach Dresden kommen. Sie war enttäuscht. Wieder einmal. Und sie ließ es mich spüren. Als ich auflegte, fühlte ich mich hundeelend. Ich hatte meine Frau vorsätzlich angelogen. Nicht wegen irgendeiner Kleinigkeit, einer vergessenen Verabredung, sondern weil ich Teil eines Verbrechens geworden war. Ich hatte zwar das Mädchen nicht umgebracht, redete ich mir zu meiner Entschuldigung ein, aber ich half, einen Mord zu vertuschen. Was Sophie vorhergesagt hatte, trat jetzt ein. Von jetzt an würden wir in zwei unterschiedlichen Welten leben.

Der Kontrabasskoffer sah aus, als wäre er groß genug, um die Tote hineinzupacken. Da Götz und Ziffer sich weigerten, sie anzufassen, übernahmen Amalia und ich den Part. Die Totenstarre hatte längst eingesetzt, aber da das Mädchen recht zierlich war, konnten wir sie leicht in den Instrumentenkoffer legen. Trotzdem gab es ein Problem. Entweder ragte ein Bein oder ein Ellbogen heraus. Amalia brach ihr den rechten Arm.

Inzwischen war es später Nachmittag, und Götz sollte in zwei Stunden in Darmstadt sein. Wir hätten das Konzert absagen können, aber es war besser, *business as usual* zu betreiben. Wir gingen in die Lobby des Hotels. Götz bat den Concierge um ein Taxi. Der Mann rannte eilfertig vor die Tür und ruderte mit den Armen. Götz gab ihm ein ordentliches Trinkgeld und ein Autogramm auf sein blütenweißes Hemd.

»Komm so schnell wie möglich nach«, rief er mir noch zu, bevor er davonfuhr.

Lorenz gab mir die Adresse des Schrottplatzes. *Marid-Recycling*.

»Der ist in Rostock«, sagte er.

»Wieso Rostock?«, fragte ich entsetzt.

»Weil da der einzige Schrottplatz liegt, den ich kenne. Wenn es dir nicht passt, kannst du den Koffer von mir aus auch im Main versenken.«

»Kommst du mit?«, fragte ich.

»Nein.«

Er entschuldigte sich, weil er einen Termin in Köln wahrnehmen musste. Also blieben Amalia und ich übrig. Zwischen uns der Basskoffer, warteten wir auf den Mann von Sixt, der uns den Transporter übergeben sollte. Es war eine Frau, und sie kam pünktlich. Tattoos an den Armen, Fleshtunnel in den Ohrläppchen. Da Amalia keinen Führerschein besaß, wurde ich als Mieter des Wagens in die Papiere eingetragen. Nachdem auch das erledigt war, holte die Sixt-Frau ein Fahrrad aus dem Sprinter und verschwand. Mit Unterstützung des Wagenmeisters bugsierte ich den schweren Koffer in den Sprinter. Erst jetzt fiel mir die Überwachungskamera rechts vom Hoteleingang auf. Sie schien uns genau zu beobachten.

»Der ist ganz schön schwer«, sagte der Wagenmeister. »Was habt ihr da drin? Eine Leiche?«

Ich zuckte zusammen. Was sollte ich darauf sagen?

»Nein, zwei«, meinte Amalia lächelnd. »Der Bass ist eine Spezialanfertigung mit eingebauten Lautsprechern.«

Der Wagenmeister sah den Koffer beeindruckt an.

»Ich spiele nämlich auch Kontrabass. Aber nur als Hobby. Kann ich mal sehen?«

Er glaubte Amalia kein Wort. Ich wartete nur noch drauf, dass er den Manager rief und der die Polizei. Mein Blick fand Amalia. *Sag was!* Sie sah auf das Namensschild an seiner Jacke.

»Wo kommen Sie her, John?«

»Ich bin in Offenbach geboren.«

»Und Ihre Eltern?«

»Senegal.«

»Senegal«, sagte sie erstaunt. »Ich war vor drei Jahren im Fathala Wildlife Reservat auf einer Safari.«

Sie ließ offen, ob sie Fotos oder Tiere geschossen hatte. John sah sie erstaunt an, als würde er sich fragen, was der Senegal mit dem Koffer zu tun hatte. Aber dann verstand er langsam den Hinweis. *Da sind sie wieder, die dreihundert Jahre*, dachte ich. Der Wagenmeister schien es ebenfalls in ihrem Blick zu sehen. Amalia gab ihm noch ein ordentliches Trinkgeld. Er bedankte sich und zog sich zurück.

»Fahren wir?«, fragte Amalia.

Sie stieg auf der Beifahrerseite ein, ich auf der Fahrerseite. Das Navi kannte die Schrottplatz-Adresse. 668 Kilometer, achteinhalb Stunden. Ich gab Gas und bog in eine vierspurige Straße ein. Es war wenig Verkehr, ich fuhr trotzdem langsam. *Kein Risiko eingehen, keinen Unfall verursachen, keine dunkelgelbe Ampel überfahren,* dachte ich. Als wir am Bahnhof vorbeifuhren, wurde Amalia unruhig.

»Halt an«, sagte sie.

»Mach ich sowieso, die Ampel ist rot.«

Kaum standen wir an der Kreuzung, öffnete sie die Beifahrertür.

»Wo willst du hin?«, fragte ich.

»Ich hasse lange Autofahrten. Du findest den Weg auch ohne mich. Ich vertraue dir.«

»Warte mal«, sagte ich.

Amalia wartete nicht. Sie stieg aus und lief zu den Taxis, die vor dem Bahnhof warteten. Hinter mir hupte es ungeduldig. Ich hätte es ignorieren sollen. Ihr hinterherlaufen und sie zurück in den Wagen zerren. Natürlich tat ich nichts davon. Ich konnte einen Wagen, in dem eine Leiche in einem Basskoffer lag, nicht an einer Ampel stehen lassen. Also fuhr ich weiter. Scheiße. *Was ist das für eine hinterhältige Nummer,* dachte ich. Nach ungefähr einem Kilometer erreichte ich die Autobahn. Das Navi zeigte noch 665 Kilometer und acht Stunden an. Genug Zeit, um mir darüber klar zu werden, dass außer mir niemand offiziell in den Abtransport der Leiche involviert war. Hatten sie sich das so überlegt? Ich hatte den Basskoffer bestellt und ins Hotel bringen lassen, ich hatte mit meiner Kreditkarte bezahlt, hatte meine Unterschrift unter den Mietvertrag für den Lieferwagen gesetzt, auch mit der Kreditkarte bezahlt, und jetzt fuhr ich nach Rostock, weil Ziffer dort jemanden kannte, dem ein Schrottplatz gehörte. *Worauf habe ich Idiot mich eingelassen,* dachte ich. *Wieso bin ich nicht aus der Suite gerannt, als ich die Leiche gesehen habe? Ich hätte die Polizei rufen sollen.* Aber all das hatte ich nicht getan. Stattdessen half ich, eine Leiche verschwinden zu lassen. *Wenn dir das Wasser bis zum Hals steht, musst du schwimmen,* lautete eine von Götz' zahlreichen Lebensregeln. *Oder dich an anderen festhalten.* Das taten sie. Amalia, Lorenz und Götz. An mir.

37

Es war stockdunkel, als ich sechs Stunden und fünfzig Minuten später nahe des Rostocker Hafens in eine schmale Gasse einbog. Das Straßenschild war verbogen und von Löchern durchbohrt. Jemand hatte wohl Schießübungen gemacht. Die Straßenlaternen waren ein Witz. Ich fuhr langsam, hielt nach dem Schrottplatz Ausschau. Eine dubiose Autowerkstatt neben der anderen. *Klatovy An- und Verkauf. Elkov-EU-Reimport.* Türkische und arabische Namen auf den Schildern über den Eingängen. Autos, die schon seit Jahren auf den Höfen standen, überzogen von dicken Staubschichten. Männer standen rauchend auf dem Bürgersteig und blickten mir skeptisch hinterher. Ich musste langsam fahren, weil der Weg Schlagloch an Schlagloch reihte, als wäre es eine Teststrecke für Mondfahrzeuge. Nach zwei Kilometern war immer noch nichts von *Marid-Recycling* zu sehen. Und langsam kroch die Panik in mir hoch. Was, wenn es diese Firma nicht gab? Wenn die zugemacht hatten? Oder niemand mehr da war, der meine Ladung in Empfang nahm? Wo sollte ich dann mit dem Wagen hin? Ich konnte doch nicht ewig durch die Gegend fahren.

Vielleicht gehe ich einfach zur Polizei und erzähle, was in der vergangenen Nacht und heute Morgen passiert ist, dachte ich. Ich würde wegen Beihilfe angeklagt werden. Oder ich könnte ein Kronzeuge sein. Gute Idee. Warum war ich nicht früher darauf gekommen? Ich stoppte den Wagen und nahm mein Handy aus der Tasche. Alles, was ich tun musste, war 110 anrufen.

»Notruf Rostock«, sagte eine Frauenstimme.

»Hallo … ähm … mein Name ist …«

Kurz bevor ich meinen Namen sagen konnte, klopfte es ans Fenster. Ich erschrak, schrie auf und ließ das Handy fallen. Ein

Mann stand neben dem Wagen. Er hatte einen schwarzen Bart, der fast sein ganzes Gesicht bedeckte, trug einen Hut und eine schwarze Sonnenbrille. Nachts um halb elf. Er war ungewöhnlich dick.

»Was guckst du mich so an?«, zischte er.

Ich ließ das Fenster herunterfahren.

»Hallo? Hallo! Hier ist der Notruf, wenn Sie Spielchen treiben wollen, wird das für Sie teuer«, tönte es aus dem Handy.

»Suchst du mich?«, fragte der Mann.

»Moment«, antwortete ich.

Ich angelte nach dem Handy, entschuldigte mich für das Versehen und legte auf.

»Sind Sie von *Marid-Recycling*?«

»Warum willst du das wissen?«

»Lorenz Ziffer schickt mich.«

»Wie heißt du?«

»Georg.«

»Hast du auch einen Nachnamen.«

»Herzfeld. Und Sie sind Herr Marid?«

»Im islamischen Volksglauben sind die Marid die schlimmsten Dämonen, die du dir vorstellen kannst. Sehe ich wie ein Dämon aus?«

Ich fand, er sah exakt so aus, wie ich mir einen Dämon vorstellte. Aber ich zog es vor zu schweigen. Er dirigierte mich zu einem Tor, zwanzig Meter weiter auf der linken Seite der Holperstrecke.

»Fahr auf den Hof und dann bis zum Ende durch.«

Ausrangierte Autobusse, Lieferwagen, alte Krankenwagen reihten sich zu einem traurigen Friedhof aus Blech aneinander. Hinter den Autos waren Schrottwürfel zu einer Mauer gestapelt. Nebendran ein Berg alter Autoreifen. Von irgendwoher bellte ein Hund. Es klang wütend. Als der Weg zu Ende war, stand ich vor einem stählernen Ungetüm. Es bestand aus einer Grube, die rechts und links von zwei riesigen Stahlblöcken begrenzt war. Offensichtlich der mechanische Totengräber. Ich schaute mich um. Hinter mir stoppte ein schwarzer Mercedes.

Marid stieg aus und bedeutete mir, den Sprinter zu verlassen.

»Du kannst jetzt abhauen«, sagte er.

»Ich dachte, ich soll …«

»Du sollst gar nichts, erst recht nicht denken. Du meldest den Wagen morgen als gestohlen. Hast du verstanden?«

»Ja.«

»Dann verschwinde.«

»Und wie soll ich hier wegkommen?«

»Dein Problem.«

Mein Problem. Na gut. Das war es schon den ganzen Tag. Als ich den Hof verließ, hoffte ich, sie wussten, was sie taten. Es war kurz vor Mitternacht. Zu spät, um noch zurück nach Darmstadt zu Götz' Konzert zu fahren. Ich lief eine Stunde bis in die Innenstadt von Rostock, mietete mich in einem Motel One ein. Siebzig Euro für das Einzelzimmer mit Gratis-WLAN, ohne Roomservice. Ich wollte bar bezahlen, um so wenig Spuren wie möglich zu hinterlassen, aber sie akzeptierten nur Karten.

Das Zimmer war klein, der Blick ging immerhin zum Hafen raus. Ich ließ mir von Lieferando eine Pizza und eine Flasche Rotwein bringen. Doch es gelang mir nicht, mich zu betrinken. Gegen sechs Uhr morgens klingelte mein Handy. *Götz* stand auf dem Display. Endlich, dachte ich.

»Hey Georgie, wie geht's dir? Alles glattgegangen?«

Er klang, als wäre er sturzbetrunken.

»Sieht so aus.«

»Bist du blau?«

»Nur eine Flasche Chianti von der Pizzeria.«

»Ich hab dir doch gesagt, du sollst nicht solche Pisse trinken.«

»Zu spät.«

»Hör mal. Ich … ich wollte dir nur sagen, wie stolz ich auf dich bin. Ich werde dir das nie vergessen. Okay?«

»Okay.«

»Sobald du zurück bist, schnappen wir uns die Scheißkerle.«

»Ja.«

Es folgte eine unangenehme Stille, in der wir beide nicht wussten, was wir sagen sollten. Was mich betraf, gab es ohnehin keine Worte für das, was geschehen war. Es fühlte sich an, als wäre ich durch eine Tür getreten, auf der in fetten Buchstaben *beschissenes Leben* stand.

»Ich hätte nie gedacht, dass so was passieren könnte«, sagte ich schließlich.

»Okay. Melde dich sofort, wenn du zurück bist.«

»Mach ich.«

Wir legten ohne ein weiteres Wort gleichzeitig auf. Ich starrte mein Handy an. Als ich seinen Namen auf dem Display gelesen hatte, war ich für einen Moment erleichtert gewesen. Ich hatte gehofft, er würde irgendwas sagen, das mich aus der Leere holen könnte. Aber das war nicht geschehen.

ANGRIFF

38

Die Motorradtour begann genauso, wie Nellie es sich erhofft hatte. Jan Ziegler hielt mit seiner Bonneville eine Viertelstunde vor dem vereinbarten Termin an ihrem Haus in der Rigaer-, Ecke Liebigstraße. Er sah cool aus. Lederjacke mit geprägtem Triumph-Schriftzug, Levis, Stiefel. »Ich brauche noch ein paar Minuten«, rief sie vom geöffneten Fenster herunter. *Lass ihn warten, Nellie, dann weißt du, wie hoch sein Egoismus-Koeffizient ist,* dachte sie. *In der Zwischenzeit kann er sich ja ein bisschen umsehen.*

Im vergangenen Jahr hatte die Polizei das besetzte Haus an der Ecke gegenüber geräumt. Die Gegend war daraufhin zu einer Touristenattraktion geworden. Stuttgarter und Münchner Rentner waren mit Bussen angereist, um sich angesichts der grellen Graffiti, die zur Zertrümmerung des Patriarchats durch Masturbation aufriefen, zu gruseln. Dann waren die Besetzer wieder zurückgekehrt, als wären sie nur mal kurz im Urlaub gewesen, und hatten die Gegend erneut zum Zentrum des antifaschistischen Kampfes gemacht. Brandstiftungen, Anschläge gegen Gesundheitsämter, Angriffe auf Politiker, um die faschistische Stadtregierung endlich aus dem Amt zu vertreiben, waren an der Tagesordnung. Nellie hatte mehrmals überlegt wegzuziehen, konnte jedoch innerhalb des S-Bahn-Rings keine bezahlbare Wohnung finden. Sie hätte nach Bernau ziehen müssen, Ludwigsfelde, Erkner, in die Provinz, der sie mit siebzehn entflohen war.

Als sie auf die Straße trat, sah sie, dass Ziegler die beiden Satteltaschen vollgepackt hatte. Das konnte zwei Tage inklusive Übernachtung bedeuten. Er hatte sogar eine Tour ausgesucht. *Wo gibt es denn so was*, dachte sie. Sonst war die Organisation der Freizeit immer ihre Aufgabe gewesen. Er zeigte ihr auf einer

Karte die Route. Zuerst nach Norden, Schloss Oranienburg besichtigen, unterwegs irgendwo picknicken, dann in Rheinsberg in einem gemütlichen Restaurant essen und sich im Hafenhotel einbuchen. Am nächsten Tag weiter nach Neuruppin, wo er zusammen mit Nellie den Tempelgarten ansehen wollte. Das Wetter war ideal. Blauer Himmel, Temperaturen um die zwanzig Grad, die Straßen abseits der B96 waren frei. Was die Biopsie anging, lagen noch keine Ergebnisse aus dem Labor vor. Oder log er? Kannte er das Ergebnis? Nellie spürte den Impuls, sich darüber aufzuregen, entschied dann aber, es einfach hinzunehmen. Zu erfahren, dass sie einen Tumor hatte, würde das Wochenende ruinieren. Ohne Kenntnis der Ergebnisse konnte sie sich wenigstens noch bis zum Montag einreden, es sei alles in Ordnung. *Ich will noch einmal anständig Sex haben, bevor ich mir die Brüste abnehmen lasse,* dachte sie. Und Jan Ziegler sah aus, als könnte er genau das bieten. Sie stieg auf die BMW und fuhr los. Ziegler kam nur mit Mühe hinterher. Sie lieferten sich kleine Rennen, überholten einander, fuhren nebeneinanderher und zeigten auf die eine oder andere landschaftliche Schönheit. Oranienburg hieß die erste Station. Allerdings wurde es da nicht so romantisch wie erwartet.

Fünfhundert Menschen standen rechts vor dem Barockschloss. Sie trugen Mützen, T-Shirts und Jacken mit dem Wolfskopf. In Berlin war ihr die Marke auch schon begegnet. War der Wolf das Symbol, unter dem die Anhänger der Morgenröte sich sammeln sollten? *Interessant,* dachte sie. *Jetzt geht es also nicht mehr nur um den Aufbruch eines neuen Morgens.* Fahnen wurden geschwenkt, Transparente mit Abbildungen der politischen Prominenz und den üblichen Beleidigungen. Es wurde gebrüllt, in Trillerpfeifen geblasen, ein alter Song von Götz Wolf gesungen. *Hier bin ich geboren.* Nellie kannte das Stück. Auch wenn sie Götz Wolf nicht leiden konnte, musste sie doch heimlich zugeben, dass er ein guter Texter war. Interessanterweise hatte sich vor dem Schloss in einigem Abstand auch noch eine etwas kleinere Gruppe von Gegendemonstranten eingefunden. Die unvermeidliche Antifa. In der Mitte hielt ein ordentliches Polizeiaufgebot Demonstration und Gegendemonstration voneinander fern. Nellie und Ziegler stellten die Motorräder vor der Touristeninformation auf der gegenüberliegenden Straßenseite ab. Sie würden das Schloss und die berühmte Porzellansammlung erst am Nachmittag besuchen können, sagte die Dame am Info-Counter. Vorausgesetzt, die Demonstranten hatten sich bis dahin verzogen. Nellie hatte keine Lust, so lange zu warten. Sie wusste, wenn sie blieb, sprang mit Sicherheit der Reportermotor an, und der Ausflug artete in Arbeit aus.

»Lass uns weiterfahren«, sagte sie.

»Nur ein paar Minuten«, bat Ziegler.

Für ihn sah es nach einem Spektakel aus, das er nicht allzu oft geboten bekam. Vor allem nicht in der Klinik. Vielleicht würden sich die beiden Gruppen ja sogar eine kleine Schlacht liefern. Er wollte ein paar Fotos machen, die er dann am Montag in der Klinik zeigen konnte.

»Eine Viertelstunde«, sagte sie. »Wenn es dann mit der Schlacht noch dauert, kannst du ja nachkommen.«

Ziegler nahm sein Handy und machte fleißig Fotos.

In den beiden Gruppen rumorte es deutlich. Wie Wellen bewegten sie sich vor und zurück, als würden sie Anlauf nehmen wollen. Brüllten Schmähungen, vereinzelt flogen Steine, die Polizei hielt stand.

»Weißt du, was mich wundert?«, fragte Ziegler. »So eine Demonstration muss doch organisiert werden. Du musst Leute zusammentrommeln und beim Ordnungsamt anmelden.«

»Ja.«

»Woher wissen die da drüben, dass die Morgenröte sich hier versammelt?«

»Die Morgenröte informiert sie.«

»Du meinst, die bestellen selbst die Gegendemonstranten?«

Nellie wunderte sich über seine Naivität. Aber dann verstand sie. Jemand, der den ganzen Tag Frauenbrüste abtastete, konnte nicht wissen, welche Strategien im politischen Straßenstrich üblich waren.

»Aber dann müssen die doch mit Ärger rechnen.«

»Genau das wollen sie. Es ist der Morgenröte recht, wenn Gegendemonstranten auftauchen und es Verletzte gibt.«

»Weil sie sich dann als Opfer darstellen können?«

»Du hast es erfasst. Wahrscheinlich haben sie die über getarnte Kanäle sogar noch richtig aufgehetzt. Dazu braucht es allerdings auch nicht viel Überredungskunst. Die Antifa warten ja auch nur darauf, dass sie sich mit denen prügeln können. Die haben sich inzwischen von AfD und Pegida auf die Morgenröte verlegt.«

Ziegler sah sie konsterniert an.

»Das ist nicht dein Ernst.«

Nicht ihr Ernst?

»Die Morgenröte, das heißt Ziffer und Götz Wolf, wollen einen Riss in der Gesellschaft. Die Leute sollen nicht miteinander reden, die Gewalt soll eskalieren, um zu beweisen, wie wenig die Regierung die Lage noch unter Kontrolle hat. Dann präsentiert sich die Morgenröte als die einzige Kraft, die noch für Ordnung sorgt. Okay? Und jetzt lass uns weiterfahren.«

Kaum machte sie Anstalten, ihren Helm aufzusetzen, war von einer Jacht, die auf der Havel ankerte, die Rückkopplung eines Mikrofons zu hören.

»Freunde«, rief jemand unter dem Jubel der Demonstranten.

»Freunde, es ist ein erhebendes Gefühl, so viele von euch hier in Oranienburg versammelt zu finden.«

»Schau mal einer an«, sagte Nellie.

Sie kannte die Stimme. Den Mann verfolgte sie seit Tagen mit einer Interviewanfrage.

»Was ist? Wer ist das?«

»Lorenz Ziffer. Wenn es nachher hier richtig kracht, dann ist er mit seiner Wolfsbrut dafür verantwortlich.«

»Was ist eine Wolfsbrut?«

»Das weißt du nicht?«

Wie konnte dieses Phänomen an ihm vorbeigegangen sein? In den Zeitungen und Nachrichten wurde doch permanent darüber berichtet. Sie hatte selbst über deren Ziele geschrieben, hatte genau dargelegt, welche Gefahr von der Wolfsbrut ausging, wie das Internet zu einem Sumpf von Halbwahrheiten, Lügen und Manipulationen verkommen war. Hatte Ziegler etwa doch nicht jeden ihrer Artikel gelesen, wie er behauptet hatte?

»Ihr habt wohl im Krankenhaus eine strenge Nachrichtenzensur? Dürft ihr nur Artikel über Brustimplantate lesen?«

»Genauso ist es«, antwortete er lächelnd.

»Die Wolfsbrut ist Ziffers Trollarmee. Deren Aufgabe ist es, im Internet Follower zu sammeln, Fake News zu verbreiten, zu manipulieren und die Regierungsübernahme durch die Morgenröte vorzubereiten. Wenn die das schaffen, haben wir einen Monat später eine Diktatur.«

Ziegler sah sie ungläubig an.

»Diktatur? Hier bei uns?«

Vielleicht würde es nicht so schnell gehen, wie sie behauptete. Aber wenn es um dieses Thema ging, gab es für Nellie kein Zaudern, kein Abwägen. Man hatte ja in den USA sehen können, wie schnell so etwas gehen konnte. Beim Sturm auf das Kapitol waren die Amerikaner nur um Haaresbreite an der faschistischen Machtübernahme durch Trump vorbeigeschrammt.

»Kennst du ihn persönlich?«

»Oh ja.«

»Jedes Interview, seine Tweets, in denen er verklausuliert zum Sturz des sogenannten *Regimes* aufruft. Seine Kommentare in *Compact, Junge Freiheit, Nationalzeitung* und wo er sich sonst noch ausbreitet.«

Der Wind wehte Fetzen der Rede zu ihnen herüber.

»Wie viele Millionen gibt die Regierung für sogenannte Berater aus? Was schätzt ihr, meine Freunde?«, fragte Ziffer.

Niemand schien es zu wissen.

»Fünfhundert Millionen Euro!«, brüllte er ins Mikro.

Die Menge fing an zu rumoren. Die Summe war selbstverständlich eine glatte Lüge. Es war noch nicht mal die Hälfte. Aber das änderte nichts daran, der Vorgang war trotzdem ein Skandal.

»Wisst ihr, was diese Berater machen? Sie schreiben Gesetze. Hat man euch diese Gesetze jemals gezeigt?«

»Nein«, brüllte die Menge.

»Mir auch nicht. Und jetzt frage ich euch, warum nicht. Gibt es da etwas zu verheimlichen? Unsere Landwirtschaftsministerin, die, was ihre Fruchtbarkeit angeht, durchaus mit einem Hausschwein mithalten kann, macht ihre Beraterinnen zu Staatssekretärinnen für fünfzehntausend Euro im Monat«, brüllte Ziffer ins Mikro.

»Der geht aber in die Vollen«, sagte Ziegler.

Er schien ein wenig erschreckt zu sein. *Hausschwein.* Könnte man als Beleidigung anzeigen. Nellie sah zu den Polizisten hin, die sich noch abseitshielten. Sie waren darin geschult, gegen Demonstranten vorzugehen, nicht gegen Beleidigungen.

»Und wisst ihr, was ich mich jetzt frage? Wenn unsere Politiker so viele Berater brauchen, um die Arbeit zu machen, für die ihr sie gewählt habt, wozu brauchen wir dann diese Volksverräter?«

Die Menge tobte, schrie.

Auch wenn Nellie Ziffer für eine reale Gefahr hielt, war es gleichzeitig spannend zu beobachten, wie er seine Zuhörer rhetorisch in einen Wald führte. Der Mann war ein rabulistisches Genie. Spitzfindig, scharfsinnig, blitzgescheit. Er verstand es, Fakten so lange zu biegen, bis sie zu seinen Ansichten passten. Und er war unübertroffen darin, komplizierte Sachverhalte herunterzubrechen, damit jemand, der sich nicht jeden Tag mit Politik beschäftigt, sie verstehen konnte.

»Kannst du erkennen, wie die Jacht heißt?«, fragte Nellie.

Ziegler reckte sich.

»Aida.«

Den Namen musste sie sich merken. Vielleicht konnte sie dadurch Hinweise über weitere Finanziers der Morgenröte erhalten.

»Verräter, die euch belügen, betrügen und bestehlen. Die während der Pandemie eure Kinder und Eltern, eure Brüder und Schwestern, eure Männer und Frauen ermordet haben. Wollt ihr sie damit davonkommen lassen?«

Nellie sah, wie Ziegler mit einem Lächeln auf den Lippen zuhörte.

»*Ermordet* ist natürlich Quatsch. Aber mit dem Rest hat er nicht unrecht«, sagte er.

»Die Frage ist aber, ob er und sein Verein es besser machen, sobald sie die Fäden in der Hand halten«, sagte sie genervt. »Die halbe Stunde ist um, lass uns fahren.«

Sie setzte energisch ihren Helm auf und marschierte zu ihrem Motorrad. Sie wollte sich das Wochenende nicht von Ziffer ruinieren lassen. Der Mann und sein verdammter Laden beherrschten schon die ganze Woche ihr Leben. Das genügte.

Ziegler kam hinter ihr her. Als sie auf die Bundesstraße einbogen, nach rechts auf der Schlossplatzbrücke die Havel überquerten, sahen sie noch, wie die Demonstranten aufeinander losgingen. Nellie gab Gas, um der Versuchung zu entgehen.

Eine Stunde später erreichten sie ein kleines Hotel, sehr romantisch am Stechlinsee gelegen. Bei der Buchung auf Booking.com war es zu einer Verwechslung gekommen. Deshalb lagen Nellie und Jan Ziegler nach einem hervorragenden Abendessen, einer Flasche Grauburgunder und zwei Schnäpsen statt in einem Kingsize-Bett in einem Queensize-Bett. Aber es hätte in dieser Nacht auch eine Pritsche getan, weil sie ohnehin die meiste Zeit aufeinanderlagen, -hockten, -knieten, -kauerten und die Segnungen einer Diktatur der Lust ausprobierten. Die Sonne schickte bereits erste gerötete Strahlen in das Zimmer, als sie voneinander abließen. Nellie war aufgedreht, konnte nicht einschlafen und scrollte noch kurz auf ihrem Handy durch die Nachrichten. Eine Schlägertruppe, die sich *Wolfsrudel* nannte, war mit Baseballschlägern und Eisenstangen vor dem Schloss Oranienburg aufgetaucht und hatte die Gruppe der Gegendemonstranten verprügelt. Es hatte mehr als dreißig Verletzte gegeben, ein Anhänger der Morgenröte war auf der Fahrt ins Krankenhaus seinen Verletzungen erlegen. Ziffer drohte in einem Interview mit der *Bild-Zeitung*, den Mord nicht ungesühnt zu lassen. Da war es. Jeder, der wach genug war, konnte es sehen. Der Mann war auf Eskalation aus. Und die Frage war nicht mehr, *ob* es zu so etwas wie einem Bürgerkrieg kommen sollte, sondern eher, wann. Nellie legte das Handy beiseite. Es dauerte eine Stunde, bis sie schließlich doch wegdämmerte. Drei Stunden später riefen die Glocken zum Kirchgang und holten Nellie aus dem Tiefschlaf. Jan Ziegler lag nicht mehr neben ihr. Er saß am Tisch und las Zeitung.

»Guten Morgen«, sagte er. »Lust auf ein Frühstück?«

»Später«, sagte Nellie. »Ich habe heute Nacht noch was vergessen.«

Sie lockte ihn zurück ins Bett, um ihm zu zeigen, was genau sie vergessen hatte. Es wurde Mittag, bis Nellie hungrig genug war, um Ziegler aus dem Bett zu entlassen. Er hatte in der Zeitung über die Demonstration gelesen und erzählte ihr von einer Patientin namens Aida Pergaschin. Wie die Aida gestern auf der Havel. Sie war Pergaschins Ehefrau Nummer vier und Medienberaterin des russischen Präsidenten. Sie hatte ihn auf die Jacht eingeladen, dann aber wieder abgesagt. *Pergaschin stellt der Morgenröte seine Jacht zur Verfügung?*, dachte Nellie. *Und was sonst noch alles?*

39

Seit dem Ausflug nach Rostock schlief ich schlecht, träumte von maskierten Polizisten, die unsere Wohnungstür aufbrachen, die Wohnung verwüsteten und mich an den Beinen auf die Straße hinauszerrten, wo Sophie stumm wartete und mit dem Zeigefinger auf mich deutete. Wenn ich danach schweißgebadet aufwachte, war ich froh, in meinem Bett zu liegen und Sophie neben mir zu finden. Aber ich war mir auch sicher, dass die Träume nur eine Art Vorwarnung für das waren, was mich in der Realität einholen würde.

Sophie spürte meine Unruhe. Sie verfügte über diesen feinen seelischen Seismografen. Und der reagierte jetzt, während die Hormone sich über sie hermachten, besonders sensibel. Sie dachte wahlweise, ich sei verärgert, weil sie den Film machen wollte, oder ich wollte mich von ihr trennen, weil das Kind nicht in meinen Karriereplan passte. Ich schwor ihr, dass das nicht stimmte. Im Gegenteil. Inzwischen freute ich mich darauf, Vater zu werden. Auch wenn in meiner Fantasie die Szenen, in denen ich mit dem Kleinen spielte, meistens im Besuchszimmer eines Gefängnisses stattfanden. Aber was wollte ich machen? Ich konnte Sophie ja nicht sagen, warum ich so nervös war. *Es liegt nicht an dir, Sophie. Es ist, weil jemand in Götz' Hotelzimmer ein Mädchen umgebracht hat, nein, nicht Götz, jemand, den wir noch nicht kennen, und weil ich die Leiche zu einem Schrottplatz gebracht habe, wo sie inzwischen hoffentlich in einem Würfel Blech mit der Seitenlänge von einem Meter verpackt ist.* Sophie würde mich für verrückt erklären, und das vollkommen zu Recht. Also schwieg ich und schwitzte weiterhin nachts die Kopfkissen durch.

Im Wolfsbau herrschte inzwischen Alarm. Das Konzert in Darmstadt war eine Katastrophe gewesen. Götz war nach dem ersten Song betrunken vom Klavierhocker gefallen. Zwar hatte er sich während der nächsten Songs wieder gefangen, doch dann hatte er übel über die *Berliner Verbrecher* hergezogen, woraufhin Heike ihn von der Bühne geholt und aus dem Verkehr gezogen hatte. Nachdem er mit mir telefoniert hatte, war er im Bülow-Schloss abgetaucht. Ich rief mehrmals an, kam aber nicht durch. Amalia schirmte ihn ab, als sei er nur noch ein Gerücht. Der Tod des Mädchens hatte ihn tief getroffen. Das verstand ich.

Ich scrollte durch die Nachrichten. Unsere Zustimmungsrate hatte sich ein wenig stabilisiert. Seltsamerweise, nachdem Götz auf der Bühne zusammengebrochen war. Seitdem gab es eine wahre Flut von Sympathiebekundungen.

»Nicht schlecht, oder?«, sagte Manuela. »Aber schau dir mal das hier an.«

Sie zeigte mir Fotos und Videos, in denen die Antifa in Oranienburg auf Demonstranten losgegangen war und einen Anhänger der Morgenröte umgebracht hatte. Es war erschreckend, mit welcher Wut die zugeschlagen hatten. Auf einem Foto war das Wolfsrudel am Rand zu sehen.

»Die Idioten waren auch da?«, sagte ich.

»Ja, scheint so. Aber das wird noch retuschiert«, sagte Manuela.

»Wir müssen mit Lorenz darüber reden. Das geht so nicht. Wir müssen aufhören, die Leute zu provozieren. Ich hab diese Wolfsrudel-Deppen selbst gesehen. Die sind nur darauf aus, Leute zu attackieren.«

»Ja, ich weiß«, sagte Manuela.

Sie sagte es beiläufig, als würde sie nichts damit zu tun haben wollen. Bevor ich noch weiter mit ihr darüber reden konnte, beorderte Lorenz mich in sein Büro.

»Wir reden später weiter«, sagte ich zu Manuela.

Dann machte ich mich auf den Weg in den vierten Stock.

»Mach die Tür zu«, sagte er, als ich sein Büro betrat. »Setz dich.«

Seit ich zum letzten Mal hier gewesen war, hatte sich einiges geändert. An den Wänden hingen die Landkarten der sechzehn Bundesländer. Städte waren mit Pinnnadeln in unterschiedlichen Farben markiert. Rot für die Regierungssitze, Blau für Großstädte wie Frankfurt, Essen, Köln, Leipzig usw. Grün für die mittelgroßen, Hanau, Kassel, Halle, Mölln. Rechts stapelten sich Dutzende Kartons, aus denen Mappen mit dem Wolfssymbol hervorschauten. Links stand immer noch die unbequeme Couch. Er hatte den Ikea-Schreibtisch durch ein altes englisches Modell ersetzt, in dessen Mitte ein Feld aus grünem Leder gespannt war. Der Tisch war so groß, man hätte Tischtennis darauf spielen können, wenn er nicht über und über mit Papier bedeckt gewesen wäre. Lorenz gehörte zu der Spezies, die E-Mails ausdruckt und in Ordner ablegt, in denen sie dann vor sich hin schimmeln. Er hatte kein Vertrauen in Cloudsysteme und wollte nicht, dass irgendjemand die Korrespondenz mit den Leitwölfen in den Ortsgruppen mitlas.

Ich nahm in einem Sessel gegenüber seinem Schreibtisch Platz.

»Wie geht es dir?«, fragte er.

»Okay«, antwortete ich. »Ich schlaf zwar schlecht, aber es geht schon irgendwie.«

»Ja, das verstehe ich.«

Er schien genauso wie ich von der Tragödie im Hotel mitgenommen zu sein, jedenfalls hatte ich ihn noch nie so bedrückt gesehen.

»Du hast mit niemandem darüber gesprochen?«

»Nein.«

»Auch nicht mit Sophie?«

»Nein.«

»Ich hab dich eben mit Manuela gesehen. Habt ihr Stress?«

»Ich rede mit niemandem drüber, Lorenz. Ich bin ja nicht blöd. Ich steck doch selbst in der Scheiße drin.«

»Mit Marid ist alles glattgegangen?«

»Ja.«

»Gut.«

»Ich werde dir jetzt etwas zeigen. Aber du wirst auch darüber mit niemandem sprechen, ist das klar?«

»Ja«, sagte ich, ohne zu wissen, um was es ging.

Er nahm eine Plastiktüte aus einer Schublade. Darin lag ein Messer mit schwarzen Flecken und Striemen auf der Schneide.

»Weißt du, was das ist?«, fragte er.

Natürlich wusste ich, was für ein Messer das war.

»Ich habe es auf Fingerabdrücke überprüfen lassen.«

»Und?«

Das Blut schoss mir in den Kopf. *Hoffentlich nicht Götz,* dachte ich.

»Es sind die von dem Mädchen drauf und auch noch von einer zweiten Person.«

»Götz?«

Lorenz grinste spöttisch.

»Ich finde es bemerkenswert, wie leicht du das für möglich hältst.«

Ich hielt es für möglich, weil ich jedem von uns alles Denkbare zutraute. Es kommt doch immer nur auf die Umstände an.

»Nein, nicht Götz. Jemand Drittes muss sich Zutritt zur Suite verschafft haben.«

»Götz ist es also definitiv nicht gewesen?«

»Nein.«

Wir betrachteten beide das Messer in der Plastiktüte. Das Blut sah aus wie Teer.

»Gut«, sagte ich.

»Gut? Mir wäre es anders lieber, dann müssten wir uns keine Sorgen machen, dass irgendwann der Mörder auftaucht und uns die Pistole an den Kopf hält.«

»Dir wäre lieber, wenn Götz sie umgebracht hätte?«

»Am liebsten wäre mir, sie würde noch leben.«

»Was ist eigentlich mit den Überwachungskameras?«, fragte ich.

Auf der Fahrt nach Rostock waren die mir wieder eingefallen.

»Darauf müsste doch zu sehen sein, wer um die Uhrzeit in das Hotel gegangen ist.«

»Die Aufnahmen sind automatisch überspielt worden«, sagte Ziffer.

Es war natürlich einerseits gut für uns, weil dann niemand im Nachhinein überprüfen konnte, wie wir die Leiche aus dem Hotel geschafft hatten, andererseits gab es dadurch aber auch keine Hinweise auf den Täter.

»Es ist verrückt«, sagte ich.

»Was ist verrückt?«

»Als ich bei der Morgenröte eingestiegen bin, hab ich mir nicht vorstellen können, dass Mord ein Mittel der Politik sein kann. Zumindest nicht in Deutschland. Ich hab schon geahnt, mit welchen Bandagen gekämpft wird, wenn es um Macht geht. Aber das hier ist eine andere Kategorie. Das hat nichts mehr mit harten Bandagen zu tun.«

Lorenz nickte. Er hatte im Astor von diesem Politiker gesprochen. Barschel. Und wenn man noch weiter zurückging, war es bei den Nazis die übliche Methode gewesen, um Gegner aus dem Weg zu räumen. Aber heute? Im Jahr 2021?

»Was machen wir jetzt?«, fragte ich. »Wir können ja nicht untätig herumsitzen und darauf warten, bis der Kerl sich meldet. Hast du im Hotel angerufen?«

Lorenz legte den Kopf schief.

»Um zu fragen, ob jemand von der Belegschaft ein Mädchen in Götz' Suite ermordet hat? Dann haben wir in einer Stunde die Polizei am Hals. Was im Hotel passiert ist, ist ein Komplott. Das war kein eifersüchtiger Freund. Das war jemand, den unsere Feinde losgeschickt haben. Und ich sage bewusst *Feinde*, weil wir uns jetzt im Krieg befinden. Jetzt wird nicht mehr geredet, es werden keine Argumente mehr ausgetauscht, keine Vereinbarungen hinter verschlossenen Türen. Von jetzt an wird zurückgeschossen. Ich weiß nur noch nicht, auf wen wir schießen müssen.«

»Du denkst wirklich …?«

»Wer denn sonst?«

»Was weiß ich? Die Russen, die Chinesen, die Amis. Jeder, der verhindern will, dass Götz Kanzler wird.«

»Die Russen bringen kein Mädchen um. Wenn die Götz loswerden wollen, haben die andere Mittel. Für die Chinesen sind wir zu unwichtig. Trump hätte ich so was zugetraut, aber der spielt nur noch Golf.«

»Warum setzen wir nicht Manuela dran?«, fragte ich.

»Kommt nicht infrage. Sie wäre dann die fünfte Person, die davon weiß.«

Je länger ich darüber nachdachte, umso wütender wurde ich. Wie sollten wir die Wahl gewinnen, wenn täglich jemand auftauchen und uns ein Foto oder ein Video oder was auch immer vor die Nase halten konnte?

»Wie geht es jetzt weiter?«, fragte ich.

Lorenz legte das Messer in eine Schublade, schloss sie ab und steckte den Schlüssel ein.

»So wie bisher auch. Mit dem Mörder beschäftigen wir uns, sobald er von sich hören lässt. Du unterstützt inzwischen Manuela. Wir müssen auf das Desaster in Darmstadt reagieren. Alles Weitere sehen wir, wenn Götz wieder an Bord ist.«

Die Besprechung war damit beendet. Als ich sein Büro verlassen wollte, hielt er mich noch einmal auf.

»Und da ist noch etwas«, rief er mir hinterher. »Sophie hat mich angerufen. Wegen so einer Schwulenbar, die überfallen worden ist. Angeblich haben die Kerle Wolfsjacken getragen. Ich habe ihr gesagt, dass wir nichts damit zu tun haben. Es ist ja geradezu absurd, uns jetzt anzugreifen, wenn vor zwei Tagen einer unserer Anhänger bei meiner Kundgebung in Oranienburg erschlagen worden ist. Sie will einen Film machen, hat sie gesagt. Es wäre gut, wenn du dich mehr um deine Freundin kümmern würdest.«

»Ja, mache ich«, sagte ich.

Ich wusste nur noch nicht, wie ich das angehen sollte. Ich konnte ihr ja schlecht erklären, wir hätten keinen Einfluss darauf, was diese Idioten anstellten. Und Lorenz unternahm nicht wirklich was dagegen. Für ihn waren es Leute, die wir brauchten, um uns gegen Angriffe von Feinden zu schützen.

Ich ging runter zur Wolfsbrut und suchte mir einen freien Platz am Rande des Großraumbüros. Eine spürbare Unruhe hatte sich unter den Kids breitgemacht. Sie wussten nicht, was mit Götz los war, wieso er abgetaucht war und ob er je wieder zurück auf die Bühne gehen würde. Zudem fielen unsere Gegner, seit wir das Konzert abbrechen mussten, über uns her wie Hyänen über einen übel riechenden Kadaver. *Götz Wolf, eitler, aufgeblasener, egomaner Selbstdarsteller, hat sich in Darmstadt von der politischen Bühne verabschiedet. Die Morgenröte am Ende. Ein alkoholsüchtiger Popmusiker hat alle Chancen, Kanzler zu werden, selbst zerstört. Seit Darmstadt muss für jeden Bürger klar sein, dass Götz Wolf ungeeignet ist, ein Regierungsamt zu übernehmen, geschweige denn das Land zu führen.* Götz wurde zum Abschuss freigegeben. Ich schrieb eine Presseerklärung, in der ich Götz' Zustand mit Lebensmittelvergiftung und

Kreislaufkollaps erklärte. Er müsste sich ein paar Tage lang erholen, bevor er die Tour fortsetzen konnte. Ich ahnte schon, die Resonanz würde noch mehr Häme sein. *Was ist in Darmstadt passiert? Wieso schweigt die Morgenröte? Ist die Morgenröte am Ende? Ikarus am Boden.* Überraschend war allerdings, wie wenig die Attacken, die von der Presse geritten wurden, unsere Fans interessierten. Im Gegenteil. Sie bejubelten weiterhin jedes Wort, das ich in Götz' Namen an sie richtete. Auf Twitter, Facebook, Instagram, TikTok wurde er mit Genesungswünschen überhäuft, es gab Hunderte von Ratschlägen, was er tun müsste, um sich zu erholen. Es sah so aus, als könnte Götz machen, was er wollte, seine Fanbase hielt eisern zu ihm und vergrößerte sich sogar noch. Ziffer hatte es vorhergesagt. Ab einem gewissen Grad an Popularität musst du schon einen wirklichen Skandal produzieren, damit die Fans sich von dir abwenden. Drogen, Sex und Politiker beleidigen gehören nicht dazu. Schäferhundwelpen schlagen oder ein Kätzchen in die Mikrowelle stecken schon eher. Aber selbst dann gibt es noch genug Leute, die die Fotos für Fake halten und sich noch verbissener hinter dir einreihen. Oder wie Donald Trump gesagt hatte: *Ich könnte jemanden auf der Fifth Avenue erschießen und würde trotzdem keine Wähler verlieren.* Selbst als die *Washington Post* mehr als 22.000 Falschaussagen, Lügen und irreführende Behauptungen zählte, änderte es nichts an seiner Popularität.

Wir schufteten rund um die Uhr. An manchen Tagen schlief ich im Wolfsbau unter einem Schreibtisch, schrieb Sophie kurze Nachrichten, versprach, am nächsten Wochenende mit ihr wegzufahren, und verschob den Ausflug ein ums andere Mal. Sie war überraschend verständnisvoll. Wieso? Hatte es mit ihrem Film zu tun? Ich fragte nicht nach. Ich wollte mir die Auseinandersetzung ersparen, die dann auf mich wartete.

Als wir merkten, wie wenig Darmstadt uns schadete, tauschte

Lorenz die Hälfte der Wolfsbrut aus und ersetzte sie durch Kids, die noch asozialer waren als nordkoreanische Hacker und dabei auch noch riesigen Spaß hatten. Was sie jeden Tag in die sozialen Netzwerke pumpten, war nicht mehr grenzwertig. Es ging über alle Grenzen, die ich mir bei *Herzfelds Herzschlag* gesetzt hatte. Ich sprach Manuela darauf an. Sie lachte mich aus.

»Komm mit«, sagte sie.

Sie nahm zwei Bier aus dem Kühlschrank, wir setzten uns ans Fenster und schauten in die kalte Nacht hinaus. Es hatte geschneit, die Stadt war mit einer weißen Decke wie mit Zuckerguss überzogen.

»Die Zeit der Samthandschuhe ist vorbei, Georg«, sagte sie.

»Das weiß ich auch. Aber die Kanzlerin als Hitlers Tochter vor ein KZ zu stellen, den Wirtschaftsminister mit einer Maschinenpistole um sich ballern zu lassen und die Verteidigungsministerin auf einem Berg von Leichen zu zeigen, findest du in Ordnung? So was hätten wir bei *Herzfelds Herzschlag* niemals gemacht.«

»Es geht hier aber auch um etwas anderes. Wir ballern nicht wie damals in der Show auf irgendwelche C-Promis, sondern auf Leute, die in richtige Skandale verwickelt sind.«

»Und was machst du, wenn unsere Gegner demnächst genauso gegen uns vorgehen? Wenn es eine einzige Schlammschlacht aus Lügen, Beleidigungen und Demütigungen wird?«

»Das wird nicht passieren. Mach dir keine Sorgen. Die Idioten haben immer noch nicht verstanden, wie das hier läuft. Wir schicken mit den Daten, die Alex und die IRC uns zur Verfügung gestellt haben, pro Tag Hunderttausende Nachrichten zielgerichtet an die Wähler von CDU, SPD, Grüne, FDP. Die beschweren sich und quatschen von Moral und ethischen Grenzen, während sie selbst durch und durch korrupt sind. Wenn der Krieg eskaliert, Georg, erhöhen sich die Klickzahlen.«

»Und dadurch sind wir kosteneffizient«, sagte ich und äffte Ziffer nach.

»Das sind wir. Die Wolfsbrut steht kurz davor, sich selbst zu finanzieren. Wir verkaufen einfach die Daten all derer, die sich auf unserer Website anmelden, an die Werbeindustrie.«

Nellie Freitag hatte das sogar aufgedeckt und versucht, einen Skandal daraus zu basteln. Aber das hatte die Öffentlichkeit nur einen Tag lang interessiert. Dann hatte irgendein russischer, türkischer, chinesischer Diktator einen Furz gelassen, und das Thema war durch.

Es wurde bereits wieder hell, Manuela und ich hatten ordentlich gebechert, als eine Nachricht von Sophie auf meinem Handy ankam. Sie erinnerte mich an den Termin bei der Frauenärztin. Den hatte ich natürlich vergessen. Wieder einmal. Aber so betrunken, wie ich war, konnte ich sie unmöglich begleiten.

40

In seiner Garderobe war vor dem Schminkspiegel alles aufgereiht gewesen, was für eine gepflegte Nahtoderfahrung unentbehrlich war: Heroin, Kokain, Elontril, Diazepam, dazu Weißwein und Kokain als Proviant für die Reise ins Nirwana. Amalias Privatarzt hatte sich gewundert, wie er bei diesen Mengen überhaupt noch aufrecht stehen konnte, und ihn auf Amalias Wunsch hin auf einen radikalen Entzug gesetzt. Abwechselnd bekam er Polamidon, Subutex, Doxepin und Ibuprofen in die Venen gepumpt. Er musste so schnell wie möglich wieder fit werden. Amalia achtete darauf, dass er das Schlafzimmer nicht verließ, versorgte ihn mit Tee und Hühnersuppe. Nachts verschloss sie die Tür, um ihn vom Weinkeller fernzuhalten.

Sie kannte diese Ausfälle. Götz brauchte den Exzess, der ihn regelmäßig einmal pro Jahr an eine Grenzmarkierung brachte. Es war ein Spiel mit dem Tod, eine Art russisches Roulette, bei dem er alle Kammern bis auf eine lud. Es war nichts Neues, und Amalia konnte den Kalender danach ausrichten. Aber so heftig wie dieses Mal hatte er sich noch nicht abgeschossen. In den kurzen Momenten, in denen er wach war und klar denken konnte, sprach er nur von dieser Lulu. Egal, wie er es drehte, egal, welche Erklärungen er zu einem Schutzwall vor dem Gedanken der Schuld aufeinandertürmte, es lief auf eine einzige Antwort hinaus. Er war für den Tod des Mädchens verantwortlich. Auch wenn er sie nicht umgebracht hatte, hatte er ihr von dem Highspeed Junk gegeben, das der Russe ihm zugesteckt hatte. Danach hatte er sich selbst eine Dosis gesetzt, die für jeden anderen tödlich gewesen wäre. Das hatte er schon in dem Moment gespürt, als das Zeug aus der Nadel in seine Armbeuge geflossen war. Aber er hatte es in dieser Nacht wissen wollen.

Wie weit kann ich gehen, wo ist der Gipfel, wann gehen die Lichter aus? Und er war weit gegangen. Sogar für seine Verhältnisse. Hatte die Hemmungen fallen lassen, bis die Lichter erloschen. Deshalb hatte er nicht bemerkt, wie jemand in das Zimmer gekommen war und Lulu ermordet hatte. Er fragte Amalia immer wieder, was sie mit dem Mädchen gemacht hatte. Er wollte sie noch einmal sehen, wollte die Polizei anrufen, das Schwein finden, den Kerl umbringen. Und schlief wieder ein.

Amalia telefonierte täglich mit Lorenz, um ihn über Götz' Zustand zu informieren. Allzu lange konnten sie sein Abtauchen nicht mehr rechtfertigen. Also musste Dr. Roberts die Medikation neu justieren. Auch auf die Gefahr hin, Götz könnte kollabieren. Das Risiko musste sie eingehen. Sie hatte genug von diesem Mann ertragen müssen. Und sie hatte ihr Schicksal mit der Bewegung verknüpft. Sollte die Morgenröte scheitern, würde das ihr finanzielles und gesellschaftliches Ende bedeuten. Dazu durfte es nicht kommen. Götz musste so schnell wie möglich wieder auf die Beine gestellt werden.

Vor fünfzehn Jahren hatte sie ihn beim Empfang des Bundespräsidenten kennengelernt. Sie hatte ihn am Büfett versehentlich angerempelt und ein Glas Erdbeerbowle über sein weißes Hemd geschüttet. Da hatte sie ihn aber nicht erkannt. Erst als er auf der Hauptbühne ein paar seiner Songs spielte, verstand sie, wer er war. Und als er anschließend dem Bundespräsidenten erklärte, die roten Flecken auf seinem Hemd würden von einem Pfeil des Liebesgottes Amor herrühren, war eine leise Stimme in ihr erwacht, die sie vor ihm warnen wollte. *Sei vorsichtig. Der Mann wird über dich kommen wie ein Gotteserlebnis.* Er war zum Klavier gegangen und hatte begonnen zu spielen. *Ein stürmisch-wildes, tiefes blaues Meer. Am Himmel eine Wolke, hell und schwer. Am Tage stolz ein Berg, und nachts ein Wald. So hätt' ich mir ein Bild von ihr gemalt. Von Farben, Licht und Schatten ganz erfüllt. Und doch war es nur ein blasses Bild. Zu klein, um sie zu fassen und zu seh'n …*

Er hatte eine Pause gemacht, ins Publikum geschaut. Als er sie mit Blicken kurz gestreift hatte, sang er grinsend weiter. *Wie sie mit Erdbeerbowle um sich wirft im Steh'n!*

Die Gäste hatten gelacht und sich umgeschaut. Wer war diese Person, die Götz besang? *Wer ist es?*, fragte auch der Bundespräsident. Amalia hatte befürchtet, Götz würde sie auf die Bühne holen und in eine peinliche Situation bringen. Aber er war ein Gentleman. Erst als der offizielle Teil des Festes vorüber war, kam er auf sie zu. Sie war entgegen ihrer Gewohnheit bis zum Schluss geblieben. Hatte sich mit Leuten unterhalten, um einen Grund zu haben.

Er trug ein sauberes Hemd, das ihm einer der Bodyguards geliehen hatte. *Ich hoffe, ich habe dich nicht in eine unangenehme Situation gebracht,* hatte er geflüstert. Das hatte er nicht, aber das *Du* hatte sie gestört. So etwas kannte sie von zu Hause nicht. Man war höflich, es gab Regeln, die waren zwar eng gefasst und steif, aber man befolgte sie. Und dann kam dieser Kerl und scherte sich einen Teufel um Etikette, um Gepflogenheiten, um Tradition. Nicht wie ein Rüpel, nicht überheblich, wie sie es oft erlebt hatte, wenn die jungen Männer sich über Konventionen lustig gemacht und Regeln gebrochen hatten. Götz brach keine Regeln, er machte sie überflüssig, als wären sie nichts als Seifenblasen. Da hatte sie sich in ihn verliebt und war bereit gewesen, ihm zu folgen, wohin auch immer er sie führen wollte. Das alles lag fünfzehn lange Jahre zurück. Deswegen hatte sie eine Liste geschrieben. Sie würde ihn in die Regeln zwingen, die er zu Anfang aufgelöst hatte.

Als er nach drei Tagen wieder ansprechbar war, sah er fürchterlich aus. Die Augen rot unterlaufen, der Blick stumpf. Die Haut im Gesicht grau, die Wangen eingefallen. Amalia zog die

Vorhänge im Schlafzimmer auf, das Licht fiel wie ein Lebenselixier in das Schlafzimmer.

»Wie geht es dir?«, fragte sie.

»Nach ein paar flüssigen Vitaminen bestimmt großartig.«

Sie reichte ihm ein Glas Wasser und legte ihm ein Paper vor. Er warf einen Blick darauf und blinzelte.

»Was ist das?«, fragte er.

Ächzend erhob er sich aus dem Kissen. Die verschwitzten Haare hingen ihm ins Gesicht. Amalia schob sie hinter seine Ohren, damit er besser lesen konnte, was sie ihm aufgeschrieben hatte.

»Das sind die Zusatzartikel zu unserer Heiratsurkunde.«

»Oh!«, sagte er. Mehr nicht.

Etwas in der Art hatte sie befürchtet. Es war ihr nicht leichtgefallen, die Liste niederzuschreiben, ja sie überhaupt zu formulieren. Jedem anderen hätte sie ihre Forderungen mündlich mitgeteilt. Aber nicht Götz, diesem Monstrum von einem Ego. Also hatte sie ihre Forderungen aufgeschrieben, damit sie sie in der Aufregung nicht zurücknahm, sollte er ihr wieder irgendeine Geschichte von den Dämonen erzählen, die ihn verfolgten. Von den Albträumen, in denen sein Vater auftauchte und ihn immer noch folterte. Oder wenn er laut wurde und sie befürchtete, er könnte sie schlagen, obwohl er das noch nie getan hatte, oder wenn er leise blieb und zu weinen begann.

Die Liste bestand aus sechs Punkten. Beendigung aller Affären, Reduzierung des Alkoholkonsums, Verzicht auf alle anderen Drogen, Anerkennung der Verantwortung als Kandidat der Morgenröte für das Amt des Bundeskanzlers, Abbruch aller Differenzen mit Lorenz, Bekenntnis zu Amalia als zukünftige First Lady.

Sein Leben wurde dadurch auf den Kopf gestellt, das wusste sie. Der Wolf wurde an die Leine genommen und sollte im Zirkus Kunststücke aufführen. Möglichst, ohne dem Publikum die Kette zu zeigen. Es war der einzig vernünftige Weg, um das Ziel noch zu erreichen. Ein bisschen wollte sie ihn natürlich auch bestrafen. Für all das, was er ihr angetan hatte. Und vor allem, weil er sie auf seinem Weg nicht mitgenommen hatte. Er hatte es ihr versprochen, und dann war sie immer weiter zurückgeblieben. Sie wusste, es lag auch an ihr. Sie hatte einfach nicht mit ihm mithalten können. Aber um Himmels willen, wie sollte sie auch, wenn er beim Heiratsantrag ohne Fallschirm aus einem Flugzeug gesprungen war und sie damit genötigt hatte, mit ihrem Fallschirm hinterherzuspringen und ihn in der Luft aufzufangen. Und der nach heiler Landung sagte, er habe gewusst, sie würde ihm hinterherspringen. Und wenn sie es doch aus irgendeinem unerfindlichen Grund nicht getan hätte, wäre es nur folgerichtig gewesen zu sterben.

Er legte das Papier beiseite.

»Willst du mich nicht lieber erschießen?«, fragte er.

»Wenn ich das könnte, hätte ich die Liste nicht geschrieben«, sagte sie lächelnd.

Er kroch aus dem Bett. Noch wackelig auf den Beinen, ging er ins Badezimmer. Der WC-Deckel wurde hochgeklappt. Sie hörte, wie er im Stehen pinkelte. Dabei summte er eine Melodie, die sie noch nicht kannte. Fünf, sechs Töne. Wiederholte sie ein paarmal. Als er zurückkam, zeichnete sich eine deutliche Erektion in seiner Unterhose ab. Sie sah es und lachte. *So bist du,* dachte sie, *so kenne ich dich und wundere mich immer noch, woher du die außerordentliche Gewissheit nimmst, du wärst der Mittelpunkt des Universums, und schämst dich nicht mal, die Liste mit einer Erektion zu kommentieren.*

»Ich meine es ernst, Götz«, sagte sie.

»Das haben wir gemeinsam. Ich habe es nie anders als ernst gemeint.«

»Umso besser. Nach den Dingen, die im Astor passiert sind, müssen wir die Zügel stramm ziehen. Du hast die Morgenröte in Gefahr gebracht. Wenn die Öffentlichkeit davon erfährt, sind wir am Ende, und ich bin blamiert. Ich weiß, dir macht so was nichts aus, weil es nur einen Maßstab für deine Beurteilung gibt, und der bist du selbst. Aber es gibt Menschen, die sehen das anders. Du hast nun zwei Möglichkeiten. Erstens, du erklärst dich mit allem einverstanden, was auf der Liste steht.«

»Oder?«

»Oder ich rufe die Polizei an.«

Götz lachte laut auf, verschluckte sich und wäre beinahe erstickt.

»Ich bin beeindruckt. Ich habe immer geahnt, was für eine entschlossene und unerbittliche Person in diesem zarten Körper wohnt. Dass du allerdings so weit gehst, überrascht mich doch.«

Sie hielt seinem Blick stand.

»Du denkst tatsächlich, ich hätte sie umgebracht?«, fragte er. »Was ist mit den Fingerabdrücken?«

Sie lächelte.

»Du meinst die Untersuchung, die Lorenz in Auftrag gegeben hat? Woher hat er die Fingerabdrücke des Mädchens, die zum Vergleich nötig sind? Wir haben doch drei Stunden lang im Badezimmer gründlich alle Spuren beseitigt. Wer also sonst war es, wenn nicht du?«

»Irgendjemand von unseren Gegnern, ein eifersüchtiger Ehemann?«

»Der bringt das Mädchen um und nicht dich?«

»So machen das eifersüchtige Männer. Was ich nicht haben kann, sollst du auch nicht haben.«

»Nehmen wir mal an, es war so, warum hören wir dann nichts von dem eifersüchtigen Ehemann?«

Götz ging zum Fenster. Es war ein schöner Tag. Raureif hatte sich über die Landschaft gelegt. Die Gärtner standen in dicken Jacken im Rosengarten und deckten die Pflanzen mit Fichtenzweigen ab.

»Wenn du mich ans Messer lieferst, ist die Morgenröte tot«, sagte er.

»Ich weiß.«

»Und das wärst du bereit zu riskieren?«

»Ja, weil du für den Mord lebenslänglich erhältst.«

»Nicht schlecht. Aber du vergisst, wer sie beiseitegeschafft hat.«

»Das war Georg.«

Er drehte sich zu ihr um. Sie saß immer noch mit übereinandergeschlagenen Beinen auf der Bettkante. Er lachte.

»Ich weiß, warum ich dich so liebe«, sagte er. »Du kannst so eiskalt und berechnend sein.«

»Also?« Sie deutete auf das Papier.

»Na gut«, sagte er.

Sie sah ihn erstaunt an. »Das heißt, du wirst dich an das halten, was hier drinsteht.«

»Habe ich eine Wahl?«

Nein, hatte er nicht. Er stand vor ihr, lächelte, als hätte sie ihn zu einem Spaziergang überredet. Streckte die Arme aus, umarmte sie und fragte, ob sie mit ihm schlafen wolle. Es war ihr unbegreiflich. Sie wollte eine Entscheidung von ihm, und er ignorierte es, wie er alles ignorierte, was ihm nicht gefiel. Sie befreite sich aus der Umklammerung und wartete, bis er unterschrieb.

41

Ich hatte mich aufgerafft, fünf Espressi in mich hineingeschüttet, geduscht und war mittags halbwegs nüchtern, als Sophie sich in dem dunklen Behandlungszimmer auf einer Liege ausstreckte. Ihre Frauenärztin Dr. Birke fuhr mit einem kleinen Scanner über ihren Bauch, zu dritt starrten wir auf einen Monitor, auf dem eine dunkle Blase und mittendrin ein braunes Ding zu sehen war, das unser Baby darstellen sollte.

»Es ist ein Junge«, sagte Dr. Birke strahlend.

Als sei es die beste von den sechzig Möglichkeiten, die Facebook zur Bestimmung eines Geschlechts anbot.

Sophie hatte bis vor einer Woche nicht wissen wollen, ob es ein Junge oder ein Mädchen war. Dann wäre die Überraschung weg, meinte sie. Und sie liebte Überraschungen. Aber da aus Sophies Familie und von Freunden bereits die ersten Anfragen für Geburtsgeschenke eintrudelten, hatte sie zuletzt nachgegeben.

»Sehen Sie, das hier ist der Penis.«

Dr. Birke drehte den Bildschirm in unsere Richtung. Mit einer Art Maus bewegte sie einen Pfeil in die Mitte des kleinen Lurchs.

»Aha!«, sagte ich, obwohl ich nur Grau und Grau sah.

Sophie dachte bis zu diesem Moment, es müsste ein Mädchen sein, weil Mädchen angeblich mehr pränatale Übelkeit verursachten als Jungs. Jetzt schien sie ein wenig enttäuscht zu sein. Als wir zu Hause ankamen, unterrichteten wir ihre Familie und ein paar Freunde von der neuen Erkenntnis. Sophie war seltsam pragmatisch. Sie drückte mir eine Liste von Dingen in die Hand, um die ich mich kümmern sollte. Kinderbett, Kinderwagen, Wickelauflage, Bekleidung in allen erdenklichen Farben außer Hellblau, weil Sophie unseren noch namenlosen

Sohn nicht schon von Geburt an gendertypisch festlegen wollte. Die Erziehung würde vermutlich eine ironiefreie Zone werden, was bedeutete, ich musste mich am Riemen reißen. Vor allem, weil ihre Mutter sich für die ersten postnatalen Monate als Unterstützung selbst eingeladen hatte. Sie war Schriftstellerin und schrieb grausam geschraubte Lyrik, in der sie sich mit der Schuld des weißen Mannes auseinandersetzte. Zeug, das niemand lesen wollte. Aber weil ihr Mann, Sophies Vater, ein hohes Tier in Harvard war, durfte sie jedes Jahr einen neuen Gedichtband herausbringen.

»Wollen wir den Kinderwagen nicht zusammen aussuchen?«, fragte ich.

»Ich hab dir einen Link geschickt zu einem Laden, die so was secondhand verkaufen. Die wissen da Bescheid. Du musst nur meinen Namen nennen.«

»Okay«, sagte ich. »Mach ich nachher.«

»Weil du vorher noch ein paar Texte für Götz schreiben musst?«

Es war der Tonfall, den ich so gut von ihr kannte und mit dem sie im Mittelalter eine herausragende Karriere als Inquisitorin hätte machen können.

»Wie wäre es stattdessen mit ein paar Texten darüber, wie sehr du mich liebst und dich auf deinen Sohn freust und uns nicht im Stich lässt?«

»Ich werde weder dich noch meinen Sohn jemals im Stich lassen«, versuchte ich, mich rauszureden.

»Bist du da sicher?«

Ich wusste es. Und ich wusste auch, was jetzt kommen würde. Sophie hatte sich ein paar der wirklich harten Videos und Fotos angesehen. Sie war schon am Vortag auf hundertachtzig gewesen und hatte mich gefragt, wie lange ich noch bei dem Scheißverein bleiben wolle, ob ich nicht merken würde, worauf das Ganze hinauslief. Sie führte mir ein Video vor, auf dem die Kanzlerin beim Sex mit Erdogan in einer Moschee zu sehen war. An der Wand hinter ihnen hing eine Landkarte, auf der Europa komplett von den Islamisten erobert war.

»Sind das die Methoden, mit denen ihr die Wahl gewinnen wollt? Gibt es keine Grenzen mehr? Das alles nur für Klicks? Vielleicht solltet ihr jemanden umbringen, das bringt noch mehr Klicks.«

Das Umbringen haben wir ja bereits hinter uns, wenn es auch niemals Klicks bringen wird, dachte ich.

»Du hast dich verändert, Georg«, sagte sie.

»Ich habe mich verändert? Wegen dieser Videos? Ich habe die nicht gedreht, und ich hab auch nicht die Fotos bearbeitet. Das macht die Wolfsbrut.«

»Aber du findest die gut, oder?«

Nein, ich fand sie nicht gut. Aber ich war nicht in der Situation, in der ich einfach zu Ziffer gehen und ihm sagen konnte, was ich alles zum Kotzen fand. Und ich konnte andererseits Sophie nicht sagen, dass ich die Bilder verabscheute, weil sie mich dann fragen würde, wieso ich nichts dagegen unternahm. Ich steckte bis zum Hals in einem Schlamassel und musste ihn vor ihr rechtfertigen, sonst gab es ja keinen vernünftigen Grund, bei der Morgenröte zu bleiben.

»Meinst du, unsere Gegner sind da besser?«, schrie ich sie an. »Manchmal muss man in den Dreck steigen, um den Dreck zu beseitigen. Ja, es ist frustrierend, sich immer wieder vor Augen zu halten, dass es einen Grund gibt, warum Moses mit zehn Geboten vom Berg Sinai runtergerannt ist. Und der Grund war bestimmt nicht Selbstlosigkeit, Güte und Friedfertigkeit der Menschen, die er noch ein paar Minuten zuvor aus der Knechtschaft befreit hatte. Wenn du in der Politik was erreichen willst, musst du dein Gewissen für ein paar Tage in den Keller schicken. Natürlich ist es moralisch viel wertvoller, eine NGO zu gründen und einen Film zu drehen, in dem die Schlechtigkeit der Welt dargestellt wird. Und die woke Öko-Gender-Blase findet es richtig geil, wie das kapitalistische Schweinesystem endlich entlarvt wird. Dann kannst du zweimal pro Woche demonstrieren gehen und dich in edlem Gutmenschentum wohlfühlen. Aber dann musst du auch dein Hirn abschalten, an das Jüngste Gericht, zweiundsiebzig Jungfrauen im Paradies und die Rettung der Menschheit im Kommunismus glauben«, schrie ich weiter.

Sophie sah mich entgeistert an. Sie zog die Beine an und verkroch sich in eine Ecke des Sofas. Dicke Tränen liefen über ihre Wangen. Ich wusste, ich war zu weit gegangen. Sie war sensibel und ich ein Bulldozer.

»Tut mir leid«, sagte ich. »Ich bin einfach runter auf der Bereifung.«

Ich setzte mich zu ihr. Als ich sie umarmen wollte, zog sie sich zurück.

»Heike glaubt, dass jemand in Darmstadt Götz was ins Essen oder in den Wodka getan hat und er deswegen zusammengebrochen ist«, sagte ich.

»Im Ernst? Hat sie das untersuchen lassen?«

»Nein, es ist ihr zu spät eingefallen.«

»Wir hätten nie bei der Morgenröte einsteigen sollen«, sagte Sophie.

»Aber dann würde ich jetzt wahrscheinlich wegen Ritter im Knast sitzen, und wir hätten Millionen Euro Schulden am Hals«, sagte ich.

Die Frage war nur, ob die Situation jetzt so viel besser war. Ich hatte eine Leiche verschwinden lassen. Wenn der Mörder kein eifersüchtiger Lover war, sondern ein Profi, den unsere Gegner beauftragt hatten, dann wusste er mit Sicherheit auch, was wir mit der Toten gemacht hatten. Nein, was *ich* mit der Toten gemacht hatte.

»Es wird alles gut werden«, sagte ich.

Ich umarmte Sophie und zog mich dann in mein kleines Büro zurück, um mit Lorenz zu sprechen.

Ich wollte ein paar Leute kontaktieren, die im gegnerischen Wahlkampf aktiv waren. Vielleicht wussten die, ob etwas Großes bevorstand. Als ich nun Lorenz per Facetime von meinem Plan unterrichtete, war er aufgebracht.

»Ich habe dir gesagt, du sollst die Finger davon lassen«, blaffte er mich an.

»Ich weiß, aber …«

»Kein *aber.* Wenn du herumfragst, machst du sie nur neugierig.«

»Du kannst mir vertrauen. So was wird nicht passieren.«

»Du hörst damit auf. Sofort. Hast du verstanden?«

Ich verstand nicht, wieso er mich zusammenstauchte. Hatte er inzwischen etwas über den Mord in Erfahrung gebracht, das er mir nicht sagen wollte?

42

Es gibt unter Chefredakteuren anale Charaktere und Messies, dachte Nellie. Die einen hatten Angst, es würde ihnen etwas durch die Finger gleiten, und sammelten jedes Stück Papier, die anderen verließen sich auf die Truppen, die sich um alles kümmern sollten. Und dann gab es noch ein halbes Dutzend weiterer kurioser Arten, die sie aber nur aus der Ferne kannte.

»Pergaschin finanziert die Morgenröte«, sagte sie.

Sie saß Cotta gegenüber und wartete darauf, dass er auf das Thema endlich ansprang, aber er zuckte erneut mit den Schultern.

»Alle lassen sich finanzieren, Nellie. Das weißt du. Kannst du dich noch an den CDU-Spendenskandal erinnern? Kohl hat sich geweigert, die Namen zu nennen. Die Partei hätte ihn in Beugehaft nehmen können. Er hat das Gesetz gebrochen und lieber dreihunderttausend Mark gezahlt, um die Spender zu schützen. Was glaubst du, wer das war?«

Damals waren die Namen von ein paar Schauspielern genannt worden.

»Kennst du die Namen?«, fragte sie.

Er antwortete nicht. Nellie nahm sein Schweigen als Bestätigung.

»Wer?«

»Ich habe zwanzig Jahre nichts dazu gesagt, weil ich weiß, wann man schweigen muss, wenn man am Leben bleiben will.«

»Du denkst, jemand …«

Mühsam erhob er sich von seinem Schreibtischstuhl, nahm seine Jacke und schlüpfte hinein.

»Damals hat jemand das, was da läuft, als organisierte Kriminalität bezeichnet. Aber so ist das nun mal. Ohne ordentlichen Spendenskandal wirst du in der Politik nicht ernst genommen. Gehst du mit was essen? Du bist eingeladen.«

Sein Spesenetat schien ebenfalls durch illegale Spenden gedeckt zu werden, so oft, wie er im *Sale e Tabacchi* saß.

»Was macht eigentlich …«, er deutete mit dem Kinn auf ihre Brust und kratzte sich gleichzeitig im Nacken. Es war zwar grenzüberschreitend, aber Nellie konnte seine Sorge heraushören. Er konnte ignorant sein und ihr gehörig auf die Nerven gehen, doch was Krankheiten anging, gehörte er eindeutig auf die Seite der Kümmerer. Sobald jemand kränkelte, verteilte er Adressen von Ärzten, die für dies und jenes die absoluten Koryphäen sein sollten, riet den Kolleginnen, ihren Eisenspiegel zu überwachen und L-Tryptophan gegen depressive Anfälle zu nehmen. Er hätte auch als Pharmavertreter Karriere machen können.

»Nichts«, wiegelte sie ab.

Irgendein Trottel hatte im Labor die Gewebeprobe verloren, und sie würde wieder zu Jan Ziegler gehen und ein Stück Brust spenden müssen.

»Deutsche Parteien dürfen keine Spenden von Gönnern annehmen, die nicht EU-Bürger sind«, sagte sie in einem letzten Versuch, ihn doch noch umzustimmen.

»Dann holt Ziffer sich eben einen Mittelsmann.«

Nellie verstand nicht, wieso er so nachlässig war, was Pergaschin und die Morgenröte anging. Hing es mit seiner linksradikalen Vergangenheit und der damit einhergehenden Liebe zu Diktatoren zusammen?

Sie ging nicht mit ihm essen, sondern machte sich auf den Weg nach Rostock, wo angeblich Pergaschins Hochseejacht *Viktor I.* vor Anker lag. Vielleicht würde sie von Pergaschin etwas über sein Interesse an dem Verein erfahren können. Und wenn nicht von ihm, dann vielleicht von seiner Frau. Sie hatte die dreiundzwanzigjährige Aida Pergaschin über Instagram kontaktiert. Aida war bereit gewesen, ihr ein Interview zu geben, weil sie hoffte, bei den *NZ*-Lesern neue Fans für ihren Mode-Blog *The Aida Style* zu rekrutieren. Da lohnte sich doch der Weg in die Hansestadt.

Die *Viktor I.* war nicht zu übersehen. Eine 55 Meter lange Baglietto mit dem Charme eines Eisbrechers. Sie lag im Überseehafen zwischen einem Frachtschiff und einer Fähre. Nicht gerade der standesgemäße Platz, aber der eigentliche Jachthafen *Hohe Düne* war nur bis 35 Meter zugelassen. Ein grau angestrichener Rumpf, die Stelling breit genug, um eine Party darauf zu feiern, schwarzer Teppichboden, Sessel in weißem Leder von Albino Zebras, der Tisch aus vierhundert Jahre altem Teakholz, zwei große Flatscreens, eine Treppe, die ins Oberdeck führte. Und dort saß Aida Pergaschin und erwartete Nellie.

»Hallo, Nellie, schön, dass du es geschafft hast«, rief Aida ihr entgegen, als sie die Jacht bestieg. »Willst du was trinken?«

»Was kannst du denn anbieten?«

»Der Dom ist aus, aber es gibt noch ein paar Flaschen Krug.«

Klischees sind dazu da, die Welt zu ordnen, hatte Cotta mal gesagt. Nellie hatte das für einen der Sprüche gehalten, mit denen er Jungredakteurinnen beeindruckte, aber auf Aida traf der Satz hundertprozentig zu. Wenn es einen staatlich verordneten Dresscode für Oligarchengattinnen geben sollte, erfüllte sie ihn perfekt. Aufgespritzte Lippen, Wangen und Stirn eine leblose Botoxfläche, Haare gefärbt und die müden Augen mit einer goldenen Gucci-Sonnenbrille getarnt. Die langen Beine steckten in einer weißen Lederhose, dazu trug sie eine Rüschenbluse, bei der Karl Lagerfeld vor Neid blass geworden wäre. Die Pelzjacke aus was auch immer war eine Einzelanfertigung, hatte Aida der *Cosmopolitan* erzählt, nachdem die sie für zwei Millionen Dollar auf die Titelseite gesetzt hatten.

Aus einem Kühlschrank, groß genug, um ein Pferd darin unterbringen zu können, nahm Aida eine Flasche Krug Rosé und zwei Gläser.

»Ich habe eine *Neue Zeitung* gekauft«, verkündete sie stolz. »Ihr seid ja richtig böse. Das gefällt mir. Ich frage mich nur, ob deine Leserinnen überhaupt an Mode interessiert sind. Das sind bestimmt alles Lesben und Feministinnen, oder?«

Sie schenkte ein und prostete Nellie zu.

»Ein paar schon. Und ich glaube, den meisten ist es egal, was sie anziehen«, sagte Nellie.

»Ach ja? Soll ich dir was sagen? Ich kenne auch Leute, die sagen, es wäre ihnen egal, was sie anziehen. Mein Mann ist so einer. Aber das stimmt nicht. Ich schwöre dir, sogar deine Feministinnen gucken genau drauf, was sie tragen. Das Image ist wichtig, verstehst du? Wir alle wollen irgendwo dazugehören. Und gleichzeitig wollen wir uns abgrenzen, unsere Einzigartigkeit präsentieren.«

»Von wem will Viktor sich denn abgrenzen?«

»Du kennst ihn?«

»Nein, aber ich würde ihn gern mal kennenlernen.«

»Er ist gerade unterwegs, und er redet nicht gerne mit Leuten von der Presse. Da ist er ein bisschen paranoid.«

Sie unterhielten sich über Mode, Männer und landeten zwangsläufig bei Krankheiten. Small Talk, damit Nellie irgendwann genug Vertrauen aufgebaut hatte, um zum eigentlichen Grund ihrer Reise nach Rostock zu schwenken. Aida berichtete von allergischen Reaktionen auf Botox, Nellie steuerte ihren Brustknoten bei, woraufhin Aida ihre eigene Brustoperation erwähnte, für die sie bei dem unfassbar attraktiven Dr. Ziegler gewesen war. Nellie erzählte von der kleinen Jacht, die sie zusammen mit Dr. Ziegler bei dem kleinen Ausflug entdeckt hatte. Aida wurde neidisch, weil sie sich keine Affären erlauben durfte.

»Wenn ich mit Ziegler ins Bett gegangen wäre, und Viktor würde davon erfahren, würde er den Mann in Stücke hacken. Er ist wahnsinnig eifersüchtig. Dabei trifft er sich andauernd mit dieser Amalia von Bülow.«

»Wer ist das denn?«, fragte Nellie.

Sie wusste genau, wer Amalia von Bülow war, aber sich dumm zu stellen, brachte so manches Gegenüber zum Reden.

»Irgend so eine arrogante Kuh, der er das halbe Schloss abgekauft hat. Mal sehen, was daraus wird. Ich habe es Viktor sofort gesagt. Ich will nicht in ein Schloss mitten in der Pampa einziehen. Außerdem ist die eine hinterhältige Schlampe. Die wird ihn bestimmt übers Ohr hauen.«

Sie schaute plötzlich nervös an Nellie vorbei zu einem Wagen hin, der mit quietschenden Reifen auf dem Kai anhielt.

»Was ist?«, fragte Nellie.

»Es gibt Ärger.«

»Warum?«

»Keine Ahnung. Niemand weiß, warum Viktor sauer ist.«

»Ist er das?«

»Nein, das ist mein Bruder Amir. Amir ist Viktors Köter.«

Ein unglaublich dicker Kerl mit Vollbart und Sonnenbrille stürmte auf die Jacht und baute sich vor Aida auf. Er schrie sie auf Arabisch an, was Aida aber nicht beindruckte. Sie rollte mit den Augen und zeigte ihm den Finger. Es wurden noch ein paar Drohungen ausgetauscht, dann erhob sich Aida. Amir musste irgendetwas gesagt haben, das sie verunsicherte.

»Es ist besser, wenn du wieder gehst«, sagte sie zu Nellie. »Wir verabreden uns noch mal für einen anderen Tag.«

»Kein Problem. Ich wollte mich sowieso gerade verabschieden.«

Sie griff ihre Tasche, verließ die Jacht und ging zu ihrem VW-Käfer, den sie eine Ecke weiter hinter einem Container geparkt hatte. Sie wartete. Ihr Reporterinstinkt sagte ihr, dass Amir unter Umständen die bessere Spur war als Aida. Als der sich eine halbe Stunde später in seinen schwarzen Mercedes zwängte, folgte sie ihm. Sie war gespannt, wo er sie hinführen würde.

Die Fahrt ging quer durch die Innenstadt von Rostock. Vorbei am Rathaus, dem Steintor und einem Einkaufszentrum. Wegen Bauarbeiten war die vierspurige Straße auf zwei Spuren verengt. Schlechte Voraussetzungen, um jemandem unbemerkt zu folgen. Nellie blieb auf Abstand. Als Amir bei Rot über eine Ampel fuhr, gab sie Gas, rauschte über die Kreuzung und wäre beinahe mit einem Stadtbus kollidiert. Im letzten Moment konnte der Busfahrer noch bremsen. Von da an fuhr Nellie direkt hinter Amirs Mercedes her. Auch auf das Risiko hin, entdeckt zu werden. Nach ein paar Kilometern erreichten sie ein Industriegebiet. Rechts von der Straße standen alte, halb verfallene Fabrikgebäude, links Schrottplätze. Der Mercedes bog in eine kleine Straße ein, die bald zu einer unbefestigten Holperstrecke wurde und den Käfer wie einen Flipperball hin- und herwarf. Nellie dachte schon, sie müsste umkehren, aber dann hielt der Mercedes vor einem großen Tor, das sich nach ein paar Sekunden wie von unsichtbarer Hand öffnete. Es war unwahrscheinlich, dass sie Pergaschin hier antreffen würde. Aber da sie es nun schon bis hierher geschafft hatte, konnte sie auch nachsehen, wozu Viktor oder der Dicke einen Schrottplatz brauchte. Nellie wartete, bis der Mercedes auf dem Gelände nicht mehr zu sehen war, dann stieg sie aus und schlüpfte im letzten Moment durch das Tor, bevor es mit einem harten Krachen hinter ihr ins Schloss fiel. Wie sie hier wieder rauskommen sollte, würde sie sich später überlegen.

Auf dem Gelände standen Dutzende Gebrauchtwagen, die nach und nach von einem Gabelstapler in Container gehoben wurden. Autos, die wegen der Umweltgesetze hier nicht mehr zugelassen waren, wurden nach Afrika verkauft, hatte Cotta ihr erzählt. Wenn so viele hier herumstanden, musste es ein einträgliches Geschäft sein. Sie ging zwischen den Containern hindurch tiefer in das Gelände hinein. Der Boden war schwarz von Öl und Ruß. Ratten witschten zwischen Autos hin und her, nagten an Autoreifen und Plastikschläuchen. Nellie musste aufpassen, um nicht über eines der Tiere zu stolpern, die groß wie Katzen waren.

Nach einer Weile sah sie den Dicken im Gespräch mit zwei Männern in ölverschmierten Overalls. Pergaschin war nicht dabei. Was nun? Warten, ob er noch auftauchte? Fotos machen? Wofür? Sie wollte gerade wieder zurückgehen, als sie einen Dobermann erblickte, der vor dem Tor auf und ab sprang und sich heiser bellte. Ein Arbeiter ging mit einer Stange auf ihn zu, der Hund sah ihn und nahm Reißaus. Direkt in Nellies Richtung. Sie wurde unruhig, schickte ein Stoßgebet los. *Bitte lauf an mir vorbei, du Mistvieh.* Sie war kein großer Fan von Hunden. Vor allem nicht von solchen mit scharfen Zähnen und einem athletischen Körper, die auf jeden Fall schneller waren als sie. Etwa wie der, der sie nun entdeckte und abrupt stoppte und auf allen vieren über den schmierigen Boden rutschte. Er schaute unsicher. Vielleicht fragte er sich, ob er die Person kennen sollte. Nellie wich zurück. Und im selben Moment dachte sie, dass es ein Fehler war. *Personen, die hier arbeiten, weichen nicht vor dem Hund zurück.* Ähnliches muss auch der Dobermann gedacht haben, denn jetzt stürmte er ihr mit weiten Sätzen entgegen. Das Maul aufgerissen, die langen weißen Eckzähne gebleckt. *Wenn er mich erwischt, komm ich hier nicht mehr lebend raus,* dachte Nellie. Sie sah sich um. Nicht weit von ihr entfernt stand ein Transporter. Anders als die übrigen Autos war er nagelneu. Auf den Seiten stand in großen Buchstaben *Sixt*. Den würden sie vermutlich nicht nach Afrika schicken. Sie rannte zu dem Wagen, öffnete die hintere Tür, sprang hinein und schloss die Tür nur Sekunden, bevor der Hund sie erreichte. Schnell versteckte sie sich unter der Sitzbank in der Hoffnung, man würde sie hier nicht entdecken. Was allerdings unwahrscheinlich war, solange das blöde Vieh vor der Wagentür herumtobte und sich die Seele aus dem Leib bellte. Und dann rief auch noch jemand wütend ihren Namen.

»Nellie, Nellie!«

Verdammt, der Dicke hat mich gesehen, dachte Nellie. Sie erhob sich, sah aus dem Seitenfenster.

»Halt verdammt noch mal die Schnauze, du Drecksköter, oder ich dreh dir den Hals um«, brüllte Amir.

Er meinte den Hund? Seit wann ist Nellie ein Hundename? Kurzform von Cornelia, aus dem Geschlecht der Cornelier stammend, die Sonnenhafte, die Schöne, die Strahlende. Schnell zog sie den Kopf wieder ein.

Ein Gegenstand wurde geworfen und schepperte über den Boden. Der Hund jaulte und verzog sich. Nellie wartete. Überlegte, was sie machen könnte, wenn der Dicke im nächsten Augenblick die Tür aufreißen sollte. Sekunden verstrichen, wurden lange Minuten. Nichts geschah. Als es ganz still wurde, stützte sie sich auf einem Kontrabasskoffer ab und hob vorsichtig den Kopf. Schaute sich um. Weit und breit war niemand zu sehen. *Zeit, hier zu verschwinden*, dachte sie. *Aber wieso liegt hier ein Kontrabasskoffer?*

43

Die Einladung war elektronisch angekommen. Man brauchte einen Code, der einen Tag zuvor ebenfalls elektronisch eingetroffen war, um sie zu öffnen. Eine stilisierte Karte mit dem Wolf auf dem Deckblatt entfaltete sich und zeigte in einem kurzen Video das Schloss und ein sich öffnendes Tor. *Baronin von Bülow, Herr Götz Wolf und Herr Lorenz Ziffer geben sich die Ehre, Frau Sophie Baader und Herrn Georg Herzfeld zum zweijährigen Jubiläum der Bewegung Die Morgenröte einzuladen. Der Feierlichkeit angemessene Kleidung wird erbeten.* Das Datum für die Rückmeldung war zwar bereits abgelaufen, aber das war in unserem Fall unerheblich. Amalia hatte am Telefon gesagt, wir sollten auf alle Fälle dabei sein. Das Jubiläum war ja auch nur der vordergründige Anlass. Eigentlich ging es darum, Geld von reichen Spendern einzusammeln. Bei richtig großen Summen, so hatte ich erfahren, wollte Ziffer sogar Anteile an der Morgenröte dem jeweiligen Investor überschreiben. Es war mal wieder beeindruckend, wie vorausschauend er die Bewegung aufgestellt hatte. Am Parteiengesetz vorbei konnten Gelder eingesammelt, Daten verkauft und Leute gebunden werden. Das machte natürlich Schlagzeilen und verunsicherte unsere Gegner. Es gab sogar Versuche, uns vom Bundesverfassungsgericht stoppen zu lassen. Aber Lorenz war davon nicht im Geringsten beunruhigt. *Bis die zu einer Entscheidung kommen, haben wir die Wahl gewonnen. Wer weiß, ob das Bundesverfassungsgericht danach überhaupt noch eine Rolle spielt,* hatte er mir zugeflüstert. Als ich ihn gefragt hatte, ob er das ernst meinte, hatte er den Kopf geschüttelt und sich gewundert, wo mein Sinn für Ironie geblieben sei. Ich war nicht sicher, ob es wirklich Ironie war.

Sophie hatte abgewunken, als ich ihr die Einladung gezeigt

hatte. Sie saß in der Küche und recherchierte weiter für ihren Film. Wenn ich sie fragte, um was genau es in dem Film ginge, schüttelte sie den Kopf. *Wirst du schon sehen. Wir laden dich zur Premiere ein.* Nach unserem letzten Streit schien sie endgültig auf einem Kreuzzug zu sein. Ziffer wurde für sie mehr und mehr zu einem Kryptofaschisten, der nur darauf wartete, endlich das Vierte Reich ausrufen zu können.

»Du kannst ja gehen und mir hinterher erzählen, wie es war«, sagte sie. Ihre ironische Gönnerhaftigkeit ging mir zwar gehörig auf die Eier, aber ich wollte deswegen nicht gleich das nächste Fass aufmachen. Also bedankte ich mich und versprach, ihr Fotos von den Schönheiten zu schicken, auf die ich unweigerlich treffen würde.

Ich musste unter allen Umständen zu der Party gehen, allein schon, um Götz zu treffen. Am Morgen hatte ich nämlich eine Entdeckung gemacht, die mich ziemlich verstört hatte. Ich hatte den Morgenröte-Server durchstöbert, um zu sehen, ob Götz eventuell Fotos von dem Abend mit den Russen gemacht hatte. Wenn ja, dann mussten die sofort gelöscht werden. In Götz' Fotoalbum hatte ich die üblichen Selfies mit Fans, Fotos von den Gelagen in den Hotelzimmern, den Saunas, den Schwimmbädern gefunden. Nichts Ungewöhnliches. Ich hatte die Suche schon beenden wollen, als ich auf eine Strecke stieß, die er in der Suite im Astor gemacht hatte. Das Mädchen im Bademantel, dann mit einem Handtuch um den Oberkörper, dann nackt. Dann das Mädchen kreischend unter der Dusche, wie sie Götz mit der Brause nass spritzte und ihn mit der Seife bewarf. Und dann war da noch ein Foto, auf dem sie in der Badewanne lag. Das Wasser war rot gefärbt, ihr Kopf hing halb unter Wasser. Ich erschrak. Wer hatte dieses Foto geschossen? Götz? Vermutlich. Wie sonst war es in sein Album gekommen? Oder die dritte Person, von der wir die ganze Zeit dachten, sie müsste im Raum gewesen sein? Aber warum war das Foto dann in seinem Album? Vor allem aber gab es ein Detail auf dem Foto, das mich elektrisierte.

Ich zog den Anzug an, den ich mir für die Verleihung des Grimme-Preises gekauft hatte. Er spannte etwas am Bauch, aber wenn ich die Jacke nicht zuknöpfte, würde das niemand bemerken. Ich nahm den Zug nach Neubrandenburg und für das letzte Stück Weg zum Schloss ein Taxi.

Das Gedränge der Bentleys, Rolls, Maybachs und einiger Sportwagen sorgte schon auf der Straße vor der Einfahrt für einen ordentlichen Stau. Ich war überrascht, auf welche Resonanz die Einladung gestoßen war. Immerhin stellte uns die Presse seit Monaten als die amoralischsten Schmuddelkinder dar, die man sich nur vorstellen konnte. Aber nicht nur bei unseren Fans, sondern auch in gewissen wohlhabenden Kreisen sah man das offensichtlich ein wenig anders.

Ich stieg etwa hundert Meter vor der Einfahrt aus dem Taxi und ging den restlichen Weg zu Fuß. Bisher kannte ich das Schloss nur von Bildern in der *Bunten* und der *Gala*. Eine dreigeschossige Anlage mit einem breiten Vorhof, der von zwei Seitenflügeln eingerahmt wurde. Die Fassade aus beigen und roten Kalksandsteinen wurde von kleinen Erkern unterbrochen, in denen Putten Musikinstrumente in den Händen hielten. Die Fenster wurden von hölzernen Blumenranken eingerahmt. Über eine zweiteilige, geschwungene Treppe erreichte man die breite Eingangstür, die nun weit offen stand. An der Seite der Treppe hielten Bedienstete in Livree Fackeln, Kellnerinnen reichten Champagner. Amalia und Götz nahmen fröhlich lächelnd die Gäste in Empfang. Um der offiziellen Begrüßungsheuchelei zu entgehen, benutzte ich einen Seiteneingang, der mich an der Kühlkammer vorbei durch die hochmoderne Küche führte. Ein Dutzend Köche hantierte hektisch mit Töpfen, Pfannen und

Tellern. Von dort ging es eine schmale Treppe hinauf in den großen Saal. Stimmen drangen mir entgegen, dazu die Musik eines Streichquartetts. Als ich schließlich die Tür öffnete, wurde ich von dem Anblick fast erschlagen.

Der Raum war mindestens zweihundert Quadratmeter groß, an zwei Seiten von farbigen Arkadenstellungen umgeben, endete er in einer Apsis, die Friedrich den Großen mit jemandem zeigte, den ich nicht kannte. Wahrscheinlich einer der Bülows. Hinter den Arkaden waren Bildnisse des weiblichen Zweiges der Familie in die Wände eingelassen, die alle miteinander grimmig auf uns herabschauten. Wie diese Familie eine Schönheit wie Amalia hervorbringen konnte, war mir ein Rätsel. Aber vielleicht hatte ein gut aussehender Gärtner Amalias Mutter an einem regnerischen Nachmittag aus dem inzestuösen Labyrinth entführt. Kellnerinnen und Kellner wuselten zwischen den Gästen umher, als wären sie körperlos, füllten Champagner nach, reichten Häppchen mit Hummer und Kaviar.

»Wir sollten diese Verbrecher mit Mistgabeln aus den Parlamenten und den Pressehäusern jagen«, sagte eine Frau. Sie musste weit über siebzig sein, vielleicht sogar achtzig. Sie stand direkt vor mir und unterhielt sich mit einem Mann, der verblüffende Ähnlichkeit mit einem Erdmännchen hatte.

»Der permanente Kriegszustand ist die Daseinsform, die das Wesen des Mannes am besten reflektiert«, antwortete er.

Was das eine mit dem anderen zu tun hatte, war mir ein Rätsel. Ich entfernte mich von den beiden, lief umher. Ein paar der Gäste kannte ich aus den offiziellen Promi-Hauspostillen *Frau am Freitag, Frau am Samstag, Frau im Koma*. Nach einer halben Stunde, in der ich Götz nirgends finden konnte, dafür aber ein paar Champagner getrunken und einige Gläser Bowle geleert hatte, bat Lorenz die Gäste um Aufmerksamkeit, weil er sich bedanken und ein paar Worte zur Begrüßung sagen wollte. Die Rede, die nun folgte, war in etwa die gleiche, die er in den letzten Tagen den wenigen Reportern, die uns nicht vernichten wollten, in die Mikrofone diktiert hatte. Allmählich kam es mir so vor, als habe er zu Hause eine Sammlung von Textmodulen rumliegen, die er nach Bedarf aneinander montierte.

»Wir überlassen die Ansicht, es könnte eine Revolution geben, die zugleich die Ordnung unterstützt, allen Biedermännern. Wir werden nirgends stehen, wo nicht die Stichflamme uns Bahn geschlagen, wo nicht der Flammenwerfer die große Säuberung durch das Nichts vollzogen hat. Weil wir die echten, wahren und unerbittlichen Feinde des Bürgers sind, macht uns seine Verwesung Spaß.«

Er zitierte Ernst Jünger, bei dem er die vollendete Ästhetik des Kampfes fand, wie er mir erklärt hatte. Vielleicht wollte er aber auch schlicht mit martialischen Formulierungen glänzen.

»Wir bauen ein Pferd aus Holz. Ein Pferd mit dem wunderschönen Namen Morgenröte. Dieses Pferd werden unsere Feinde in ihre verrottete Burg hereinlassen. Sie werden nicht wissen, dass in seinem Bauch die Wölfe warten. Denn weil sie Demokraten sind, müssen sie den Andersdenkenden zulassen, die Meinungsfreiheit, den Pluralismus. Bis wir herausklettern aus dem Bauch und den kranken Körper zerschlagen.«

Ich verließ den Saal, ging weiter, kam in den Seitenflügel und verlief mich, bis eine Kellnerin mich ins Teezimmer führte, das am äußersten Ende des östlichen Seitenflügels lag. An der Kopfseite war neben dem Fenster eine Bar aufgebaut. Götz stand direkt daneben. Er schaute aus dem Fenster auf den Park hinaus, wo ein paar Chauffeure auf Bänken hockten und rauchten.

»Hallo, Götz«, sagte ich.

Langsam drehte er sich zu mir herum.

»Georgie! Wie geht's dir?«, rief er mir müde zu.

»Ganz okay. Und dir?«

»Großartig.«

»Du hast dich erholt?«

»Ja, war nötig.«

»Was trinkst du?«

Er schaute auf das Glas in seiner Hand, als würde es ihm jetzt erst auffallen.

»Keine Ahnung. Irgendwas mit alkoholfreiem Wodka. Mein Arzt meint, ich soll es langsam angehen lassen, sonst würde meine Leber Suizid begehen. Ich glaube, Amalia hat ihm das eingeflüstert.«

Es ging ihm nicht großartig. Er sah zwar ausgeruht aus, aber das Feuer in seinen Augen, die Lust auf Maßlosigkeit und Ausschweifung waren verschwunden.

»Können wir reden?«, fragte ich.

Er winkte mich heran, und wir setzten uns in zwei Sessel neben dem Fenster.

»Du willst aussteigen, oder?«, sagte er.

Ich fragte mich, wie er auf diese Idee kam. Dachte er, ich würde nach dem Desaster im Astor kneifen?

»Nein«, sagte ich. »Wieso sollte ich?«

»Weil wir ganz schön in der Scheiße stecken.«

»Du meinst das Foto?«

Er sah mich irritiert an.

»Was für ein Foto?«

»Von dem Mädchen.«

Er sah mich verwundert an. Wusste er etwa nichts davon? Oder hatte er das auch vergessen? Ich holte mein Handy aus der Jacke, öffnete die Datei und hielt ihm das Bild der Toten entgegen. Er nahm mir das Telefon aus der Hand, betrachtete es. Nur kurz, dann wandte er den Blick ab, schloss die Augen, als wollte er die Erinnerungen nicht wecken. Dann schien ihn plötzlich ein Gedanke zu überwältigen. Er ließ das Handy fallen, packte mich am Kragen, hob mich aus dem Sessel heraus und drückte mich gegen einen Schrank. Tassen und Teller schepperten.

»Was soll das? Willst du mich erpressen?«

»Nein, spinnst du?«

Mit der rechten Pranke packte er mich am Hals, drückte so fest zu, dass ich keine Luft mehr bekam.

»Hast du das gemacht?«

»Nein«, presste ich hervor. »Lass mich los!«

Ich versuchte, seine Hand wegzuziehen, aber er drückte nur noch fester zu.

»Du verdammter Scheißkerl. Ich hab deinen Arsch gerettet, als du am Boden warst.«

In seinen Augen blitzte der pure Wahnsinn auf. Es war mir in diesem Augenblick völlig klar, dass er mich umbringen wollte. Es blieb mir nur eine Möglichkeit, mich zu befreien. Ich hob das rechte Knie und stieß es ihm mit aller Kraft zwischen die Beine. Augenblicklich ließ er mich los, sackte zu Boden und stöhnte auf. Ich rieb meinen Hals, hustete. Jeder Atemzug knirschte und kreischte.

»Ich hab das Foto nicht gemacht.«

»Wer denn sonst?«, ächzte er.

»Ich hab es in deinem Album gefunden. Bei den Fotos, die du im Astor von dir und dem Mädchen gemacht hast.«

»Ich hab das Foto nicht gemacht.«

»Und wie ist es dann in dein Album gekommen?«

Er richtete sich wieder auf. Sein Gesicht war rot und schmerzverzerrt.

»Ich hab es nicht gemacht«, wiederholte er.

Aber diesmal schien er nicht mehr sicher zu sein. Er ging zur Bar, nahm eine Flasche Wodka. Schenkte das Glas fast bis zum Rand voll. Er betrachtete es, als wäre es eine bittere Medizin, die er in einem Zug runterschütten musste.

»Aber da ist noch was«, sagte ich.

Ich hob das Telefon, hielt es ihm erneut hin.

»Schau dir den Spiegel an«, sagte ich. »Da ist jemand zu sehen.«

Es war nur ein undeutlicher Schatten.

»Wer ist das?«, fragte ich.

Ich konnte sehen, wie er sich angestrengt zu erinnern versuchte.

»Es gibt zwei Möglichkeiten«, sagte ich. »Entweder du bist die Person im Spiegel. Dann hast du sie umgebracht. Und dann lügst du uns entweder an, oder du kannst dich wirklich nicht mehr erinnern. Oder es war tatsächlich noch eine dritte Person in der Suite und hat dein Handy benutzt. Aber das ist irgendwie absurd, oder? Hat die Person kein eigenes Handy dabeigehabt? Ist sie erst nach dem Mord auf die Idee gekommen, ein Foto zu machen? Dann müsste sie es außerdem noch an sich selbst weitergeschickt haben, sonst würde es ja keinen Sinn machen. Jedenfalls keinen, der mir einfällt.«

Er gab mir mein Handy zurück.

»Hast du dein Telefon dabei?«, fragte ich.

»Wieso?«

»Dann können wir sehen, ob das Foto verschickt worden ist. Und vor allem, an wen.«

Er nickte, griff in seine rechte Jackentasche und hielt inne. Offenbar war ihm soeben erst bewusst geworden, dass die Antwort auf die Frage nach dem Mörder in seinem Handy enthalten war.

»Wenn das Foto nicht verschickt worden ist, dann hab ich sie umgebracht, meinst du?«, sagte er.

»Ja.«

Er nahm die Hand aus der Jackentasche. Kein Handy. Er griff in die linke Jackentasche, die Innentaschen. Nichts.

»Ich hab vor einer Stunde noch telefoniert«, sagte er verwundert.

Ich beobachtete ihn genau. Entweder, er hatte das Handy tatsächlich nicht, oder er spielte mir sehr gekonnt eine Nummer vor. Er sah sich um. Suchte hinter der Bar, zwischen den Flaschen. Dann hob er die Hände, als wollte er sich ergeben.

»Ich weiß, wo es ist. Ich hab es Amalia gegeben, weil sie ihr Handy vergessen hat«, sagte er.

»Was ist mit mir?«

Amalia stand in der Tür. Sie lächelte mir zu.

»Du hast mein Handy«, sagte Götz. »Gib es mir.«

»Später. Ich will dir jemanden vorstellen. Kommst du?«, fragte sie.

Götz drückte mir sein Glas in die Hand. Dann folgte er Amalia, als wäre nichts geschehen. Ich war verstört. Wieso folgte er ihr und schaute nicht zuerst nach dem Foto? Was für eine beschissene Komödie war das hier? Aber so leicht sollten sie mich nicht loswerden. Irgendwie würde ich schon noch herausfinden, wer die Person im Spiegel war. Ich machte mich auf die Suche nach Ziffer. Fragte das Personal, ob ihn jemand gesehen hätte. Sie schickten mich von einer Ecke des Schlosses zur anderen. Dabei kam es mir so vor, als würde er sich vor mir verstecken. Dann endlich fand ich ihn.

Vor dem Lusthaus, das sich etwa zwanzig Meter hinter dem Schloss befand, stand eine kleine Gruppe Männer um ihn herum. Einige davon kannte ich. Fünf davon gehörten zu den reichsten Familien Deutschlands. Automobilindustrie, Handelskonzerne, Nahrungsmittel, Maschinenbau. Sie hielten Gläser in der Hand mit einer tiefroten Flüssigkeit darin, klopften Ziffer auf die Schultern, lachten und schauten zu mir hin. Ich blieb in einiger Entfernung neben dem Grill stehen, auf dem ein Spanferkel vor sich hin schwitzte. Als Ziffer mich entdeckte, kam er auf mich zu. Er hielt mir ein Glas entgegen, das ebenfalls mit der roten Flüssigkeit gefüllt war.

»Hast du schon mal probiert?«, fragte er.

»Was ist das?«

»Etwas, das dein Bewusstsein erweitert«, sagte er lachend.

»Nein, danke, ich bin mit meinem Bewusstsein ganz zufrieden«, sagte ich.

»Probier es trotzdem.«

Er drückte mir das Glas in die Hand, als wäre es eine Medizin, ohne die ich nicht überleben könnte. Ich hielt die Nase daran. Es roch nach Orange und Chinin. Wir tranken. Die Flüssigkeit schmeckte bitter.

»Götz hat etwas von einem Foto gesagt«, meinte er.

Sein Tonfall war giftig. Als wollte er mich prüfen.

»Ja. Ich glaube, das Foto könnte uns zu dem Mörder führen.«

»Glaubst du?«

»Absolut.«

»Du machst dir zu viele Gedanken«, sagte er. »Überlass das mir. Ich kümmere mich um alles.«

»Ich mache mir nicht zu viele Gedanken, Lorenz. Auf dem Foto ist eine Person im Spiegel zu sehen. Das ist der …«

Ich stockte. Irgendetwas geschah mit mir. Ich war unfähig, meinen Gedanken zu Ende zu bringen. Als wäre mein Gehirn komplett gelöscht. Ich betrachtete das Glas.

»Was ist das?«, fragte ich.

Lorenz lächelte mich schief an. Sein Gesicht verrutschte, als sei es eine zähfließende Masse.

44

Aus mickrigen Lautsprechern krächzte Gary Brooker *A Whiter Shade Of Pale*, und Nellie sah aus wie in dem Song beschrieben. *That her face at first just ghostly, turned a whiter shade of pale.* Sie hatte den Deckel des Basskoffers angehoben, die Leiche entdeckt und laut geseufzt. Es war nicht die erste Leiche ihres Lebens. Aber die erste in einem Basskoffer. Sie hatte die Polizei anrufen wollen, was jedoch nicht ging, da der Akku ihres Handys leer war. Sie könnte warten, bis die Arbeiter den Schrottplatz verlassen hatten. Das Problem war dann allerdings die andere Nellie. Die vierbeinige. Wenn sie aus dem Fenster des Transporters schaute, sah sie den Dobermann vor dem Tor. Sie sprang wütend umher, bellte jedes Auto an, das auf der Straße vorbeifuhr. An ihr würde Nellie nicht vorbeikommen. Sie hätte eine Stange nehmen und den Hund damit vertreiben können, aber das stand nicht zur Wahl. Wer Geld an den deutschen Tierschutzbund spendet, schlägt keine Tiere. Was sollte sie tun? Es gab keinen Autoschlüssel. Die Idee, die Zündung des Transporters kurzzuschließen, hatte sie verworfen. Sie hatte zwar in Dutzenden Filmen gesehen, wie jemand unter dem Lenkrad an Drähten herumfummelte, bis Funken flogen und der Motor ansprang, aber sie hatte nie genau genug hingeschaut, welche Drähte das waren.

Zwischendurch kam immer wieder die Reporterin zum Vorschein und fragte, warum der Transporter mit der Leiche darin auf dem Schrottplatz herumstand. Vielleicht hatte der Dicke noch keine Zeit gehabt, sie verschwinden zu lassen. Oder er brauchte sie noch. Wofür auch immer. Inzwischen wusste sie wieder, woher sie die Tote kannte. Götz Wolf hatte das Mädchen bei dem Konzert in Kiel auf die Bühne geholt und zusammen mit ihr *Shallow* von Lady Gaga gesungen. *Tell me somethin', girl, are you happy in this modern world? Or do you need more? Is there somethin' else you're searchin' for?* Falls das Mädchen ebenfalls auf der Suche gewesen war, dann hatte die ein trauriges Ende gefunden. Wieso lag sie in dem Transporter? Nellie konnte sich keinen Reim darauf machen. Aber das war auch im Moment nicht wichtig, denn sie musste hier weg, bevor die Männer am Morgen zurückkommen würden und den Wagen mit ihr darin in die Schrottpresse fahren. Die Frage war nur, wie. Sie überlegte. Kramte in ihren Erinnerungen an Filme, die sie gesehen hatte. Fand aber nichts, bis ihr plötzlich eine Idee zuflog. Sie bewegte sie eine Weile hin und her. Das Vorhaben war riskant, aber die einzige Chance, hier wegzukommen.

Sie öffnete die hintere Tür und rief Nellie herbei. Sofort kam die Hündin angeprescht. Das Maul weit aufgerissen, die Zähne gebleckt. Nellie wartete, bis die Hündin nur noch wenige Meter entfernt war, dann öffnete sie den Basskoffer. Der außerordentliche Geruchssinn musste der vierbeinigen Nellie sagen, dass hier etwas nicht in Ordnung war, noch bevor sie den Inhalt des Koffers sehen konnte. Tatsächlich verstummte sie, bremste, rutschte dem Transporter entgegen und kam knapp vor der geöffneten Tür zum Stehen. Nellie atmete durch. Bis hierhin schien es zu funktionieren. Sie stellte den Koffer ein kleines Stück aufrecht, damit die Hündin das tote Mädchen sehen konnte. Die legte den Kopf schief, blickte von der Toten zu Nellie und wieder zurück.

»Da guckst du«, sagte Nellie. »Wenn du mir Ärger machst, kommst du auch in so einen Koffer.«

Mit einer Leiche hatte die Hündin nicht gerechnet, das war unübersehbar. Sie stand da und wartete auf ein Kommando. Vielleicht war es auch für sie nicht die erste menschliche Leiche, und sie war darauf trainiert, in so einem Fall keinen Ärger zu machen, nicht zu bellen und wie eine Irre herumzuspringen.

Auf alle Fälle war dieser Teil des Plans schon mal gelungen. Jetzt musste Nellie die Hündin nur noch dazu bewegen, in den Transporter einzusteigen.

»Komm, Nellie, komm hier rein. Komm, schön hier hochspringen.«

Sie schob den Basskoffer ein Stück nach hinten. Die Hündin verfolgte jede ihrer Bewegungen.

»Komm schon, schönes Fresschen. Hast du keinen Hunger?«

Die Hündin trippelte eine Weile hin und her, zögerte und kletterte dann tatsächlich in den Wagen hinein. Und während sie nun vorsichtig an der Leiche schnüffelte, bewegte Nellie sich vorsichtig um sie herum, bis sie die Tür erreichte.

»Braves Mädchen.«

Dann sprang sie schnell aus dem Transporter und schlug die Tür zu. Die Hündin drehte kurz den Kopf, schien aber nicht irritiert zu sein. Als sie sich der Toten wieder zuwandte, klappte der Deckel des Koffers zu. *Ein Glück,* dachte Nellie. Denn nun konnte die Hündin die Leiche nicht fressen, bevor Nellie mit der Polizei zurückkam. Allerdings versuchte sie nun, mit der Schnauze den Deckel wieder zu öffnen.

»Scheiße«, murmelte Nellie.

Sie musste sich beeilen, damit von der Leiche noch genug übrig war, wenn sie mit der Polizei zurückkommen sollte. Sie rannte los. Das große Tor war verschlossen. Wenn sie eine der halb verrosteten Motorhauben gegen das Tor lehnte, konnte sie darauf steigen und sich bis zur Oberkante hochziehen. Sie schaffte es tatsächlich. Doch als sie auf dem Tor saß und zurückblickte, gingen auf dem gesamten Schrottplatz Lichter an, und eine Sirene heulte los. Nellie erschrak und rutschte ab. Zum Glück fiel sie auf die Straßenseite, verstauchte sich jedoch bei der Landung den rechten Fuß. Humpelnd erreichte sie ihren Wagen. Mit rechts Gas geben war nicht möglich. Beim kleinsten

Druck ging sie vor Schmerzen an die Decke. Also musste der linke ran.

Es war eine mühsame Fahrt in die Innenstadt, auf der sie an der dritten oder vierten Ampel wegen ihrer holprigen Fahrweise von einer Polizeistreife angehalten wurde. Was wie ein glücklicher Zufall aussah, gestaltete sich schnell als bürokratische Prozedur. Sie erzählte den beiden Beamten von dem Schrottplatz und der Leiche, die sie in dem Transporter entdeckt hatte. Als sie auch noch eine Hündin namens Nellie erwähnte, vermuteten die Polizisten, dass sie betrunken sein musste. Erst als der Alkoholtest negativ ausfiel, konnte sie die Beamten dazu überreden, mit ihr zu dem Schrottplatz zu fahren.

Nellie berichtete unterwegs, was sie bisher in Erfahrung gebracht hatte. Wieso sie sich auf den Schrottplatz geschlichen hatte, konnte sie nicht so recht erklären, weshalb sie von »einer Ahnung« sprach und betonte, dass der Fund der Leiche in dem Transporter ihr im Nachhinein ja wohl recht gebe. Davon war der Polizist nicht überzeugt. »Einbruch ist Einbruch, auch wenn Sie dabei Ihren Mann in der fremden Wohnung mit einer anderen im Bett finden«, meinte er und grinste seinen Kollegen auf dem Fahrersitz an. Offensichtlich hatten sie damit Erfahrung.

Das große Tor stand offen, als sie am Schrottplatz ankamen. Die Beleuchtung war ausgeschaltet, die Alarmanlage verstummt. Die Polizisten fuhren auf das Gelände, auf dem vier Männer herumstanden und miteinander redeten. An ihrer Seite der Dobermann, der sich schon wieder die Seele aus dem Leib bellte. Der Dicke kam auf die Polizisten und Nellie zu. *Wahrscheinlich wundert er sich, was ich mit den beiden Polizisten im Schlepp hier will,* dachte Nellie. *Und wieso die Hündin in dem Transporter eingesperrt war.*

Der Dicke wandte sich an die Gesetzeshüter.

»Wie kann ich Ihnen helfen?«

»Wir würden uns gern mal ein bisschen umsehen«, sagte der Ältere.

»Haben Sie einen Durchsuchungsbefehl?«

»Brauchen wir den?«

Der Dicke wich zur Seite. »Bitte, schauen Sie sich so viel um, wie Sie wollen.«

»Danke.«

Der Polizist wandte sich an Nellie.

»Wo steht der Wagen?«

»Weiter hinten«, sagte Nellie.

Sie marschierten los. Der Dicke hinter ihnen her. Allerdings merkte Nellie, dass er nicht im Mindesten besorgt war. *Wieso bleibt er so ruhig?* Als sie um eine Ecke bogen, wusste sie, warum. Der Transporter war verschwunden.

Nellie sah sich verwundert um.

»Hier hat er gestanden«, sagte sie.

»Sind Sie sicher?«

Natürlich war sie sicher. Sie hatte ja die halbe Nacht in dem Wagen verbracht.

Der Dicke sah sie mit einem vielsagenden Blick an. *Mach einen Fehler, Mädchen, und du landest in der Schrottpresse.* Sollte sie lieber schweigen? Das Ganze als einen Irrtum erklären? Zu viel Champagner, blühende Fantasie?

»Hat hier ein Transporter von Sixt gestanden?«, fragte der jüngere Polizist.

»Nein«, sagte der Dicke. »Wir haben hier nur Schrott. Bis auf meinen Mercedes. Und wollen mal hoffen, meine Leute halten euren Astra nicht auch für Schrott und stecken ihn in die Presse.«

Die Belegschaft lachte.

Es gab frische Reifenspuren, die zum Eingangstor führten,

aber das war kein Hinweis auf einen Sprinter, der mit einem Kontrabasskoffer und einer Leiche darin das Gelände verlassen haben konnte.

Der ältere Polizist sah Nellie an.

»Also?«

Sie sah an ihm vorbei zu der Baracke hin, in der sich offensichtlich das Büro befand. Drei Kameras waren an der Außenfassade befestigt. Der Dicke bemerkte ihren Blick. Als sie zu ihm hinschaute, schüttelte er kaum merklich den Kopf. Eine Pistole an ihrem Kopf hätte nicht deutlicher sein können. Wenn die Kameras funktionierten, dann gab es eine Videoaufzeichnung, und darauf könnte man den Sprinter und Nellie, die über den Hof gerannt war, sehen. Und vielleicht auch, wie sie den Basskoffer aus dem Wagen herausgehoben und die Leiche entsorgt hatten. Und vor allem, wer den Wagen hierhergefahren hatte.

»Es gibt hier mehrere Überwachungskameras«, sagte sie.

»Ja, weil so viel eingebrochen wird«, sagte der Dicke.

»Zeichnen die auf?«, fragte der ältere Polizist.

»Ja.«

»Können wir die Aufzeichnungen mal sehen?«, fragte Nellie.

Der Dicke überlegte, dann hob er die Hände, als sei es ihm egal. Zu siebt marschierten sie zur Baracke.

45

Kopfschmerzen, als würde ein Trupp Bauarbeiter mit Presslufthämmern einen Durchbruch versuchen. Wo war ich? Ich lag in einem Bett. Es fühlte sich zumindest wie mein Bett an. Vorsichtig ließ ich den Blick kreisen. Es war unser Schlafzimmer. Also war ich zu Hause. Aber wie war ich hierhergekommen? Aus der Küche konnte ich hören, wie Sophie an der Kaffeemaschine hantierte. Kurz darauf kam sie ins Schlafzimmer. Ein Tablett mit Kaffee, Wasser und Aspirin in den Händen.

»Du bist wach!«, sagte sie sichtlich erstaunt.

»Kann sein«, sagte ich. »Aber ich bin nicht sicher.«

Sie stellte das Tablett ab.

»Kaffee oder Aspirin?«

»Nichts von beidem.«

Sie setzte sich zu mir aufs Bett.

»Du hast dich ja ganz schön abgeschossen.«

»Hab ich das? Ich kann mich an nichts mehr erinnern. Noch nicht mal, wie ich nach Hause gekommen bin.«

»Amalias Chauffeur hat dich gefahren. Du warst bewusstlos. Wir mussten dich zu zweit die Treppe hochtragen. Ich habe gedacht, ich muss den Notarzt holen. Was hast du getrunken? Oder habt ihr was geraucht?«

Ich versuchte, mich zu erinnern.

»Ja, ich habe zusammen mit Lorenz was getrunken. Das Zeug hat scheußlich geschmeckt. Mehr weiß ich nicht.«

Aber was war davor gewesen? Langsam tauchten die Bilder auf und dann die dazugehörigen Szenen. Ich hatte mit Götz über das Foto gesprochen. Über die Person im Spiegel. Und Götz konnte sein Handy nicht finden. Dann war Amalia gekommen, Götz hatte sie gefragt, ob sie sein Telefon habe, was sie bejahte. Es war eine seltsame Situation gewesen. Ich war mir sicher, sie verheimlichten etwas vor mir.

»Bist du okay?«, fragte Sophie.

»Ja, alles okay.«

»Du hast eben ausgesehen, als würdest du dich an was Unangenehmes erinnern.«

»Nein, es war nur … ich hab einfach fürchterliche Kopfschmerzen. Und ich glaub, ich hab zu wenig geschlafen.«

»Du wirst demnächst noch viel weniger schlafen«, sagte sie. Stolz streckte sie mir ihren Bauch entgegen. »Fühl mal.«

Sie nahm meine Hand und legte sie an eine Stelle rechts vom Bauchnabel. Es war zu spüren, wie das Baby sich hin- und herbewegte, als würde es sich darüber beschweren, weil es in seiner Wohnung zunehmend enger wurde.

»Wahnsinn«, sagte ich.

Ein Mensch wächst in einem anderen Menschen. War das nicht unglaublich? Wie war die Natur bloß auf diese groteske Idee gekommen? Manchmal kam es mir vor, als sollten wir inmitten all der Kämpfe um Ideen und Politik und Macht daran erinnert werden, um was es eigentlich im Leben ging, nämlich darum, glücklich zu sein, ein Kind auf die Welt zu bringen, zu überleben.

»Noch vier Monate«, sagte Sophie streng.

Ich wusste, warum sie das so sagte. Es war der Hinweis auf den Geburtsvorbereitungskurs und das Krankenhaus für die Geburt und die Organisation der ersten Wochen nach der Geburt. Sie stand auf, verließ das Schlafzimmer, kam nach einem Augenblick mit ihrem Notebook wieder zurück.

»Wir haben ein paar Szenen für den Film gedreht«, sagte sie.

Auf dem Notebook startete sie ein Video, in dem zu sehen war, wie fünf maskierte Männer vom Wolfsrudel drei junge

Leute zusammenschlugen, weil sie Werbeplakate für Wolfs-Mode von einem Bauzaun entfernt hatten. Sie gingen mit einer unfassbaren Brutalität vor, droschen mit Baseballschlägern auf die Jungs und das Mädchen ein, als wollten sie sie umbringen. Es war entsetzlich. Als schließlich die Polizei eintraf, gingen die Männer vom Wolfsrudel auf die Polizisten zu und sprachen ruhig mit denen. Es sah nicht so aus, als würden sie festgenommen werden.

»Wir haben noch mehr Material, das eindeutig zeigt, wie gezielt diese Bande vorgeht«, sagte sie. »Das sind mehr als fünftausend Typen. Kampfsportler, Ex-Türsteher, Rocker. Und es gibt auch Videos von Ziffer, wie er diese Scheißkerle ermutigt, Leute, die ihn und die Morgenröte kritisieren, gezielt anzugreifen.«

Ich streckte die Hand nach ihr aus, zog sie zu mir aufs Bett und umarmte sie.

»Ich hab Schiss, Georg. Ich habe Angst um das Baby. Und ich hab noch mehr Angst um dich. Was wird passieren, wenn du Ziffer sagst, dass du mit seiner Politik nicht mehr einverstanden bist? Kriegen wir dann auch Besuch vom Wolfsrudel?«

Ich sah die Angst in ihren Augen. Sie war echt und nahe. Aber da war auch noch etwas anderes.

»Ich weiß nicht, wie du zu alldem stehst, aber du musst eines wissen, ich werde nicht warten, bis diese Dreckskerle vor meiner Tür stehen.«

»Du meinst, vor unserer Tür.«

»Nein, ich meine vor meiner Tür.«

»Was soll das heißen?«

»Das weißt du ganz genau.«

Ja, ich wusste es. Ich wusste es seit dem Tag, als ich in Berlin Götz, Amalia und Ziffer im Hotel Adlon getroffen hatte. Damals hatte ich es genau gespürt. Irgendetwas war nicht koscher. Du hörst dieses leise Flüstern. Tu's nicht. Aber dann hörst du nicht hin, weil die Verlockung zu groß ist. Du denkst, die Erlösung kommt schon noch. Morgens aufwachen, und die Sonne scheint, und deine Frau liegt neben dir im Bett, dein Kind erblickt das Licht der Welt und schmiegt sich warm und weich an dich, der Geruch von Milch und unschuldigem Schweiß. Ich hatte nicht auf die Stimme gehört, und jetzt war es zu spät. Was blieb mir jetzt noch?

»Du hast zwei Möglichkeiten«, sagte Sophie. »Entweder, du steigst bei der Morgenröte aus, oder …«

»Sag es nicht, bitte.«

»Oder ich gehe zu meinen Eltern nach Boston. Ich werde nicht hierbleiben, während Ziffer dieses Land in eine Hölle verwandelt.«

Sie hatte es gesagt. Was die ganze Zeit schon im Raum stand. Was ich immer versucht hatte abzuwenden. Jetzt konnte ich sehen, wie ernst sie es meinte.

»Überleg es dir«, sagte sie.

Was gab es da zu überlegen?

»Denkst du wirklich, ich würde dich und das Baby für die Morgenröte aufgeben?«

»Ich weiß es nicht. Sag du es mir. Georg, seit Monaten reden wir darüber, was hier geschieht. Und du vertröstest mich und sagst, du willst mit Götz reden, du willst dich zurückziehen. Aber du machst es nicht. Und ich frag mich, warum nicht? Was gibt es, was dich bei der Morgenröte hält? Erpresst Ziffer dich mit irgendwas? Hast du auf der Tour mit einem von den Fans gevögelt? Mein Gott, sag es mir. Ich werde drüber hinwegkommen. Mir ist nämlich lieber, du fickst irgendwelche Frauen, als dass du hinter dem stehst, was Ziffer propagiert.«

Ich stand aus dem Bett auf. Ging auf den Balkon. Sah auf die Elbe. Ich fühlte mich absolut beschissen. Nicht, weil Sophie mir eine Predigt nach der anderen hielt, das war ja nichts Neues, sondern weil ich nicht in der Lage war, eine Entscheidung zu treffen. Weil ich immer und immer wieder auswich. Was war das für ein lächerliches Spiel. Ich musste an meinen Vater denken. Und plötzlich verstand ich, dass ich genauso ein Feigling war wie er. Er hatte sich durch sein Leben gemogelt, hatte meine Mutter ziehen lassen, hatte sich in seiner Bäckerei verschanzt, hatte andere über sein Leben entscheiden lassen. Und ich war auf dem besten Weg, es genauso zu machen. Das konnte nicht so weitergehen. Egal, was mit Götz, dem Mädchen, dem Schrottplatz war. Als ich Sophie im Rücken spürte, drehte ich mich zu ihr herum.

»Ich steige aus«, sagte ich. »Sobald ich die Infos über Ritter und seine Beteiligung an dieser Geldwäsche-Geschichte in der Hand habe.«

»Du glaubst wirklich, die Deutsche Bank verzichtet dann auf die Anzeige?«

»Ja.«

»Und dann gibt es nicht wieder einen neuen Grund, warum du weitermachst?«

»Gibt es nicht«, sagte ich.

»Versprichst du es?«

»Ich verspreche es.«

»Schwör es.«

»Ich schwöre.«

»Beim Leben deines Sohnes.«

Wie bitte?

»Ich schwöre nicht beim Leben meines Kindes. Das ist … das ist …« Mir fiel nicht ein, was es sein könnte.

»Okay«, sagte sie. »Und noch was. Egal, wie du dich entscheidest, dieser Film wird fertiggestellt. Und du wirst darin vorkommen. Wir wissen noch nicht, wie, aber du kannst mir ja deine Lieblingsszene nennen.«

Als ich im Wolfsbau ankam, war eine große Feier im Gange. Bei der Spendenaktion auf der Party waren knapp zwölf Millionen Euro zusammengekommen. Die Morgenröte schwamm geradezu in Geld. Lorenz hatte beschlossen, die nächste Stufe des Wahlkampfes zu zünden. Im Großraumbüro hatte er einen Schlachtruf an die Wand gesprüht. *Wenn dein Gegner am Ertrinken ist, wirf ihm einen Amboss zu.*

»Gut, dass du hier bist«, sagte er. »Manuela wird dich einweisen.«

»Okay«, sagte ich.

Ich war ein wenig überrumpelt, weil er kein Wort über die Party und das Foto verlor.

»Aber können wir noch kurz reden?«

»Natürlich. In einer Stunde oben in meinem Büro.«

Er zwinkerte mir zu und verschwand.

»Komm«, sagte Manuela. »Während du mit dem großen Meister Partys feierst, haben wir hier gearbeitet.«

Ich hatte keine Wahl. Ich musste mir anhören, was für die nächsten Tage und Wochen geplant war, bevor ich Ziffer nach Ritter fragen konnte. Manuela hatte zigtausende Plakate und Flugblätter drucken lassen und in jeder Stadt und in jedem verdammten Kuhkaff Plakatflächen gemietet, auf denen Götz' Konterfei vor der aufgehenden Sonne prangen sollte.

»Es müssen Broschüren, Luftballons und Kugelschreiber verteilt werden«, sagte sie. »Lorenz will jetzt doch das traditionelle Zeug machen. Kannst du Mails an die Druckereien schicken?«

»Was für Mails?«, fragte ich.

»Du gibst dich als offizieller Vertreter der CDU, SPD, Grüne und so weiter aus und stornierst die Aufträge für deren Plakate.«

»Kannst du das nicht machen? Ich hab Wichtigeres zu tun.«

»Lorenz meint, du sollst das machen. Ich häng mich heute an ein paar investigative Journalisten dran. Wir haben Kopien von schwarzen Konten auf den Cayman Islands, wo unsere Freunde aus der Regierung Millionen Euro Parteispenden bunkern.«

Sie erklärte mir voller Stolz, wie sich Fans und Hater in den vergangenen Tagen epische Schlachten mit Beleidigungen und Drohungen geliefert hatten, als wären die Olympischen Spiele der verbalen Vernichtung ausgerufen worden.

»Wir haben Dutzende Anzeigen wegen Volksverhetzung erhalten, aber Lorenz lässt sich davon nicht irritieren. Weißt du«, sagte sie, »es ist verrückt. Obwohl wir den totalen Krieg veranstalten, schließen sich uns immer mehr Menschen an.«

Sie rief eine Liste von Leuten auf, die sich der Morgenröte angeschlossen hatten.

Es waren die Verlierer der Pandemie. Berühmte Filmschauspieler, Musiker, Fernsehmoderatoren. Konzertveranstalter, Caterer, die tausend kleinen Firmen, die in die Pleite gerutscht waren, weil die versprochenen Hilfsgelder der Regierung entweder nicht rechtzeitig ausgezahlt worden waren oder hinten und vorne nicht reichten. Manchmal zogen sie durch die Fußgängerzonen und plünderten die wenigen Läden, die nach der Pandemie noch übrig geblieben waren.

»Lorenz geht jedes Mal einer ab, wenn es danach auf Facebook und Twitter rundgeht«, sagte sie.

»Wahnsinn«, erwiderte ich leidenschaftslos. »Ich kümmere mich gleich um die Druckereien. Ich muss vorher noch mit Lorenz reden.«

»Der ist nicht mehr da. Irgendein Treffen mit jemandem von der Bundeswehr.«

»Wieso das denn?«

Er hatte gesagt, ich sollte in sein Büro kommen. Na gut.

Dann eben später. In der Zwischenzeit konnte ich mich ja um die Person im Spiegel kümmern. Wenn Götz mir sein Handy nicht geben wollte, konnte ich genauso gut auf dem zentralen Mailserver nachschauen, ob das Foto verschickt worden war. Und vor allem, an wen. Die meisten Accounts und Dateien waren unverschlüsselt, damit jeder jederzeit darauf zugreifen konnte. Nur für die Mails gab es einen speziellen Zugang, weil Amalia kontrollieren wollte, was wir nach draußen gaben. Zu dem Account hatten nur fünf Personen Zugang. Lorenz, Götz, Amalia, Manuela und ich. Ich zog mich in eine stille Ecke zurück, tippte das Passwort ein. *Log-in fehlgeschlagen.* Gab es schon wieder ein neues? Manuela musste mir aushelfen. Ich schrieb ihr eine Nachricht. *Hast du das neue Passwort für mich?* Eine Minute später hatte ich es. Ich tippte es ein und wartete. Der Computer trödelte endlos vor sich hin. Irgendwas stimmte nicht. Und dann erschien schon wieder dieselbe Nachricht: *Log-in fehlgeschlagen.* Hatte ich das Passwort falsch eingegeben? Ich versuchte es erneut. Wieder hieß es: *Log-in fehlgeschlagen.*

47

Die Videos der Überwachungskameras waren nicht gespeichert worden. Und somit gab es auch keine Hinweise auf einen Sixt-Transporter. Wo war der Wagen dann aber hingekommen? Und was war mit dem toten Mädchen geschehen? Nellie hatte darauf verzichtet, eine Anzeige zu erstatten, es hätte ohnehin zu nichts geführt. Jetzt hatte sie einen anderen Plan. Sie wollte von Sixt hören, wer den Wagen angemietet und auf dem Schrottplatz abgestellt hatte. Vielleicht würde diese Information sie zu dem Mörder des Mädchens führen. Da sie telefonisch keine Auskunft erhielt, machte sie sich auf den Weg nach Frankfurt.

Die zweite Klasse des ICE war bis auf den letzten Platz besetzt. Das übliche Geschiebe und Gedränge. Reisende saßen zwischen den Waggons auf dem Boden, eine Mutter mit zwei Kleinkindern beschwerte sich beim Schaffner, der gab ihr entnervt die Telefonnummer seines Chefs und kontrollierte weiter stoisch die Fahrkarten. Nellie hatte zwar eine Reservierung, überließ aber der Mutter ihren Platz an einem der Tische und zwängte sich mit ihrer Tasche den Gang entlang. Schickte ein Stoßgebet voraus, in dem sie um einen freien Platz im Speisewagen bettelte. Als sie dort ankam, sah sie, dass die Krawattenbrigade den Waggon bereits okkupiert hatte. Aber sie hatte Glück. An einem Vierertisch war noch ein Platz frei. Die Papiere, die auf dem Tisch lagen, wiesen die Männer als Manager der Bahn aus. Höflich fragte Nellie, ob sie sich setzen dürfe. Nellie wurde kurz taxiert – Haare, Lippen, Brüste –, sie kannte diese Blicke, mit denen nur mal so nebenbei geprüft wurde, ob sie *fuckable* war. Dann ein dreiköpfiges Nicken, bevor die Männer sich wieder ihrer Arbeit zuwandten. Nellie bedankte sich ebenfalls mit einem Nicken, stopfte sich Earpods in die Ohren und schaltete auf *Noise Cancelling*. Nachdem sie sich ein wenig

Platz auf dem Tisch verschafft hatte, klappte sie ihr Notebook auf und notierte in Stichworten die Ereignisse der letzten beiden Tage.

Sie hatte in einem Basskoffer, der in einem Sixt-Transporter gelegen hatte, der wiederum auf einem Schrottplatz gestanden hatte, ein totes Mädchen gesehen. Ein paar Stunden später waren das Mädchen und der Koffer verschwunden. Genauso wie der Transporter, der laut Parkausweis in Frankfurt angemietet worden war. Der dicke Amir sollte vermutlich die Leiche verschwinden lassen, hatte es aber unterlassen. Warum? Nellie wusste noch nicht, was aus der Sache werden sollte. Eine Reportage, die zum Sturz von Götz Wolf führen würde? War er in einen Mordfall verwickelt, oder war es nur Zufall, dass er das Mädchen bei dem Kieler Konzert auf die Bühne geholt hatte?

Als sie Hannover erreichten, hörte Nellie, wie die drei Manager an ihrem Tisch überlegten, ob sie Götz Wolf und die Bahn zusammenbringen konnten. Sie schauten zu zwei Jungs am Tisch gegenüber, die stolz ihre Jacken mit der Aufschrift *Wolfsrudel* und einem stilisierten Wolfskopf auf dem linken Ärmel trugen. Sie schwärmten lautstark von ihrem neuen Job als Security für Götz Wolf. Nellie war es schon am Hauptbahnhof aufgefallen. Wer cool sein wollte, trug *Wolfsrevier*®. T-Shirts, Jacken, Mützen, Schals. Es gab sie sogar in Rosa und Hellblau für kleine Kinder. Aus nahezu jeder Boutique war ihr die Marke entgegengesprungen. Sie wunderte sich. Wie hatte die Morgenröte das alles so schnell aus dem Boden stampfen können? Oder war das schon lange geplant gewesen? Es war Ziffer zuzutrauen, dass er diesen Coup gründlich vorbereitet hatte. In Frankfurt das gleiche Bild. Auf einem riesigen Bildschirm waren junge Menschen mit Wolfs-Hoodies zu sehen, die durch einen Wald rannten und sich im Sprung in richtige Wölfe verwandelten.

Nellie stieg in ein Taxi und ließ sich zu Sixt bringen. In der Filiale musste sie dann eine halbe Stunde warten, bis die beiden Frauen vor ihr sich entschieden hatten, welchen Wagen sie mieten wollten, um mal so richtig die Sau rauszulassen. Als sie endlich drankam, war die Sixt-Frau sichtlich genervt. Sie war etwa in ihrem Alter. Mit der orangen Weste, orangen Krawatte, orangen Schleife im Haar sah sie aus wie ein Führungskader der Bhagwan-Sekte. Nellie ließ sich geduldig von ihr erzählen, mit welchen Leuten man es jeden Tag in der Autovermietung zu tun hatte. Dann berichtete Nellie von ihrem Dilemma. Dass sie keinen Wagen mieten wollte, sondern schwesterliche Hilfe brauchte.

»Wissen Sie, ich war ja ziemlich überrascht, als ich gesehen hab, meine Mitfahrgelegenheit ist ein Transporter. Aber dann war er so süß. Wir haben uns die ganze Fahrt bis nach Rostock super unterhalten. Er hat so viel von mir wissen wollen. Normalerweise halten die Typen, mit denen du fährst, Monologe, als wären sie Gott persönlich.«

Die Mitarbeiterin hörte ihr aufmerksam zu. Sie wusste genau, wovon Nellie sprach. Und sie verstand Nellies Problem. Sie konnte sich sogar erinnern, wann der Wagen mit der Nummer F-XX 1241 angemietet worden war, der Mietvertrag lag auf der Ablage hinter ihr. Bis jetzt war der Transporter leider noch nicht zurückgebracht worden, obwohl der vertraglich vereinbarte Mietzeitraum schon am Vortag geendet hatte. Aber wegen des Datenschutzes durfte sie den Namen des Mieters trotzdem nicht weitergeben. Nellie insistierte, und als die Mitarbeiterin nach hinten verschwand, um mit jemandem zu sprechen, der mehr Entscheidungsgewalt hatte, warf Nellie einen schnellen Blick auf den Mietvertrag. Der Wagen war von Sixt zum Hotel Astor gebracht worden, stand dort. Und der Mieter hieß … wie? Georg Herzfeld? Nellie war verwirrt. Entweder war das ein außergewöhnlicher Zufall, und es gab noch einen zweiten Georg Herzfeld bei der Morgenröte, oder es handelte sich um ihren Neffen. Sie machte mit ihrem Handy ein Foto und verschwand. Sie hörte hinter sich noch ein verwundertes *Hallo*, als sie auf die Straße trat, um dem nächsten Taxi zu winken.

Georg Herzfeld. Nellie konnte es nicht glauben. In was für einem Schlamassel steckte ihr Neffe? Zuerst der Selbstmordversuch seines Vaters, dann das Video mit Ritter, und jetzt hatte er auch noch einen Transporter gemietet, in dem eine Leiche versteckt war. Sie hatte ab und zu seine Shows auf YouTube angeschaut. Er war ein mutiger, kluger junger Kerl mit Biss und Ehrgeiz. Wieso er aber ausgerechnet bei der Morgenröte gelandet war, hatte sie nicht verstanden. Doch das Rätsel würde sie auch noch lösen.

Kaum hielt das Taxi vor dem Hotel Astor an, riss der Wagenmeister die Wagentür auf. Nellie bezahlte und stieg aus. Sollte sie ihm Trinkgeld geben? Fürs Türaufmachen? Sie drückte ihm das Wechselgeld in die Hand, er dankte mit einem knappen Lächeln.

»Ich komme von Sixt«, sagte sie. »Wir haben kürzlich einen unserer Transporter hierhergebracht. Haben Sie den zufällig gesehen?«

»So einen großen schwarzen, bei dem Sixt an der Seite steht?«

»Ja, genau.«

»Nein, tut mir leid.«

»Sind Sie sicher?«

»Absolut.«

»Vielleicht einer Ihrer Kollegen?«

»Wir erinnern uns nicht an die Fahrzeuge, die vor dem Hotel halten.«

»Auch nicht, wenn ein Basskoffer eingeladen wird?«

Einen kurzen Moment wich er ihrem Blick aus. Aha, dachte Nellie, Treffer.

»Auch dann nicht.«

»Der Koffer muss ziemlich schwer gewesen sein.«

»Tut mir leid.«

»Sie erinnern sich aus Prinzip nicht?«

Er lächelte freundlich.

Nellie las das Namensschild auf seinem Mantel.

»Aber an Ihren Namen erinnern Sie sich schon?«

»Nach Dienstschluss.«

»Leute wie Sie sind die Seele eines Hotels, John. Sie sollten sich für einen höheren Posten bewerben.«

»Das werde ich tun. Danke für den Rat. Vielleicht sprechen Sie mit dem Manager.«

Er hielt ihr die Tür zum Hotel auf. Sie bemerkte, wie er einen kurzen Blick mit dem Mann wechselte, der ihr auf halbem Weg zum Empfang entgegenkam.

»Was kann ich für Sie tun«, fragte er.

»Sind Sie der Manager?«

»Der Concierge. Herr Malik ist momentan nicht im Hause.«

»Wann ist er wieder da?«

»Kann ich ihm etwas ausrichten?«

Es war offensichtlich, dass er sie anlog. Nellie lachte.

»Sagen Sie ihm einen schönen Gruß. Ich interessiere mich für einen Transporter und einen Kontrabasskoffer.«

»So etwas haben wir hier leider nicht.«

»Herr Malik weiß bestimmt, was damit gemeint ist. Es wäre nett, wenn er mich anruft. Und sagen Sie ihm, er soll nicht zu lange warten. Es ist auch in seinem Interesse.«

Sie drückte dem Concierge ihre Visitenkarte in die Hand. Als sie das Hotel verließ, konnte sie seinen Blick im Nacken spüren.

48

War ich in Ziffers Augen nicht mehr vertrauenswürdig, oder warum hatte ich keinen Zugang mehr zum Server? Ich rief ihn an, schickte ihm Nachrichten, erhielt aber keine Antwort. Auch bei Götz hatte ich keinen Erfolg. Er war wieder auf Konzerttour und hatte keine Zeit, um mit mir zu sprechen. Das sagte er natürlich nicht so deutlich. Heike vertröstete mich jedoch auf immer neue Termine, zu denen er dann auch keine Zeit hatte. Bei Amalia hieß es, sie sei unterwegs, um mit anderen Parteien über gemeinsame Aktionen zu sprechen. In Frankreich mit der *Rassemblement National*, in Italien mit der *Lega* und in Spanien mit der *Vox*. Auch sie war für mich nicht erreichbar. Es ließ sich nicht leugnen, ich war über Nacht zur Persona non grata geworden. Aber zum Glück gab es ja Manuela, die noch zu mir hielt. Hoffte ich zumindest. Ich schickte ihr eine Nachricht. *Treffen uns in Katys Garage.*

Der Biergarten war groß genug, um das Treffen unverdächtig aussehen zu lassen. Ich war ein paar Minuten zu früh und setzte mich inmitten der übrigen Gäste an einen kleinen Tisch. Im Hintergrund lief unaufgeregter Jazz. Die Luft war drückend schwül. Laut Wetterbericht sollte es in der Nacht noch regnen.

Manuela kam eine halbe Stunde zu spät, wofür sie sich ausgiebig entschuldigte. Sie sah müde und überarbeitet aus. Immer wieder schaute sie auf ihr Handy, beantwortete Nachrichten und fluchte leise vor sich hin. Ich bestellte eine Pizza und zwei Maß Bier.

»Kannst du das Ding für eine Stunde ausschalten?«, fragte ich.

»Entschuldige«, sagte sie und ließ das Handy in ihrer Tasche verschwinden. »Was für ein Ritt, oder?«

»Absolut.«

»Wieso treffen wir uns eigentlich hier?«

»Einfach, um mal was anderes zu sehen«, log ich.

»Okay.«

Sie trank das Bier zur Hälfte aus und schüttelte sich.

»Ich hab in der letzten Zeit nicht mehr viel mitgekriegt«, sagte ich. »Wie läuft es denn so mit Lorenz?«

»Habt ihr euch nicht auf der Party getroffen?«

»Ja, aber da war keine Zeit zum Reden.«

»Er lobt mich ununterbrochen.«

Ich lächelte, sagte aber nichts dazu.

»Hast du den geilen Film gesehen, den wir gestern gemacht haben?«, fragte Manuela.

Hatte ich. Es war eine kurze Szene aus *Die unglaubliche Reise in einem verrückten Flugzeug,* in der einer Frau mit Flugangst von den anderen Passagieren nacheinander ins Gesicht geschlagen wurde. Sie hatten das Gesicht der Bundeskanzlerin auf die Frau montiert, während im Hintergrund die russische Nationalhymne zu hören war.

»Und unsere Fake Accounts gehen durch die Decke. *Korrupt:* 250.000 Abonnenten. *Impftod:* 180.000. *Die Wahrheit:* 300.000. *Die Lügen der Regierung:* 410.000.«

Als die Pizza gebracht wurde, stürzte sie sich darauf, als wollte sie einen Weltrekord aufstellen. Ich schaute ihr zu, sie lächelte. Aber sie konnte nicht verbergen, wie nervös sie war. Ihr Blick wanderte unruhig hin und her. Als würde sie verfolgt werden.

»Erwartest du jemanden?«

»Ich krieg noch eine Lieferung«, antwortete sie.

Ich verstand zuerst nicht, was sie meinte. Aber als sie mir zuzwinkerte, war es klar. Sie war auf Koks. Anders war ihr Arbeitspensum ja auch nicht zu schaffen.

»Es ist so cool, was wir gerade machen. Als Nächstes wollen wir ein paar große Firmen hacken. Krankenkassen, Schufa, Banken«, sagte sie. »Da kriegen wir Millionen individuelle Daten und können noch tiefer in die User reinschauen. Ist jemand aufgeschlossen gegenüber Neuem, akkurat, introvertiert oder extrovertiert, sozial rücksichtsvoll und freundschaftlich, neurotisch oder empfindsam? Verstehst du? Es ist ein Irrwitz. In Deutschland haben alle Angst um ihre Privatsphäre, und wir gucken bis in die Schlafzimmer. Wir haben sogar schon *Nebenan.de* gekapert und die Mitglieder zu zwanglosen Treffen in Cafés eingeladen. Natürlich kriegen wir von den Cafés einen Teil des Umsatzes.«

»Nicht schlecht«, sagte ich.

»Du sagst es. Und weißt du, was das Verrückte ist? Ich habe immer gedacht, es wäre wichtig, die Leute zu informieren. Ihnen die Wahrheit zu sagen, eben all das, was wir bei *Herzfelds Herzschlag* gemacht haben. Aber das ist Quatsch. Die Leute wollen vor allem Geschichten von Bestechungen, Lügen, Betrug lesen. Die wollen sich nicht informieren. Die wollen in ihren Meinungen bestätigt werden. Die haben ein Weltbild, und alles, was dieses Weltbild infrage stellt, lehnen sie ab.«

»Deswegen braucht Götz ja auch kein Wahlprogramm«, sagte ich.

»Was wir als Nächstes machen, ist der absolute Hammer«, fuhr sie fort. »Wir nehmen eine Fernsehaufzeichnung, bei der Politiker zusammenstehen, und synchronisieren sie nach. Wir lassen sie sagen, dass die deutsche Bevölkerung ein Haufen Idioten ist, die man anlügen muss, damit sie das Maul halten. Die Videos gehen über Umwege an ein paar Journalisten, denen Skandale wichtiger sind als Fakten, und wir behaupten, das Video wäre original, und jemand vom Sender hätte es illegal mitgeschnitten.«

Ich reagierte auf ihre Beschreibung nicht so euphorisch, wie sie erwartet hatte. Was sie offensichtlich irritierte.

»Du findest das nicht so toll, oder?«

»Eigentlich nicht.«

»Wieso?«

»Im Grunde machen wir doch genau das, was auch die Nazis gemacht haben. Die hatten komplette Karteien über Juden, Roma, Behinderte und Schwule. Deswegen konnten die den Holocaust so perfekt organisieren.«

Sie neigte den Kopf und sah mich skeptisch an.

»Wow, das ist jetzt ja wohl die ganz große Keule, mit der du auf mich eindrischst.«

Sie kannte mich. Und sie wusste, es hatte etwas zu bedeuten, wenn ich mich so deutlich distanzierte.

»Was willst du mir eigentlich erzählen?«, fragte sie. »Warum treffen wir uns hier? Was du eben gesagt hast, war ja wohl nicht die neue Presseerklärung, oder?«

»Sie haben mich aus der Kommunikation rausgeschmissen.«

»Wie, *rausgeschmissen*?«

»Ich komm nicht mehr in den Server rein.«

»Ich hab dir doch das aktuelle Passwort gegeben.«

»Ja, ich komm trotzdem nicht rein.«

Die Nachricht schien sie zu verunsichern.

»Weißt du, warum?«, fragte sie.

»Ich habe eine Ahnung, aber das kann ich dir jetzt noch nicht sagen.«

»Hat es mit der Party zu tun?«, fragte Manuela.

»Was weißt du darüber?«

»Nur, dass es hoch hergegangen sein soll.«

»Die Party hat nichts damit zu tun. Aber es gibt da ein paar Dinge, die absolut scheiße laufen.«

»Deswegen treffen wir uns hier und nicht im Wolfsbau«, sagte sie.

»Richtig.«

»Und ich soll was für dich tun?«

»Du kommst an den Server ran.«

Sie lehnte sich zurück, verschränkte die Arme über der Brust. Ich sah, wie die Farbe aus ihrem Gesicht wich.

»Scheiße, Georg, verlang das nicht von mir. Wenn Ziffer das rauskriegt, wird er stinksauer.«

»Manuela, wir kennen uns seit fünf Jahren, wir haben zusammen *Herzfelds Herzschlag* hochgezogen, wir haben am Anfang mit ein paar Euro in den Händen Guerillavideos gedreht. Wir sind erwischt worden, als wir uns in Server eingehackt haben. Wir haben sogar zwei Tage in U-Haft verbracht. Schon vergessen? Und als du mit der Geschichte über Ritter die Show ruiniert hast, hab ich dich nicht zum Teufel gejagt. Ich hab dich sogar mit zur Morgenröte genommen. Also lass mich jetzt nicht hängen.«

Ich schaute sie an. Und sie verstand, dass sie mir über alle Freundschaft hinaus einen Gefallen schuldete.

»Okay. Und was genau willst du wissen?«

Das laute Klingeln meines Handys ließ uns beide hochschrecken. *Lorenz* stand auf dem Display.

»Wieso ruft der ausgerechnet jetzt an? Hört er uns ab?«, fragte Manuela.

War es tatsächlich schon so weit? Ließ Lorenz die Kids von der Wolfsbrut unsere Handys hacken?

»Geh nicht ran«, sagte sie.

Mein Finger schwebte eine Weile über der kleinen Taste mit dem grünen Telefonsymbol.

»Wenn er uns gehackt hat, weiß er sowieso, warum wir uns hier treffen.«

Ich nahm das Handy ans Ohr und versuchte, so harmlos und unbeschwert zu klingen wie nur möglich.

»Hey, Lorenz, was gibt's?«

»Hast du gelesen, was diese Nellie Freitag in der *NZ* geschrieben hat?«, fragte er.

Hatte ich nicht. Ich kam ja kaum dazu, all das zu lesen, was die Wolfsbrut jeden Tag postete.

»Ja, habe ich«, log ich.

»Woher weiß sie von Rostock? Hast du ihr davon erzählt? Hat sie dich beiseitegenommen und dich ans Familienblut erinnert?«

»Nein, ich bin ja nicht blöd.«

»Du musst sie zum Schweigen bringen. Hast du verstanden?«, sagte er.

Ich sollte Nellie *zum Schweigen bringen*? Wie? Ich beendete das Gespräch und sah wieder Manuela an. Sie wirkte jetzt noch nervöser als vorher.

»Du musst das für mich machen, Manuela. Ich will wissen, was hier läuft. Und bis dahin tust du so, als wäre alles in Ordnung. Okay?«

Sie nickte.

»Aber ich will wissen, wovon wir hier reden«, sagte sie.

Wir verließen den Biergarten und gingen zwei Stunden an der Elbe entlang spazieren. Ich erzählte ihr von dem toten Mädchen. Von meiner Fahrt nach Rostock. Zuerst wollte sie mir nicht glauben. Sie war schockiert. Wollte sofort die Polizei informieren. Und es gelang mir nur schwer, sie zu beruhigen.

»Wir müssen zuerst wissen, wer die Person ist«, sagte ich.

»Bis wann brauchst du die Information?«

»So schnell wie möglich.«

»Okay. Dann mach ich mich mal auf den Weg.«

»Gut«, sagte ich. »Aber sei vorsichtig.«

49

Während ich ungeduldig auf das Ergebnis von Manuelas Recherche wartete, rief Nellie mich an und fragte, ob wir uns treffen könnten. Ausgerechnet Nellie. Und ausgerechnet jetzt. Um was es ging, verriet sie nicht, angeblich wollte sie meinen Vater noch einmal sehen, bevor er … Den Satz hatte sie nicht beendet. Vermutlich ging es ihr vielmehr darum, mich auszuhorchen. Ich war einverstanden. Vielleicht konnte ich bei der Gelegenheit herausfinden, was sie über Rostock wusste.

Die Begrüßung war steif. Wir hatten die vergangenen Monate wenig Kontakt gehabt und waren beide unsicher, wie wir uns verhalten sollten. Ich reichte ihr die Hand, sie wollte mich umarmen. Es wurde zu einer Nummer, mit der wir in einer Comedy Show hätten auftreten können.

Mein Vater lag alleine im Zimmer. Wieso das denn? Wann war der alte Mann neben ihm ausgezogen? War er gestorben? Die Tulpen in der kleinen Vase ließen die Köpfe hängen. Es roch nach Urin. Nellie nickte kurz, als sie meinen Vater sah. Sie war sichtlich bewegt, ihn so hilflos zu sehen. Wir stellten uns rechts und links von seinem Bett auf. Ich nahm seine rechte Hand. Nellie hielt ihre Hände in den Hosentaschen vergraben, als könnte sie ihn sonst in einem sentimentalen Reflex anfassen.

»Was wird jetzt aus ihm?«, fragte sie.

»Ich weiß noch nicht. Ich hab so etwas noch nie erlebt. Was würdet du denn machen?«

»Das darfst du mich nicht fragen. Ich hätte ihn an der Stelle deiner Mutter in seinen verfluchten Backofen geschoben.«

Himmel! Am liebsten hätte ich Nellie wieder rausgeworfen. Empathisch wie ein hungriger Hai. In ihrer Version der Familiengeschichte hatte mein Vater meiner Mutter das Leben so lange zur Hölle gemacht, bis ihr nichts anderes übrig geblieben war, als zu fliehen und mich zurückzulassen. Das war die eine Seite der Geschichte. Die andere existierte für sie nicht. Nellie meinte, meine Mutter würde jetzt in Australien leben und Kängurus züchten. Ich hatte das auch gehört, aber ich glaubte es nicht.

»Wollen wir wieder gehen?«, fragte sie.

»Ich warte noch, bis der Pfleger kommt.«

Sie nickte, machte dann aber keine Anstalten, das Zimmer zu verlassen.

»Und du, wie geht es dir?«, fragte sie. »Das mit Ritter war ein Griff ins Klo, oder?«

Was sollte ich darauf sagen? Ja, war es. Und sie hatte sich genau wie ihre Kollegen auch voller Genugtuung darauf gestürzt.

»Und jetzt bist du eine große Nummer bei der Morgenröte.«

Na also, dachte ich. Es hätte mich auch gewundert, wenn sie sich wirklich für mich oder meinen Vater interessiert hätte.

»Kommst du mit Ziffer klar?«, fragte sie.

»Ja.«

»Wie ist er so?«

»Okay.«

Sie lächelte. Ging zum Fenster, sah hinaus. Schaute mich wieder an. Es nagte an ihr. Genauso wie an mir. Keiner von uns wollte den ersten Schritt machen.

»Kennst du ihn?«, fragte ich.

»Ich habe zweimal für ihn gearbeitet, als er noch Wahlkampfleiter war. Da war ich achtzehn oder neunzehn. Wenn es auch nur den geringsten Zweifel an der Loyalität seiner Mitarbeiter gab, hat er sie rausgeschmissen. Der Mann ist paranoid. Und ein gefährlicher Manipulator«

»Er versucht eine Sache von allen Seiten zu sehen«, sagte ich.

»Von allen Seiten zu sehen? Blödsinn! Politik ist für Ziffer ein Produkt wie Seife, Bücher, Nintendo und Kondome. Ziffer will wissen, was die Leute interessiert, was sie nervt, worauf sie geil sind. Und das bedient er dann. Eigentlich ist er wie Amazon.«

»Und was ist daran falsch?«, fragte ich.

»Was daran falsch ist? Er macht Propaganda. Das ist daran falsch.«

»Wer die Morgenröte nicht leiden kann, kann sie blockieren. Genauso, wie dich niemand zwingt, bei Amazon was zu bestellen.«

»Hältst du mich für blöd? Du weißt doch genau, wie das läuft. Die meisten Menschen sind zu faul, Parteiprogramme zu lesen. Sie wollen wissen, wer am besten ihre verdammten Probleme löst.«

»Das ist dann aber nicht Ziffers Problem.«

»Doch. Ihr hackt euch in die Gehirne ein. Und dann schickt die Wolfsbrut Falschinformationen los. Genau das, was die Leute hören wollen. Und irgendwann hören sie nur noch auf die Morgenröte.«

Plötzlich stöhnte mein Vater lautstark, als würde ihn Nellies Geplapper nerven. Nellie zuckte zusammen, machte zwei Schritte rückwärts.

»Hört er, was wir sagen?«

»Keine Ahnung. Frag ihn.«

Wir sahen meinen Vater an. Er atmete wieder ruhig und gleichmäßig. Dr. Raabe hatte es *sinnlose Reflexe des Hirnstamms* genannt.

»Georg, kapierst du das nicht? Ihr füttert die Menschen mit Wut und Hass. Und das alles, um die Welt besser zu machen. Ernsthaft? Mit Lügen und Angst soll die Welt besser werden?«

»Alle arbeiten so. Sie sind nur nicht so clever wie Ziffer.«

»Weil ihr bald auch auf Alexa seid?«

Woher wusste sie das nun schon wieder? Lorenz hatte Gespräche mit ein paar Leuten bei Amazon geführt. Er wollte gemeinsam mit denen einen ganz speziellen Wahl-o-Mat aufbauen. Selbstverständlich sollte der uns featuren. Bisher zuckte Amazon allerdings noch zurück.

»Ich weiß auch, was für eine Gefahr da lauert, Nellie, ich bin ja nicht blöd.«

»Nein, du bist nicht blöd. Aber du bist jung, und du lässt dich gern von was begeistern, das auch jung ist.«

Es nervte mich, wie sie mit diesen plumpen Methoden versuchte, mich auszuhorchen. Als müsste Tantchen den doofen Neffen davon abhalten, auf die schiefe Bahn zu geraten.

»Die Morgenröte macht nicht mehr, als eine Technik einzusetzen, die es sowieso gibt«, sagte ich. »Und die anderen werden es demnächst genauso machen. Mit den Werkzeugen, die die Wolfsbrut benutzt, kannst du rausfinden, ob jemand drauf und dran ist, ein Nazi zu werden, oder ein Scheißpäderast ist oder aufhören will zu rauchen. Du kannst die Arbeit von Drogenschmugglern sabotieren, Frauen ermutigen, sich gegen ihre prügelnden Ehemänner zu wehren. Ja, du hast recht. Da steckt eine Gefahr drin. Aber so ist es mit allen Erfindungen. Du kannst sie für etwas Gutes oder was Schlechtes einsetzen. Mit der Kernspaltung kannst du die Welt vernichten oder Brustkrebs heilen.«

Es war lächerlich, wie ich den Sermon nachplapperte, den Alex Miller uns bei ihrer Predigt vorgekaut hatte.

»Danke, da war ich noch gar nicht draufgekommen. Aber gibt es einen Grund, warum du die ganze Zeit von der Morgenröte und von Ziffer sprichst? Gehörst du nicht mehr dazu?«

Der Krankenpfleger kam herein und machte sich an meinem Vater zu schaffen. Ich fragte ihn, ob es etwas Neues mit meinem Vater gab. Er meinte, ich müsste die Frau Doktor fragen.

Nellie und ich verzogen uns. Als wir den Gang entlang zum Aufzug marschierten, hielt ich sie auf.

»Du hast in einem Artikel was von Rostock geschrieben?«

»Ja, und darüber wollte ich mit dir sprechen, Georg.«

Endlich kommst du mit dem eigentlichen Grund für das Treffen um die Ecke, dachte ich.

»Warum warst du in Rostock?«, fragte sie.

Sie wusste, dass ich … Ich spürte, wie eine Welle aus nackter Panik Anlauf nahm, um gleich über mich hinwegzurollen. Die Aufzugtür öffnete sich, Nellie ging in die Kabine und hielt die Tür für mich auf.

50

Auf dem Weg runter zur Elbe schwiegen wir. Wahrscheinlich wollte sie mir Zeit lassen zu begreifen, in welcher Bredouille ich steckte. Wie zum Hohn war es auch noch ein schöner Tag. Der Himmel strahlend blau, die Luft warm, der Fluss schleppte sich träge dahin. Die Menschen, die uns begegneten, waren vergnügt und freuten sich übers Wetter. *Was wisst ihr denn schon,* dachte ich. In der Mitte der Augustusbrücke blieb Nellie stehen, legte die Arme auf die Brüstung und winkte den Fahrgästen eines Ausflugsdampfers zu. Ich lehnte mich neben ihr an die steinerne Mauer.

»Ich war vor ein paar Tagen da«, sagte sie. »Auf einem Schrottplatz. Frag mich jetzt nicht, wie ich da hingekommen bin. Es war eine Mischung aus Zufall und Glück. Oder Pech, je nachdem, von welcher Warte aus man es sieht. Jedenfalls habe ich da einen Transporter von Sixt entdeckt. Und in dem Transporter war ein Koffer, wie sie für Kontrabässe benutzt werden. Du weißt schon, diese riesigen, unförmigen Dinger. Und jetzt rate mal, was in dem Koffer drin war. Natürlich weißt du es. Auf dem Mietvertrag steht ja dein Name. Bevor wir in die Details gehen, will ich wissen, wie tief du da drinsteckst«, sagte sie.

»Ich weiß nicht, wovon du sprichst. Ich hab nur den Wagen angemietet.«

»Und das ist alles?«

»Ja.«

Sie lachte.

»Willst du mich verarschen? Du stehst als Mieter in dem Vertrag. Außer dir ist kein weiterer Fahrer eingetragen. Also bist du gefahren.«

Ich nickte, weil es keinen Sinn machte, es abzustreiten.

Meine Strategie lautete: *Gib nur zu, was sie ohnehin weiß oder was wahrscheinlich ist. Bestätige nur das, was sie an Fakten auf den Tisch legt. Den Rest leugnest du.* In hundert Krimis gelesen.

»Und du hast gewusst, was in dem Koffer drin war.«

»Nein.«

»Nein?«

»Hab ich doch gesagt.«

»Du hast gedacht, da ist ein Kontrabass drin?«

»Ja.«

»Du hast nicht reingeschaut?«

»Nein.«

»Und wer den Koffer in den Lieferwagen getan hat, weißt du auch nicht, oder?«

»Nein.«

»Und du hast dich auch nicht gefragt, wieso du einen Kontrabass in einem nagelneuen Transporter zu einem Schrottplatz fahren sollst?«

»Nein.«

»Wer hat dir überhaupt den Auftrag erteilt?«

Scheiße. Was sollte ich darauf antworten? *Lass dir was einfallen, Georg. Schnell.*

Vom Fluss her ertönte die Sirene der Wasserschutzpolizei. Ein Segelboot befand sich in der falschen Fahrrinne, und der Segler schien nicht zu wissen, wie er zurück in die richtige Fahrrinne kommen konnte. Wir schauten eine Weile zu, wie er sich vergeblich abmühte und zum Schluss von der Polizei abgeschleppt wurde.

Nellie drehte sich zu mir hin. Der Blick voll geheucheltem Mitleid und Sorge. Ganz die verständnisvolle Tante, die den armen Neffen, der gerade im Morast seiner Lügen versinkt, retten will.

»Georg, hast du das Mädchen umgebracht?«

»Was?!«

»Du hast mich genau verstanden. Hast du sie umgebracht?«

Ich stellte mich vor sie. Rang die Hände.

»Nein. Ich schwöre es. Ich habe sie nicht angerührt.«

»Beruhig dich wieder. Ich hab das Mädchen gesehen, als Götz Wolf die Kleine in Kiel auf die Bühne geholt hat. Sie haben *Shallow* gesungen. Und so, wie er sie angeschaut hat, war es nach dem Duett noch nicht zu Ende. Also. Was hältst du davon, wenn du mir einfach erzählst, was für eine Riesenschweinerei da läuft?«

»Wenn ich das mache, wandere ich in den Knast.«

Nellie packte mich am Arm und zog mich weiter. Ich ließ es geschehen. *Was für ein symbolischer Akt*, dachte ich. Der arme Delinquent überquert die Brücke. Er lässt sich von der stolzen Hüterin der Wahrheit in das richtige Leben führen, wo die beste aller Welten auf ihn wartet. Ob Nellie das so geplant hatte? Auf der anderen Elbeseite setzte sie mich auf eine Parkbank direkt vor der Semperoper.

»Du wanderst so oder so in den Knast, Georg. Und je länger du diese Verbrecher deckst, umso schlimmer wird es für dich.«

»Wir haben die Leiche verschwinden lassen, weil irgendjemand versucht, uns zu vernichten. Wir hatten keine andere Wahl. Wenn wir die Polizei geholt hätten und die Sache wäre publik geworden, wäre es mit der Morgenröte vorbei gewesen. Götz hätte einpacken können.«

»Also der große Unbekannte?«

Nein, nicht der große Unbekannte, aber das musste sie nicht wissen.

»Hat Götz Wolf sie umgebracht?«

»Nein, auf keinen Fall. Es muss jemand gewesen sein, der sich Zugang zu seiner Suite verschafft hat. Ich meine, du kennst ihn.«

»Nein, ich kenne ihn nicht.«

»Der Mann hat einen Schaden, was Frauen angeht. Er würde sie am liebsten alle retten.«

»Indem er sie reihenweise abschleppt und mit seinem Schwanz aus dem Elend führt?«

Was sollte ich darauf antworten? Die Frage war ja auch vielmehr, was Nellie nun vorhatte. Was wusste sie über das Mädchen? Was war mit ihr geschehen? Mit wem hatte Nellie bereits geredet? War sie im Hotel gewesen? Der Wagenmeister hatte mir geholfen, den Koffer einzuladen. Es gab Überwachungskameras, die das gefilmt hatten. Angeblich waren die Bänder automatisch gelöscht worden. Hatte Lorenz zumindest behauptet. Ich fühlte mich so elend wie noch nie zuvor in meinem Leben. Noch schlimmer als an dem Tag, an dem ich meinen Vater in der Backstube gefunden hatte.

»Was ist mit Ziffer?«, fragte Nellie.

»Was soll mit ihm sein?«

»Es gibt eine Verbindung zwischen ihm, Pergaschin und dem Kerl vom Schrottplatz.«

»Willst du damit sagen, Ziffer hat das Mädchen umgebracht?«

»Das frage ich dich.«

Es stimmte, Ziffer stand mit Pergaschin in Verbindung und hatte mich zu dem Schrottplatz geschickt. Nach Rostock, weit weg vom Tatort. Wenn ich darüber nachdachte, hatte ich das Gefühl, ich würde irre werden. Götz und Amalia hatten Ziffer loswerden wollen, und plötzlich gab es eine Tote. War das Zufall? Oder hatte er es etwa geplant?

»Was wirst du jetzt machen?«, fragte ich.

»Die Frage ist, was *du* machen wirst. Willst du weiterhin so tun, als wären die Morgenröte und dein Kumpel Götz Wolf ein harmloser Kinderchor, oder willst du wissen, was wirklich in dieser Nacht passiert ist?«

Sie war sich sicher, dass Götz Lulu umgebracht hatte. Sie konnte es nur noch nicht belegen. Alles, was sie hatte, waren Beweise gegen mich. Aber ich war nicht das Ziel. Es ging ihr um die Morgenröte. Deswegen hatte sie auch bisher die Polizei noch nicht informiert. Sie wollte den journalistischen Supercoup landen. *Die Morgenröte will die faschistische Machtübernahme,* hatte sie in der *NZ* geschrieben und war dafür in den sozialen Medien ausgelacht worden.

Sie stand von der Parkbank auf, stellte sich vor mich.

»Du musst dich entscheiden, Georg«, sagte sie.

Ich musste mich entscheiden. Ich steckte so tief in der Scheiße, eigentlich hätte ich einen Eintrag im Guinnessbuch der Rekorde verdient. Gleich hinter Hiob. Nein, eher noch vor ihm. Es gab jetzt zwei Möglichkeiten. Erstens, ich könnte zusammen mit Nellie versuchen, die Morgenröte zu Fall zu bringen. Dann würde meine Fahrt nach Rostock zwar immer noch wie die Beteiligung an einem Verbrechen aussehen, aber zu meinen Gunsten könnte es heißen, dass ich zur Aufdeckung beigetragen hatte.

»Ruf mich an, wenn du weißt, was du tun willst«, sagte Nellie, wandte sich ab und ging über die Brücke zurück in Richtung Altstadt.

Zweitens könnte ich Lorenz von meinem Treffen mit Nellie berichten. Und dann würde er sich um sie kümmern. Als der Gedanke in meiner Fantasie Gestalt annahm, musste ich lachen. Dachte ich das wirklich? War es schon so weit?

51

Seit zwei Tagen keine Nachricht von Manuela. Wieso brauchte sie so lange? Bevor ich Nellie etwas über den Tag im Astor erzählen konnte, musste ich wissen, wer die Person im Spiegel war. Ich hätte Amalia fragen können. Immerhin war sie schon in der Suite gewesen, als ich ankam. Vielleicht hatte sogar sie selbst das Foto gemacht. Aber dann dachte ich, dass sie keinen Grund hatte, die Tote zu fotografieren. Es sei denn, sie wollte Götz damit erpressen. Aber das wäre hirnrissig. Sie könnte das Foto niemals an eine Zeitung oder das Fernsehen geben. Es wäre das Ende der Morgenröte. Und so, wie ich sie bisher kennengelernt hatte, würde sie das niemals tun.

Ich war inzwischen dazu übergegangen, Schlaftabletten zu nehmen, damit ich nicht nachts um drei Uhr schreiend aus dem Bett hochfuhr. Sophie und ich sprachen kaum noch miteinander. Sie war mit ihrem Film beschäftigt, mit dem sie die Morgenröte entlarven und vernichten wollte. Ich verließ schon morgens früh die Wohnung, ging spazieren, hing im Großen Garten herum und wartete ungeduldig auf Manuelas Anruf. Es beunruhigte mich zu sehen, wie viele Leute sich mit der Morgenröte identifizierten. Jeder Zweite, der mir begegnete, besaß irgendein Accessoire, auf dem der Wolfskopf prangte. Was hinter diesem Symbol stand, wussten nur die wenigsten. Für sie war es einfach nur eine coole Marke, die sie mit Götz Wolf verband. Dabei konnte man doch erahnen, wohin es mit der Morgenröte ging. Vor allem nach solchen Ereignissen wie dem Fußballspiel Dresden gegen 1860 München, das die Dresdner vier zu null verloren hatten. *Wir holen uns den Sieg zurück!*, hatte Götz nach dem Match auf *Wolfsgeheul* geschrieben. Zehntausende hatten seinen Kommentar gelikt. Sie waren nach dem Spiel wie hungrige Löwen aus dem Stadion gestürmt, hatten Besenstiele,

Schlagstöcke und Ketten aus ihren Fahrzeugen geholt. In dieser Nacht war die Innenstadt verwüstet worden, als wäre ein Orkan über die Stadt hinweggefegt. Und im Grunde war es auch ein Orkan, ein menschlicher. Vier Tote und mehr als hundert zum Teil Schwerverletzte. Götz hatte den Mob aufgestachelt und sich später davon distanziert.

Für Sophie war es ein weiterer Beweis gewesen. *Du willst es nur nicht wahrhaben*, hatte sie gesagt. Aber ab wann weiß man, wenn etwas in die falsche Richtung läuft? Wann ist der Punkt erreicht, an dem es unübersehbar wird? Aus der Schule wusste ich, die europäischen Regierungen hatten Hitler lange Zeit nicht ernst genommen. Und als sie endlich verstanden, was er plante, war es zu spät gewesen. War es jetzt genauso? Sah ich es nicht, weil ich es nicht sehen wollte?

Ich saß im *Lila's* und wischte auf meinem Notebook durch die ersten Szenen von Sophies Film. *Willst du mal sehen, um was es darin geht?*, hatte sie mich gefragt. Es gab Listen von Politikern und Künstlern, die Front gegen die Morgenröte machten. Interviews mit Geschäftsleuten, die sich weigerten, *Wolfsrevier*®-Produkte zu verkaufen, und deshalb Ärger bekamen. Bilder von eingeworfenen Schaufensterscheiben, Schmierereien an den Wänden, die Waren mit Buttersäure zerstört. Die Waffen, die der Wolfshund über Monate hinweg bei Polizei und Bundeswehr beiseitegeschafft hatte, waren angeblich ins Schloss gebracht worden. 100.000 Schuss Munition, 62 Kilogramm Sprengstoff, mehr als 2500 Schusswaffen. Woher wussten Sophie und ihre Freunde davon? Auf Videos wurden Zeltlager dokumentiert, in denen Jugendliche auf Pappkameraden mit den Gesichtern von Ministern schossen. Wacklige Videos, mit Handys aufgenommen, zeigten Überfälle auf Schwarze, Schwule, Frauen mit Schleier, Kinder auf den Armen. Brandanschläge auf Flüchtlingsunterkünfte. Hetzjagden auf Menschen, die einfach nur anders aussahen. Leute, die bei der Bundeswehr, bei der Polizei, bei dem Kommando Spezialkräfte, beim Verfassungsschutz entlassen worden waren, zeigten stolz, dass sie sich der Morgenröte angeschlossen hatten. Rocker, Clanmitglieder, Typen, die zu allem entschlossen waren, bereit loszuschlagen. Ihr Ehrenkodex bestand darin, Götz Wolf zu huldigen und zu folgen. Es war erschreckend. Und es war die Realität. Der Film manipulierte nicht. Es wurden einfach nur Bilder, Videos, Texte, Interviews aneinandergereiht.

Ich wollte gerade einen weiteren Kaffee bestellen, als eine Nachricht von Sophie eintraf. *Wo bist du? Manuela ist auf meiner Mailbox. Sie hat vor drei Stunden versucht, dich zu erreichen. Sie klingt ziemlich panisch.*

Ich wählte Manuelas Nummer. Mailbox. *Wofür gibt es Handys, wenn nie jemand drangeht?*, dachte ich. Ich legte einen Zwanziger auf den Tisch, lief nach draußen und schnappte mir auf der Straße ein Taxi. Der Fahrer war auch ein Fan. Am Rückspiegel baumelte ein kleiner Wolfskopf, aus den Lautsprechern dröhnte der neueste Götz-Wolf-Hit *Aufstehen.* Der Song war von null auf eins in den Volksmusikcharts gestartet und war dann sogar in den Popcharts bis auf Platz drei geklettert. Ich bat den Taxifahrer, die Musik etwas leiser zu stellen, damit ich Manuelas Nachricht auf meiner Mailbox abhören konnte, aber sie bestand nur aus einem hohen Ton.

»Der Mann ist ein Kracher«, sagte der Taxifahrer. »Ich war beim Konzert im Alten Schlachthof. Der Hammer. Ich meine, die Musik ist ja schon geil, aber was die da für eine Nummer abziehen. Einfach genial. Waren Sie schon mal bei einem Konzert?«

»Ja.«

»Und dann die Videos mit den Wölfen, die durch den Wald rennen und zu Menschen werden. Und dann waren die auf einmal auf der Bühne. Ich krieg die totale Gänsehaut, wenn ich nur daran denke.«

Er schob den rechten Hemdsärmel hoch.

»Guck mal hier.«

Auf seinem Unterarm war eines der Tattoos zu sehen, die Ziffer an Studios lizenzierte, ohne dafür Geld zu verlangen. Er zahlte sogar, wenn sie spezielle Motive benutzten. Ein schwarzer Wolf mitten im Sprung und mit weit aufgerissenem Maul. Es war eine gute Arbeit. Wer auch immer es gestochen hatte, war ein Künstler.

Als wir die Louisenstraße erreichten, war die Kreuzung abgesperrt. Mehrere Polizeiwagen, Feuerwehr, Notarztwagen standen mitten auf der Straße. Wahrscheinlich wieder der Stress, über den sich Manuela immer aufregte. Sie hatte schon vor Wochen aus ihrer Wohnung ausziehen wollen, weil es dauernd Ärger mit den Nachbarn gab. Laute Musik, häufig wechselnde Bewohner der WG über ihr. Die Wände im Hausflur waren mit den bekannten Slogans besprüht. *Antifa rules, ACAB, Stopp Gentrifizierung, Fuck CIS. Fuck Morgenröte. Fuck Götz Wolf.* Manuela hatte eine Weile darüber hinweggesehen. Und ihre Nachbarn hatten sich dazu durchringen können, die Musik nach ein Uhr nachts leiser zu stellen. *Weil ich dick bin, sind sie mir gegenüber freundlich. Keine Ahnung, wieso. Vielleicht haben sie Mitleid.* Manuela war sogar ab und zu in den *hierarchiefreien safer-space* eingeladen worden. Irgendwann aber hatten die Nachbarn herausgefunden, dass sie zur Morgenröte gehörte. Seitdem war sie nicht mehr erwünscht. Damit sie das auch wirklich verstand, hatten sie Hundescheiße in ihren Briefkasten geschmiert und ein Hakenkreuz an ihre Wohnungstür gesprüht.

»Ich steig hier aus«, sagte ich.

Vor dem Haus Nummer 44 hatte sich eine große Menschenmenge versammelt. Ich drängelte mich hindurch, bis ich Polizisten, Feuerwehrleute und drei Sanitäter sah, die auf der anderen Straßenseite auf dem Bürgersteig standen. Sie verdeckten irgendetwas mit einer Art Paravent.

Ich wandte mich an einen älteren Mann in Trainingshose und Wolfs-T-Shirt. Er hielt eine Plastiktüte von Aldi voll mit Pfandflaschen in der Hand.

»Was ist hier passiert?«

»Da ist eine aus dem Fenster im vierten Stock gesprungen.«

»Ist nicht schade um die. Alles Dreck«, sagte ein Zweiter. Auch er mit Wolfs-T-Shirt und Aldi-Tüte.

Während sie lachten, durchzuckte mich ein ungutes Gefühl. *Bitte nicht Manuela,* dachte ich. Aber sie wohnte im dritten Stock, soweit ich mich erinnerte, nicht im vierten. Und sie hatte vor ein paar Stunden versucht, mich anzurufen, wieso sollte sie dann aus dem Fenster springen? Ich überquerte die Straße und ging ins Haus.

»Wohin?«, fragte eine rothaarige Polizistin.

»Ich will jemanden im Haus besuchen.«

»Wen?«

»Was geht Sie das an?«

»Hier ist eine Bewohnerin aus dem Fenster gesprungen, junger Mann. Also mal ein bisschen langsamer.«

»Manuela Kramer.«

»Wer sind Sie?«

»Ein Freund.«

»Dann kommen Sie mal mit.«

»Wieso?«, fragte ich.

Dabei wusste ich die Antwort. Es war Manuela, die da draußen auf dem Bürgersteig lag. Mein Hals zog sich zu, als würde mir jemand einen Strick darum legen. Ich atmete hektisch. Meine Kehle war nur noch ein dünner Schlauch. Ich dachte, ich müsste ersticken.

Die Polizistin sah mich verwundert an.

»Alles okay mit Ihnen?«

»Nein«, sagte ich.

»Wollen Sie sich erst mal hinsetzen?«

Ich schüttelte den Kopf. Ich würde nicht ersticken. Alles, was ich tun musste, war, mich zu entspannen. Langsam einzuatmen und wieder auszuatmen. Einatmen und wieder ausatmen. Wir stiegen die Treppe hinauf bis in den dritten Stock.

52

Die Tür zu Manuelas Wohnung stand offen. Drei Polizisten in Zivil unterhielten sich im Schlafzimmer. Bevor sie mich aufhalten konnten, stand ich am Fenster, schaute nach unten auf die Straße. Da lag sie. Der Körper verrenkt, der Kopf eingerahmt von einer schwarzen Pfütze, die Augen offen, als würde sie mich ansehen und mich fragen: *Wo warst du?* Ich musste mich festhalten, weil ich einen eigenartigen Sog spürte, der mich aus dem Fenster ziehen wollte. Runter zu ihr. Sie umarmen, sie aufheben, sie wecken. Alles rückgängig machen, was ich zu ihr gesagt hatte, um was ich sie gebeten hatte. Mich nach vorne beugen und fallen. Ich spürte, wie ich das Gleichgewicht verlor.

»Hey! Was soll das denn werden?«

Einer der Polizisten packte mich und zog mich ins Zimmer zurück, weg vom Fenster. Ich drehte mich zu ihm herum. Er war jung, nicht älter als ich. Und er trug einen Oberlippenbart. Die anderen beiden waren auch nicht viel älter. Irgendwie beunruhigte es mich. Ich hätte es besser gefunden, wenn sie älter, erfahrener gewesen wären. Der mit der runden Brille wollte etwas von mir wissen.

»Was?«, fragte ich.

»Ihren Namen.«

Meinen Namen. Sie wollten meinen Namen wissen. Wieso meinen Namen?

»Warum sind Sie hier?«

Warum ich hier war. *Du musst wieder zu dir kommen, Georg,* dachte ich. *Die dürfen nicht wissen, warum du hier bist.*

»Wie gut kennen Sie die Tote?«

Ich redete wirres Zeug. Stand neben mir und hörte mich reden. Ich erzählte, dass wir für die Morgenröte arbeiteten, was beifällig zur Kenntnis genommen wurde. Sollte ich auch von Manuelas Anruf erzählen? Besser nicht.

»Ich wollte sie zur Arbeit abholen.«

»Am Sonntag?«

Auf dem Bett lag Manuelas Notebook.

Die Brille fragte, ob ich das Passwort kennen würde. Ich verneinte. Ich sollte mit in die Küche kommen, um eine Aussage zu machen. Das müsste nicht jetzt gleich sein, meinte die Brille, aber es würde ihnen die Arbeit erleichtern. Als ich aufstehen wollte, hatte ich keine Kraft. Als würden meine Beine nicht zu mir gehören. Ich wollte vernünftig sein, nicht zeigen, wie sehr es mich schockierte, dass Manuela tot war. Aber meine Beine schienen davon nichts zu wissen.

»Ich brauche einen Moment«, sagte ich.

»Wir können es auch hier machen«, sagte er. »Ist es okay, wenn ich es aufnehme?«

Es war okay. Zuerst musste ich Namen und Adresse nennen. Dann wanderte das Handy zwischen uns hin und her. Ich war wie auf Autopilot, weinte und konnte nicht aufhören.

»Wie lange kennen Sie die Tote schon?«

»Drei Jahre.«

»Wissen Sie etwas über das Privatleben von Frau Kramer?«

»Nur, dass sie Single ist.«

»Hat sie Ihnen gegenüber mal erwähnt, dass sie mit irgendjemandem Ärger hatte?«

»Mit der WG über ihr. Die wollten sie loswerden.«

»Haben die ihr gedroht?«

»Sie haben Scheiße in ihren Briefkasten geschmiert.«

Die Brille sah den Bart an. Ein kurzes Nicken, dann verließen Bart und der Dritte die Wohnung. Ich hörte, wie sie die Treppe hinaufgingen. Ein Klingeln war zu hören.

»Hat Frau Kramer sonst noch Ärger mit jemandem gehabt?«

»Glaube nicht.«

»Einer Freundin?«

»Nein.«

»Auf der Arbeit?«

Jetzt erst verstand ich, worauf seine Fragen hinzielten.

»Wenn Sie so fragen, denken Sie, jemand hat sie aus dem Fenster gestoßen?«

»Möglicherweise.«

»Wieso?«

»Die Wohnungstür hat offen gestanden. Möglicherweise wurde der Sturz aus dem Fenster gewaltsam herbeigeführt.«

Gewaltsam. Jemand sollte sie aus dem Fenster gestoßen haben? Wer? Manuela war einen Meter achtundsiebzig groß. Sie wog mehr als hundertzwanzig Kilo.

»Sie sehen so aus, als ob Sie eine Ahnung hätten, wer dafür infrage kommt«, sagte Brille.

»Nein.«

»Sicher?«

»Was wollen Sie von mir? Woher soll ich wissen, wer so etwas macht?«

Ein älterer Ziviler mit Glatze kam herein. Ich kannte ihn irgendwoher, konnte mich aber nicht mehr erinnern, wann wir uns begegnet waren.

»Sie werden oben gebraucht«, sagte er zu Brille.

Brille nickte und verschwand. Die Glatze stellte sich ans Fenster.

»Wir kennen uns«, sagte er. »Fabich. Wir haben über Ihren Vater gesprochen. Wissen Sie noch?«

Jetzt erinnerte ich mich wieder. Er hatte in der Polizeiinspektion Schießgasse meine Aussage aufgenommen.

»Wie steht's mit der Deutschen Bank? Haben Sie sich inzwischen einen Anwalt genommen?«, fragte er.

Was wollte er mit dieser beschissenen Frage bezwecken? Vertrauen herstellen? Hatte er vor der Tür gelauscht und Brille weggeschickt, weil er dachte, ich würde ihm mehr erzählen als einem Kollegen? Nicht mit mir.

»Und die Tochter?«, fragte ich.

»Ist ausgezogen.«

Er zog den Hocker vom Frisiertisch zum Bett, setzte sich breitbeinig drauf. Stützte die Ellbogen auf den Knien ab, schaute zu Boden. Vermutlich wollte er mir zeigen, dass die Sache ihm naheging.

»Es gibt zwei Möglichkeiten. Ihre Freundin war verzweifelt, depressiv, hatte Burn-out oder Liebeskummer. Deswegen ist sie aus dem Fenster gesprungen. Wenn Drogen im Spiel waren, werden wir es bei der Obduktion herausfinden. Oder jemand ist hier reingekommen und hat nachgeholfen. Allerdings war sie nicht gerade ein Leichtgewicht. Und es gibt außer an der Tür keine Spur von Gewalt. Also landen wir wieder bei Möglichkeit Nummer eins. Sie ist gesprungen. Warum? Weil sie Angst hatte?«

»Angst? Wieso Angst?«

»Sagen Sie es mir.«

»Ich weiß es nicht.«

»Es gibt Leute, die der Morgenröte nicht wohlgesonnen sind.«

Wohlgesonnen. Wieso drückte er sich so geschraubt aus? Dann wollte er wissen, ob es Morddrohungen gegeben habe. Ich hörte ihm zu. Sagte Ja und Nein, schüttelte den Kopf oder nickte. Ich hielt mich in Gedanken längst woanders auf.

Seit einigen Minuten spürte ich nämlich, dass unter der Bettdecke, genau da, wo ich saß, ein harter Gegenstand lag. Weil es hin und wieder vibrierte, dachte ich, es sei eines der Geräte, mit denen Manuela sich vielleicht nächtens Spaß bereitete.

Doch dann merkte ich, dass die Vibration in einem gleichmäßigen Rhythmus auftrat. Also musste es ein Handy sein. Und die Polizisten hatten es übersehen.

Als es in der WG im vierten Stock laut wurde, Sachen umfielen und die Polizisten so heftig beschimpft wurden, dass wir es bis in Manuelas Schlafzimmer hören konnten, sprang Fabich auf und stürmte fluchend aus der Wohnung. Ich nutzte die Konfusion, holte das Smartphone unter der Bettdecke hervor und machte mich aus dem Staub.

An der Elbe setzte ich mich auf eine Bank und scrollte durch die Mails und Notizen, die Manuela auf dem Handy gespeichert hatte. Das meiste war belanglos. Bis auf ein Foto. Es zeigte die Person im Spiegel.

53

Nellie las es als *dpa*-Meldung. Manuela Kramer, Social-Media-Managerin der Morgenröte, war aus dem Fenster ihrer Wohnung im dritten Stock gestürzt. In der Nachricht stand nichts darüber, ob es sich um Selbstmord, Unfall oder Mord handelte. Sie hatte mehrmals versucht, Georg zu erreichen, war aber jedes Mal auf der Mailbox gelandet. *Ruf mich an!* Er hatte sie nicht zurückgerufen. Natürlich nicht. Sie hatte ihm ja auch ganz schön zugesetzt. Hinterher hatte es ihr leidgetan. Er war ihr Neffe, und sie war sich sicher, dass er das Mädchen nicht getötet hatte. Aber darauf konnte sie keine Rücksicht nehmen.

Immer noch keine Antwort vom Hotel Astor. Seit Tagen wurde sie vertröstet. Der Manager war entweder in Meetings, außer Haus oder hatte einen Tag frei. *Verarschen kann ich mich selbst*, hatte sie der dünnen Mädchenstimme am Telefon gesagt und fuhr nun zum zweiten Mal zum Hotel.

In der Lobby tummelten sich zwei Dutzend junge Frauen, eine hübscher als die andere. Models, die aufgeregt über ein bevorstehendes Casting schnatterten. Nellie bekam nur mit, dass die Morgenröte ein Video mit ihnen und Götz Wolf drehen wollte. Dass man sie in demselben Hotel versammelte, in dem vermutlich eine junge Frau umgebracht worden war, fand Nellie mutig. Sie stieg über die Armada der Samsonites hinweg und drängelte sich bis zum Empfangscounter vor. Als einige der Mädchen sich beschwerten, behauptete Nellie, sie sei eine Mitarbeiterin der Morgenröte, und wurde sofort ehrfürchtig durchgelassen.

»Nellie Freitag, den Manager bitte«, sagte sie zu dem blassen Trainee hinter dem Counter.

Sein Namensschild wies ihn als Oskar aus. Nellie winkte

ihn näher zu sich heran, beugte sich nach vorn und senkte ihre Stimme zu einem Flüstern.

»Und erzählen Sie mir nicht, er wäre in einem Meeting, krank oder im Urlaub. Wenn Sie das versuchen, sage ich unseren Schauspielerinnen, Sie hätten hier Bettläuse.«

Eilig griff der Trainee nach dem Telefon. Er sprach so leise, Nellie konnte ihn kaum verstehen.

»Herr Malik fragt, um was es geht«, sagte der Trainee.

»Um Läuse, habe ich doch gesagt.«

»Wenn Sie bitte im Kaminzimmer warten wollen.«

Er wies zu einem Raum rechts von der Lobby.

Vier Sessel, mit weinrotem Samt bezogen und um einen Glastisch mit Messingfüßen herumgruppiert. Als Nellie sich setzte, hatte sie das Gefühl, von den Polstern verschlungen zu werden. Im Hintergrund knisterte ein Kaminfeuer. An den Wänden hingen Bilder vom Luftangriff auf die Stadt. *Eine interessante Einstimmung auf einen Dresden-Besuch*, dachte Nellie. Eine Minute später erschien der Manager. Er war klein, schmal. Seine Haare waren zu einem Helm geformt und mit Haarspray versiegelt.

»Leron Malik, ich bin der Manager, guten Tag.«

Sein Händedruck war weich und feucht.

»Wie kann ich Ihnen helfen, Madame?«

»Nellie Freitag. Ich komme von Sixt, und ich interessiere mich für einen Transporter, der kürzlich hier vor dem Hotel mit einem Basskoffer beladen wurde. Dabei wurden erhebliche Schäden im Innenraum verursacht.«

»Oskar sagte, Sie wären eine Mitarbeiterin von der Morgenröte.«

»Da muss er sich verhört haben.«

»Verstehe.«

»Wir würden gerne wissen, wer den Koffer eingeladen hat.«

»Verstehe.«

»Der Mieter sagt, der Koffer wäre von einem Hotelangestellten eingeladen worden.«

»Verstehe.«

»Ich vermute, es gibt Aufzeichnungen der Überwachungskameras. Die würde ich gerne sehen, weil unser Mieter das Hotelpersonal vermutlich ungerechterweise beschuldigt.«

»Verstehe.«

»Sie verstehen viel, aber Sie sagen nichts, richtig?«

»Besser so als umgekehrt, wie wir hier im Astor sagen.«

»Dann sage ich es mal so, Herr Malik. In dem Koffer wurde die Leiche eines Mädchens gefunden.«

»Oh.«

Zur Abwechslung schien er jetzt tatsächlich zu verstehen. Er wurde unruhig, kratzte sich am Hinterkopf, strich sich über den Mund und schaute nach links unten. Eindeutige Zeichen, dachte Nellie. Er könnte den perfekten Dummy für ein Lügen-Seminar abgeben.

»Aber wäre das dann nicht eine Angelegenheit, der die Polizei nachgehen sollte?«, fragte er und räusperte sich.

»Vermutlich werden Sie in dieser Angelegenheit in den nächsten Tagen entsprechenden Besuch erhalten. Ich könnte es allerdings für Sie etwas weniger kompliziert machen, indem ich nichts von dem Koffer und der Beschädigung des Wagens erzähle.«

»Sie kommen nicht von Sixt.«

»Wie man's nimmt.«

»Ich werde nachschauen, ob es die Aufzeichnung noch gibt, von der Sie sprechen. Normalerweise werden die nach vierundzwanzig Stunden gelöscht. Bitte nehmen Sie doch solange Platz.«

Er stürmte zu einer Tür, auf der *Nur für Personal* stand. Dann ließ er sie eine halbe Stunde warten. Als Nellie sich aus dem Sessel schälen wollte, um sich nach seinem Verbleib zu erkundigen, kam er zurück.

»Danke, dass Sie so lange gewartet haben. Ich habe nachgeschaut. Alles, was an diesem Tag aufgezeichnet wurde, ist tatsächlich von neueren Aufnahmen überspielt worden.«

»Alles, was an diesem Tag aufgezeichnet wurde?«

»Ja, so leid es mir tut«, sagte er mit übertriebenem Lächeln.

»Woher wissen Sie, um welchen Tag es sich handelt? Ich habe Ihnen kein Datum genannt.«

Das Lächeln gefror.

»Wissen Sie was, Leron? Ich komme nicht von Sixt, wie Sie richtig vermutet haben. Ich bin Journalistin, und ich glaube, ich bin einer Geschichte auf der Spur, die dazu führen könnte, dass Sie Ihren Job demnächst in der nächstgelegenen JVA ausüben werden.«

Sie zwinkerte ihm zu.

»Wenn Sie doch noch Redebedarf haben, hier ist meine Telefonnummer.«

Sie reichte ihm eine Visitenkarte und verließ das Hotel. Sie ahnte, der Manager würde sie beobachten. Deshalb blieb sie kurz bei dem Wagenmeister stehen und reckte den Daumen der rechten Hand, damit er die Geste sehen und missverstehen konnte. Anschließend rief sie Cotta an, um ihm vom Stand ihrer Recherche zu erzählen.

54

Wir hatten getobt und geflucht. Hatten geweint. Hatten uns gefragt, wieso das passieren konnte. Wieso ausgerechnet Manuela? Was hatte sie denn getan? Zuletzt waren wir so erschöpft gewesen, dass wir weder sprechen noch einen Gedanken fassen konnten. Irgendwann fragte mich Sophie, wer das gemacht haben könnte. Ich hatte eine Ahnung, sagte aber nichts. Weil es mehr als eine Ahnung war. Eine Befürchtung. Ein Verdacht. Manuela war der Person im Spiegel gefolgt. Hatte die Pixel neu organisiert und zu einem Bild zusammengefügt, das den ganzen Abgrund dieser Nacht offenbarte. Die Person war Amalia. Sie war es gewesen, die die Tote fotografiert hatte.

Wann hatte sie das Foto gemacht? Und warum? Und warum hatte sie nichts davon gesagt? Nein, das war nicht richtig. Sie hatte *mir* nichts davon gesagt. Was Götz und vor allem Ziffer anging, war ich nicht sicher. Ich schickte Sophie zu einer Freundin nach Leipzig. Sie sollte dort bleiben, bis die Polizei wusste, ob es Mord oder Selbstmord war. Ich hatte Angst, ihr könnte das Gleiche wie Manuela passieren. Sophie verstand zuerst nicht, warum ich so besorgt um sie war. Aber sie vermutete es. *Bin ich in Gefahr?*, hatte sie gefragt. *Ich weiß es nicht*, war meine wenig vertrauenswürdige Antwort gewesen. Sie sah mich an, und was vor Monaten als feiner Haarriss in unserer Liebe begonnen hatte, weitete sich und zeigte, wie weit wir voneinander getrennt waren. Ich half ihr beim Packen. Als ich sie zum Bahnhof bringen wollte, wehrte sie mich ab. Ich blieb allein zu Hause.

In der Not lernst du dich kennen. Es fühlte sich an, als sei ein schwerer Mantel von meinen Schultern zu Boden gesunken. Ich konnte wie nach einem Regenguss klar sehen. War aufgewacht und wusste, es gab eine Reihe von Dingen zu tun. Zuerst die Patientenverfügung ins Krankenhaus bringen. Dann mich von meinem Vater verabschieden. Dann die Mails besorgen, in denen Ritters Beteiligung an der Geldwäsche bestätigt wurde. Dann Nellie das Foto zeigen und zusammen mit ihr herausfinden, wer das Mädchen getötet hatte. Und dann zusammen mit Sophie verschwinden. Irgendwohin, wo uns niemand finden konnte. Und wo wir uns selbst wieder finden konnten. Ich mich. Und wir uns. Vielleicht Boston.

Ich fuhr nach Neustadt. Das Polizeisiegel war entfernt worden. Es gab einen Tresor, in dem mein Vater wichtige Unterlagen aufbewahrte. Ein Modell aus den Sechzigern mit Zahlenschloss. Der Tresor war in der Backstube zwischen Etagenofen und Gärschrank in der Wand verankert. Als Zahlenkombination hatte er sein Geburtstagsdatum 200769 eingestellt. Das war fast so clever wie 123456. Aber er blieb dabei, weil er fürchtete, den Code zu vergessen und auch zu vergessen, wo er ihn notiert und die Notiz abgelegt hatte.

Als ich die Backstube betrat, sah ich ihn wieder, den Kopf leicht nach vorne gebeugt, die Zunge wie ein blauer Wurm zwischen den Lippen. Die zuckenden Arme und Beine. Sein überraschter Blick, als er mich gesehen hatte. Es war nur ein kurzer Moment, und ich wusste, es war nichts als Einbildung, und trotzdem schrie ich auf. Der Stuhl, der umgekippt hinter ihm gelegen hatte, stand jetzt an der Seite neben der alten Knetmaschine, das Seil baumelte immer noch von der Decke herab. Ich ging zu dem Tresor, tippte die sechs Ziffern in das Display, zog die Tür auf und erblickte auf einem Stapel Unterlagen eine Pistole. Sie war aus Kunststoff wie diese Modelle, die in 3D-Druckern gefertigt wurden. Wo hatte er die her? Ich steckte sie ein, nahm die Papiere heraus und legte sie auf den alten Holztisch. Heiratsurkunde, Stammbuch der Familie, Eintragung ins Handelsregister. Telekom-Aktien, die ihm jemand vor Jahren angedreht hatte. Und dann die Patientenverfügung.

Sechs Seiten, in denen er schrieb, dass er sich im Vollbesitz seiner geistigen Kräfte befindet, dass er die Tragweite seines Entschlusses kennt, dass er von den Ärzten und von mir verlangt, die Verfügung als verbindlich anzusehen. Gründlich, wie von ihm nicht anders zu erwarten, schilderte er seine Liebe zu seinem Beruf, seine Einstellung zu Tod und Leben, zu Ehe und Familie, warum er nicht an Gott glaubte und den Katholizismus für eine frevlerische Form der Tyrannei hielt. Kein Wort zu mir außer der Aufforderung, lebenserhaltende Maßnahmen zu beenden, wenn bestimmte Umstände eintreten sollten. Hier folgte eine lange Liste, was die bestimmten Umstände waren. Sie war lang. Wahrscheinlich hatte er sie aus dem Internet heruntergeladen. *Schwere, dauerhafte Schädigungen der Gehirnfunktion, irreversible Bewusstseins- und Persönlichkeitsstörungen, länger andauerndes Wachkoma, dauerhafter Verlust der Fähigkeit, Nahrung zu sich zu nehmen, irreversibler kompletter Bewegungsverlust, dauerhafter Verlust von lebenswichtigen Organfunktionen, unheilbare Erkrankungen mit vorhersehbarem tödlichen Ausgang, schwerste, entstellende Folgen aufgrund einer Erkrankung oder eines Unfalls, fortschreitende geistige Verwirrtheit, unerträgliche Schmerzen, die auch mit den Mitteln heutiger moderner Schmerztherapie nicht zu beseitigen sind.* Sollte ich gegen seine Anordnungen verstoßen, schrieb er zum Schluss, sollte von seinem Rechtsanwalt und Notar Dr. Kalter Strafanzeige wegen Körperverletzung gestellt werden.

Ich fuhr ins Krankenhaus. *Konnten Sie es doch noch einrichten,* sagte Frau Dr. Raabe mit einem spöttischen Grinsen, für das ich ihr am liebsten an die Kehle gegangen wäre. Stattdessen bat ich sie, mich eine Weile mit ihm allein zu lassen.

»Ich würde mich gerne von meinem Vater verabschieden, ohne hinterher Applaus entgegenzunehmen.«

Sie sah mich skeptisch an.

»Ich hoffe, Sie sind noch da, wenn ich in einer halben Stunde wiederkomme«, sagte sie.

Ich drückte ihr das Schreiben in die Hand. Sie überflog es. Als sie fertig war, zog sie erstaunt die Stirn in Falten. Dann sah sie mich an, als könne sie nicht glauben, was sie dort las.

»Lassen Sie sich nicht von Drohungen beeinflussen«, sagte sie.

Nachdem sie gegangen war, setzte ich mich neben ihn aufs Bett. Seine Haut war wie Pergament. Die feinen Adern auf seinen Wangen ein rotes Spinnennetz. Die Augäpfel lagen ruhig hinter den Lidern. Er atmete gleichmäßig. Hin und wieder zuckte er. Reflexe, wie Frau Dr. Raabe mir erklärt hatte. Blinde elektrische Entladungen. Er spürte, hörte, sah und roch nichts mehr.

Ich zog die Schuhe aus und kroch zu ihm ins Bett, umarmte ihn, und ehe ich mich versah, heulte ich los. Tränen liefen über meine Wangen und versickerten im Kopfkissen. Was war so unerträglich gewesen, dass er sich ein Seil um den Hals legen, auf einen Stuhl steigen und dann den Stuhl mit den Füßen umstoßen musste? Mit zweiundfünfzig Jahren.

»Sie haben dir die Bäckerei genommen«, flüsterte ich. »Na und? Scheiß drauf. Du hättest etwas anderes machen können. Kleine Bäckereien haben doch ohnehin keine Zukunft, wenn der Laden nicht in einem Ökostadtteil liegt, hast du gesagt. Dabei hast du über all die geschimpft, die nach Dinkel, Emmer und Sauerteig und all dem Zeug, das nur mehr Arbeit macht, verlangt haben. Und dann hast du doch nachgegeben. Hast den Laden umgestellt, Biomehl gekauft, die Preise erhöhen müssen, und dann sind deine Kunden zu den Industriebäckern gegangen, deren Geschäftsprinzip darin besteht, die Kunden mit dem letzten Dreck zu verarschen.«

Das hellblaue Nachthemd war zur Seite gerutscht, seine

Haut war kühl, als habe er sich bereits weit in sich zurückgezogen und die äußeren Territorien seines Körpers aufgegeben. Er roch nach Schweiß und Urin. Die Windel war feucht. Es störte mich nicht. Irgendwann tauchten Erinnerungen auf, die ich bislang unter einer meterdicken Schicht aus Wut vergraben hatte. Bilder von Ausflügen mit der alten Vespa. Ich vor ihm auf dem Durchstieg, beide Hände am Lenkrad, durfte den Blinker betätigen, wenn wir abbogen, verwechselte links und rechts, worüber er lachte. In der Backstube beim Teigkneten für meine eigenen Brezeln, die ich auf dem Holztisch ausrollte, bevor ich die dünnen Enden nach meinen eigenen Vorstellungen verflocht.

»Ich hab dich gerächt. Der Mann, der dich in der Backstube ans Seil geführt hat, lebt zwar noch, aber er ist ruiniert.«

Ich wusste nicht, ob er mich nun anders sehen würde, wenn ein Wunder ihm das Gehirn reparieren könnte. Nicht mehr nur mein Scheitern am Klavier, den Schulabschluss ohne Abitur, ein halbes Jahr bei Scholz & Friends, dann ein paar Drehbücher für Netflix und zuletzt *Herzfelds Herzschlag*. Ich verdiente mehr Geld, als er je mit seiner Bäckerei verdient hatte. Vielleicht hatte er mir deswegen das Leben nach Kräften schwer gemacht. Aber es war nichts gegen das, was er sich selbst jeden Tag angetan hatte. Das, was er mir vorwarf, traf zu hundert Prozent auf ihn selbst zu. Und all das, was er von mir forderte, hatte sein Vater von ihm gefordert. Und noch zehnmal härter und unversöhnlicher. Im Grunde hatte er keine Chance gehabt. Wir alle werden verletzt und geben die Verletzungen weiter. Ob wir wollen oder nicht. Wie eine Erbkrankheit.

Es wurde bereits wieder hell, als ich aus dem Bett stieg. Eine Stunde später war er tot.

AUSLÖSCHUNG

55

Ich weiß nicht, wie lange ich schon vor der Einfahrt zum Krankenhaus stand. Krankenwagen näherten sich, die Sirenen wurden auf den letzten Metern, bevor sie das Krankenhaus erreichten, ausgeschaltet. Sie fuhren die Rampe hinauf, hielten neben der Eingangstür, Türen wurden aufgerissen, und für einen Moment brach Hektik aus. Jemand rief nach einem Arzt. Verletzte wurden in das Gebäude hineingeschoben. Nach einer Weile fuhren die Krankenwagen wieder weg, um Platz für Nachschub zu machen.

Ich hatte seinem Leben ein Ende gesetzt und vermisste meinen Vater so sehr, dass es wehtat. Fühlte mich allein wie noch nie zuvor im Leben. *Sie haben ihn erlöst*, hatte Frau Dr. Raabe gesagt. Aber das war nur das Märchen, mit dem sie mich trösten wollte. Jetzt war da niemand mehr, über den ich mich aufregen konnte, an dem ich mich abarbeiten konnte. Da war nur noch ich. Und ich fühlte mich leer, erschöpft, aufgekratzt, erregt. Alles zur selben Zeit, als würden verfeindete Kräfte in mir erbost miteinander ringen. Aber nach einer Weile wurden auch sie müde und zogen sich zurück. Sie machten Platz für ein neues, seltsames Gefühl. Ich war für Sophie und das Baby verantwortlich, das bald auf die Welt kommen sollte. Und sosehr mir auch dieser Gedanke Angst machte, fühlte ich mich seltsamerweise frei. Als wären meine bisherigen Entscheidungen von einer fremden Macht beeinflusst gewesen. Als könnte ich jetzt endlich das tun, was ich schon lange hätte tun sollen. Als ich in ein Taxi einsteigen wollte, das gerade seine Fahrgäste ausgeladen hatte, hielt mich eine Stimme auf.

»Hey! Warten Sie!«

Es war der Pfleger. Er kam die Rampe heruntergelaufen und winkte mir zu. Ich hatte keine Lust darauf, mir seine Sprüche über komatöse Patienten und das Sterben und all den Blödsinn anzuhören, mit dem er mich schon ein paarmal genervt hatte.

»Sie sind doch ein hohes Tier bei der Morgenröte«, sagte er.

»Ich habe keine Zeit«, erwiderte ich.

»Ich weiß, Sie haben gerade Ihren Vater verloren, und Sie wollen sicher allein sein, aber ich hab nur eine kurze Frage.«

Er war offensichtlich in Not, daher brachte ich es nicht über mich, in das Taxi einzusteigen und einfach wegzufahren.

»Was gibt's?«

»Die Sache mit dem Kalb 269. Stimmt das wirklich?«

Manuela hatte mir davon erzählt. Kalb 269 war ein Bulle, der wenige Tage vor seiner geplanten Schlachtung von anonymen Aktivisten gerettet worden war. Er war in einer israelischen Einrichtung in der Nähe von Azor am Stadtrand von Tel Aviv geboren worden und sollte am 26. 9. geschlachtet werden. *Fällt dir bei der Zahl was auf?*, hatte Manuela mich gefragt. Natürlich war es mir aufgefallen, der 26. September war das Datum der Bundestagswahl.

»Was meinen Sie damit, ob das wirklich stimmt?«

»Können wir irgendwo anders hingehen?«

»Warum?«

»Ich weiß, es klingt blöd, aber mein Chef soll nicht sehen, wenn ich mit Ihnen rede. Er denkt sowieso, ihr würdet uns Leute aufhetzen und Verschwörungstheorien in die Welt setzen. Er ist da völlig vernagelt.«

Er schlug ein Café zwei Straßen weiter vor. Ich war neugierig geworden, was es mit diesem Kalb auf sich hatte, und ging mit.

Es war kein richtiges Café, nur eine umgebaute Fabrikhalle, vor der ein paar Stühle und Tische vom Sperrmüll aufgestellt waren. Ich fragte mich, wieso so viele Kombis und Lieferwagen davor parkten. Als wir durch die schwere Tür traten, erhielt ich die Antwort. In Industrieregalen und auf Paletten waren Unmengen an Grundnahrungsmitteln gestapelt. Reis, Nudeln, Konserven, Wasser. Gaskocher und Gaskartuschen, Verbandskästen. Toilettenpapier. Es sah aus wie *Preppers Paradise*. Und die Kunden, die mit großen Einkaufswagen zwischen den Regalen und Paletten umherliefen, schienen für den Weltuntergang einzukaufen. Der Pfleger steuerte die äußerste Ecke an, in der ein altes Sofa, zwei Stühle und ein flacher Holztisch standen. Antiquitäten vom VEB Hässlich. Er bestellte Kaffee und Wasser. Er wartete, bis die Bedienung ging, dann nahm er ein kleines Heft aus der Jacke.

»Ich habe das hier in der Bibel gefunden. Exodus, das zweite Buch Mose.«

Er las vor.

»Als das Volk sah, dass Mose noch immer nicht vom Berg herabkam, versammelte es sich um Aaron und sagte zu ihm: Komm, mach uns Götter, die vor uns herziehen. Denn dieser Mose, der Mann, der uns aus Ägypten heraufgebracht hat, wir wissen nicht, was mit ihm geschehen ist. Aaron antwortete: Nehmt euren Frauen, Söhnen und Töchtern die goldenen Ringe ab, die sie an den Ohren tragen, und bringt sie her! Da nahm das ganze Volk die goldenen Ohrringe ab und brachte sie zu Aaron. Er nahm sie von ihnen entgegen, zeichnete mit einem Griffel eine Skizze und goss danach ein Kalb. Da sagten sie: Das sind deine Götter, Israel, die dich aus Ägypten herausgeführt haben. Als Aaron das sah, baute er vor dem Kalb einen Altar und rief aus: Morgen ist ein Fest zur Ehre des Herrn. Am folgenden Morgen standen sie zeitig auf, brachten Brandopfer dar und führten Tiere für das Heilsopfer herbei. Das Volk setzte sich zum Essen und Trinken und stand auf, um sich zu vergnügen.«

Als er geendet hatte, schaute er mich erwartungsvoll an.

»Ich verstehe nicht, was Sie mir damit sagen wollen.«

»Echt nicht? Lorenz Ziffer sagt doch, dass die Regierung die Wahl absagen will. Wegen der Unruhen und weil die Leute mit den Impfungen die Chips eingesetzt bekommen haben. Ich übrigens auch. Aber ich hab das Ding wieder rausgeschnitten.«

Er krempelte den Ärmel seines Pullovers hoch und zeigte mir eine fünf Zentimeter lange Narbe. Darüber hatte er sich ein Wolfs-Tattoo stechen lassen.

»Sie haben sich einen Chip selbst aus der Haut geschnitten?«

»Ich weiß, wie man so was macht. Ist ganz einfach.«

»Und Sie haben den Chip gefunden?«

»Den kann man nicht finden, der ist zu klein. Man muss einfach das Gewebe großflächig einen halben Zentimeter tief entfernen, dann erwischt man das Ding. Der bleibt ja direkt unter der Haut, weil es sonst keine Funkverbindung gibt.«

Ich dachte, dass er die gleiche Operation auch an seinem Gehirn vorgenommen haben musste.

»Stimmt das?«, fragte er.

»Stimmt was?«

»Dass die Regierung die Wahl absagen will.«

Die Bedienung brachte den Kaffee und wollte gleich kassieren. Er bezahlte, ohne Trinkgeld zu geben.

»Das habt ihr doch gesagt. Hier …«

Er nahm sein Handy, öffnete Facebook und zeigte mir einen Text, den die Wolfsbrut gepostet hatte. Es ging um den Staat, den sie als das goldene Kalb bezeichneten.

»*Aber der Wolf wird kommen und Aaron vertreiben*. Verstehen Sie? Der Wolf ist Götz Wolf. Und Aaron die Kanzlerin.«

Er schaute sich um, ob jemand uns beobachtete, dann las er vor.

»Das Volk soll alles Gold zu Aaron bringen, heißt es in *Exodus*. Und genau das passiert doch gerade. Man muss es nur in die Gegenwart übersetzen, oder? Ich bin bereit«, sagte er.

Offensichtlich wollte er von mir hören, was er tun sollte.

»Bereit wofür?«, fragte ich.

»Na, für alles. Wir müssen die Regierung aufhalten und diese Verbrecher an die Wand stellen. Das sagt doch auch Götz Wolf die ganze Zeit. Dass das Volk aufstehen muss. Dass wir uns wehren müssen, weil es sonst zu einer Diktatur kommt. Oder vielleicht ist es sogar schon so weit, nur sagt es niemand. Die Regierung nicht und die Presse nicht, weil die gekauft ist und mit den Schweinen unter einer Decke steckt. Die Einzigen, die noch was sagen, seid ihr.«

Er war laut geworden, die Kunden drehten sich zu uns um. Ob sie ihm zugehört hatten, konnte ich nicht sagen. Auch nicht, ob sie mit ihm einer Meinung waren. Sie standen mit ihren vollgepackten Einkaufswagen vor der Kasse und schauten zu uns. Auch hier überall *Wolfsrevier®*. Taschen, Mützen, Jacken. Ein paar von ihnen lächelten und nickten dem Pfleger zu.

»Wie heißen Sie?«, fragte ich ihn.

»Mario«, antwortete er.

»Okay, Mario. Was ich Ihnen jetzt sage, wird Sie vielleicht verstören, aber alles, was Sie mir über dieses Kalb 269 erzählen, haben wir erfunden. Nichts davon ist wahr. Der Chip, das goldene Kalb, Aaron, der Putsch der Regierung. Wir haben es erfunden, um Leute wie Sie in Angst und Schrecken zu versetzen. Wir wollten euch aufwiegeln.«

»Was?«

Er sah mich mit weit aufgerissenen Augen an.

»Du lügst. Ich hab es doch überall gelesen. Es gibt das Kalb. Und die Zahl stimmt. Zwei, sechs, neun. Das ist doch kein Zufall.«

»Doch, ist es.«

Er sprang auf, stellte sich vor mich.

»Wieso sagst du so was? Hast du die Seiten gewechselt?

Arbeitest du jetzt für die anderen? Was bezahlen die dir dafür, damit du hier so eine Scheiße erzählst?«

Er wandte sich an die anderen Kunden.

»Ihr habt gehört, was er gesagt hat. Dass Götz Wolf Lügen erzählt. Glaubt ihr das? Ich nicht. Ich glaube viel eher, dieser Dreckskerl fällt ihm in den Rücken, weil die Regierung ihn gekauft hat.«

Ich schaute mich um. Eine leise Unruhe machte sich breit. Köpfe wurden zusammengesteckt, es wurde geflüstert, die Blicke waren skeptisch, feindselig. Handys wurden gezückt, um Fotos und Videos zu machen.

»Wir dürfen es nicht zulassen, wie dieser Wichser Götz Wolf einen Lügner nennt. Oder? Ich finde, jemand muss ihm deutlich sagen, warum das nicht geht.«

Ein Kerl, ungefähr zwei Meter groß, löste sich von seinem Einkaufswagen und kam auf uns zu. Er nahm seine Mütze ab. Auf seiner Glatze prangte ein Wolfs-Tattoo. Er sah nicht so aus, als ob er ein vernünftiges Gespräch führen wollte.

»Hey, Arschloch! Was hast du über Götz gesagt?«, schrie er mich an.

Als er nur noch wenige Schritte entfernt war, sprang ich auf, schleuderte ihm meinen Stuhl entgegen und stürmte auf den Ausgang zu, stürzte auf die Straße hinaus und rannte um mein Leben.

56

Tagelang hatte er geschwiegen. Erst als Nellie mit einem Artikel gedroht hatte, hatte er sie schließlich angerufen und einen Termin genannt. Wenn nicht noch irgendetwas Unerwartetes passierte, hatte sie Wolf, Ziffer und von Bülow an den Eiern, soweit sie welche besaßen. Als Nellie zu der verabredeten Stelle kam, saß Leron Malik auf einer Bank. Er schien seit dem letzten Zusammentreffen noch kleiner geworden zu sein. Den Oberkörper nach vorne gebeugt, starrte er auf den träge dahinströmenden Fluss. Sein rechtes Bein wippte, als wollte es sich so schnell wie möglich aus dem Staub machen. Notfalls allein. Nellie setzte sich zu ihm und bot ihm einen Becher Kaffee an. Malik nahm ihn dankbar. Auf der anderen Seite des Flusses demonstrierten Anhänger der Morgenröte. Es mochten fünfhundert Personen sein, so genau konnte Nellie es aus der Entfernung nicht einschätzen, auch nicht, wofür oder wogegen sie ihre Transparente schwenkten. Auf alle Fälle waren sie ziemlich laut.

»Meinen Sie, die wollen was Gutes?«, fragte Malik.

»Ich bin skeptisch, wenn so viele Leute gemeinsam auf die Straße gehen«, antwortete Nellie.

»Ja? Wieso?«

»Ich frage mich, wer sie geschickt hat.«

»Vielleicht kommen sie aus eigenem Antrieb.«

»Das dachten die Lemminge auch, als sie zu der Klippe liefen.«

»Ich komme aus Syrien. Wir leben seit zwölf Jahren hier in Frankfurt«, sagte er leise.

Er nahm zwei Fotos aus seiner Brieftasche und hielt sie Nellie hin.

»Das ist meine Frau Leyla, das sind Deen, Rael und Rabea. Sie gehen hier zur Schule. Meine Frau arbeitet als Kindergärtnerin. Wir haben immer noch keine Aufenthaltserlaubnis. Jetzt droht uns sogar die Abschiebung, weil Deen angeblich in der Armee gedient hat und an Folterungen von Regimegegnern beteiligt gewesen sein soll. Es ist eindeutig eine Verwechslung.«

»Ja?«

»Deen ist fünf. Aber der Mann bei der Ausländerbehörde glaubt, wir würden lügen.«

Nellie betrachtete die Fotos. Die Kinder hatten große, dunkle Augen, schwarze Haare und schauten vergnügt in die Kamera. Leyla stand zwischen ihnen und hatte die Arme schützend um die Schultern ihrer Kinder gelegt. Nellic gab die beiden Fotos zurück. Sie fühlte sich schlecht. Es wäre besser gewesen, sie hätte sie erst gar nicht in die Hand genommen. So war es immer. Wenn sie an einer Sache dran war, die meilenweit zum Himmel stank, war todsicher jemand darin verwickelt, der eigentlich unschuldig war, aber mit in den Abgrund gerissen werden würde. *Kollateralschäden auf dem Weg zur Wahrheit*, nannte Cotta den Vorgang.

»Ihr Name wird nicht genannt. Ich verspreche es Ihnen«, sagte Nellie.

Auf der anderen Mainseite war die Demonstration in eine wüste Prügelei zwischen den Anhängern der Morgenröte und einem Haufen Gegendemonstranten ausgeartet. Der Wind wehte die Sirenen der Polizeiwagen über den Fluss. Das Blaulicht warf wild tanzende Lichtspiele auf die Wellen.

Ihr Name wird nicht genannt. Ich verspreche es Ihnen. Was für ein Blödsinn. Aber was hätte sie ihm sonst sagen sollen? Dass er und seine Familie verschont würden, wenn herauskam, wie er geholfen hatte, ein Verbrechen zu verschleiern? Sollte sie jetzt etwa der Spur nicht nachgehen, nur weil eine kleine unschuldige Familie eventuell in Schwierigkeiten geraten könnte? Sie war wieder an dem Punkt, an dem sie schon so oft gewesen war. Cotta hatte es beim ersten Treffen erkannt. *Du bist zu weich,* hatte er gesagt. Deswegen hatte sie noch keinen Coup gelandet. Die großen Reportagen, über die das ganze Land sprach, hatten andere gemacht. Sie war dagegen nett gewesen und hatte, wann immer es moralisch brenzlig wurde, ihre Sachen gepackt, die Dateien gelöscht und war mit einem guten Gewissen eingeschlafen. *Gute Reporter müssen Arschlöcher sein,* hatte Cotta gesagt. *Du schaust zu, wie ein Kind erschossen wird, und überlegst, wo das Licht am besten steht und ob du das richtige Objektiv drauf hast, und dann drückst du ab. Die Öffentlichkeit ist erschüttert, du erzählst, wie schwer der Job ist und wie oft du abends im Hotelzimmer heulst, weil du dich schuldig gemacht hast und der Job nun mal so ein zynischer Scheißjob ist, aber anders nicht möglich ist. Die Kollegen wissen, du laberst Scheiße, und kotzen vor Neid, während du von World Press Photo den ersten Preis für das Foto des Jahres erhältst. Du bist berühmt, machst einen Fotoband für fünfundvierzig Euro das Stück, arbeitest für die* New York Times, Le Monde, Neue Zürcher *und hast genug Geld, um dir das beste* Marching Powder *in die Nase zu blasen, das der Markt hergibt.*

Sie war dreiunddreißig, hatte Brustkrebs und die aussichtsreiche Affäre mit Dr. Ziegler verhungern lassen. Wollte sie, bevor sie abtrat, den Coup? Wollte sie an die Spitze? Ja, verdammt noch mal. Und würde sie diesmal Opfer am Wegesrand zurücklassen, wenn es nicht anders ging? Malik schien es zu spüren. Oder er hörte es in ihrem Schweigen. Er steckte die Fotos wieder ein, erhob sich und blieb nahe vor ihr stehen. Sie befürchtete schon, er wolle sie schlagen.

»Kommen Sie heute Nacht zum Personaleingang«, sagte Malik. »Nach Mitternacht.«

Nellie sah ihm hinterher und fühlte sich so schlecht wie an dem Tag, als sie mit dem Kerl ihrer besten Freundin geschlafen hatte. Damals war es eine Enttäuschung und den anschließenden Stress nicht wert gewesen. Und jetzt? Für einen kurzen Moment erlaubte sie sich einen Tagtraum, in dem sie auf einer Bühne stand, während die Kollegen applaudierten, und einen Scheck über 50.000 Euro entgegennahm.

Um die Wartezeit zu überbrücken, streifte sie durch die Zeil, blieb vor Schaufenstern stehen und betrieb Trockenshoppen. In einem Buchladen entdeckte sie die neuesten Bücher über die Morgenröte. *Zeit der Wölfe. Wolfsrudel, eine Bewegung macht mobil. Götz Wolf, Alphatier.* Nellie blätterte durch die ersten Seiten. Keiner der Autoren wusste so recht, wie man die Morgenröte einzuschätzen hatte. Sie verglichen Götz Wolf mal mit Kennedy, mal mit Churchill, Lenin, de Gaulle, Mao, Fidel Castro oder sogar Jesus Christus. Einmal quer durch die Heldensagen. Sollte es tatsächlich eine Revolution werden, fragten sich einige, vergleichbar mit der Revolution, die zum Fall der Mauer geführt hatte? Oder würde Deutschland freudestrahlend geradewegs in einen neuen Faschismus taumeln? Die Bücher waren vor einem Jahr geschrieben worden. Wie dachten die Autoren wohl jetzt?

Einigermaßen glücklich, dass sie offensichtlich vom Zufall, Glück, Schicksal auserkoren war, die Morgenröte und ihre Führungsriege als Mörder zu entlarven, gönnte Nellie sich dann doch ein Paar High Heels von Blahnik und einen roten Angriff auf ihr Konto von D&G. Nicht, weil sie sich bereits als Journalistin des Jahres sah, sondern als Belohnung für die harte Arbeit. Leider verstärkte aber die Verschwendung von achthundertdreißig Euro für eine Nylonjacke ihr schlechtes Gewissen ins Unermessliche. Also rief sie Cotta an, um sich die nötige moralische Imprägnierung abzuholen.

»Kennst du den Mann auf der Brücke?«, fragte er.

»Welchen Mann auf welcher Brücke?«

»Ein Waggon rast auf eine Gruppe von Bahnarbeitern zu, und die einzige Möglichkeit, den Tod von fünf Menschen zu verhindern, besteht darin, den dicken Mann neben dir von der Brücke zu stoßen, damit der Waggon entgleist. Was machst du?«

»Wahrscheinlich stoße ich ihn von der Brücke.«

»Auch wenn du weißt, dass er ein genialer Epidemiologe ist?«

Leron Malik war kein genialer Epidemiologe, aber er hatte drei Kinder.

57

Nach Manuelas Tod war die inzwischen vierte Wolfsbrut-Truppe von Lorenz angeheuert worden. Sie kamen von überall her. Vietnam, Ukraine, Peru. Keine Ahnung, wie er an sie herangekommen war. Ich kannte keinen von ihnen. Einhundertzwanzig Verrückte arbeiteten in drei Schichten, sieben Tage die Woche. Manuela hatte die Truppe wie ein Feldwebel geführt und es fertiggebracht, dass knapp fünfzehn Millionen Menschen einmal pro Woche die Videos auf dem YouTube-Kanal *Wolfsgeheul* anschauten. Während die klassischen Parteien Mitglieder verloren, war die Morgenröte in irrsinnigem Tempo gewachsen. An den Wänden hingen Fotos von den Kids, die sich besonders erfolgreich hervorgetan hatten. Manuelas Tod schien für sie keine Rolle zu spielen. Ihren Schreibtisch hatte eine junge Frau mit großen abstehenden Ohren eingenommen. Auf dem Bildschirm des Mac war eine Fotomontage zu sehen, bei der ein Kalb geschlachtet wurde. Darunter stand die Zahl 269. Ich fragte sie, ob Lorenz in seinem Büro sei. Sie wusste es nicht, hatte ihn aber schon irgendwo im Wolfsbau herumlaufen sehen. Ich bedankte mich und ging hinauf in den vierten Stock. Unterwegs schnappte ich mir einen Karton mit Wahlkampfbroschüren, um eine Ausrede zu haben, sollte mich jemand vom Wolfsrudel anhalten, das hier überall patrouillierte. Auf der Titelseite der Broschüren war ebenfalls dieses ominöse Kalb 269 abgebildet.

Ziffers Büro lag am Ende eines langen Flurs, von dem aus rechts und links weitere Büros abgingen. Neben den Türen verkündeten Schilder, welche Abteilungen sich hier befanden. Vor dem Büro für Sponsoring lagen Werbebroschüren von NGOs, Sozialverbänden, Öko-Gruppen, Fußballvereinen. Die Tür zur Merchandise-Abteilung stand weit offen. An den Wänden hingen Plakate von Fast-Food-Restaurants, Spielzeugherstellern,

Autofirmen und Musikern. Die Morgenröte war zu einem Unternehmen geworden, das durch Lizenzen, Merchandising, Konzerte und den Verkauf von User-Daten an die Werbeindustrie einen Jahresumsatz von achtzig Millionen Euro machte, hatte Manuela mir stolz erzählt. In *B* wie *Buchhaltung* saßen vier Frauen, die sehr blass waren.

Die Tür zu Ziffers Büro stand einen Spaltbreit offen, und das Deckenlicht brannte. Er war nicht da, doch auf dem leeren Schreibtisch stand sein aufgeklapptes Notebook. Das Apple-Logo leuchtete. Die Bilder an den Wänden waren neu. Seine selbst gewählte Ahnengalerie: Julius Cäsar, Napoleon, Friedrich der Große, Mao. Ein Rahmen war noch leer. Vielleicht hatten Götz und er sich noch nicht einigen können, wer da hängen sollte. Die Tür zu seiner privaten Toilette war geschlossen. War er da drinnen? Ich schaute vorsichtig hinein. Nichts. Der Raum war leer. Gut so.

Wenn Ziffer sein Notebook mit einem Passwort gesichert hatte, war die ganze Aktion umsonst. Ich bewegte die Maus, der Bildschirm erwachte zu meiner Überraschung aus dem Ruhezustand. Wahrscheinlich hatte er das Büro erst kurz zuvor verlassen. Im Finder fand ich Hunderte Ordner aufgelistet. Keiner davon trug den Namen Ritter. Auch keiner mit der Bezeichnung *Deutsche Bank.* Gab es die Mails, von denen er mir erzählt hatte, gar nicht? Ich scrollte weiter. *Wolfsbrut, Wolfsgeheul, Wolfsrevier, Wolfsrudel, Wolfsschlucht, Wolfsschanze.* Was war *Wolfsschanze*?

Ich öffnete den Ordner. Wieder eine endlose Liste von Dateien. *Strategie, Netzwerk, Kabinett, Parlament, Finanzen.* Finanzen? Ich klickte auf das kleine blaue Symbol. Ein Excel-Dokument mit den Namen von Firmen und Personen, die über Spenden die Morgenröte finanzierten. Hier einhunderttausend, da eine Million, dort fünfzigtausend. Darunter auch die Deutsche Bank. In einem Word-Dokument bot Pergaschin an, mit Schwarzgeld einen Teil der Schulden, die verschiedene Politiker bei der Deutschen Bank hatten, zu übernehmen, um Einfluss auf die Wahl nehmen zu können. Insgesamt handelte es sich um fünfundzwanzig Millionen Euro. Das war es, was ich suchte.

Ich packte die kompletten Dateien in eine Mail und schickte sie an meine Mailadresse. Eigentlich hätte ich jetzt gehen können. Aber da war ja noch die groteske Geschichte vom Kalb 269. Ich ging zur Bürotür, schaute hinaus. Weit und breit war niemand zu sehen. Also hatte ich noch Zeit. Ich öffnete ein Word-Dokument mit dem Namen *26. September 2021. Überlegungen betreffend Bundestag in Krisensituationen*, stand da als Überschrift. Ich erinnerte mich. Götz hatte schon einmal so einen Gedanken geäußert. *Wie viel einfacher wäre es, wenn man Maßnahmen per Dekret erlassen könnte,* hatte er gesagt. *Könnte nicht ein Kanzler, der für eine bestimmte Zeit unabhängig vom Parlament war, viel schneller handeln? So wie früher ein König. Oder wie es die Regierung während Corona ja auch schon gemacht hatte.*

Plötzlich hörte ich Stimmen auf dem Flur. Jemand fragte nach Lorenz. Ich hielt die Luft an. *Bei einem Termin außerhalb,* antwortete eine zweite Person. In einer Stunde würde er zurückkommen, weil er dann dem Fernsehen ein Interview geben wollte. Eine Stunde war genug Zeit.

Ganz unten in der Reihe der Dateien war ein PDF abgespeichert. Auch hier wieder eine Reihe von Namen mit Berufsbezeichnung und dahinter Termine, bei denen Ziffer sich mit gewissen Personen getroffen hatte. Generäle, Polizeidirektoren, ein ehemaliger Präsident des Bundesamtes für Verfassungsschutz. Journalisten, berühmte Schriftsteller, Schauspieler, Musiker. Prominente, die in den vergangenen Wochen und Monaten die Regierung kritisiert hatten. Einige waren auf Verschwörungstheorien eingeschwenkt. Ich lehnte mich auf dem Schreibtischstuhl zurück. Weder Lorenz noch Götz hatten je von diesen Treffen gesprochen. Das konnte nicht wahr sein. Das musste ein übler Scherz sein. Testosteronschwangerer Größenwahn.

Ich suchte weiter. *Kalb 269*. Da war es. Wieder Excel. Ein Zeitplan. Die Bevölkerung sollte über alle Kanäle von dem Plan der Regierung erfahren, die Wahl am 26. September abzusetzen. Gleichzeitig sollte die Bevölkerung aufgerufen werden, eine Woche vor der Wahl zu den Landtagen und dem Bundestag zu marschieren. *Es werden Hunderttausende sein, die, unterstützt vom Wolfsrudel, die Abgeordneten festnehmen*, schrieb Ziffer. *Ein Tornado steht uns bevor. Wir waren schon 1989 so weit, aber die korrupte Clique konnte ein weiteres Mal verhindern, dass sie weggefegt wurde. Die Lobbyisten, die intellektuellen Speichellecker, die Korrupten haben sich 1989 gegen das Volk gestellt. Damit ist es jetzt vorbei. Jetzt riecht es nach Eisen, nach Blut, nach Erde. Riecht ihr es? Riecht ihr den Tod? Am 26. September ist der Tag der Rache gekommen. Das Kalb wird erwachen. Auf den Marktplätzen, den Einkaufsstraßen, in den Unternehmen, in unseren Herzen. Wenn ihr dabei sein wollt, folgt dem Blog Wolfsgeheul / Wolfsblut.*

Weiter.

Noch ein Excel-Dokument. Darin eine genaue Beschreibung, wie Abgeordnete einen Tag vor dem 26. die Türen zum Parlament öffnen und Demonstranten und Wolfsrudel hereinlassen sollten. Polizeikräfte, die mit der Morgenröte sympathisierten, würden bereitstehen und gegebenenfalls unterstützend eingreifen. Ich konnte es nicht fassen. Es war unglaublich. Was ich hier sah, war der eigentliche Putsch. Nicht die Regierung wollte die Wahl absagen, das war nur eine Finte. Die Morgenröte selbst plante einen Staatsstreich.

Als ich weiter in den Dateien suchte, hörte ich Schritte auf dem Flur. Sie kamen näher, erreichten die Tür. Jemand rief Ziffers Namen. Ich sah, wie der Türgriff heruntergedrückt wurde. Eine Sekunde, bevor er hereinkam, ließ er den Türgriff wieder los. Jemand wollte ihm ein neues Video zeigen. Wahrscheinlich eine von der Wolfsbrut. Es blieben mir nur noch wenige Augenblicke. Ich öffnete das Mailprogramm, packte die Ordner hinein und drückte auf den kleinen Pfeil. Der blaue Strahl am unteren Rand des Programms bewegte sich endlos langsam. Vor der Tür lachten Ziffer und die Frau. Der Strahl kroch ruckend Millimeter für Millimeter vorwärts. Und dann blieb er stehen. Langsam wurde ich nervös. Kalter Schweiß lief meinen Rücken hinab. Das verdammte Programm reagierte nicht mehr. Wieso? War die Datei zu groß? Die Tür wurde ein Stück weiter geöffnet. Ziffer redete immer noch mit der Frau. Und die Mail hing immer noch fest. Was sollte ich tun? Ich konnte nicht warten, bis das verdammte Programm endlich reagierte.

So also schaut der Bereich des Hotels aus, den ich als Gast nie zu sehen bekomme, dachte Nellie. Der Putz an den Wänden war von den Wäschewagen, die eilig den Gang entlanggeschoben wurden, abgeschabt, Kartons und Zeitungen stapelten sich vor einer Aufzugstür. In einer Kiste warteten Regenschirme darauf, dass jemand sie aus der Plastikhülle befreite. In einem Regal lagen Dinge, die die Gäste vergessen oder absichtlich hatten liegen lassen. Sie trugen kleine Zettel, auf denen ein Datum notiert war. Der Ort erinnerte sie an die Wahlkämpfe, über die sie zu Beginn ihrer Karriere Reportagen gemacht hatte. Wie in einem Potemkinschen Dorf wurde hier eine Welt dargestellt, die nichts anderes war als eine Attrappe, ein Trompe-l'œil. Eine Simulation der Wirklichkeit, von der man sich gerne verführen ließ. Zwei Plakate, die Götz Wolf in Nahaufnahme zeigten, beide signiert. Auf einem stand *Für Leron, einen wahren Freund.*

Leron Malik marschierte mit gesenktem Haupt die verschlungenen Korridore entlang, suchte währenddessen in einem Bund fluchend nach dem richtigen Schlüssel. Einen Moment lang sah es so aus, als habe er es sich anders überlegt und wollte den fehlenden Schlüssel als Ausrede vorschieben. Er sah Nellie an, feine Schweißperlen wuchsen auf seiner Stirn, sein Blick bettelte um Erbarmen. Aber Nellie war entschlossen, diesmal nicht nachzugeben. Sie wollte wissen, was die Bänder der Überwachungskameras über den Basskoffer zu erzählen hatten. Sie würde nicht moralisch korrekt handeln, nur um ein paar Tage später zu lesen, dass die Kollegen vom *Spiegel*, der *Bild* und der *WELT*, der *Süddeutschen* weniger Skrupel gehabt hatten und deswegen mit ihren Artikeln auf den Titelseiten gelandet waren.

Der Raum war mit Racks vollgestellt, in denen Server leise vor sich hin brummten. Auf einem Tisch leuchtete der Bildschirm eines 27-Zoll-Monitors, auf dem in kleinen Kästchen die Bilder der Kameras nebeneinander angeordnet waren. Hoteleingang, Lobby, Rezeption, der Bereich des Concierge. Dann die Flure in den einzelnen Etagen, der Eingang zum Spa, das Restaurant. Malik setzte sich an den Computer und wählte mit der Maus eine Kamera aus, die den Personaleingang überwachte. Die Videoaufzeichnung zeigte Nellie, wie sie vor der Tür wartete und, als Malik auftauchte, das Hotel betrat. Malik markierte den Ausschnitt und löschte ihn.

»Also, was wollen Sie sehen?«, fragte er.

»Alles.«

»Wie alles?«

»Den Transporter vor dem Hotel, das Einladen des Koffers und von da an zurück bis zu dem Zimmer, aus dem er herausgetragen wurde.«

»Wenn ich Ihnen das zeige, bin ich meinen Job los.«

»Den waren Sie schon los, als Sie nicht gefragt haben, was in dem Koffer ist.«

»Wieso hätte ich fragen sollen? Es war ein Instrumentenkoffer. Wenn die Philharmoniker hier übernachten, stehen Dutzende davon in der Lobby.«

Ohne es direkt auszusprechen, bettelte er noch einmal um Verständnis für seine Zwangslage.

»Aber ich vermute mal, so ein Koffer muss nicht von zwei Männern eingeladen werden«, sagte Nellie. »Machen Sie keine Spielchen mit mir, Leron. Sie hätten die Polizei rufen sollen, stattdessen haben Sie sich in Ihrer Funktion als Hotelmanager entschieden, die Aufzeichnung nicht zu löschen. Warum eigentlich?«

Malik schien von der Frage irritiert zu sein, so als habe er sich bisher noch keine Gedanken darüber gemacht.

»Sie sind ein großer Fan von Götz Wolf, habe ich recht?«

»Der Mann ist ein Revolutionär.«

»Möglich. Aber warum haben Sie die Videos nicht gelöscht?«

»Ich kann ihn unterstützen. Ich kenne mich gut in der Politik aus. So was lernt man als Hotelmanager.«

»Und mit den Videos wollen Sie sich gewissermaßen bewerben, falls er keinen Platz für Sie an seiner Seite haben sollte.«

»Wenn er die Wahl gewinnt, wird er Deutschland wieder zu dem großen Land machen, das es früher war. Er wird die verdammten Islamisten rauswerfen. Nur kann er das nicht machen, wenn alle mitreden. So Leute wie Sie. Dafür braucht es einen Herrscher, der alleine entscheidet, was geschehen muss. Und ich werde ihn unterstützen. Ich kenne die Muslime. Die wollen nichts anderes, als Deutschland zu einem islamischen Gottesstaat zu machen. Ihr seht das nicht. Weil ihr verblendet seid. Weil ihr euch schuldig fühlt. Schuldig wofür? Wegen der Juden? Das haben die doch verdient.«

Wenn in Nellies Herz bis zu diesem Augenblick noch eine kleine Kerze für Malik gebrannt hatte, war sie nun erloschen.

»Das Video, Leron, jetzt«, sagte sie so entschlossen, wie sie nur konnte.

»Sie haben mir keine Befehle zu geben«, brüllte er sie an.

Das wütende Flackern in seinen Augen beunruhigte Nellie. Sie war alleine mit ihm in einem dunklen Raum. Das Video, auf dem zu sehen war, wie sie das Hotel durch den Personaleingang betreten hatte, war gelöscht. Er könnte sie umbringen und verschwinden lassen.

»Nur falls Sie gerade auf einen abenteuerlichen Gedanken kommen und sich fragen, ob jemand davon weiß, dass ich hier bin, wären da zum Beispiel mein Chefredakteur Cotta, mein Ressortleiter Claussen und mein Freund zu nennen.«

Es klang nicht sehr überzeugend, sie spürte es sofort. Und Malik spürte es auch. Mit einer raschen Bewegung zog er eine Schublade auf und nahm eine kleine Pistole heraus.

»Dein Freund?«, sagte er mit höhnischem Grinsen. »Du hast keinen Freund. Und wenn doch, dann ist er ein Weichei. Kein richtiger Mann will eine Frau wie dich.«

Obwohl sie angesichts der Pistole ein wenig unsicher wurde, dachte sie, dass er nicht mal so unrecht hatte, was die Männer in ihrem Leben anging. Trotzdem hatte er nicht das Recht, Kommentare über ihr Privatleben abzugeben. Wie sehr sie dieses Macho-Gehabe ankotzte!

»Okay, Sie haben eine Pistole. Und was wollen Sie jetzt damit machen? Mich erschießen? Und dann? Sie haben hoffentlich noch irgendwo einen zweiten Kontrabasskoffer herumliegen. Sonst wird es kompliziert, meinen Sie nicht auch? Soll ich Ihnen die Telefonnummer von Sixt geben, damit die einen Transporter vorbeischicken?«

Hoffentlich sieht er nicht, wie meine Knie zittern, dachte sie, während sie versuchte, so cool wie nur möglich zu klingen.

Malik sah die Knie nicht. Er sah nur eine Frau in einer bunten Nylonjacke, die sich nicht von ihm einschüchtern ließ. Ein Grund mehr, dass jemand wie Götz Wolf an die Macht kommen musste, wenn die natürliche Ordnung der Dinge wiederhergestellt werden sollte. Er legte die Pistole wieder zurück.

»Sie ist sowieso nicht geladen«, sagte er frustriert.

Dann startete er das Video, das von der Kamera am Hoteleingang aufgenommen worden war.

Es zeigte, wie der Sprinter von Sixt vorfuhr. Exakt der Wagen, in dem Nellie sich auf dem Schrottplatz versteckt hatte. Eine junge Frau steigt aus. Tattoos an beiden Armen, schwarze Fleshtunnel in den Ohrläppchen. Georg und Amalia von Bülow kommen aus dem Hotel. Lorenz Ziffer und Götz Wolf hinterher. Wolf steigt in ein Taxi ein. Ziffer verschwindet aus dem Blickfeld der Kamera. Georg schreibt etwas auf dem Handy der Sixt-Frau. Vermutlich den Mietvertrag. Die Frau holt ein Fahrrad aus dem Transporter und fährt weg. Jetzt schiebt der Wagenmeister einen Gepäckwagen mit dem Basskoffer darauf durch die Tür. Georg und der Wagenmeister laden den Koffer in den Sprinter. Er ist schwer. Sie müssen sich anstrengen. Amalia von Bülow drückt dem Wagenmeister etwas in die Hand. Es sieht wie ein Hunderter aus. Dann fahren Georg und von Bülow weg.

Es war, wie Nellie vermutet hatte. Vom Hotel aus war Georg dann bis zu dem Schrottplatz in Rostock gefahren.

»Und jetzt will ich noch sehen, was davor passiert ist.«

Malik startete die Videos, die den Zeitraum davor dokumentierten. Wolf, Ziffer und Amalia von Bülow verlassen die Suite. Sie warten, bis Georg den Koffer auf den Flur hinausgezogen hat. Der Wagenmeister kommt mit dem Gepäckwagen. Sie gehen zum Aufzug.

»Ist das alles?«

Malik schwieg. Es war, als würde ihm erst in diesem Moment bewusst werden, was sich in seinem Hotel abgespielt hatte. Und welches Verbrechen er gedeckt hatte.

»Es gibt doch noch mehr, oder?«

Malik rührte sich nicht, hielt nur den Blick starr auf den Monitor geheftet. Die Schultern hochgezogen, die Hände vor dem Mund.

»Leron?«

Der Zeiger der Maus wischte über den Bildschirm. Ein sanfter Druck. Ein weiteres Video wurde gestartet.

Als sie danach das Hotel verließ, war es, als würde sie auf Watte laufen. Sie hatte eine Tür aufgestoßen, die vielleicht besser hätte verschlossen bleiben sollen. Auf ihrem Handy waren die Nachrichten ihres Neffen zu sehen. Da sie Georg nicht erreichen konnte, rief sie Sophie an. *Sophie, Georg soll sich bei mir melden. Sofort.*

59

Die Mail war im allerletzten Moment doch noch verschickt worden. Aber für mich war als Versteck nur die Toilette geblieben. Seit mehr als zwei Stunden stand ich in der Duschkabine hinter einem Plastikvorhang und wartete. Zwischenzeitlich waren drei Personen in die Toilette gekommen, um zu pinkeln und dabei auf den Handys Nachrichtenvideos zu schauen. Ziffer, eine Frau, vermutlich die Journalistin von RTL, ein Mann, wahrscheinlich der Kameramann. Jedes Mal dachte ich, sie würden mich entdecken. Aber nichts geschah. Ich stand, ohne einen Laut von mir zu geben, rührte mich nicht. Dabei musste ich die ganze Zeit selbst pinkeln. Vor allem, wenn der Wasserhahn aufgedreht wurde. Weil der Kameramann die Tür nicht richtig geschlossen hatte, konnte ich hören, was in Ziffers Büro vorging. Stühle wurden gerückt, Kameras aufgebaut. Ziffer beschwerte sich, eine Lampe würde ihn blenden. Mikros wurden getestet, dann ging es endlich los.

»Lorenz Ziffer, Sie, Götz Wolf und Amalia von Bülow haben die Morgenröte in weniger als neun Monaten zu einer politischen Größe gemacht. Wie es aussieht, haben Sie gute Chancen, aus der Bundestagswahl als stärkste Kraft hervorzugehen. Wie war das möglich?«

Ich erkannte die Journalistin an ihrer rauchigen Stimme. Sie hatte sich schon früh als Fan von Ziffer zu erkennen gegeben und bekam deshalb exklusiven Zugang zu Informationen.

»Ich glaube, es liegt vor allem an Götz Wolf, der wie kein Zweiter spürt, was die Menschen bewegt, und ihnen die Augen öffnet«, sagte Ziffer.

»Und was ist es, was die Menschen bewegt?«

»Angst um die Zukunft, Sorgen um ihre Gesundheit und Wut

auf die Regierung. Die Menschen sehen in der Regierung eine Versammlung von Dieben, Dilettanten, Faulpelzen.«

»Ihre politischen Gegner werfen Ihnen vor, mit pauschalen Urteilen und Beleidigungen sämtliche Anstandsregeln zu verletzen und wie eine Abrissbirne aufzutreten.«

»Wenn ein Haus morsch ist, dann ist es besser, es abzureißen, als Millionen in die Renovierung zu stecken. Milliarden werden verschleudert, und niemand kümmert es. Ich sage Ihnen, die Menschen haben nicht vergessen, wie die Regierung in der Pandemie versagt hat. Zehntausende sind gestorben, und niemand hat die Verantwortung übernommen. Es ging der Regierung in dieser Zeit vor allem um Macht und Geld. Das konnten wir den Menschen im Land zeigen. Für diese korrupten Verbrecher heißt es nicht Dienst am Volk, sondern Dienst an sich selbst, am eigenen Vorteil, am eigenen Vorankommen. Das Volk war und ist ihnen dabei im Weg. Deshalb werden wir sie am 29. September mit Prügeln davonjagen.«

»Nun sind Sie bekannt dafür, kein Blatt vor den Mund zu nehmen, wie wir auch eben wieder hören konnten. Sind Sie sich bewusst, welchen Hass Sie durch solche Worte schüren?«

»Ich schüre keinen Hass. Und wir sind nicht schuld, wenn es zu Gewalt kommt. Es ist doch eher so, eine kleine Gruppe von Meinungsblockwarten will den Menschen vorschreiben, was sie fühlen, denken und sagen dürfen, bis die Menschen sich wie in einem Gefängnis fühlen, aus dem sie irgendwann ausbrechen wollen.«

Er zog über schwule Schauspieler her, machte derbe Witze über Transsexuelle, nannte Feministinnen einen wertlosen Fetzen menschlichen Schutts. Er verglich Abtreibungen mit Gaskammern in Konzentrationslagern, behauptete, die Erderwärmung sei ein riesiger Schwindel, und wünschte jedem, der der

Morgenröte nicht folgen wollte, an den Folgen seiner Ignoranz zu krepieren.

Wann hatte die Morgenröte sich derart radikalisiert? Als ich mit Götz die Konzerttour gemacht hatte, war es immer darum gegangen, so viele Menschen wie nur möglich zur Bewegung zu holen. Und jetzt diese Aussagen? Brauchten sie die Feministinnen, die Schwulen, die Umweltaktivisten nicht mehr, weil sie längst wussten, sie konnten auch ohne die an die Macht kommen?

»Nun gibt es Gerüchte, Ihr Verhältnis zur Demokratie und zum Parlamentarismus sei nicht das gesündeste.«

Beinahe hätte ich losgelacht. Das war kein Interview, sie war wie eine Souffleuse im Theater. Sie lieferte ihm Stichworte, damit er seinen Sermon in ihr Mikrofon diktieren und dazu in die Kamera lächeln konnte.

»Was heißt Demokratie?«, fragte er gespielt interessiert.

»Demokratie heißt Herrschaft des Volkes«, antwortete sie brav.

»Haben wir hier die Herrschaft des Volkes? Wie funktioniert es bei uns? Ich gehe wählen, sage meinem Abgeordneten, was meine Wünsche und Bedürfnisse sind, er geht nach Berlin, und kaum ist er angekommen, hat er alles vergessen, was er mir zuvor versprochen hat. Was wir in diesem Land haben, ist keine Demokratie, keine Herrschaft des Volkes, was wir haben, ist eine Herrschaft der Volksvertreter. Und das wissen die in Berlin. Aber sie sagen es nicht. Es soll bei diesem System der vielen kleinen Könige bleiben, die uns jeden Tag belügen und betrügen und für dumm verkaufen.«

»Und was heißt das nach dem 26. September für Sie und die Morgenröte?«

»Schauen Sie, das parlamentarische System ist tot. Es ist aus der Zeit gefallen, unfähig, auf die Anforderungen und Bedrohungen der Gegenwart zu reagieren. Die Möglichkeiten zur

Selbstermächtigung, die uns die sozialen Medien bieten, haben die Demokratie bis an den Punkt ihrer vollständigen Untauglichkeit getrieben. Andere Länder haben schon viel früher verstanden, wie sehr die Demokratie ein hohles Gefäß ist, nur am Leben gehalten durch eine Clique von Beamten, die ihr den letzten Tropfen Blut aussaugen. China, Russland, die Türkei, die osteuropäischen Staaten, Lateinamerika. Das ist die Zukunft. Wenn eine Herde von Millionen Individuen keinen Schäfer hat, laufen sie im Sturm in alle Richtungen, gehen verloren und sind leichte Opfer ihrer Feinde. Die Amerikaner hatten nicht den Mut, mit Trump den letzten, den richtigen Schritt zu gehen. Jetzt reiten sie das Pferd zu Tode, können ihren Feinden auf Dauer nichts entgegensetzen, weil sie zu langsam, zu träge sind. Das droht auch uns. Haben wir nicht während der Pandemie gesehen, wie unfähig dieses System ist? Wie es scheitert, weil niemand da ist, der in der Not die Zügel in die Hand nimmt?«

»Noch mal, was heißt das für die Morgenröte?«

»Wir ermutigen die Menschen zum Aufstand gegen das Establishment. Es wird zum Krieg des Volkes gegen die politische Klasse kommen. Ein Feldzug um die Zukunft dieses Landes. Eine Revolution wie beim Fall der Berliner Mauer. So, wie die Bürger der DDR das Politbüro davongejagt haben, so werden wir im September diese Regierung davonjagen und den Reichstag ausräuchern.«

Es war unfassbar. Er rief zum Umsturz, zum Staatsstreich auf, und die Journalistin bot ihm völlig ungeniert die Bühne dafür.

»Danach wird jeder, der sich engagieren möchte, unser Ohr haben, jede, die ein Ziel hat, einen Plan, eine Idee, wird bei uns den Platz haben, der nötig ist, um zu gestalten. Wir sind keine Partei, wir sind eine Bewegung von und für Millionen.«

»Und Götz Wolf der neue König?«

»Wenn Sie so wollen. Ja, der neue König. Aber ein König der Herzen, ein demütiger Diener an den Deutschen.«

Mehr und mehr steigerte er sich in die Fantasie einer Diktatur hinein. Er hatte noch nicht mal Hemmungen, die Inschrift auf der amerikanischen Freiheitsstatue zu okkupieren.

»Gebt mir eure Müden, eure Armen, eure geknechteten Massen, die frei zu atmen begehren, schickt sie mir, die Heimatlosen, vom Sturme Getriebenen, hoch halt' ich mein Licht am gold'nen Tore!«

Als die Journalistin und der Kameramann das Equipment endlich zusammenräumten, bot Ziffer der Journalistin einen Job als Pressesprecherin an. Sie sagte begeistert zu. Es dauerte dann noch eine weitere halbe Stunde, bis sie das Büro verließen und ich endlich pinkeln und dann mein Versteck verlassen konnte.

60

Auf der Straße rauschte ein Autokorso vorbei. Wolfs-Fahnen wurden aus den Fenstern gehalten. Ein Hupkonzert, vermischt mit Götz-Wolf-Songs, dröhnte aus voll aufgedrehten Lautsprechern. Es war wie der unsichtbare Schlag eines Riesen, der mich auf die Brust traf und gegen die Eingangstür drückte. Als sie vorbeigezogen waren, rief ich Nellie an und erzählte ihr von den Dateien. Ich wollte sie sortieren und ihr dann schicken, damit wir zusammen überlegen konnten, was wir davon an Wikileaks übergeben sollten. Nellie hörte aufmerksam zu. Sie schien auch durchaus begeistert zu sein. Aber dann meinte sie, wir sollten die Dateien und Wikileaks erst mal zurückstellen.

»Wieso?«, fragte ich. »Das wird der Morgenröte noch vor der Wahl den Hals brechen.«

»Ja, aber ich glaube nicht, dass wir diese Dateien jetzt brauchen. Wir heben sie uns für später auf.«

»Nellie, verstehst du nicht, was für eine Bedeutung die haben?«

»Ja, aber ich weiß, wer das Mädchen umgebracht hat. Du musst sofort nach Berlin kommen, Georg. Ich warte in der Redaktion auf dich.«

»Warte! Wer war es?«, fragte ich.

»Was glaubst du denn?«

Bevor ich noch etwas sagen konnte, hatte sie aufgelegt.

Sie wusste, wer das Mädchen umgebracht hatte. Warum wollte sie mir nicht verraten, wer es war? Ich versuchte, sie zurückzurufen, landete aber wieder mal nur auf der Mailbox. Na gut, dann eben auf nach Berlin.

Als ich die Straße überqueren wollte, sah ich drei Männer in weißen Ledermänteln. Wolfsrudel. Sie standen etwa hundert Meter entfernt auf der anderen Straßenseite. Was wollten die?

Hatte Ziffer sie geschickt? Natürlich, wieso sonst sollten sie mich beobachten? Vermutlich hatte er inzwischen den Diebstahl der Dateien bemerkt. Die drei glotzten mich regungslos an. Einen kannte ich. Er hieß Rico oder Nico und war Ziffers persönlicher Fahrer. Außerdem schaffte er Probleme beiseite. Groß, breitschultrig, die Tötungshemmung abtrainiert, das Wolfs-Tattoo auf dem Kehlkopf. Wie die beiden anderen auch. Ich schaute mich um. Unweit stand ein weißer Mercedes SUV am Straßenrand. Auf der Motorhaube und den Türen prangte der Wolfskopf. Mein Fahrrad stand in der Nähe an eine Laterne angeschlossen. Wenn ich sie abhängen wollte, musste ich Wege nehmen, auf denen sie mir mit dem Wagen nicht folgen konnten. Ich bog nach rechts ab. Sie stiegen in den Mercedes ein. Zwischen den dreien und mir war der Abstand auf etwa hundertfünfzig Meter angewachsen. Wenn ich das Schloss schnell genug öffnen konnte, könnte ich ihnen entwischen. Aber dann sah ich schon von Weitem, dass beide Reifen platt waren. Ich drehte mich herum. Der weiße Mercedes kam auf mich zu. Und jetzt? Wenn ich schnell genug war, konnte ich vor ihnen den Bahnhof erreichen. Ich stürzte los. Hörte, wie der Motor des Mercedes aufheulte. Etwa fünfzig Meter weiter vorne stand ein Taxi an einer Haltestelle. Ich sah, wie ein alter Mann darauf zuging. Ich winkte, schrie. Er öffnete die Beifahrertür, stieg ein.

»Halt! Warten Sie!«

Sie warteten nicht. Bevor ich das Taxi noch erreichen konnte, fuhr der Fahrer los. Scheiße! Ich entschied, bis zur Budapester zu rennen. Auf einer Straße mit so viel Verkehr würden sie es nicht wagen, mich zu attackieren. Hoffte ich zumindest. Ich rannte los, voller Angst, dass sie auf mich schießen oder mich an einer Kreuzung einfach überfahren könnten. Als ich die Budapester erreicht hatte, wechselte ich zwischen den vorbeirasenden Autos auf die andere Straßenseite. Wütendes Hupen verfolgte mich. Ich drehte mich kurz um. Hatte ich das Wolfsrudel abgehängt? Nein. Der Mercedes fuhr einfach über den Grünstreifen hinweg und gegen die Fahrtrichtung weiter hinter mir her. Ich beschleunigte, rannte auf dem Bürgersteig zwischen Fußgängern und Radfahrern hindurch, stolperte und stürzte. Raffte mich wieder auf. Der Mercedes kam näher. Ich hörte, wie sie nach mir riefen. *Wir kriegen dich, Georgie. Wir kriegen dich.*

Passanten drehten sich zu dem Mercedes um. Sahen mich verwundert an. *Haltet ihn fest,* brüllte es aus dem Mercedes, der mich jetzt auf dem Bürgersteig verfolgte. Die Passanten sprangen auf die Straße, drückten sich an Hauswände und Hauseingänge. Meine Oberschenkel brannten, die Muskeln schrien, jeder Atemzug fühlte sich an, als sei die Luft voller Sand. Es waren nur noch wenige Meter, bis sie mich überrollen würden. Und dann sah ich meine Rettung. Ein Lkw stieß rückwärts aus einer Seitenstraße in die Budapester vor. Ich spurtete darauf zu, sprang zwischen Zugmaschine und Anhänger über die Deichsel und rannte weiter. Ich hörte noch, wie der Mercedes mit kreischenden Bremsen auf den Lkw zurutschte. Dann ein lauter Knall. Das Bersten von Glas. Ächzendes Blech. Jemand schrie vor Schmerzen.

Ich erreichte den Bahnhof. Auf Gleis 2 stand der Intercity »Wolfsburg« nach Berlin. Als ich den Namen las, lachte ich laut los. War Ziffer eine Kooperation mit der Bahn eingegangen? Die Abteile im Zug waren bis auf die letzten Plätze ausgebucht, und ich musste mir einen Platz zwischen zwei Waggons erkämpfen. Ich erfuhr, dass Götz ein Konzert im Olympiastadion gab, und hatte den Eindruck, halb Deutschland würde sich auf den Weg machen. Ein hysterischer Freudentaumel. Wie an dem Tag, als Deutschland Fußballweltmeister geworden war. Oder am 9. November, als die Mauer fiel. Eine Euphorie, die im nächsten Moment in einen Gewaltausbruch kippen musste. Ziffer hatte von Kipppunkten gesprochen. Eine Entwicklung erreicht irgendwann den Punkt, an dem sie sich so stark beschleunigt, dass eine Umkehr oder ein Abbremsen unmöglich ist. Wie bei einer Lawine. Die Sonne heizt den Schnee auf, Wasser dringt zwischen Schnee und Fels, bis die Lawine sich löst und zu Tal stürzt. Genau das fand seit ein paar Wochen statt. Angriffe auf kleine Läden, eingeworfene Fensterscheiben, brennende Autos, Schmierereien an Hauswänden. Am schlimmsten war die Wut, die im Netz explodierte. Auf YouTube war der Kanal *Wolfsgeheul* gesperrt worden, weil die Wolfsbrut zur Gewalt aufgerufen hatte. Daraufhin hatten die Kids YouTube angegriffen den gesammten Kanal zum Absturz gebracht. Ein paar Stunden später war *Wolfsgeheul* wieder freigeschaltet worden. Wo ich hinschaute, eskalierten Konflikte. Ziffer wollte die Lawine.

Die Fahrt verlief trotz der überfüllten Abteile letztlich ohne größere Gewaltausbrüche. Lediglich der Speisewagen musste geschlossen werden, weil ein paar Morgenröte-Fans die Küche demoliert hatten. Am Berliner Hauptbahnhof wurden sie von einem Trupp SEK in Empfang genommen. Es kam zu einer wüsten Prügelei. Ich kämpfte mich zu einem Taxistand durch. Die Fahrerin war skeptisch, weil sie mich erkannte und dachte, ich würde ihr Ärger machen. Ich konnte sie beruhigen. Eine halbe Stunde später erreichten wir das imposante Gebäude, in dem die *Neue Zeitung* residierte.

61

Es war mein erster Besuch bei der *NZ*. Ich wurde in den zweiten Stock geführt, musste einen Moment warten, bis die Tür zum Büro des Chefredakteurs geöffnet wurde und Nellie mich hereinbat. Cotta saß in einer Sitzecke auf dem Sofa, ihm gegenüber saß Sophie und schaute mich verächtlich an. Ich war konsterniert. Mit ihr hatte ich nicht gerechnet.

»Was machst du denn hier?«, fragte ich.

Als ich auf sie zuging, hielt sie mich mit dem ausgestreckten rechten Arm auf Distanz.

»Das wirst du gleich erfahren«, sagte sie.

»Das ist Titus Cotta, unser Chefredakteur«, sagte Nellie.

Wir reichten uns die Hände.

»Setzen Sie sich«, sagte Cotta. »Kaffee?«

Ohne eine Antwort abzuwarten, nahm er eine Kaffeekanne und schenkte ein.

»Ich bringe uns alle mal auf den gleichen Stand, einverstanden?«, sagte Nellie.

Sie sah zuerst mich und dann Sophie an. Ich war nicht einverstanden, aber was blieb mir übrig. Ich hatte Woche um Woche verstreichen lassen, in denen ich ihr die Wahrheit hätte sagen können. Und jetzt war es zu spät. Sophie musste es also auf diese Weise erfahren.

Nellie erzählte von ihrem Besuch auf dem Schrottplatz in Rostock, von dem Sprinter, dem Kontrabasskoffer und der Leiche darin. Davon, wie sowohl der Sprinter als auch die Tote plötzlich verschwunden waren. Dass ich den Sprinter gefahren hatte. Ich schaute auf meine Hände, die Fingerknöchel traten weiß hervor. Ich brachte es nicht fertig, Sophie anzusehen. Aber das musste ich auch nicht. Ihre Blicke brannten wie mit einer Lupe gebündelte Sonnenstrahlen.

»Das Mädchen heißt Lucrezia Polonia«, sagte Nellie. »Aber das ist noch nicht alles.«

Sie nahm eine Fernbedienung, hielt sie in Richtung eines riesigen Fernsehers. Ein Schwarz-Weiß-Video startete. Es zeigte den Eingang des Hotel Astor. Der Moment mit Götz, Lorenz, Amalia und mir. Dann den Koffer, den Transporter und wie ich zusammen mit Amalia wegfuhr. Nellie erzählte, wie sie an das Video gekommen war. Ich erinnerte mich dunkel, den Namen *Leron Malik* in Ziffers Computer gelesen zu haben.

»Das ist nicht wahr, Georg, oder?«, polterte Sophie los. »Sag mir, dass die dich dazu gezwungen haben, womit auch immer. Und fang nicht mit Ritter und dieser Scheiße an«, schrie sie.

Nellie und Cotta zuckten zusammen. Ich vermied es, Sophie anzuschauen. Ihre Enttäuschung und Ablehnung waren wie eine giftige Wolke.

Nellie startete das nächste Video. Wir sahen den Flur in der fünften Etage des Astor. Dann wurde die Tür zur Suite aufgerissen, und ein Mann taumelte heraus. Er war nackt und über und über mit Blut verschmiert. Nach wenigen Schritten brach er zusammen und blieb auf dem Teppichboden liegen.

Es war Götz.

Also doch.

Obwohl ich es geahnt hatte, traf es mich wie ein Schlag in den Magen. Wie konnte der Mann, mit dem ich unzählige Tage im Tourbus, Abende auf den Bühnen und Nächte in Hotelsuiten verbracht hatte, in denen wir in die intimsten und geheimsten Tiefen unserer Seelen eingetaucht waren, so etwas tun? Dieser Berserker hatte vor mir geweint. Und ich vor ihm. Er kannte Dinge von mir, über die ich noch mit keinem anderen Menschen gesprochen hatte. Auch nicht mit Sophie. Und dieser Mann hatte eine unschuldige junge Frau so getötet.

Nellie spulte das Video vor. Die Tür zum Aufzug öffnete

sich. Amalia kam heraus, ging zu Götz. Beugte sich zu ihm herab, sagte irgendetwas zu ihm. Als er nicht reagierte, schlug sie ihm zweimal ins Gesicht. Dann packte sie seine Arme und zog ihn zurück in die Suite. Wieder spulte Nellie vor. Als Nächstes tauchte Ziffer vor der Tür auf. Und dann irgendwann ich.

Ich spürte wieder Sophies Blick.

»Hast du das alles gewusst?«, fragte sie leise.

Nicht alles, aber genug.

Götz hatte das Mädchen auf die Bühne geholt, mit ihr im Duett gesungen, sie anschließend in sein Bett gelockt und ermordet. Vielleicht hatte sie ihn nach den Narben auf seinem Rücken gefragt. Dann hatte er von seinem Vater erzählt und versucht, das Thema zu beenden. Und sie hatte immer weiter gebohrt. Nicht wissend, dass sie damit einen Trigger in ihm auslöste. Vielleicht hatte sie auch gelacht, als sie sah, wie er die Kontrolle verlor. Ich hatte ein paarmal erlebt, wie es war, wenn Hass aus ihm herausbrach, der so pur war wie kalter Stahl. Wie er dann seinen Vater verfluchte, ihm den schlimmstmöglichen Tod wünschte.

Ich hatte es im allerletzten Moment noch bis zur Toilette geschafft. Hatte mich übergeben, als wollte ich mir die Seele aus dem Leib kotzen. Mein Hals brannte, es fühlte sich an, als wollten meine Augen aus ihren Höhlen springen. Der Brei in der Kloschüssel hatte rote Schlieren von Blut. Sophie war mir gefolgt und reichte mir ein feuchtes Handtuch, damit ich mir das Gesicht abwischen konnte.

»Warum hast du mir nichts davon gesagt?«, fragte sie.

»Weil ich dich schützen wollte.«

»Du wolltest mich schützen, indem du mich anlügst? Ist das dein Ernst? Für wie blöde hältst du mich? Ich weiß, die Geschichte mit deinem Vater und mit Ritter hat dir den Boden unter den Füßen weggezogen. Aber das ist alles kein Grund, mich anzulügen. Soll ich dir sagen, warum du es mir verschwiegen hast? Du warst von dem Gefühl besessen dazuzugehören. Ein Eingeweihter, der vom Gott Götz Wolf persönlich gesalbt und in den Kreis der Jünger aufgenommen wird. Du hast gedacht, er würde dich retten. Er, nicht ich, nicht unser Baby, nicht du selbst.«

Sie hatte mit allem, was sie sagte, recht. Aber wie sie so vor mir stand, die Hände in die Seite gestemmt, mir ihren dicken Bauch entgegenstreckte, dachte ich, dass es jetzt nicht mehr darum ging, was ich falsch gemacht hatte, wo ich verblendet gewesen war, warum ich gelogen hatte. Es waren Fehler, sie waren nicht zu entschuldigen, aber es war auch Vergangenheit. Und ich war die Vorwürfe leid, die ich mir selbst schon zu Genüge machte.

Ich erhob mich vom Boden, wusch mir das Gesicht. Der Blick in den Spiegel erschreckte mich. Schwarze Ringe unter den Augen, die Haut grau, die Augen müde. Aber da war auch ein entschlossener Blick, wie ich ihn seit Monaten nicht mehr gespürt hatte.

»Wir werden darüber reden«, sagte ich. »Aber nicht jetzt. Jetzt geht es um etwas anderes. Jetzt müssen wir Götz Wolf und Lorenz Ziffer und Amalia von Bülow aufhalten. Mit allen Mitteln.«

Ich verließ an ihr vorbei das Badezimmer und ging zurück in Cottas Büro.

Er saß inzwischen hinter seinem Schreibtisch, verschanzt hinter einem Berg von Papier.

»Ihr müsst das Video sofort veröffentlichen«, sagte ich. »Zusammen mit dem Foto, das Amalia gemacht, und den Dateien, die ich Nellie geschickt habe. Außerdem muss Sophies Film veröffentlicht werden.«

Cotta schwieg. Nellie auch. Irgendetwas musste passiert sein, seit ich aus dem Büro gestürmt war.

»Was ist? Gibt es ein Problem?«

»Das machen wir, aber nicht sofort«, sagte Cotta.

»Sondern?«, fragte ich.

»Wir dürfen nichts übereilen.«

»Schwachsinn!«, sagte ich. »Es geht hier um einen Mord.«

»Ja, es geht um einen Mord. Aber das hier ist kein Ehekrieg, das ist ein politisches Erdbeben. Wir haben die Möglichkeit herauszufinden, was Ziffer, Wolf und von Bülow mit der Morgenröte vorhaben«, sagte Cotta.

»Das wissen wir doch ganz genau. Haben Sie sich die Dateien nicht angesehen? Dieser Blödsinn von einem Kalb 269, die angebliche Verschwörung der Regierung.«

Ich nahm Nellies Notebook und öffnete eine Datei nach der anderen. Cotta, Nellie und Sophie starrten auf den Bildschirm. In ihren Gesichtern spiegelte sich fassungsloses Staunen. Irgendwann lachte Cotta laut auf.

»Entschuldigt mal. Das ist doch ausgemachter Blödsinn. Bundeswehr und Polizei sollen in einen Staatsstreich involviert sein? Wer glaubt denn so was?«, fragte er.

»Da steht es«, sagte ich.

»Da kann alles Mögliche stehen. Wenn die hinter den Kulissen wirklich einen Umsturz planen würden, dann hätten wir längst davon erfahren. Wir haben Kontakte, Informanten. Genauso wie die anderen Zeitungen auch. So was lässt sich nicht geheim halten.«

»Offensichtlich doch. Auf alle Fälle hat Götz ein Mädchen umgebracht«, sagte ich. »Das reicht, um das Kapitel ›Morgenröte‹ zu beenden. Hören Sie, ob Sie glauben oder nicht, was in den Dateien steht. Ich kenne die Leute. Die kommen ganz freundlich daher. Die reden davon, dass sie die Bevölkerung aus den Klauen der Regierung befreien wollen, dass sie Deutschland retten wollen. Aber das stimmt nicht. Sie kennen Viktor Pergaschin. Nellie hat den Mann als einen Mörder beschrieben, der in russischem Auftrag die Morgenröte finanziert. Was brauchen Sie denn noch?«

Er lehnte sich in seinem schweren Schreibtischsessel zurück. Irgendetwas ließ ihn zögern. Irgendetwas, das nichts mit den Fakten zu tun hatte. Ich wusste nur nicht, was es war.

»Woher wisst ihr, dass nicht noch eine dritte Person in dem Zimmer war und Götz Wolf angegriffen hat?«, fragte Cotta.

»Dann müsste die Person irgendwann das Zimmer verlassen haben«, sagte Nellie. »Außerdem ist das nicht mehr wichtig. Götz Wolf torkelt blutüberströmt durch den Hotelflur, während in der Suite ein totes Mädchen liegt. Da muss er vor Gericht erst mal erklären, wie es dazu kommt. Und nach meiner Erfahrung reicht das, um ihm das Genick zu brechen.«

»Hat jemand das Mädchen gesehen?«, fragte Cotta.

»Ich«, sagte ich. »Sie hat in der Wanne gelegen. Überall im

Badezimmer war Blut. Und Götz hat im Bademantel auf dem Bett gesessen.«

»Na also«, sagte Nellie. Mit einem Ruck erhob sie sich vom Sofa, ging zu Cottas Schreibtisch und baute sich vor ihm auf.

»Wir bringen das Video«, sagte sie. »Und dann das Foto, dann die Dateien und Sophies Film. Wir machen daraus eine Serie. Vier Wochen. Jede Woche eine neue Enthüllung, Titus. Die Verkaufszahlen gehen durch die Decke. Götz Wolf wird bis an sein Lebensende in einer Zelle schmoren, wo ihm seine russischen Freunde den Arsch bis zum Hals aufreißen.«

Er zögerte immer noch.

»Worauf willst du noch warten?«, fragte Nellie. »Dass er hier reinkommt, sich auf deinen Schoß setzt und dir in einem Interview unter Tränen gesteht, dass er die Kleine umgebracht hat? Du hast gehört, was Georg gesagt hat. Vielleicht ist einiges davon übertrieben, vielleicht hat Ziffer feuchte Träume. Aber willst du das Risiko eingehen, dass die Ernst machen mit ihren Umsturzplänen?«

»Tut mir leid«, sagte er. »Das ist mir zu unsicher.«

»Das ist ja wohl das allerdämlichste Argument, das ich gehört habe, seit du hier vor drei Jahren angetreten bist. Und ich hab eine ganze Reihe dämlicher Argumente von dir gehört«, brüllte Nellie.

Sie schlug die Hände über dem Kopf zusammen, ging zum Sofa und ließ sich drauffallen.

»Was ist denn daran unsicher?«, fragte ich. »Es liegt doch alles auf dem Tisch.«

Cotta sah uns der Reihe nach an, als wollte er uns prüfen. Dann stand er vom Schreibtisch auf, ging zu Nellies Notebook und zog den Stick aus der USB-Buchse heraus. In diesem Augenblick verstand ich es. Alles, was er an Gründen anführte, war haltlos, kompletter Blödsinn. Auch wenn ich nicht viel vom

Zeitungsgeschäft verstand, wusste ich, kein Chefredakteur der Welt würde sich diesen Scoop durch die Finger gehen lassen. Es sei denn, das Video könnte ihm in einer anderen Sache noch viel nützlicher sein.

»Was für einen Deal hat Ziffer Ihnen angeboten?«, fragte ich. »Hat er Sie angerufen, nachdem der Hotelmanager ihm von Nellie erzählt hat?«

Nellie schoss aus dem Sofa hervor. Der Gedanke war ihr bisher offensichtlich noch nicht gekommen.

»Hast du?«, fragte sie ihren Chef fassungslos. »Hast du dich mit diesen Verbrechern ins Bett gelegt?«

»Schluss jetzt«, sagte Cotta.

»Du lässt dich von denen in den Arsch ficken, du verblödeter Scheißkerl? Ich hab's gewusst. Ich habe es an dem Tag, an dem sie dich uns vorgestellt haben, gewusst. Was haben sie dir angeboten? Pressesprecher? Staatssekretär? Ministeramt?«

»Die Besprechung ist hiermit beendet.«

Cotta nahm den Telefonhörer hoch.

»Schicken Sie mir bitte die Security«, sagte er.

Bevor er noch auflegen konnte, war Nellie zum Schreibtisch gestürzt, nahm die Station seines Telefons und schlug ihm das Ding mit voller Wucht ins Gesicht.

Jeder Schrecken beginnt mit den besten Absichten. Wo hatte ich das gelesen? Ich wusste es nicht mehr. Während wir in Nellies altem Käfer die Stadt über die A 100 verließen, spürte ich, wie tief mir der Schock in den Knochen saß. Ich starrte aus dem Fenster. Die brandenburgische Landschaft flog still und friedlich vorüber. Ein Schwarm Vögel näherte sich aus Westen und zog tief über uns hinweg.

»Ist das der Weg, der in eine Katastrophe führt? Glauben wir, wir sind auf dem richtigen Weg, weil wir von uns selbst geblendet sind und nicht mehr merken, wenn wir aufs falsche Gleis geraten?«, fragte ich leise.

»Sieht so aus«, sagte Nellie.

Sie trat das Gaspedal durch, aber die alte Kiste schaffte trotzdem nicht mehr als hundertzwanzig Stundenkilometer.

»Thomas Mann hat den Ersten Weltkrieg als eine Reinigung und den Ausstieg aus der satten Friedenswelt begrüßt«, fuhr sie fort. »Und wenn die Soldaten an die Front marschiert sind, haben die Frauen Blumen in die Gewehrläufe gesteckt.«

»Meine Großeltern haben Hitler zugejubelt. Es gibt sogar ein Foto, auf dem Hitler meiner Oma einen Kuss auf die Wange gibt«, sagte Sophie. »Was haben wir erwartet? Dass Braunhemden marschieren, dass ein Österreicher kommt, das *R* rollt und Juden umbringen lässt?«

»Wir sind Affen mit einem Sturmgewehr in der Hand«, sagte Nellie.

Aus den Morgenröte-Foren wussten wir, dass Ziffer uns das Wolfsrudel auf den Hals gehetzt hatte, also fuhren wir auf Umwegen in ein Wochenendhaus, das Nellies Eltern gehörte. Es lag tief im Harz, in einem kleinen Örtchen mit dem passenden Namen *Elend*. Wir überlegten, was wir jetzt tun konnten, um die Morgenröte zu stoppen. Ausgerechnet wir, eine Journalistin, die gerade gefeuert worden war, eine Schauspielerin, die einen Film gedreht hatte und im achten Monat schwanger war, und ich, ein gescheiterter Komiker, der geholfen hatte, aus einem charismatischen Entertainer ein Monster zu erschaffen.

Elend war ein hübsches, kleines Dörfchen, etwa fünfzehn Kilometer vom Brocken entfernt. Im Jahr 1777 hatte Goethe hier ein paar Tage verbracht und die Gegend als Inspiration für die Szene in der Walpurgisnacht genutzt, erzählte Nellie. Abseits von Lärm und Hektik reihten sich kleine Einfamilienhäuser entlang der Hauptstraße aneinander. Eichen, Buchen und Birken säumten den Weg, am Ortsrand lag die kleinste Holzkirche Deutschlands. Sehr idyllisch das Ganze. Lediglich die vielen Fahnen mit dem Wolfskopf beunruhigten uns. Offensichtlich gab es hier eine treue Ortsgruppe, wie sie seit einigen Wochen überall aus dem Boden sprossen. Trotzdem würde uns hier so schnell niemand finden. Wir wollten ohnehin nur zwei oder drei Tage bleiben. Nellie wusste, wo der Haustürschlüssel versteckt war, musste aber trotzdem jeden der zwanzig Gartenzwerge hochheben, bis sie beim letzten fündig wurde.

Das Haus war zweigeschossig. Im Parterre gab es ein Wohnzimmer, in dem die Möbel noch aus einem VEB-Möbelkombinat stammten, ein Zimmer, das als eine Art Museum für die gesammelten Werke der kommunistischen Klassiker diente. Eine Toilette mit einem Wasserhahn aus Kunststoff. Die Küche wurde von einem uralten Holzofen beherrscht, der Esstisch bot Platz für vier Personen, der Kühlschrank war leer. Im ersten Stock war das Elternschlafzimmer untergebracht, dazu gab es zwei Kinderzimmer und ein Badezimmer. Es war der ideale Platz, um Luft zu holen und zu überlegen, wie wir nun vorgehen wollten.

Sophie zauberte aus den Vorräten im Keller Spaghetti mit

Zwiebeln und Gemüse. Dazu köpften wir zwei Flaschen Blauen Zweigelt, der in der Nähe angebaut wurde. Wir aßen stumm. Hingen unseren Gedanken nach. Es fühlte sich wie das Aufwachen nach einer durchzechten Nacht an. Wir hatten Cotta verprügelt. Waren aus dem Gebäude gerannt und hatten eine Weile nach Nellies VW gesucht, weil sie sich nicht mehr erinnern konnte, wo sie ihn abgestellt hatte. Dann hatten wir Polizeisirenen gehört. Vermutlich war Cotta wieder zu Bewusstsein gekommen und hatte Ziffer informiert. Als wir durch Berlin gerast waren, hatten wir uns für einen kurzen Moment wie Helden gefühlt. Waren wie in einem Rausch gewesen. Vom Adrenalin in ein Hochgefühl versetzt. Jetzt war davon nicht mehr viel übrig. Wie lange waren wir in dem kleinen Haus vor unseren Feinden sicher? Wem konnten wir noch vertrauen?

Sophie war die Erste, die das Schweigen nicht mehr aushielt.

»Seid ihr euch im Klaren darüber, dass wir von jetzt an keinen Schritt mehr machen können? Die werden uns irgendwann finden und umbringen.«

»Du meinst, wir sollten uns lieber der Morgenröte anschließen?«, fragte Nellie, während sie eine dritte Flasche entkorkte.

»Nein. Ich will nur, dass wir uns darüber im Klaren sind, was uns erwartet.«

»Weil du ein Baby kriegst.«

»Ja, auch.«

Sie wollte Deutschland so schnell wie möglich verlassen. Drei Tickets nach Boston buchen. Bei ihren Eltern Unterschlupf finden. Wir könnten auch von Boston aus gegen die Morgenröte vorgehen. Video, Film und die Dateien veröffentlichen.

»Ich bleibe nicht länger als unbedingt nötig in diesem Scheißland«, sagte sie.

»Boston ist wirklich eine gute Idee«, sagte Nellie. »Ich wollte schon immer mal die Hauptstadt der katholischen Kinderschänder besuchen.«

Damit war es klar. Für Nellie kam eine Flucht nicht infrage.

»Willst du warten, bis sie dich finden und dann mit dir das Gleiche wie mit Manuela machen?«, fragte Sophie.

»Das ist das Risiko. Aber ich werde nicht zusehen, wie diese Dreckschweine die Macht an sich reißen.«

Sie wollte Kontakt zu einem Kollegen aufnehmen und zusammen mit ihm das Video von Götz und die Dateien veröffentlichen.

»Du kannst es dir ja noch überlegen«, sagte ich. »Wir treffen uns morgen am Flughafen in Prag.«

»Wieso Prag?«, fragte Sophie.

»Weil die Morgenröte die deutschen Flughäfen überwacht. Oder zumindest schon ihre Spitzel dort postiert hat. Ich fahre nach Dresden und packe die wichtigsten Sachen ein, dann komme ich auch nach Prag«, sagte ich.

Damit war das weitere Vorgehen beschlossen. Es fühlte sich gut an, einen klaren Plan zu haben. Ein bisschen war es wieder so wie zu den besten Zeiten von *Herzfelds Herzschlag*. Eigentlich sogar besser.

So seltsam es war, aber seit mein Vater nicht mehr lebte, fühlte ich eine eigenartige Energie und Klarheit. Ich wusste, was ich zu tun hatte. Und ich war entschlossen, den Weg bis zum Ende zu gehen.

Wir schliefen schlecht in dieser Nacht. Wälzten uns hin und her, lauschten auf jedes Geräusch in der Erwartung, das Wolfsrudel könnte über uns herfallen. Als es hell wurde, stand ich auf und kochte Kaffee. Vor dem Küchenfenster marschierten ein paar Touristen zum Bahnhof, um mit der Harzquerbahn in Richtung Brocken zu fahren. Ich hatte Sophie nicht gesagt, dass ich vor dem Kofferpacken noch einen Abstecher nach Berlin machen wollte. Ins Olympiastadion, wo Götz das letzte von drei Konzerten geben wollte. Als Sophie verschlafen in die Küche kam, machte ich ihr einen Tee.

»Du wirst nur packen und dann sofort zum Flughafen kommen. Versprichst du es mir?«, fragte sie.

Ihr Blick traf mich wie ein Messer. Sie ahnte es. Wie immer. Als wäre ich ein offenes Buch für sie. Ich zögerte einen Moment zu lange mit der Antwort. Sie verschränkte die Arme vor der Brust.

»Du willst nach Berlin fahren, stimmt's? Du bist wütend auf ihn, weil er dich angelogen hat. Weißt du noch, wie du zu mir gesagt hast, du fürchtest dich vor ihm, weil er dich so subtil manipulieren kann?«

Ich hatte ihn unbewusst zu meinem Ersatzvater gemacht. Ich hatte von ihm lernen wollen, was es bedeutet, ein Mann zu sein und das Leben mit beiden Händen zu greifen. Und er hatte es mir gezeigt. Jetzt ging es darum, die Lektionen in die Tat umzusetzen.

»Sie suchen dich, Georg. Sie haben ein Kopfgeld auf dich ausgesetzt. Die werden dich erwischen und umbringen. Willst du das?«, fragte Sophie.

»Nein«, antwortete ich. »Aber was erwartest du von mir? Dass ich einfach davonlaufe?«

»Was hast du vor?«, fragte sie mich.

»Ich weiß es noch nicht.«

»Wenn du nach Berlin fährst, Georg, werde ich in Prag nicht auf dich warten.«

»Doch, das musst du. Ich weiß genau, was ich tun muss, und ich weiß, wie ich es tun muss.«

Sophie umarmte mich. Drückte mich so fest an sich, als wollte sie mir Lebewohl sagen.

Eine Stunde später machte Nellie sich auf den Weg nach

Hamburg, weil ein Kollege vom *Spiegel* Interesse geäußert hatte. Sie nahm mich noch bis zum nächsten Bahnhof mit.

Ich stieg in den Zug nach Dresden. Um zu packen und um die Pistole zu holen, die ich im Tresor in der Backstube gefunden hatte. Eine Waffe aus dem 3D-Drucker konnte von den Metalldetektoren am Eingang des Olympiastadions nicht erkannt werden. Sophie kümmerte sich um unseren Flug.

64

Die Straßen wurden von zahllosen Plakaten gesäumt. Das Konterfei von Götz vor der aufgehenden Sonne. Den Kopf leicht gesenkt, der Blick grimmig, die Stirn in Falten, die rechte Augenbraue ein wenig nach oben gezogen. Der Blick fest und entschlossen. Und darunter die rote Schrift *Der Wolf*. Ziffer hatte die Kampagne komplett auf Götz ausgerichtet. Der Wolf als das mystische Tier. Der Begleiter des Siegesgottes Odin in der nordischen Mythologie. Anders als sein Nachfahre, der Hund, nicht domestiziert. Ein Raubtier, in Rudeln lebend, mit ausgeprägtem Sozialverhalten. Über Jahrhunderte verfolgt und fast ausgerottet. Und jetzt in Götz wieder lebendig.

Es waren Tausende, und sie alle trugen etwas aus der *Wolfsrevier*®-Kollektion. Hosen, Schuhe, Schals, Jacken, Rucksäcke. Damit mich niemand erkannte, hatte ich mir wie die meisten anderen Besucher auch ein Wolfsgesicht geschminkt. Je näher ich kam, desto größer wurden die Plakate, manche waren überlebensgroß. Götz in allen erdenklichen Posen und immer mit dem Claim *Der Wolf*. Und dann überall die Männer und Frauen des Wolfsrudels. Sie trugen weiße Lederoveralls, die sich eng an ihre schlanken und muskulösen Körper schmiegten. Sie sahen verdammt noch mal gut aus. An kurzen Leinen hielten sie Schäferhunde. Zumindest dachte ich das zuerst. Aber es waren keine Hunde. Die Beine waren länger, der Brustkorb höher, die Ohren kleiner und die Schädel breiter, die Augen saßen schräg am Kopf. Es waren Wölfe. Die Fans machten einen respektvoll großen Bogen um die Tiere, die Maulkörbe trugen und gefährlich knurrten. Man durfte ihnen nicht zu nahe kommen oder sie reizen. Als ein junger Mann mit Lederjacke einem Tier die Zähne entgegenbleckte und knurrte, ließ die junge Frau die Leine ein wenig locker, woraufhin der Wolf den jungen Mann mit den Krallen im Gesicht verletzte. Das ging so schnell, dass man es kaum sehen konnte. Der junge Mann schrie auf. Um uns herum wurde gelacht.

Am Haupteingang des Olympiastadions wurden wir von Männern und Frauen ebenfalls in weißem Leder in Empfang genommen. Wer Messer, Pyro, Plakate dabeihatte, wurde abgeführt. Wohin, konnte ich nicht sehen. Mit der rechten Hand fasste ich nach der Pistole in meiner Jackentasche. Die Patrone hielt ich im Mund. Bei der Kontrolle könnte ich behaupten, es sei eine Zahnkrone. Kurz bevor ich an der Reihe war, steckte ich einem stiernackigen Trottel heimlich ein kleines Taschenmesser in die Jacke. Als er durch die Sicherheitsschleuse ging, brüllte der Alarm los. Gelegenheit für mich, ohne Körperkontrolle die Security zu passieren.

Im Innenraum des Stadions brannten Tausende Fackeln. Sie tauchten den Ort in ein düsteres Meer aus Feuer und Rauch. Es war der Beginn einer Initiation. Die dunkle Anbetung eines Gottes, dem ein Opfer gebracht werden sollte. Scheinwerfer kreisten. Hologramme von Wölfen jagten über die Zuschauer hinweg. Obwohl ich wusste, was hier gespielt wurde, konnte ich mich dem Sog kaum entziehen. Das Licht, die Menschen, der seltsame Geruch. Ein seltsames Schaudern ergriff mich. Ein Scheinwerfer erstrahlte, und wir sahen Götz am Flügel sitzen.

Augenblicklich brandete frenetischer Applaus auf. Die Leute schrien sich in einer hochheiligen Hysterie die Lungen aus dem Leib. Um mich herum fielen die ersten Frauen in Ohnmacht, wurden von Ordnern und Krankenschwestern an die Seiten gebracht und auf Feldbetten gelegt.

Götz blickte nicht auf, wartete, bis das Publikum sich beruhigte. Er war barfuß, trug weißes Leder wie das Wolfsrudel am Stadioneingang. Lange Fransen an den Ärmeln, eine Wolfsmaske, die er auf die Haare zurückgeschoben hatte. Erste Töne waren zu hören, reihten sich zu einer Melodie. Die Fans verstummten nach und nach. Ich erkannte Beethoven, die Neunte, vierter Satz. Zuerst Dissonanzen, die Wut und Schmerzen widerspiegeln. Nur allmählich ging die Bassstimme dagegen an, bahnte sich durch ein langsames, ruhiges Motiv den Weg zu etwas völlig Neuem, einem neuen Gedanken, einer neuen Welt. Und als Götz die Stelle erreichte, an der normalerweise der Chor einsetzt, sangen, angeleitet von einem unsichtbaren Dirigenten, zwanzigtausend Stimmen im Station *Freude, schöner Götterfunken, Tochter aus Elysium.*

Es war der reine religiöse Wahn. Das Publikum war wie hypnotisiert. Götz stand vom Flügel auf, ging zum Bühnenrand und dirigierte seine Jünger. Ich sah das glückselige Lächeln in seinem Gesicht. Vielleicht war das das Schlimmste überhaupt. Er glaubte, dass er auf dem richtigen Weg war. Keine Zweifel, keine Bedenken, keine Furcht, dass er etwas lostrat, was er nicht mehr kontrollieren konnte. Er wollte es ja auch gar nicht kontrollieren. Er wollte die Zerstörung. Nach einem Konzert, ich glaube, es war in Trier, der Geburtsstadt von Karl Marx, sprach er davon, dass wir alles zerstören müssten, um die Gesellschaft neu aufzubauen.

Freude, schöner Götterfunken, Tochter aus Elysium, Wir betreten feuertrunken, Himmlische, dein Heiligtum! Deine Zauber binden wieder, was die Mode streng geteilt; alle Menschen werden Brüder, wo dein sanfter Flügel weilt.

Was mich am meisten wunderte, war, dass das Publikum den Text auswendig kannte. Woher? Wann hatten sie den gelernt?

Wem der große Wurf gelungen, eines Freundes Freund zu sein; wer ein holdes Weib errungen, mische seinen Jubel ein! Ja, wer auch nur eine Seele sein nennt auf dem Erdenrund! Und wer's nie gekonnt, der stehle weinend sich aus diesem Bund!

Es war so erschreckend wie faszinierend. Sie hatten Beethovens Neunte gekapert. Von jetzt an würde man, wenn das Stück irgendwo erklingen sollte, nicht mehr an Europa denken, sondern an die Morgenröte. An Götz Wolf. Ich nahm die Patrone aus dem Mund, schob sie in meiner Jackentasche in die Pistole. Dann drängelte ich mich durch die von ekstatischer Verzückung erfüllten Fans zur Bühne vor. Als ich nur noch ungefähr zehn Meter von Götz entfernt war, hob er die Arme und befahl dem Publikum zu schweigen.

»*Und wer's nie gekonnt, der stehle weinend sich aus diesem Bund*, haben wir eben gesungen«, sagte er. »Ich will euch erzählen, wer sich vor ein paar Tagen aus dem Bund gestohlen hat. Wer uns verraten hat. Vielleicht habt ihr in den letzten Tagen gemerkt, dass sich etwas bei mir verändert hat. Ich hatte Schmerzen, fürchterliche Schmerzen. Nicht im Körper, sondern hier.«

Er legte die rechte Hand auf sein Herz.

»Ich konnte nichts mehr schreiben. Dabei wollte ich euch einen neuen Song schenken. Aber mein Herz war wie von eisernen Bändern eingefasst. Und da habe ich Angst bekommen. Zuerst wusste ich nicht, was das für eine Angst war. Kennt ihr das? Du hast Angst, weißt aber nicht, wovor? Aber dann ist mir klar geworden, was für eine Angst das war. Es war Todesangst. Ich dachte, ich würde sterben. Aber warum sterben?«

Er zögerte die Antwort hinaus.

»Weil jemand mein Herz gebrochen hatte. Und da wusste ich, das eiserne Band um mein Herz war nur dazu da, es zusammenzuhalten, damit es nicht in tausend Stücke bricht, die zu Boden rieseln wie blutige Schneeflocken.«

Er machte eine lange Pause. Ließ den Blick durchs Publikum schweifen bis hoch in die entferntesten Ränge.

»Ein Freund hat mich verraten. Ein Gefährte, mit dem ich

alles geteilt hatte. Jede Freude, jeden Schmerz, jeden Sieg und jede Niederlage. Ein Bruder, dem ich meine tiefsten Geheimnisse anvertraut habe.«

Er meinte mich. Was war das für ein Irrwitz? Er hatte eine Frau umgebracht. Er bereitete einen Putsch vor. Und ich sollte ihn verraten haben? Worauf zielte das ab? *Sei bei mir, egal, was passiert? Folge mir, wohin auch immer. Sei loyal, selbst wenn ich die schlimmsten Verbrechen begehe?*

»Ihr kennt ihn. Ihr habt ihn gesehen, weil er immer an meiner Seite war. Er heißt Georg. Und heute ist er hier. Ich weiß es. Er ist unter euch. Wo bist du, Georgie?«

Ich erschrak. Mein Körper fühlte sich schwer wie Blei an. Der Impuls zurückzuweichen. Aber es ging nicht. Meine Füße waren mit dem Boden verwachsen. Woher wusste er, dass ich im Stadion war?

»Zeig dich. Sei kein Feigling«, rief er mit einem sarkastischen Grinsen im Gesicht.

Sein Blick schweifte durchs Publikum. Noch hatte er mich nicht entdeckt. Ich senkte den Kopf, versteckte mich hinter einem Kerl, zwei Kopf größer als ich. Kalter Schweiß auf der Stirn, der Puls raste, die Beine wurden weich. Es fühlte sich an, als würde mein Herz stehen bleiben. Er hatte von Todesangst gesprochen. Und jetzt wollte er, dass ich auch Todesangst spürte. Das Grinsen in seinem Gesicht, die rechte Hand, die ins Publikum zeigte, seine Fans aufforderte, sich umzusehen und nach mir Ausschau zu halten. Sie rissen einander Mützen von den Köpfen, wischten Haare aus den Gesichtern, aufgeputscht, Mordlust in den Augen. Ich musste es jetzt tun. Die Pistole aus der Tasche nehmen und ihn erschießen. Scheinwerfer kreisten durch die Menge, Kameras tasteten die Gesichter ab. Ich musste nur noch ein Stück weiter zur Bühne hingehen, damit ich ihn auch wirklich treffen konnte. Ich tat so, als würde ich ebenfalls nach dem Verräter suchen, schaute mich um. Als ein Scheinwerfer in meine Nähe kam, deutete ich auf einen Mann, etwa so groß wie ich, die gleiche Statur und die gleiche Frisur. »Der ist es«, rief ich. Er wurde angerempelt, jemand drehte ihm den Arm auf den Rücken. Eine Kamera erfasste ihn. Sein Bild erschien auf den riesigen Leinwänden neben der Bühne. Götz schaute es an.

»Lasst ihn los, er ist es nicht«, rief er. »Aber er da, mit dem Rücken zur Kamera.«

Er meinte mich. Die Umstehenden starrten mich an.

»Dreh dich um, Georgie, damit ich dein Gesicht sehen kann«, rief Götz.

Ich tat so, als würde ich nicht merken, dass er mich meinte. Aber die vor mir und neben mir sahen es. Sie zeigten mit Fingern auf mich. Jemand packte mich von hinten und riss mich herum. Jetzt war mein Gesicht auf den Leinwänden zu sehen. Riesengroß. Ich hielt die Waffe in meiner rechten Jackentasche immer noch fest.

»Hallo, Georgie«, rief Götz. »Schön, dass du gekommen bist. Bringt ihn zu mir.«

Ich wurde vorwärtsgestoßen. Schläge trafen mich auf dem Kopf, im Gesicht, Rücken. Es war wie früher in der Schule, wenn sie einen Kreis um mich gebildet hatten.

»Tut ihm nichts«, rief Götz lachend. »Schafft ihn hierher zu mir.«

Hände packten mich, hoben mich in die Höhe. Über die Köpfe hinweg wurde ich weitergereicht bis zur Bühne hin. Zwei vom Wolfsrudel nahmen mich in Empfang, ich wehrte mich, schlug einem von ihnen ins Gesicht. Ein Schlagstock traf mich. Ich hörte das leise Krachen, als meine rechte Augenbraue aufplatzte. Blut schoss hervor und lief mir übers Gesicht.

»Hoch mit ihm«, sagte Götz.

Sie warfen mich auf die Bühne hoch, kletterten hinterher. Götz holte den Klavierhocker und stellte ihn mitten auf die Bühne. Ich konnte mich kaum aufrecht halten. An der Stelle, an der mich der Schlagstock getroffen hatte, stachen Nadeln tief in meinen Kopf, durch das viele Blut konnte ich nichts mehr sehen.

»Setzt ihn da drauf.«

Sie drückten mich auf den Hocker.

»Was soll ich nur mit dir machen, Georgie? Ich habe dir vertraut, ich habe dich wie einen Bruder geliebt, ich habe dir mein Herz geschenkt, und du hast meine Liebe mit Füßen getreten. Warum? Weißt du nicht, dass alles, was uns in dieser Welt von unseren Feinden unterscheidet, die Liebe ist, die uns vereint und zusammenhält?«

Götz ging zum Bühnenrand, schaute seine Fans an.

»Was sollen wir mit ihm machen?«, fragte er in die Menge hinein. »Sollen wir ihm verzeihen?«

Die Menge wusste nicht, was sie darauf antworten sollte.

»Und was ist, wenn er uns wieder verrät? Sollen wir ihn der Polizei übergeben?«

»Nein«, tönte es aus ein paar vereinzelten Mündern.

»Und wenn das Gericht ihn freispricht? Was ist dann? Wollt ihr, dass er einfach so davonkommt?«

»Nein!« Jetzt waren es schon Hunderte.

»Was also sollen wir mit ihm machen? Sollen wir ihn hier und jetzt seiner gerechten Strafe zuführen?«

Die Menge explodierte in einer wütenden Kakofonie. *Aufhängen, totschlagen, aufhängen, totschlagen.* Ich sah in die entstellten Gesichter, Fratzen, aus denen Mordlust hervorspritzte. Sie drehten komplett durch, und die Männer und Frauen vom Wolfsrudel konnten die Meute nur mit Mühe davon abhalten, auf die Bühne zu klettern. Meine Beine begannen zu zittern, ich wollte aufspringen, Götz drückte mich zurück auf den Hocker. Ich wusste, er würde mich im nächsten Augenblick der geifernden, blutrünstigen Meute ausliefern. Ich sah es vor mir. Und in diesem Moment wurde ich ruhig. So als würde mich das alles nicht bedrohen. Als wäre ich bereits tot.

Er drehte sich zu mir herum.

»Du hörst es, Georgie. Ich muss es tun, weil ich dich liebe!«

»Ja, ich höre es. Aber du weißt genau, dass das eine Lüge ist. Das Einzige, was du liebst, ist die Macht über all die, die dir zujubeln und die dir folgen, egal, wohin. So ist es doch, oder? Du hast gesagt, dass du die Welt zu einem besseren Ort machen willst, dass du die Menschen befreien willst. Vielleicht war das am Anfang wirklich dein Ziel. Als wir die Tour gemacht haben, in Hunderten von Städten gespielt haben, in Hallen, auf Marktplätzen, in Klubs. Vielleicht hast du da selbst an deine Botschaft geglaubt. Aber je länger wir unterwegs waren, umso mehr hast du angefangen, die Menschen, die dich lieben, zu verachten. Weil sie getan haben, was du wolltest. Weil sie dir gefolgt sind!«

Er lächelte. Aber hinter dem Lächeln konnte ich die Kälte sehen, die ihn seit der Nacht im Astor mehr und mehr beherrschte.

»Es ist neun Uhr, Georgie. Wie lange willst du uns noch langweilen? Wir wollen Spaß haben. Auf der Playlist stehen noch zwanzig Songs. Es wird böse für dich enden, Georgie. Weil es für alle böse endet, die nicht loyal sind.«

Als er den beiden vom Wolfsrudel hinter mir zunickte, ihnen zu verstehen gab, dass sie mich packen sollten, nahm ich die Pistole hoch, zielte auf seine Brust und drückte ab.

65

Beim *Spiegel* hatten sie die Zusage wieder infrage gestellt. Angeblich, weil es ein zweites Video gab, auf dem die Person, die blutüberströmt aus der Suite des Astor taumelte, nicht Götz Wolf, sondern Georg Herzfeld war. Wie bitte? Es war doch klar, dass es sich bei diesem zweiten Video um eine Fälschung handelte. Handeln musste. Nellie rief beim *Spiegel* an, wurde einmal durchs ganze Haus durchgestellt. Als sie endlich in der Chefredaktion gelandet war, hieß es, zuerst müsste vom *Fraunhofer-Institut für Sichere Informationstechnologie* zweifelsfrei verifiziert werden, welches der beiden Videos das echte sei. Es war unglaublich. Gerade hier, im selbst ernannten Olymp des investigativen Journalismus, wo jeden Tag das Hochamt zur Rettung der Welt gefeiert wurde, hatten sie nicht den Mut, die Wahrheit zu verteidigen?

»Dann gehe ich eben andere Wege«, schrie Nellie ins Telefon.

Welche das sein sollten, wusste sie noch nicht. Sie checkte in einem kleinen Hotel am Hafen ein, von wo aus sie einen guten Blick auf den Fischmarkt hatte. Sie mochte diesen Ort, der längst ein Relikt vergangener Zeiten war. Auf ihrer Liste standen noch sieben weitere Zeitungen. Sie begann zu telefonieren. *Süddeutsche, WELT, Stern, Kölner Stadtanzeiger, FAZ, Focus, Bild.* Überall das Gleiche. Ihre Kontakte waren entweder gerade in einem Meeting oder in Urlaub oder nicht am Platz oder schrieben nach Burn-out, Krebs, Entlassung ihre Memoiren. Wenn sie dann doch mal jemanden erreichte, versprach man ihr, die Sache zu prüfen und sich in zwei Stunden zu melden, ohne zu sagen, welche zwei Stunden damit gemeint waren. Vermutlich war bereits durchgesickert, dass selbst der *Spiegel* kalte Füße bekommen hatte. Also stellten sie sich tot und warteten ab. Wie war das möglich? Wie konnte es sein, dass die Sturmgeschütze der Demokratie die Köpfe in die eigenen Ärsche steckten? Was war geschehen, von dem Nellie nichts mitbekommen hatte? Es machte sie schier wahnsinnig. Die Rumsfeld-Matrix. Du weißt, was du weißt, und meistens weißt du auch, was du nicht weißt. Aber nicht zu wissen, was man *nicht* weiß, ist die Höchststrafe.

Sie rief auf ihrem Handy Google News auf. Die Nachrichten erzählten von dem Konzert im Olympiastadion. Angeblich hatte jemand aus dem Publikum auf Götz Wolf geschossen.

Als das Telefon klingelte, fuhr sie zusammen.

»Ja?«

Es war ihr Kollege Kirsch vom *Spiegel*.

»Die Gutachterin vom Fraunhofer-Institut hat das Video geprüft. Es ist eine Fälschung.«

»Sag ich doch.«

»Nein, das mit Götz Wolf ist die Fälschung. Das andere ist echt.«

»Was? Die muss was verwechselt haben.«

»Sie sagt, sie hat es dreimal geprüft.«

»Wie heißt sie?«

Kirsch schwieg, und Nellie drohte, ihn wegen sexueller Nötigung, die natürlich nie stattgefunden hatte, anzuzeigen. In diesem Augenblick war ihr jedes Mittel recht.

»Das machst du nicht«, explodierte Kirsch.

»Den Namen.«

»Du verdammtes Miststück.«

»Pass auf, was du sagst, ich zeichne das Gespräch auf.«

»Damit kommst du nicht durch.«

»Es ist deine Entscheidung.«

Er nannte ihr den Namen Hollerith und drohte, sie beruflich zu ruinieren.

»Dann mal los«, sagte sie. »So, wie es jetzt aussieht, gibt's da nicht mehr viel zu ruinieren.«

Sie beendete das Gespräch und rief beim Fraunhofer-Institut an, gab sich als Kollegin von Kirsch aus und erhielt ohne Probleme die Adresse. Rugewisch 96, östlich vom Flughafen. Nellie bedankte sich und fuhr in eine Siedlung voller Einfamilienhäuser.

Hier wohnten die notorischen Nachschublieferanten der psychiatrischen Kliniken, Brutstätte von Psychosen, häuslicher Gewalt. Jetzt schien Nellie zudem in einem Morgenröte-Fanklub gelandet zu sein. Im Vorgarten der Nummer 96 stand ein alter gelber Volvo aus dem letzten Jahrtausend in einem Carport. Auf der Heckklappe zwei Wolfsaufkleber. An einer Fahnenstange wehte der Wolfskopf. Eine Kinderschaukel bewegte sich, als sei erst vor wenigen Minuten ein Kind vom Sitzbrett heruntergesprungen. Das Fenster rechts neben der Eingangstür war mit einer Pressspanplatte zugenagelt. Hinter dem Fenster links von der Tür bewegte sich eine Gardine. Das war schon mal gut. Nellie klingelte. Klopfte, klingelte wieder. »Ich habe Zeit«, rief sie. Nach ein paar Minuten meldete sich eine Stimme von jenseits der Tür.

»Sind Sie von der Presse?«

»*Neue Zeitung*.«

»Gehen Sie weg.«

»Frau Hollerith? Ich brauche nur eine kurze Information. Es geht um das Video, das Sie forensisch untersucht haben.«

»Ich habe die Ergebnisse an den Auftraggeber gemailt. Ich habe dazu nichts mehr zu sagen.«

»Das weiß ich. Ich will nur wissen, warum Sie das Video, auf dem Götz Wolf zu sehen ist, als gefälscht identifiziert haben.«

»Das steht alles in dem Gutachten.«

»Das kann sein, Frau Hollerith, ich glaube allerdings, dass Sie lügen. Sie haben zwei Möglichkeiten. Sie sagen mir, wer Sie zu der Lüge gezwungen hat, oder ich fahre zurück in die Redaktion, und Sie lesen morgen meinen Artikel mit einem Foto von Ihnen auf der Titelseite der *NZ*.«

Stille jenseits der Tür. Nellie wartete. Bei einer Reportage, für die sie vor Jahren in Miami, Florida, unterwegs gewesen war, hatte ihr ein Zeuge die Ablehnung eines Interviews mit zwei Schüssen durch die geschlossene Haustür mitgeteilt. Vorsichthalber stellte Nellie sich neben die Tür. Obwohl im europäischen Kulturkreis in so einem Fall eher Autoaggression das Mittel der Wahl darstellte, war es besser, vorsichtig zu sein. Nach einer Weile wurde die Tür geöffnet. Eine Mittfünfzigerin in Bademantel und einem Gesicht, mit dem sie die Wahl zur Miss Verbitterung 2021 gewinnen könnte, blickte Nellie entgegen. Statt einer Pistole hielt sie ein schnurloses Telefon in der Hand.

»Ich habe den Vorsitzenden unseres Morgenröte-Ortsvereins am Apparat. Ich habe ihm gesagt, dass Sie mich belästigen. Er schickt jemanden vorbei, der mit Ihnen ein ernstes Wort redet.«

Nellie hinterließ alles, was sie an sexistischen Schimpfworten im Vokabular hatte, bevor sie in ihren Käfer einstieg und so schnell wie möglich das Getto verließ. Als sie auf eine vierspurige Straße einbog, kamen ihr drei Pick-ups entgegen. Die Männer darin trugen Wolfsmasken, die sie hoch in die Stirn geschoben hatten. *Es ist ein Albtraum*, dachte Nellie. *Es muss ein Albtraum sein.* Im vergangenen Jahr war der Antrag zur Errichtung einer Bürgerwehr ins Parlament eingebracht worden. Politik und Presse hatten empört aufgeschrien, und natürlich war nichts daraus geworden. Und jetzt begegnete ihr ein Schlägertrupp, der nichts anderes war als eine Neuauflage der SA. Es war, als würde jemand im Hintergrund ein Spinnennetz weben. Gräben und Kanäle anlegen. Klandestine Strukturen aufbauen für den unausweichlichen Staatsstreich.

Sie versuchte, Georg anzurufen, erreichte aber nur die Mailbox. *Ich bin's. Ruf mich sofort zurück, wenn du das abhörst. Beim* Spiegel *sagen sie, das Video von Götz im Hotel wäre gefälscht. Ich fahr jetzt nach Berlin zur* Bild. *Da ist jemand, der mir noch einen Gefallen schuldet. Vielleicht macht er es. Und dann müssen wir schnellstens hier weg.*

Als sie auf die Autobahn einbog, meldeten sich leise Bedenken. Was, wenn das Video mit Götz Wolf tatsächlich manipuliert war? Wenn sie von Leron Malik in eine Falle gelockt worden war? Es war doch seltsam, dass er das Video einfach so herausgegeben hatte. War sie vielleicht nur Teil eines Plans, von dem sie nichts ahnte? Das unbekannte Unbekannte. *Berlin 280 Kilometer*, stand auf dem blauen Schild. Wenn sie ordentlich aufs Gaspedal drückte, sollte sie die Strecke in zwei Stunden schaffen. Im Rückspiegel sah sie die Silhouette Hamburgs. Und drei Paar Scheinwerfer nebeneinander. Sie kamen schnell näher. Nellie drückte aufs Gaspedal. Der Motor des VW-Käfer schrie in den höchsten Tönen. Aber es änderte nichts daran, dass die drei Wagen aufholten. Als sie nur noch zwanzig Meter hinter ihr waren, so nahe, dass sie die Männer in den Pick-ups erkennen konnte, sah sie, dass es das Wolfsrudel war. *Scheiße*, dachte sie. Aber sie war noch nicht verloren. Auf einem Schild am Rand der Autobahn wurde die nächste Tankstelle in zwei Kilometer Entfernung angekündigt.

»Das schaffe ich«, sagte Nellie zu sich selbst. »An einer Tankstelle könnt ihr mir nichts tun, ihr verdammten Wichser. Zu viele Leute.«

Noch einen Kilometer. Die Pick-ups blieben in konstantem Abstand hinter ihr. Hinter den drei Wagen wurde nervös gehupt, weil sie den gesamten Verkehr aufhielten. Aber das schien sie nicht zu stören. *Wieso überholt ihr mich nicht und drängt mich von der Straße ab? Was habt ihr vor? Wollt ihr bis nach Berlin hinter mir herfahren?*

Noch dreihundert Meter.

Nellie setzte den Blinker, fuhr auf den rechten Fahrstreifen, der sie in Sicherheit bringen würde.

Zweihundert Meter.

Einhundert.

Und dann sah sie, warum die Pick-ups sie nicht überholt hatten. Zehn, zwölf weitere Pick-ups standen an der Tankstelle wie ein Empfangskomitee. Die Scheinwerfer auf den Dächern strahlten Nellie an, sodass sie nicht sehen konnte, wohin sie fuhr. Sie trat auf die Bremse. Einer der Pick-ups hinter ihr rammte sie. Der VW überschlug sich und blieb auf dem Dach liegen. Nellie hing im Sicherheitsgurt. Und sah, wie sich von allen Seiten Stiefel näherten.

66

Am Anfang seiner Karriere, als er noch mit einer Rock'n'Roll-Band unterwegs war und Gitarre spielte, hatte Götz ein sehr spezielles Stück im Repertoire gehabt. Mit der Stratocaster vor einem Marshall-Stack, einem nervösen, treibenden Bass und einem Schlagzeug, das nach Krieg klang, war es bei fast jeder Show der Rausschmeißer gewesen. Neunzehn Strophen wurden ohne beruhigenden Refrain eine nach der anderen im Dreivierteltakt durchgepeitscht. Seine damals noch überschaubaren Fans tanzten dazu, als hätten sie einen Kurs bei einem Derwisch absolviert. Natürlich waren Drogen im Spiel. Koks, Speed, eben alles, was dazu geeignet war, die verdammten Begrenzungen des verdammten Körpers zu überwinden. Das Stück dauerte acht Minuten, hatte Götz mir erzählt. Danach waren alle, er, die Band und das Publikum, so entkräftet, dass sie kaum noch stehen konnten. Aber zugleich waren sie auch von einer tiefen Glückseligkeit erfüllt, die sich wie die Erschöpfung nach einem Liebesakt anfühlte. Zu der Zeit, als ich ihn bei den Konzerten begleitete, hatte er sich jedes Mal, wenn das Stück gefordert wurde, geweigert, es zu spielen. Die Fans konnten machen, was sie wollten, so laut brüllen, wie sie wollten, er blieb hart. Vielleicht, weil er nicht wollte, dass die Wirkung sich abnutzte, weil er die Kraft des Songs für diesen Abend aufheben wollte. Ich wusste es nicht. Ich sah nur die Musiker, die jetzt mit ihm auf der Bühne standen.

Ich hatte ihn an der Schulter getroffen. Ein Streifschuss. Nicht mehr als ein stark blutender Kratzer. Er hatte kurz gezuckt und dann einfach weitergemacht, als wäre nichts geschehen. Sein weißes Hemd wurde durch das Blut aus der Wunde rot gefärbt. Es war lachhaft und fatal. Statt ihn zu töten, hatte ich ihn zum Märtyrer gemacht. So anmaßend es auch klingen mag, aber ich hatte die Gelegenheit verpasst, die Geschichte zu ändern. Wir hatten oft darüber gesprochen, Götz und ich, dass die Geschichte vor allem durch den Tod der Könige, der gewählten Präsidenten, der brutalen Diktatoren und auch der legitimen Anführer geändert wird. Dass jemand die Waffe in die Hand nehmen muss, um das Schicksal in seine Richtung zu lenken, als ob man an einer Kreuzung ein Ortsschild in eine andere Richtung dreht. *Man muss nur in die Geschichtsbücher schauen*, hatte ich gesagt. *Dort stehen die Namen. Cäsar, Wallenstein, Lincoln, Hitler, Gandhi, Kennedy*.

Ich hatte schlecht gezielt. Weil ich nervös gewesen war, weil ich kein Killer war, weil ich schlecht vorbereitet war. Und weil ich kein Glück hatte. Ein paar Zentimeter weiter rechts, ein paar Zentimeter tiefer, er würde jetzt tot am Boden liegen, und die Morgenröte wäre Geschichte. Ziffer könnte den Absturz nicht aufhalten, er besaß nicht das Charisma, um die Menschen zu verführen. Und Amalia war zu vorsichtig, zu zögerlich und zu nachdenklich. Vielleicht hätten seine Fans danach die Bühne gestürmt und mich zu Tode geprügelt. Doch das alles war nicht geschehen. Aber es gab ja auch noch Nellie. Und es gab das Original-Video.

Götz zählte einen Dreivierteltakt an, dann brach ein Orkan los.

> Im traurigen Monat November war's,
> Die Tage wurden trüber,
> Der Wind riss von den Bäumen das Laub,
> Da reist' ich nach Deutschland hinüber.

Alles, was in Rap, Schwermetall, Pop, Schlager und Volksmusik einen Namen hatte, kam auf die Bühne, um ihn zu unterstützen.

Und als ich die deutsche Sprache vernahm,
Da ward mir seltsam zumute;
Ich meinte nicht anders, als ob das Herz
Recht angenehm verblute.

Schauspieler, ein paar Sportler, sogar Politiker von FDP, CDU und Linke. Wer singen konnte, zweistimmig, dreistimmig hielt ein Mikro in der Hand.

Ein kleines Harfenmädchen sang.
Sie sang mit wahrem Gefühle
Und falscher Stimme, doch ward ich sehr
Gerühret von ihrem Spiele.

Sie lösten sich bei den Strophen ab, inszenierten ironische Rap Battles, trieben sich an und hatten riesigen Spaß.

Ich kenne die Weise, ich kenne den Text,
Ich kenn auch die Herren Verfasser;
Ich weiß, sie tranken heimlich Wein
Und predigten öffentlich Wasser.

Und mittendrin wuchs Götz Wolf über sich hinaus. Er hielt sie wie ein Messias in den Händen, führte sie wie ein Puppenspieler und gab ihnen das Gefühl, dass sie an der großen Erlösung teilnahmen.

Ein neues Lied, ein besseres Lied,
O Freunde, will ich euch dichten!
Wir wollen hier auf Erden schon
Das Himmelreich errichten.

Die Fans tanzten, brüllten sich die Seele aus dem Leib. Es war so laut, dass das Stadion anfing zu beben.

> Wir wollen auf Erden glücklich sein,
> Und wollen nicht mehr darben;
> Verschlemmen soll nicht der faule Bauch,
> Was fleißige Hände erwarben.

Als das Stück zu Ende war, bedankte Götz sich bei seinen Gästen. Sie versicherten ihm, dass sie auf seiner Seite waren und ihn, wo auch immer es ging, unterstützen wollten. Es dauerte ewig, bis jeder seine Schleimspur abgelassen hatte und ihm hinten reingekrochen war. Ich verstand nicht, warum sie das machten. Waren sie wirklich überzeugt, dass die Morgenröte der Beginn einer neuen Zeitrechnung war? Als Götz auch den Letzten seiner neuen Freunde verabschiedet hatte, ging er am Bühnenrand entlang, das Mikrofon in der rechten Hand. Der Messias vor achtzigtausend Jüngern.

»Alle reden davon, das man der werden soll, der man ist. Aber wer seid ihr? Wer seid ihr?«

Stille. Sie warteten darauf, dass er es ihnen vorbeten würde.

»Ich sage euch, wer ihr seid. Ein Volk von fleißigen, tapferen, aufrichtigen, stolzen Männern und Frauen. Ein Volk, das brillante Künstler, Wissenschaftler und Sportler hervorbringt. Ein Volk, das voller Mitgefühl für andere ist. Und ein Volk, das immer und immer wieder verraten wird. Und was machen wir? Wir halten still. Dabei wissen wir, was passiert, wenn man seine Wut nicht loswird, wenn man sie im Bauch festhält, wenn sie in den Därmen rumort, wenn sie mich und euch verstopft. Was passiert dann? Wir werden krank. Wenn wir die Wut nicht rauslassen, kriegen wir Krebs. Wollt ihr Krebs kriegen?«

»Nein!«, schallte es ihm aus zehntausend Kehlen entgegen.

»Wollt ihr Krebs kriegen, weil ihr euch nicht traut, eure Wut rauszulassen?«

»Nein!«

»Wollt ihr rausgehen und herausschreien *Ich bin wütend!*?«

»Ja.«

Da standen sie. Wogten hin und her. Die Münder weit aufgerissen, die Augen zu Schlitzen verengt, die Stirn in Falten geworfen, die Zähne gebleckt wie Raubtiere. Aber noch taten sie nichts. Sie waren ja auch keine Wölfe, selbst wenn sie T-Shirts und Jacken und Buttons mit dem Wolf trugen. Sie waren schon als Kinder zu Hunden gezähmt worden. Deshalb warteten sie jetzt auf den Einen, der ihnen die Erlaubnis erteilte, loszugehen und das zu zerstören, was sie zerstörte. Götz hielt sie in Händen. Ich hatte schon oft gesehen, wie er das Publikum zu hypnotisieren vermochte. Wie er mit ihm spielte, es lockte und wieder zurückstieß. Aber jetzt war es anders. Er wollte nicht, dass sie mit ihm lachten, weinten, sangen. Er wollte, dass sie sich ihm hingaben. Ihren eigenen Willen seinem Willen unterordneten. Wenn sie ihn bis hierhin schon geliebt hatten, sollten sie sich ihm endgültig unterwerfen.

Götz riss sich das Hemd vom Leib, deutete auf eine junge Frau, die in der ersten Reihe stand. Zwei Wölfe zogen sie aus der Menge und hoben sie auf die Bühne. Sie war etwa vierzig Jahre alt, klein, etwas pummelig. Keine, die es leicht im Leben hatte. Ihr Blick erzählte von Glück, von Aufregung, aber auch von Angst. Was würde er mit ihr machen? Götz strich ihr die Haare aus dem Gesicht, und dann küsste er sie zärtlich. Das Publikum johlte, applaudierte, forderte mehr. Er zog ihr das Wolfs-T-Shirt aus, öffnete den Gürtel ihrer Jeans. Sie wollte einen Schritt zurück machen, aus Scham und Unschuld. Götz hielt sie fest, zog ihre Jeans herunter und vögelte sie auf der Bühne.

In den Gesichtern seiner Fans war nun der pure Wahnsinn zu sehen. Begierde und Sex und Gewalt. Sie streckten ihm die Hände entgegen. Lösten sich auf und wurden zu einer einzigen Masse, einem riesigen Körper, dessen Hirn und Herz er war. Sie umarmten ihre Nachbarn, küssten und leckten sich die Gesichter. Einige weinten, andere rissen sich die Haare aus, schlugen sich mit Fäusten auf die Köpfe, als könnte die Ekstase keinen anderen Weg finden. Bilder, wie ich sie von entfesselten Gläubigen kannte, die sich beim Aschura-Fest mit Eisenketten selbst blutig schlugen. Wenn Historiker in späteren Jahren den Moment suchen sollten, an dem die Sache kippte, hier war er. Götz wurde der dunkle Messias. In ihm fühlten sie sich aufgehoben, gesehen, erkannt und gespürt. Es war Lust, Verlangen, Gier und Blut. Und es war nicht zu unterscheiden, worauf es zielte, Heilung oder Zerstörung. Oder beides? Ein monströses Opferfest, vermutlich mit mir als dem Lamm. Falls nicht noch ein Wunder geschehen sollte.

Götz ließ von der Pummeligen ab, küsste sie und gab zwei Männern vom Wolfsrudel ein Zeichen. Sie brachten die Frau hinter die Bühne. Dann wandte er sich wieder seinen Fans zu.

»Seid ihr bereit?«, schrie er.

»Jaaaa!«

Er trat ein paar Schritte zurück, nahm Anlauf und sprang von der Bühne. Dutzende Hände fingen ihn auf, reichten ihn über die Köpfe hinweg weiter und trugen ihn so zum Ausgang. Die ihn nicht trugen, öffneten den Trägern eine Gasse und schlossen sie wieder, als wären sie ein Schwarm Fische. Es ging hinaus auf die Straße.

Ich blieb zurück. Neben mir die beiden Zyklopen. Ihre Hände lagen schwer auf meinen Schultern. Sie warteten, bis das Stadion leer war.

67

Loyalität ist die einzige Währung. Götz hatte es immer wieder gesagt, und ich hatte es schon zu Anfang als eine seltsame Auffassung von Loyalität angesehen, die irgendwo in der Nähe von Kadavergehorsam angesiedelt war. In diesem Sinne folgte jetzt die Strafe für meinen Verrat. Die beiden Wölfe prügelten auf mich ein, hoben mich hoch, um besser zuschlagen zu können, nahmen Anlauf und traten gegen Bauch und Rücken, zogen meine Arme vom Kopf weg, ließen ihre schweren Schuhe auf mein Gesicht krachen. Es gab keinen Zentimeter Haut, der nicht getroffen wurde. Als die beiden irgendwann ihr perfekt gelerntes Handwerk unterbrachen, lag ich halb tot auf der Bühne in einer Pfütze aus Blut. Sie packten mich unter den Achseln und schleiften mich die endlosen Wege im Versorgungstrakt des Stadions entlang. Ich wusste nicht, wo sie mich hinbringen würden. In die nächste Müllverbrennung? Die Spree? Meine Augen waren so zugeschwollen, dass ich die Umwelt nur verschwommen wahrnehmen konnte. Sie stießen mich auf den Rücksitz einer Limousine und fuhren mit mir in Richtung Osten.

Als wir uns der Reichsstraße näherten, war die Straße gesperrt. Die braven Westender lieferten sich, unterstützt vom Wolfsrudel, eine Straßenschlacht mit Einsatzkräften der Polizei. Ein Hubschrauber kreiste über uns, aus dem Süden näherten sich Sirenen. Blaue Mannschaftswagen des SEK brachten in einem Blaulichtfeuer Verstärkung. Wasserwerfer versperrten die Kreuzung am Theodor-Heuss-Platz, was dazu führte, dass meine Chauffeure fluchend den Rückzug antreten und das Schlachtfeld großräumig umfahren mussten.

Es war beängstigend, wie viele Menschen in dieser Nacht auf den Straßen waren. Wann hatten die sich alle der Morgenröte angeschlossen? Wie hatte Ziffer diese Strukturen aufbauen können, ohne dass es dem Verfassungsschutz und dem BKA bekannt geworden war? Oder wussten die davon und schwiegen, weil sie es für richtig hielten? Alle die, deren Namen ich in Ziffers Notebook gefunden hatte? Er hatte von dem Momentum gesprochen, von der Zeit, die irgendwann reif war und die zwangsläufig zu einer Revolution führen musste. Er hatte die Französische Revolution, die Russische Revolution, die Hippies, 1968 und 1989 als Beispiele angeführt. Er hatte 1933 und die Nazis ausgelassen. Vielleicht weil er dieses Datum als die einzig originäre Deutsche Revolution ansah und die Morgenröte als ihr Erbe.

Wir wurden in Seitenstraßen umgeleitet, immer weiter in Richtung Norden. Am Charlottenburger Schloss vorbei, das Götz zu seinem Amtssitz auserkoren hatte. Dann Moabit, südlicher Wedding. Ich sah Familien, die auf den Bürgersteigen campierten. Sie waren aus ihren Wohnungen geworfen worden, weil sie die Miete nicht mehr bezahlen konnten. Um sich herum hatten sie ihr Hab und Gut gestapelt. Kleider, Essen, Spielsachen. Die Kinder hüpften auf Matratzen.

»Wo bringt ihr mich hin?«, fragte ich.

Keine Antwort. Jetzt ging es wieder in Richtung Süden, als ob sie mir eine Stadtführung gewähren wollten.

Kam es mir nur so vor, oder war tatsächlich jeder Ort, den wir passierten, Teil einer symbolischen Inszenierung? Das Schloss Bellevue, Sitz des Bundespräsidenten. Wahrscheinlich wollte Ziffer hier einziehen. Der 17. Juni, Ernst-Reuter-Platz. Kaiserdamm, die zehnspurige Magistrale, auf der die deutschen Truppen nach 1871 zurückgekehrt waren, der Theodor-Heuss-Platz, ehemals nach Adolf Hitler benannt. Und dann das Haus des Rundfunks, in dem Goebbels Hitlers Deutschland ab 1933 mit Propaganda auf Spur gebracht hatte.

Ein lang gestreckter, mehr als achttausend Quadratmeter

großer Bau aus mattbraunen glänzenden Klinkern, manche heller, manche dunkler, die anfingen zu schimmern, als nun die Sonne darauf schien. In der Mitte fünfgeschossig, die Gebäudeteile rechts und links mit vier Geschossen. Ziffer hatte das Haus angemietet, weil die Morgenröte eine Berliner Dependance brauchte. Wir hielten von dem Haupteingang in der Masurenallee. Die schwer bewaffneten Einsatzkräfte, die überall zu Dutzenden herumstanden, gehörten nicht zur Polizei, wie ich zuerst dachte. Sie trugen das Wolfsabzeichen auf den Uniformen. Ich wurde aus der Limousine herausgezerrt und in das Gebäude geschleppt. Im Lichthof standen Hunderte Anhänger auf den Galerien der vier Stockwerke. Sie schrien, ihre Gesichter waren zu hässlichen Fratzen verzerrt. In der Mitte des Lichthofes saß eine Frau auf einem schwarzen Stuhl. Sie trug eine Lederjacke. Die Hände waren hinter der Stuhllehne gefesselt, das Kinn lag auf die Brust gesenkt, die blonden Haare verdeckten wie ein schmutziger Vorhang ihr Gesicht, Blut tropfte in ihren Schoß herab, wo sie ein dunkelrot und feucht glänzendes Bündel in den Händen hielt. Neben ihr standen zwei vom Wolfsrudel und legten ihr einen Strick um den Hals, der in zwanzig Meter Höhe an der Decke befestigt war.

»Nellie!«, rief ich. »Nellie!«

Sie hob den Kopf, ihre Augen waren in der formlosen Masse, die einmal ihr Gesicht gewesen war, nicht mehr zu erkennen. Langsam, mit ruckenden Bewegungen schaute sie blicklos umher. Ihre Lippen öffneten sich, Töne quollen mit einem Schwall von Blut hervor. Bevor ich noch hören konnte, was sie sagte, traf mich ein Schlag in den Magen. Dann wurde ich weitergezerrt, eine Treppe hinauf in den ersten Stock. *Wenn sie Nellie gefangen genommen haben, was ist mit Sophie?*, dachte ich. *Wo ist sie? Hatte sie das Land noch rechtzeitig verlassen können*?

Vor einer zweiflügeligen Tür blieben wir stehen. Der größere der beiden Wölfe klopfte. Es dauerte einen Moment, bis eine Frauenstimme *Herein* rief. Ich wurde durch die geöffnete Tür gestoßen, fiel zu Boden. Meine Begleiter blieben draußen.

Es war dunkel. Niemand zu sehen. Unter Schmerzen erhob ich mich. Auf einem riesigen Bildschirm, der die Wand rechts von der Tür nahezu komplett ausfüllte, war die Siegessäule am Großen Stern zu sehen. Die Zufahrtsstraßen waren von Hunderttausenden bevölkert, Hofjägerallee, 17. Juni, Altonaer Straße, Spreeweg. Wie vor vielen Jahren bei der Love Parade. *Wieder so eine Symbolik*, dachte ich. Und dass Ziffer darin meisterhaft war. Eine Bühne war rund um die Viktoria herum aufgebaut. Ziffer stand im Scheinwerferlicht an einem Mikrofon. Er trug einen weißen Anzug, darüber einen weißen Ledermantel. Winkte in die Menge, reckte die rechte Faust in die Höhe.

»Lasst uns die Verschwörung gegen das deutsche Volk zerschlagen, lasst uns Deutschland aus den Händen der korrupten Verräter befreien!«, rief er der Menge zu.

Hinter ihm stand Hermann Ritter und applaudierte. Direkt neben Ritter mein Anwalt Siegfried Streich und Nellies Chef Titus Cotta. Ihre Gesichter glänzten, die Augen strahlten, erfüllt von Euphorie.

»Ich weiß, dass ihr dazu bereit seid, aber ich sage euch auch, es wird ein harter Kampf werden. Denn der Feinde sind viele, und sie hassen uns. Sie haben große Macht und viele Verbündete. Sie werden nicht im Frieden weichen. Sie rüsten gegen uns, um an der Macht zu bleiben. So sind sie. Und wir?«

Er machte eine Pause, blickte direkt in die Kameras, die sein Gesicht übergroß auf die Leinwände übertrugen, sah dadurch jeden Einzelnen in der Menge an. Ein paar Rufe drangen zu ihm hoch, sie waren nicht zu verstehen. Ziffer hob die Hand, um sie zu beruhigen.

»Sind wir schwach? Können wir diesen Kampf gewinnen? Können wir in der Schlacht siegen, indem wir vereinzelt losstürzen? Indem wir planlos um uns schlagen? Indem wir uns aufreiben an dem oder jenem Feind?«

Wieder eine Pause. Es war faszinierend zu sehen, wie er die Spannung steigerte, indem er die Menge mit Fragen überrollte. Und ihnen zugleich signalisierte, dass er die Antwort wusste. Dass er sie ihnen gleich mitteilen würde.

»Oder werden wir siegen, indem wir uns erinnern, was in der größten Not lebenswichtig ist? Wenn das Gewitter über uns hereinbricht. Wenn wir in der Gefahr nicht wissen, wohin. Könnt ihr euch erinnern, wie ihr als Kinder im tiefen Wald voller Angst zum Vater geschaut habt? Ich kann mich noch gut erinnern. *Weißt du den Weg?*, hat mein banger Blick gefragt. Und mein Vater? Er wusste den Weg. Und selbst wenn er unsicher war, hat er es uns Kinder nicht spüren lassen. Denn er wusste, das Einzige, was wir zu fürchten haben, ist die Furcht selbst. Heute bin ich kein Kind mehr, heute seid ihr keine Kinder mehr. Und trotzdem haben wir uns in einem tiefen Wald verlaufen. Sind wir umringt von Feinden. Feinde da draußen, die uns schwächen, uns attackieren, uns mit Drohungen überziehen, uns überrennen und uns beherrschen wollen. Und Feinde hier im Land selbst. Sie verführen uns, belügen und betrügen uns, greifen uns von so vielen Seiten an, dass wir den Überblick verlieren, bis wir nicht mehr wissen, wo wir zuerst zurückschlagen sollen.«

Das Bild, das er seinem Publikum malte, erschreckte sie so sehr, dass sie verstummten. Leise setzte sanfte Musik ein. Ein Cello, ein paar Blasinstrumente. Das Stück umarmte die Menschen, hüllte sie ein. Drohnen zeigten erwartungsvolle, gespannte Gesichter. Einige weinten, andere wippten im Takt der Musik. Sie waren bereit. Sie wussten nur noch nicht, wofür sie bereit waren. Ziffer sah es. Ein feines Lächeln wurde auf seinen Lippen sichtbar. Er wusste vermutlich, dass er sie nahe an dem Punkt hatte, an dem sie ihm überallhin folgen würden. Er musste nur noch sagen, wohin es gehen sollte.

»Aber sind wir deshalb verloren? Nein. Das sind wir nicht. Wir sind nicht verloren. Denn es gibt einen, der euch schon seit Monaten mit seinen Geschichten tröstet, der euch mit seiner Liebe aufrichtet, der euch mit seiner Kraft ermutigt. Er kennt euren Schmerz, weil es auch sein Schmerz ist. Er kennt eure Sehnsüchte, weil es auch seine Sehnsüchte sind. Er kennt eure Sorgen, weil es auch seine Sorgen sind. Ich will nicht sagen, dass er ein Auserwählter ist. Das wäre ein zu großes Wort. Aber oftmals, wenn ich ihn beobachtet habe, habe ich mich gefragt: Wer ist dieser Mann? Woher kommt er? Wie kann er so anders sein als all die, die behaupten, sie würden uns zu unserem Wohl regieren? Wie kann er so voll von heroischer Liebe sein, so voller selbstlosem Mitgefühl und grenzenloser Herzlichkeit? Wie kann er so klar und entschlossen wissen, wie er uns beschützen und aus diesem verdammten Wald führen muss? Wollt ihr die Antwort wissen?«

Ja, sie wollten sie wissen. Das spürte ich auch durch meine brutalen Kopfschmerzen hindurch. Trotz all der anderen Schmerzen, die überall in meinem Körper um meine Aufmerksamkeit buhlten. All diese Leute mit den offenen Mündern und den glänzenden Augen waren so gespannt, dass sie schier platzen würden, sollte er die Antwort nicht geben. Er schwieg, wartete, genoss die Erregung, die den Leviathan erfüllte. Er wusste, es ist die Rede seines Lebens. Eine Rede, in der sein ganzes politisches Leben kondensierte. Pathetisch, sentimental, manipulativ, von vorne bis hinten eine Lüge. Er konnte damit grandios scheitern, oder er konnte alles gewinnen.

»Ich kenne sie nicht. Ich weiß nur, dass er der Mann ist,

dem ich vertraue, weil er sich in unseren Dienst stellt, den Dienst am Volk. Weil er nicht an sich denkt, sondern an euch. Weil er bereit ist, sich zu opfern, wie er es Abend für Abend auf den Bühnen für euch gemacht hat. Weil er keine Furcht kennt. Und weil er bereit ist zu sterben, damit ihr leben könnt. Schaut ihn euch an!«

Er deutete mit der rechten Hand in den Himmel. Drohnen flogen über die Zehntausenden hinweg, Scheinwerfer kreisten ungeduldig umher, bis sie Götz fanden. An einem langen Seil schwebte er aus der Nacht herab. Die Menschen waren außer sich. Mehr noch und anders, als sie es im Stadion gewesen waren. Da war es der nackte Eros gewesen, dionysische Lust und Gier. Hier wurde es religiös. Ein apollinischer Retter, ein Erlöser schwebte zu ihnen herab. Sein Gesicht in Großaufnahme füllte den Bildschirm aus. Die Augen geschlossen, ganz bei sich, versunken und bereit für die Apotheose. Es war verrückt. Es war die kitschigste Inszenierung, die ich mir denken konnte. Und das Absurde war, dass sie funktionierte. Ziffer wusste es. Ich sah es in seinem Grinsen. Er kannte die Macht der Bilder. Und ich verstand, dass er wie ein Puppenspieler nun nicht nur das Publikum, sondern auch Götz Wolf in der Hand hielt. Es war der Moment, in dem er jedem, der es sehen wollte, einen kurzen Blick in seine inneren Abgründe gewährte.

Götz landete auf der Bühne, direkt an dem elektrischen Flügel. Ziffer ging zu ihm und löste das Seil, das mit einem Tragegurt verbunden war. Es sah aus, als würde der Puppenspieler seine Puppe loslassen. Ich konnte mich kaum noch auf den Beinen halten vor Erschöpfung und Schmerzen. Und gleichzeitig war es, als wäre ich dadurch ganz auf meinen Geist konzentriert und könnte das alles klar begreifen. Jedenfalls sah ich dieses unsichtbare Seil geradezu bildlich vor mir. Es führte bis zu der Nacht im Hotel Astor.

Götz hielt wie immer den Kopf gesenkt. Die Lippen küssten das Mikrofon. Die linke Hand spielte Akkorde. Erst leise tastend, dann immer lauter, rechts perlten Triolen. Den Song hatte ich seit Jahrhunderten nicht mehr gehört. Er war von *Ton, Steine, Scherben*. Er hieß *Macht kaputt, was euch kaputt macht*.

Bomber fliegen, Panzer rollen,
Polizisten schlagen, Soldaten fallen,
Die Chefs schützen, Die Aktien schützen,
Das Recht schützen, Den Staat schützen.
Für wen?
Macht kaputt, was euch kaputt macht!
Macht kaputt, was euch kaputt macht!

Als der Song zu Ende war, ließ der Jubel den Tiergarten erzittern. Die Bilder wackelten, die Kameras, die das Spektakel übertrugen, stürzten um, die Übertragung brach zusammen, der Bildschirm wurde von einem grauen Flimmern überzogen. Es war nicht echt. Es konnte nicht echt sein.

»Georg?«

Eine Stimme ließ mich herumfahren. Gegenüber der Fernsehwand gab es ein weiteres Zimmer. Jemand stand in der Tür.

»Amalia?«

Das Licht aus dem Zimmer hinter ihr ließ ihre Silhouette in einem strahlenden Kranz leuchten, ihr Schatten reichte fast bis zu mir.

»Das ist das Ende, ist dir das klar?«

»Nein, Georg, es ist nicht das Ende. Weil es kein Ende und keinen Anfang gibt. Komm.«

Sie winkte mich in das erleuchtete Zimmer hinein.

Das Zimmer war leer. Bis auf Sophie, die auf dem Boden saß. Die Beine angewinkelt, ein Bündel, in weißes Tuch eingewickelt, in den Armen. Ihr Bauch war wieder flach.

»Sophie?«

Ihr Blick ruhte auf dem Bündel.

»Sei leise, sonst weckst du ihn auf«, sagte sie.

Unser Baby? Hatte sie entbunden, nachdem ich nach Berlin gefahren war? Ich kniete neben ihr. Strich über die Haare.

»Tut mir leid, dass ich dich im Stich gelassen habe.«

»Ja.«

»Was ist passiert? Wieso bist du hier?«

Sie schaute auf, sah mich an, als sei die Antwort ganz einfach und ich könnte sie nur nicht sehen.

»Georgie«, flüsterte sie.

Georgie. So hatte sie mich noch nie genannt.

»Ich bin zum Flughafen gefahren und hab auf dich gewartet. Aber du bist nicht gekommen. Ich hab so oft versucht, dich anzurufen, und du bist nicht drangegangen. Ich hatte Angst, dass dir etwas passiert sein könnte. Und irgendwann ist dann unser Flug aufgerufen worden, und du warst immer noch nicht da. Da hab ich überlegt, ohne dich wegzufliegen. Und in dem Moment bin ich kollabiert. Einfach ohnmächtig geworden. Und als ich wieder zu mir kam, hab ich in einem Krankenzimmer gelegen. Unser Flieger war schon längst weg. Und da dachte ich, es muss ein Zeichen sein. Ich soll nicht ohne dich weggehen. Weißt du, egal, was ich zu dir gesagt habe und wie wütend ich auf dich war. Erst in dem Moment hab ich gemerkt, wie sehr ich dich liebe. Und dass ich bei dir sein will und du bei mir und dem Baby sein sollst. Und dann hat auf einmal Götz angerufen und gesagt, dass du bei ihm bist und dass du ihn erschießen wolltest, aber dass jetzt alles gut ist.«

»Aber wieso bist du hier?«

Aus dem weißen Bündel war ein seltsames Geräusch zu hören. Ich schaute Sophie irritiert an. Hob die Decke ein Stück an. Es war kein Baby, was sie in den Armen hielt. Es war ein winziges weißes Wollknäuel, ein neugeborener Wolf.

»Sophie! Wo ist das Baby?«

»Hier, siehst du es nicht«, sagte sie lächelnd.

»Das ist ein Wolf.«

»Ich weiß.«

Sie erzählte, dass sie ein langes Gespräch mit Götz gehabt hatte. Und jetzt sollte sie ein Opfer bringen, weil sie die Mutter der neuen Familie der Wölfe war. Eine große, starke Familie, die in den Wäldern, auf den Äckern lebt, in den Städten streunt. Je mehr sie erzählte, umso unruhiger wurde ich.

»Wo ist das Baby, Sophie?«

Ich packte sie an den Schultern, schüttelte sie. Das Wolfsjunge schnappte mit einem hellen Knurren nach mir.

»Sophie, das Baby, wo hast du es gelassen?«

»Es ist bei Nellie«, sagte Amalia.

Sie war noch in dem Raum. Ich hatte sie schon vergessen. Was meinte sie? Bei Nellie? Nellie hatte ich doch gerade erst mit dem blutigen Bündel im Schoß gesehen. Ich sprang entsetzt auf.

»Was habt ihr mit ihm gemacht?«, schrie ich Amalia an.

»Mach dir keine Sorgen«, sagte Amalia. »Es geht alles den vorbestimmten Weg.«

Vor der Tür war lautes Gebrüll zu hören, Schüsse fielen, Schreie waren zu hören. Ich ging zum Fenster. Von Osten und von Westen her rückten die blauen Wannen der Berliner Polizei an. Vier Panzerwagen bahnten sich den Weg. Polizisten in

Kampfanzügen sprangen heraus, schossen mit Maschinenpistolen auf die Männer des Wolfsrudels. Amalia rannte aus dem Zimmer.

»Wir müssen hier weg, Sophie, sofort«, sagte ich.

Sie schaute mich ängstlich an, Schmerz in ihrem Gesicht.

»Komm«, sagte ich und hielt ihr meine Hand hin.

69

Es ist dunkel. Lediglich das Licht meines Notebooks erhellt die Szenerie. Seit vier Tagen sitze ich in diesem Raum. Es ist kalt, von der Decke tropft Wasser, es riecht faulig. Ich bin in Sicherheit. Hoffe ich zumindest. Ich versuche, meine Geschichte aufzuschreiben, aber ich weiß nicht, ob mir das gelingen wird. Ich habe immer noch nicht verstanden, wie sie begonnen hat, wie sie ihren Lauf nehmen konnte und wie sie irgendwann enden wird.

Vermutlich werden Historiker den Menschen in hundert Jahren erklären, was diesen Schrecken herbeigerufen hat. Sie werden sagen, das sei der Lauf der Dinge. So wie der Sommer auf den Frühling folgt und der Winter auf den Herbst. Wie sonst ist es zu verstehen, werden sie sagen, dass im 20. Jahrhundert gleich drei Diktatoren auftraten, als hätten sie sich verabredet, die Welt in Blut zu tauchen? Wie sonst konnte die Welt danach wieder Hoffnung schöpfen und für ein paar Jahrzehnte in Freiheit erblühen? Wie sonst war es möglich, dass ein Winter diese Blütezeit mit eisiger Kälte beenden konnte, als wäre kein anderer Weg möglich?

Jeder Schrecken beginnt mit den besten Absichten, heißt es. Also müssen wir vor denen auf der Hut sein, die behaupten, ehrenvolle Absichten zu haben. Und es hilft nicht, wenn wir sagen, man dürfe die Büchse der Pandora nicht öffnen. Die Büchse ist nie verschlossen gewesen. Zu allen Zeiten kriechen Monster daraus hervor. Nicht nur Götz Wolf, Lorenz Ziffer und Amalia von Bülow. Auch ich. Ich hatte geholfen, die Morgenröte groß zu machen. Weil ich irgendwo dazugehören wollte. Dafür war ich bereit gewesen, die Stimme in mir, die mich warnte, zu überhören. Ich brachte sie mit Argumenten, mit Angst und mit Sehnsucht nach Errettung zum Verstummen.

Dabei ist diese Stimme doch das, was uns alle als Menschen ausmacht. Unser Gewissen, unsere Moral, unser Mitgefühl. Sie ist die Erkenntnis, dass es nie die einfachen Wege sind, nie die radikalen, niemals solche, die vom Paradies sprechen. Sie ist die einzige Macht, die wir gegen jemanden wie Götz Wolf und die Morgenröte haben. Jemand wie er kann sie mit seinen Verführungskünsten eine Weile zum Schweigen bringen. Aber wenn wir die Methoden verstehen, mit denen wir manipuliert werden, damit wir das Obszöne und Undenkbare als unausweichlich akzeptieren, wenn wir uns dessen bewusst sind, dann wissen wir auch, welche Macht wir haben, weil wir dann immun werden gegen die Heilsversprechen.

Ich habe meinen Namen und mein Aussehen geändert. Ich bin nirgendwo gemeldet. Ich habe alle Aktivitäten auf Facebook, Instagram, Twitter usw. eingestellt. Kreditkarte, EC-Karte und Handy habe ich weggeworfen. Ich bin aus der digitalen Welt und ihrer allgegenwärtigen Überwachung ausgestiegen. Mein einziger Kontakt sind Leute, die sich wie ich versteckt halten und wie ich auf den Moment warten, in dem wir den Schrecken beenden werden. Und ihn dann hoffentlich nicht durch neuen Schrecken ersetzen.

Es klopft. Das verabredete Zeichen. Ich verlasse den Keller.

»Wir wissen, wo Nellie ist«, sagt Sophie.